毕宝魁　尹博——著

论语
译注评

辽宁人民出版社

ⓒ 毕宝魁 尹博 2020

图书在版编目（CIP）数据

论语译注评 / 毕宝魁，尹博著． — 沈阳 ： 辽宁人民出版社，2020.6
ISBN 978-7-205-09830-8

Ⅰ．①论… Ⅱ．①毕… ②尹… Ⅲ．①儒家 ②《论语》—译文 ③《论语》—注释 Ⅳ．①B222.2

中国版本图书馆CIP数据核字（2020）第007543号

出版发行：辽宁人民出版社
　　　　　地址：沈阳市和平区十一纬路25号　邮编：110003
　　　　　电话：024-23284321（邮　购）　024-23284324（发行部）
　　　　　传真：024-23284191（发行部）　024-23284304（办公室）
　　　　　http://www.lnpph.com.cn
印　　刷：辽宁新华印务有限公司
幅面尺寸：170mm×240mm
印　　张：29.5
字　　数：408千字
出版时间：2020年6月第1版
印刷时间：2020年6月第1次印刷
责任编辑：祁雪芬
装帧设计：琥珀视觉
责任校对：冯　莹
书　　号：ISBN 978-7-205-09830-8

定　　价：128.00元

推荐序

傅璇琮

　　2008 年在芜湖参加"中国唐代文学学会第十四届年会暨唐代文学国际学术研讨会"后，我与宝魁同志由黄山同机返回北京。在候机大厅里，他向我谈起近年来研究《论语》的心得，我听得出，他热爱国学、热爱传统，是以很强的社会责任心投入到《论语》研究中的，甚至达到废寝忘食的程度。他告诉我，近年来他无时无刻不在思考《论语》的问题，吃饭、走路、跑步、候车、做梦，几乎都在思索《论语》中的一些疑难章句。他已经把《论语》的大半部分背诵下来，凡有疑难处，便经常思索，有一些章句就是在这种冥思苦想中顿悟的。

　　他跟我讲起对于"攻乎异端，斯害也已"这句话顿悟时的喜悦，然后不到一天便写成论文，投稿给《东南大学学报》，该文已经在《东南大学学报》今年第二期发表。他也跟我说起"不有祝鮀之佞"一章的独特见解，对于以往的各种说法都提出质疑，最后得出自己的结论。而这种结论是最接近人情的，既表现训诂学的扎实的基础，也有对人情世故的深透的参悟，该文被他投给《北京大学学报》，在今年的第二期发表。对于《论语》全书中

1

"忠""恕"二字，宝魁同志也有独到的理解，他认为此二字是孔子思想的核心，因为曾子曾说过"夫子之道，忠恕而已矣"的话，那么这两个字本身的最确切的含义便是理解孔子思想的关键。以前诸书中对此二字都没有诠释清楚。宝魁同志认为，关于这二字的解释，源头便有问题，许慎《说文解字》的解释就有偏差，而段玉裁《段注说文解字》也未能解释到位，于是专门写成文章投送给《清华大学学报》，即将发表在今年的第六期。另外他写作的关于《论语》中一些章句的考证文章已经先后在《沈阳师范大学学报》《文化学刊》《放鹤亭》等刊物上发表，均表现出很高的学术水准和独到的见解。

宝魁同志这种敢于大胆创新、积极探索的精神我早就有很深刻的印象。唐代诗人王维，生年早有定评，但当出现疑问时，宝魁同志积极思考，在1988年研究生刚刚毕业时便对这一学术界敏感之问题提出自己的看法。而且是在对王维诗作本身新的解释基础上，参照其他因素而提出新见。在太原会议上我看到这篇文章，感觉有新意且有理有据，后来推荐其在《文献》上发表。其后我便很关注他的学术研究动向与发表的成果。他的《李商隐科举考试始末考》一文敢于对冯浩、岑仲勉、张采田、刘学锴、余恕诚这些研究专家的成果提出质疑，有理有据地提出自己的观点，第一次彻底理清李商隐参加科举考试的起讫年份与过程，受到刘学锴和余恕诚的高度赞扬，并接受其观点。他的《〈金石录后序〉署年考辨兼论李清照生年》一文对所有李清照专家的说法提出挑战，对于李清照生年提出新的看法，是很有学术见地和勇气的。我讲述这些主要是我相信他的学术功底和认真求实的精神，由此我也相信这本书的学术价值。

我曾经问及关于《论语》各种注本的问题，他对于众多有代表性的研究成果如数家珍，诸如何晏的《论语集解》、《十三经注疏》中邢昺的《论语注疏》、朱熹《四书注疏》中的《论语注疏》、《诸子集成》中刘宝楠的《论语正义》、康有为的《论语注》、钱穆的《论语新解》、杨伯峻的《论语译注》、南怀瑾的《论语别裁》、李泽厚的《论语今读》，他都非常熟悉，并能够指出其各自长处，仅从此点，便可知宝魁同志具有兼采众长、融会贯通的学术视野与研究风格。最后，他请我给他即将完稿的这部《论语译注评》作序。我曾给他的《韩孟诗派研究》和《九梅村诗集校注》两书作过序，对于他很有信心，便欣然答应。

我仔细阅读过这部全稿，对它的印象很深刻：翻译流畅准确、清晰简明，非常符合信达雅的标准，中等文化的读者便可以领会其精神；注释简明扼要，不作烦琐考证，能够点中关键之处；评析部分则体现出很深的悟性与理解能力，对于《论语》章句中体现出的人文精神有很深刻而准确的把握，对于读者理解儒家精神将有很多启迪。

我特别赞成宝魁同志能够将宏观把握与微观研究结合起来的研究思路。他把整部《论语》看成一个系统，认为《论语》各篇之排列，每篇中各章之排列，编辑者都是有深刻用心的。在分析各章时，要将其放在前后章句的意义中来考察，并且在行文中指出《论语》中出现重出章句的现象不是编辑者的疏忽，而是编辑思想的需要，同样一句话，编辑在不同篇中，表达出的重点不同。如他指出，"巧言令色，鲜矣仁"一章，在《学而》中侧重教育学生学习的目的和重点是仁义道德，是忠孝节义，不是语言技巧，不要在学习巧言令色方面下功夫。而在《阳货》中侧重评价这种人很少有仁德的本性，前面侧重学习目的，后面侧重对人的观察与评价。对于其他重复的几个地方（有的是半章），宝魁同志也都做了类似的分析与说明，这是以前《论语》评注中从未看到的说法。我感觉很有道理，最起码可以开拓我们的思路，对于这种重出现象有一种全新的思考。

书中新见屡出，如对于"唯女子与小人为难养也"的解释颇有创见，且合乎情理与人性，对于"无友不如己者""色斯举矣"一章的解释，对于"子见南子"一事的讲解，都是全新的看法，且很有说服力。类似的地方不下几十处，对于《论语》的诠释与分析达到一个新的高度，对于普及《论语》，真正全面理解孔子思想将会产生极其深远的影响。

我相信，在世界文化走向多元，在东方特别是儒家思想的精华以及价值取向日益受到重视的当代，本书的出版将会对普及《论语》，使人们正确认识孔子以及儒家思想产生重要的启迪作用。对于世界各国、各民族准确理解孔子思想与儒家文化将会产生重要的影响。由于其知识准确、语言简明通俗的特点，我亦相信其将会得到许多翻译家的青睐而被翻译成多种文字，亦可能成为许多孔子学院讲授孔子与儒家文化的教材。

我热切地期待着。

宝魁同志尚未到耳顺之年，对于他们这代被耽误十多年的中年学者来说，正是出现学术成果的黄金季节，希望宝魁同志继续刻苦努力，为弘扬国学而作出更大的贡献。

我热切地期待着。

北京六里桥寓舍

2009 年 10 月 20 日

前　言

　　1988 年，在法国巴黎，七十五名诺贝尔奖得主齐聚一堂，他们在发表的宣言中说：人类如果要在二十一世纪生存下去，必须回到两千五百年前去汲取孔子的智慧。

　　这是振聋发聩的宣言，引起全世界的关注，更应该引起中国思想界学术界的关注。毫无疑问，地球上没有任何力量可以消灭人类，只有人类可以毁灭自己。这种危险不是耸人听闻，是现实存在的。若我们将所有文化因素都综合考虑的话，就会发现，儒家思想对于解决这些问题是最好的观点，它温情脉脉，具有最强烈的最普遍的人文关怀色彩。反对暴力，反对强权，反对战争，提倡仁义礼智信，提倡天人合一，提倡和谐中庸，没有民族偏见和种族偏见，而孔子便是儒家思想的开创人和集大成者，《论语》是研究儒家思想最根本的文献。

　　中国文化热即将来临，而且会越来越热。中国文化的核心是国学，国学的核心是四书五经，四书五经的关键人物是孔子，了解孔子的关键是《论语》。《论语》的社会需求肯定会越来越多，不但国内，海外学习中国文化者同样离不开《论语》，因此本书的社会意义和价值将是极其巨大而深远的。

古今关于《论语》的书很多，但最适合初学者，最准确简明解释《论语》的书实在不多。现在比较通行的《论语》注本，早一点的有何晏的《论语集解》，后经北宋邢昺疏成为流传最广之版本《论语注疏》（《十三经注疏》中便是此书）；另有刘宝楠的《论语正义》（《诸子集成》中是此书），但此二书注释很烦琐，又没有译文，一般读者不太适合阅读，可以说除专门研究者无人读此书。新近出版影响较大的有李泽厚的《论语今读》、杨伯峻的《论语译注》和南怀瑾先生的《论语别裁》。《论语今读》理论性强，而杨伯峻先生《论语译注》注释平实，两书各有千秋，但因各有侧重，也各有不足；南怀瑾之《论语别裁》随意性较大，发挥太多，且有一些硬伤。于丹的《论语心得》根本不是对全部《论语》的解释，与本书没有可比性。

本书综合采纳古今研究者之长，再融入本人的心得体会，用最简明通俗的语言将《论语》翻译、注释、评析出来，为读者搭建一个了解《论语》的桥梁。

本书采用的底本是《十三经注疏》中北宋邢昺的《论语注疏》，邢昺的底本是何晏的《论语集解》。本书在原文方面严格遵从原本，不作任何改动。

翻译方面，采用直译与意译兼顾的方法，不偏执一方，以信达雅为目标，以便于读者的阅读为终极目的，因此希望尽量反映出孔子思想的原汁原味，又要符合现代人的语言习惯与审美习惯。在注释方面，以有利于理清原文的本义为前提和目标，不作烦琐考证，如果有异说，一般只列出最通行说而已，不面面俱到。评析方面，是理解思想之最关键处，容易明白处尽量简明，容易产生歧义处稍加详解，最易产生误会处则条分缕析，如对"贤贤易色""唯女子与小人""子见南子""祝鮀之佞""色斯举矣""夷狄之有君"等疑难之处都进行比较详尽的解说，力求使读者诸君能够领会孔子思想以及《论语》之本义，正确传达其思想意义。如果有必要，对于其中一些人物身份亦加以简明介绍，都是为了理解文义。总之，以全面准确清晰阐释出原文的本义为旨归，以准确深刻传播孔子的思想精髓为旨归。

总的原则是不离经叛道，不以经注我，而是以我解经，用孔子的话说，就是"不践迹，亦不入于室也"。我是践迹而行，是否登堂入室则不敢说，但确实是"尽心焉而已"，两度春秋，"焚膏油以继晷，恒兀兀以穷年"，其苦其乐，吾心自知也。

中国文化五千年不断，有文字记载而传承的历史也在三千年以上，这在全人类是绝无仅有的。其根本原因首先是表意文字的神奇，其次便是历代学者的阐释之功。先秦文字，汉代便已难以读懂，于是注释产生，汉代学者的注解之功值得我们永远感念。汉末大乱，四百年后隋唐统一，重新接续先秦文化，这时一般读者连汉注也读不明白，于是便出现对于注解的解释，这便是所谓的"疏"。疏者，梳理之意，是连同原文和注解一起梳理解释。"疏"也称"正义"，这便是"五经正义"产生的原因。因此先秦之经书，汉注唐疏便成为传承的重要形式。

时代发展到今天，互联网、微信进入日常生活，人们都希望尽快阅读到准确而大量的古代文献知识，很少有人去详细阅读注疏，于是最准确的翻译，对于一些特殊的难点适当的注释，最简明精辟的评析，便最符合现代人的阅读需求。因此我在二十年前便感觉这是传承古代文化的最好方式。数年前完成《唐诗三百首译注评》《宋词三百首译注评》《元曲三百首译注评》《古文观止译注评》系列丛书，现在都在销售中。

本书最开始我便提出称《论语译注评》，但当时的编辑者认为太通俗，于是便有《论语精评真解》之名，后来换编辑，又提出原书名不雅，征求我意见，我受《杜诗镜铨》书名之启发，便有《论语镜铨》。现在返璞归真，还是叫《论语译注评》吧，因名副其实，并准备继续"译注评"下去。重点在内容之合适准确与否，而不在于什么名称。孔子云："辞达而已矣。"

感谢前辈傅璇琮先生的鼓励和慨然赐序，令本书增重。感谢辽宁人民出版社能够欣然接受本书的选题，感谢为本书辛劳工作的所有人员。

孔子是不朽的，《论语》是不朽的。但愿本书能够准确解读《论语》，能够准确传播儒家思想，也同样不朽。

2018 年 12 月

目 录

目录

· 学而第一 ·

【原疏】正义曰：自此至"尧曰"是《鲁论语》二十篇之名及第次也。当弟子论撰之时，以"论语"为此书之大名，"学而"以下，为当篇之小目，其篇中所载，各记旧闻，意及则言，不为义例，或亦以类相从。此篇论君子孝弟，仁人忠信，道国之法，主友之规。闻政在乎行德，由礼贵于用和，无求安饱以好学，自能切磋而乐道，皆人行之大者，故为诸篇之先。既以学为章首，遂以名篇。言人必须学也。"为政"以下诸篇所次，先儒不无意焉。当篇各言其指，此不烦说。第，顺次也。一，数之始也，言此篇于次当一也。

【魁按】本篇为全书主题的纲要，主旨是讲述人生学习与修行的原则与目的，学习与修行是贯穿一生的事，讲求人生要不断求学、反复实践，在不断体认人生真谛中获取快乐。就学习和实践内容看，是追求仁义的境界，主要是仁的道理、仁的体与用。全部内容都是学习目的、学习内容、学习态度、学习方法等。

子曰："学而时习之，不亦说乎？有朋自远方来，不亦乐乎？人不知而不愠，不亦君子乎？"

【翻译】

孔子说："学习并经常进行温习与实践，不也很愉快吗？有志同道合的朋友从远方来聚会谈天，不也很快乐吗？别人不了解不重视自己而不生气，不也是君子的品格吗？"

【注释】

[子]古代对成年男子的尊称，在《论语》中"子"是对孔子的专称。其他人称"子"时前边要冠以姓氏，如"曾子""有子"。[习]本义是鸟练习飞翔时屡次扇动翅膀，反复起飞。《说文解字》："习，数飞也。"故习包括温习、复习、实习、演习等意义。这里指温习学习过的知识，将知识反复运用到实践中来验证的过程。[说（yuè）]同"悦"。二字为古今字关系，先秦时无"悦"字，"说"字兼有说话和内心高兴、喜悦两种意义。其后日常生活复杂，交流情感也复杂，故创造出"悦"字来分担"说"字原义中表示高兴、喜悦的意义。因高兴、喜悦是心情，故从"心"。学术界一般认为，《说文解字》收入的字为古字，未收者为今字。[愠（yùn）]生气，恼怒，怨恨。《说文解字》："愠，怒也。"[君子]在古代有二义，一是从品行方面而言，指道德高尚的人；一是从社会地位而言，指统治者，地位高的人。在相对而言时，意思比较清楚。单独出现多数是前义。

【评析】

《论语》篇目章节的排列顺序很深奥，肯定是根据内容无疑。孔子死后至少近半个世纪《论语》才定稿成书。孔子的很多高足都参与了编撰，他们对于《论语》的章节体例以及内容顺序的排列肯定进行了精心设计。这是全书第一章，讲述人的学习修养，与朋友交流切磋不断进步提高，即使没有人了解自己，自己也不生气、不颓丧，因为学习修养完全是为了自己内心的充实。如果自己修养高、学识多，那么即使不被重用也无所谓，因为修身的目的是为内在精神的充实完美，而不是为功名利禄。这是孔子思想的主要特点之一，即从内向外、由己及彼、由亲到疏进行自我修养。三句话是三层意思，相互联系，有递进关系，因此构成人生学习修行的三个阶段或三重人生境界：开始学习与修行的阶段，反复学习与实践，并不断有新体会，内心很愉悦；学习有一定心得体会，与同学同仁同道者相互切磋共同提高，体会到无限快乐的阶段；最后达到不为社会潮流所动而坚守仁义道德的境界，实际已接近圣人的思想境界。

一·二

有子曰："其为人也孝弟，而好犯上者，鲜矣；不好犯上，而好作乱者，未之有也。君子务本，本立而道生。孝弟也者，其为仁之本与！"

【翻译】

有子说："作为一个人，如果他能够孝敬父母、尊敬兄长，而爱冒犯上级长官的，很少很少。不冒犯上级长官而好叛乱的人，是没有的。因此君子务必要确立做人的根本原则，根本原则确立了，做人的道理自然就明白了。孝敬父母和尊敬兄长，大概就是仁爱的根本吧！"

【注释】

[有子]姓有名若，孔子弟子之一。司马迁说有子比孔子小四十三岁，《孔子家语》说小三十三岁。杨伯峻说小十三岁，但也认为不可靠，不知何据。此问题涉及关系甚大，待详考。[孝弟（tì）]人对于前辈和同辈中长于自

己的人应有的态度。孝是纵向的，是对于长辈，包括父母、祖父母等都要孝敬。孝的含义是发自内心地热爱、关怀、照顾、顺从，使其心情愉快，没有负担。"弟"通"悌"，是横向关系，要求对于兄长要尊敬。人们接触最多、关系最密切的人便是自己的父母和兄弟，因此，处理好这些关系是基础和关键。[犯上]冒犯、抵触上级长官。上：处在尊长地位的人。春秋时期实行等级制度，社会和家族都有长幼尊卑。[鲜]少。[作乱]发动叛逆而造反。[未之有]"未有之"的倒装，即没有这种情况。[务本]追求根本。务：经营。本：树根，引申为根本、根基、基础。[仁]孔子思想的核心概念，含义很广，主要是热爱他人、关怀他人、照顾他人。《说文解字》："仁，亲也。从人二。"左边是一个"人"字，右边是表示数量的"二"，其实就是两个人。两个人以上才可以体现对他人的关心和爱护。

【评析】

孔子死后，其弟子认为有子之言似夫子，故欲尊他为师。有子自己不同意，故未成此事。《论语》中除孔子称子外，只有有若和曾参二人称子。有子还排在曾子前面。翁中和说有子是孔子儿子孔鲤的老师，所以才会发生这种情况。如果真的如此，那肯定是孔子安排的。孔子儿子与孔子弟子则是师兄弟关系，如果从这层意义上说，孔子其他弟子尊有子为师也不无道理。如果没有这层关系，有子很难被如此尊敬。本章重点强调孝悌是仁的根本，认为做人要有根本，孝悌是"仁"最根本的表现。根据上面的注释，我们把"仁"字的本义再归纳解释一下，说得明白一些。"仁"，是人亲近关怀别人的品格，而观察判断这种品格一定要有两个人在一起或在人群中才行。古人在举行一些仪式时，安排两个人同时出场，相互作揖表示礼节，在这个过程中，就可以观察人的修养和气度。在耕田劳动中，也是两个人并肩使用一个农具"耦"而耕。"耦"就是二人，"偶"字也是从这里派生出来的。这样，两个人合作干活，在合作中是否出力，是否照顾对方，都能看出一个人的品性和心胸。只有在对别人的态度中才能看出一个人是否是仁人君子，而对别人亲近、关怀、体贴、照顾的心情就是仁。因此，首先必须有二人才可以体现"仁"，这便是"仁"的本义。

"仁"字是中国学问的基础，也是儒家学说的关键词语。孔子一生提倡的思想核心就是这个字。只有在与他人的关系中才可以看出仁人君子的品性。"仁"的品格是做人的根本，人类只有相互关怀才会共同得到幸福，而幸福感往往是帮助别人之后获得的，因此我们从小就要扎下仁的品性之根。

一·三

子曰："巧言令色，鲜矣仁！"

【翻译】

孔子说："花言巧语，伪装和善的表情，这样的人很少有仁爱的品格。"

【注释】

[巧言令色] 正义注："包曰：巧言，好其言语；令色，善其颜色。皆欲令人说之。"按：包，指东汉初年《论语》专家包咸，字子良，会稽曲阿（今属江苏丹阳市）人，受业长安，专攻《鲁诗》和《鲁论语》。王莽末归乡隐居。光武即位，出仕，建武中，入授皇太子《论语》，又为其章句。

【评析】

孔子学说的核心是建构人内心对于人生的热爱和终极的人文关怀，本章强调"仁"是内在精神品格与感情的性质，不是外在的华美语言和伪装的和颜悦色。外在的语言和表情都要与内在的心灵相一致。仁是内在的，不是外表的。本章强调学习的目的与态度。

一·四

曾子曰："吾日三省吾身：为人谋而不忠乎？与朋友交而不信乎？传不习乎？"

【翻译】

曾子说："我每天都要从三个方面来反省自己的行为：为别人谋划事情有不尽心尽力的地方吗？与朋友交往有不守诚信的地方吗？我讲授传习的知识温习、实践、研究过了吗？"

【注释】

[曾子] 孔子弟子曾参，字子舆，南武城（故址在今山东平邑县附近）人，小孔子四十六岁（前505—前435），是孔子孙子孔伋的老师。孔伋字子思。 [三] 作为数词，在古代有二义，一是具体的数字三，一是表示多数，次数不确定，表示多。要在具体的语言环境中分析体会。此处就是三，由后面列举的三个方面可知。或云每天屡次反省自己，然后再列举三个方面，也通。但不如前说简明合理。 [省（xǐng）] 自我检讨，反省自己。 [谋] 先秦主要是指答复他人咨询，这里也包含谋划的意思。[忠]诚实，实在。[传]这里指向别人传习知识，即讲授，不是从老师那里接受。

【评析】

本章依然围绕构建内心仁的精神境界来教育学生。强调对于他人的忠诚和守信，对于自己从事的事业高度负责，具有兢兢业业的敬业精神。曾子是非常谨慎、勤勉敬业之人，通过他的其他语录似乎可以感知他的音容笑貌、举止行为。儒家思想不具备完全宗教的性质，没有彼岸世界，没有超越于现实世界以上的创世主和主宰一切的具有人格力量的神灵。儒家思想对现实人生充满热爱和关怀，主张人在自己内心构建仁者情怀，并将这种情怀推及整个人类社会，如果大部分的社会成员都能如此，那么在人内心高度自觉前提下的和谐社会就出现了。这样的社会实际就是理想中的大同世界。

一·五

子曰："道千乘之国，敬事而信，节用而爱人，使民以时。"

【翻译】

孔子说："领导中等大小的诸侯国，就要慎重勤勉，怀着敬畏的心情处理政事，恪守诚实守信的原则。节省一切用度和爱护贤人，征用百姓服劳役要按照一定的季节。"

【注释】

[道]通"导"，领导。这里是治理的意思。[千乘（shèng）]拥有一千辆战车的诸侯国。春秋时周天子已不能实际控制天下，只是名义上的君主。各诸侯国都是政治实体，都有军队。当时战争形式是车战，故拥有战车的数量能体现国家的军事实力。每辆战车上面有三名武士，后面七十二名步兵，共配备七十五人。千乘就是七万五千兵。[敬事]谨慎恭敬地从事行政管理。[信]诚信，公正。[节用]节约用度，包括物质与人力，也包括环境与资源。[使民]指安排百姓从事公务劳动，如修建公共设施、道路、桥梁、城池等。[时]季节。

【评析】

本章讲述担当国家领导人或执掌国家权力时的施政方针和原则。孔子教育学生的目的其实就是两个方面，一是培养自我修养很高的谦谦君子，潜移默化地影响和改变社会风气；一是培养各行业的管理人才，即培养多种类型的干部，因此讨论讲述如何当官的言论很多。本章讲述治理国家应当注意的几个大的方面：一是要敬业，要全心全意，要谨慎敬畏，要建立诚信制度，得到百姓的信任。二是要厉行节约，爱护百姓，爱惜民力。因此，可以说孔子已经在提倡低碳生活。三是安排必要的公益劳动时要考虑季节，一定要在农闲的时候进行，不要妨碍百姓的农业生产。这里强调的"敬"是内心敬畏、恭敬，与外在谨慎、勤勉的表现相一致的情况。表里如一、内外一致是儒学非常强调的一个问题。与外在法律制度的强制性不同，儒学强调内在精神的自觉。

一·六

子曰："弟子入则孝，出则弟，谨而信，泛爱众而亲仁。行有余力，则以学文。"

【翻译】

孔子说："弟子们，你们在家要孝敬父母，在外面要尊敬兄长，要谨慎而又诚信，要博爱群众而亲近有仁义道德的人。做这些事情还有剩余精力的话，就要努力学习文献知识。"

【注释】

[弟子] 有二义，一指年纪小的人，一指学生。这里指学生。[入] 指父母居处。古代父子不在一个房间，贵族则别宫而居，即不在一座房宅。见父母则要进入内宅。[出] 与内相对而言，指在外面。[泛爱众] 广泛爱护群众，能够团结普通人。[亲仁] 亲近仁义贤德的人。[文] 文献资料，包括一切文化。

【评析】

本章是孔子教育弟子日常现实生活中应如何做，是可以身体力行的行为规范。这里的悌不局限于本家兄弟，而是同族同宗的同辈人。本章要求弟子由内到外、由高向低处理好各个层次的人际关系，体现孔子循循善诱的教育特点。从人际关系看，首先要面对的是父母，其次是兄弟姐妹以及本家族的同辈人，再次是能够接触到的其他人，其他人又可以分为普通百姓和贤德之人。对于普通百姓要关心爱护，对待贤人则要尊重亲近。这就是儒家思想在处理人际关系方面的一个原则——尊贤容众，这样才能得到普遍的拥护。而得到拥护是从政的最关键的前提。如果在这些方面都做得很好，还有剩余精力和时间，就要抓紧时间学习古代文献知识，这样才能不断提升自己的道德修养和层次。

一·七

子夏曰："贤贤易色，事父母能竭其力，事君能致其身，与朋友交言而有信。虽曰未学，吾必谓之学矣。"

【翻译】

子夏说："重视妻子的贤德而忽略容貌美色，侍奉父母能够尽心竭力，侍奉国君能够献出自己的全部身心，与朋友交往能够遵守诺言。这样的人，即使他说没有学习过，我也一定说他已经学习过了。"

【注释】

[子夏]孔子弟子，名卜商，字子夏，比孔子小四十四岁。[贤贤易色]以贤德为贤。前一个"贤"字是意动用法。本句的一般解释是说要用尊敬贤人来替换喜欢美色。郑玄注："言以好色之心好贤则善。"但在意义上比较空泛。杨伯峻《论语译注》在他人说法基础上将"易"字解释为轻视，

联系前后文，很有道理，故从之。那么，这句话的解释便产生根本变化。[事君] 为国君做事，即指当官。[致其身] 意谓可以献出生命，即全部身心。"孔曰：尽忠节不爱其身。" 按：何晏注中的"孔曰"，是指他引用的孔安国的话。孔安国注释过《古论语》，即从孔府墙壁中发现的古文《论语》。

【评析】

本章重点阐释"学"的真正含义，从《论语》全书看，"学"有狭义和广义两种含义，狭义指读书学习文献，与今天的"学"意义相近；广义则指在现实生活中的道德表现和实践行为，这个层面的意义更主要。子夏的话很清楚地显示出这种意义，只要是在具体行动中表现出儒家所强调的各种行为规范，那么此人尽管自己说没有学习过，但也一定会被认为是经过学习的人。可见行为与道德表现比文化知识更重要。而这种知识和修养可以通过内心感悟获得，不必一定要经过专门的学习与训练。可见儒家最重视的还是内心修养和道德规范。

"事父母能竭其力"也应该注意，"竭"是尽心尽力的意思，即要依据自己的实际状况和能力来尽孝心，如果经济很困难，只要尽心尽力就可以了。是否是孝子不能用赡养父母的物质生活条件来衡量，如果那样，穷人家就没有孝子了。有人贪污腐败，有人偷摸抢劫，却用孝敬老人作借口，这是最大的错误。

又，本章最难解和有歧义的是"贤贤易色"，以前一般解释都是用重视贤人来取代喜欢美色，总是把贤德与美色对立起来，理解起来感觉别扭。本章是说通过一个人处理各种人际关系便可以看出这个人的品德，通过其品德便可确定他是学习过的人。"贤贤易色"以下三句一是对待父母，二是对待君主，三是对待朋友，都是具体可见的举动行为，唯独这句话宽泛空洞，难以判断评价，而将其解释成对待自己的妻子看重品德而不看重容貌，这样与后面三句连贯且意义顺畅。古人非常重视夫妻关系，在实际生活中也如此，因此这样理解和讲授非常通畅。

一·八

子曰："君子不重则不威，学则不固。主忠信，无友不如己者，过则勿惮改。"

【翻译】

孔子说："君子如果不严肃不稳重，就没有权威和威信，所学习的东西就不稳固。要坚持以忠诚守信为主，不要交往那些与自己不志同道合的人，有了错误就不要怕改正。"

【注释】

[重] 指态度和仪表严肃、谨慎、庄重、不轻佻。这里侧重自重。[威] 威信、权威。[固] 稳固，既指学习的知识，也包括学习效果。《论语》中的 "学" 包括学习礼仪文化知识以及在现实生活中的运用与实践。如果轻浮，那么学习的知识以及运用这些知识的能力就不稳固。[无] 通 "毋"，不要。[惮（dàn）] 害怕，担心。

【评析】

本章谈学习与实践时的态度与仪表问题。孔子教学的主要内容有礼、乐、射、御，史书中还有对孔子在周游列国时领弟子在大树下演礼的记载，可见这种学习不仅仅是文献学习，还有具体实践操作的环节，还要实习和演练。这样，在进行这些具体演练活动中，主持者与参与者的态度便很关键，嬉皮笑脸肯定不行。这种场合，内心要敬畏，外表自然严肃恭谨，这样的态度才可以将礼乐方面的知识学习并运用得好。对 "无友不如己者" 的理解有所不同，李泽厚认为是 "没有哪一个朋友不如自己"（按：李泽厚将此句翻译为 "没有不如自己的朋友"），但仔细体味，与孔子原义不符。正义引曾子和周公的话，都是交友要慎重的意思。周公曰："不如我者，吾不与处，损我者也；与吾等者，吾不与处，无益我者也；我所与处者，必贤于我。"但这种说法有逻辑上的错误，如果都按照这样的逻辑交友，则天下不可能有朋友关系。不比你强的人你不交往，那么比你强的人用同样的逻辑也不肯跟你交往。因此，"不如"指的是与自己不志同道合的人。正义说："则不如己者，即不仁之人。"基本符合孔子的原义。"如"本义是"随从"，引申为"相似"，即志趣、人生追求基本相同的意思，也就是前文"有朋自远方来"的"朋"。

一·九

曾子曰："慎终追远，民德归厚矣。"

【翻译】

曾子说："恭谨慎重办理父母亲的丧事，追思缅怀祭祀历代祖先，老百姓的品德就会归向于忠厚真诚老实。"

【注释】

[终]终老，指死亡，这里指丧事。[远]与"终"相对而言，指远代祖先。

【评析】

为同类的死亡进行纪念、哀悼，举行一定的丧葬礼仪是远古先民各民族都有的习俗，这一习俗的形成标志着人类族群意识的觉醒，即人类文化心理的开端。这种心理和自觉意识动物是没有的。儒家对于丧葬礼仪非常重视，并要求人们要在内心里对于死者或祖先表现虔诚的思念、缅怀，这样，外在的表情自然严肃而恭谨，参加仪式时自然循规蹈矩。内心的敬畏就会加重对"仁"的品性的培养，而外在则是遵守礼的自觉，内在的仁与外在的礼相互融合，是儒家塑造人格的重要形式。因此，儒家特别重视丧葬文化和祭祀文化。这也可以增加某一家族、某一民族、某一国家的凝聚力，会增加本家族、本民族的向心力。荀子《礼论》说："祭者，志意思慕之情也。圣人明知之，士君子安行之，官人以为守，百姓以成俗，其在君子，以为人道也；其在百姓，以为鬼事也。"

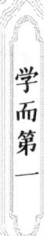

子禽问于子贡曰："夫子至于是邦也，必闻其政。求之与？抑与之与？"子贡曰："夫子温、良、恭、俭、让以得之。夫子之求之也，其诸异乎人之求之与！"

【翻译】

子禽问子贡说："老师每到一个国家，就一定要过问那个国家的政事，是他自己主动请求的呢？还是国君主动给他这种机会呢？"子贡说："老师以他的温和、善良、恭谨、俭朴、谦让的品格而得到该国国君的信任，所以能够得到这种机会。老师对于这种机会的追求，与其他人对于这种机会的追求有很多不同！"

【注释】

[子禽]姓陈名亢，字子禽，人们对他是否是孔子的学生有不同意见，但郑玄注明确说他是孔子的学生，待考。[子贡]孔子弟子，姓端木，名赐，字子贡，卫人，比孔子小三十一岁。[闻]听，这里有过问、参与的意思。

【评析】

这是子贡回答陈亢问题的对话，谈论孔子每到一国则一定过问政事的问题。这里涉及一个问题：即孔子治学和教学的目的。从孔子一生的行踪和言论可以看出，孔子并不是狭义的文化学者，而是一个积极参与社会活动、立志改变社会现状、试图重新建立新的社会秩序的社会活动家。我们以前对于孔子的认识是思想家、教育家，实际他更应该是社会学家和社会活动家。《吕氏春秋》中说孔子周游列国，干谒国君八十多人。现在的社会活动家恐怕也难以达到这个数量，何况孔子那个时代呢！这足以显示孔子对于政治的热情。孔子一生最大的愿望是"克己复礼"，是使"天下归仁"。但如果说孔子是顽固的复辟派也不对，孔子其实是"托古改制"，他从事教学和周游列国的主要目的是推行"吾道"，可见孔子及其弟子都是积极参与社会政治的。"以天下为己任"是儒家学者一直高举的旗帜，也是后世知识分子积极入仕、有社会责任感的思想源泉。子禽之问，是对于孔子如此积极关注政事不理解，子贡之答，在赞美自己老师优良品德的同时，肯定了老师对于政事非常关注积极追求的做法。这与只关注自己一身的荣辱得失，一心修炼什么来世，追求成仙成佛，追求升入天国或天堂的行为有本质的区别。这是儒学精神的本质所在。

一·一一

子曰："父在，观其志；父没，观其行；三年无改于父之道，可谓孝矣。"

【翻译】

孔子说："父亲在世时，要注意观察他的愿望和心志；父亲去世后，则要观察他的行动；三年还不改变其父亲的生活道路和途径，就可以算是孝子了。"

【注释】

[没] 通"殁"，死亡。

【评析】

本章讲述如何观察人，如何算是孝。中国古代是以家族血缘关系为纽带建立的宗法制社会，父亲是一家之主，故父亲在世时，儿子无法表现自己的意志，因此只能通过观察儿子的心志来判断其优劣。父亲死后，儿子开始独立自主处理事务，则要通过观察他的行动来进行评价。这两点不存在分歧，但最后一句理解有歧义。孔安国说："孝子在丧，哀慕犹若父存。无所改于父之道。"说儿子在守丧期间感觉父亲好像还存在，因此不能改变父亲的做法和准则。另外，古代生产力水平低下，社会分工比较简单，每一种谋生职业都有一定的专业性，子承父业是比较普遍的社会现象，这里的不改父之道也包含这层意思。同时，还有一层意思，即要完善父亲遗留的未完成的事情和问题，要将其妥善处理好，要承担起责任来，不能父亲一死就什么都不管了。仔细体会，这里还有家族利益的责任连续性的问题。如果是普通百姓，就是保持延续家族生存经验的问题，如果是国君，则是保证国家政策连续性的大问题了。父亲遗留的问题儿子无论如何都要承担。可见中国从三代开始，血缘伦理关系（父子）直接和政治关系（君臣）紧密联系，两者再和祭祀祖先联系起来，那么，伦理、政治和宗教便成为三合一的形式。

一·一二

有子曰："礼之用，和为贵。先王之道，斯为美，大小由之。有所不行，知和而和，不以礼节之，亦不可行也。"

【翻译】

有子说："礼制的作用，以和谐为宝贵。古代先王的礼制规范和对于礼的遵守与利用，是非常完美的。无论大小事情都依据礼的规定来办，很方便顺畅。但也有行不通的时候，为追求和谐而单纯去求和谐，不用礼制来进行节制约束，这样的和谐也不可推行。"

【注释】

[礼] 远古时代规范人们社会行为的规定。进入父系氏族社会，以血缘关系为纽带的等级制度逐步建立起来。为协调社会成员的关系，逐步确立各个等级的社会成员应该遵守的规矩。正义引《管子·心术》说："登降揖让，贵贱有等，亲疏有体，谓之礼。"[用] 作用，这里也有动词性，即运用。[和] 各种解释有很大差异。这里是和谐、平和的意思。[先王之道] 先王运用礼制的方式。[小大由之] 无论大小尊卑，都要由礼来进行节制。朝廷站班有等级秩序，家庭有老幼长少，车马、衣服、宫室、饮食等都有礼的制度规定。[节] 节制约束。

【评析】

本章专门讲述礼的重要作用。礼是研究分析儒家思想不可忽视的范畴，是孔子极力提倡和主张恢复的政治制度和社会文化秩序，是儒家理想中维护社会秩序的典章制度。推行礼制是为追求社会的和谐，因此无论事情大小，只要是需要社会成员共同进行的，都要实行礼的规范，要有规矩和秩序。但如果为和谐而和谐，没有尊卑等级秩序，那就不可提倡和实行。应该注意的是，礼是上层贵族自觉遵守的，没有外在强制性质，故与法不同，虽然二者有相同的性质，但一是内在自觉，是建立在仁的基础上，一是外在的硬性规定，是建立在刑罚的基础上。

一·一三

有子曰："信近于义，言可复也。恭近于礼，远耻辱也。因不失其亲，亦可宗也。"

【翻译】

有子说："讲求诚信也要注意符合或接近正义的标准，这样才可以答复对方并实行。态度恭敬也要符合礼的要求，这样才能远离耻辱。因这样做没有失去追求仁德的方向，因此也可以效法和受到尊敬。"

【注释】

[义]适宜、合适、正当、正义、合理，指符合仁之要求的行为准则。[复]答复。[因]由于。[宗]宗尚，取法的意思。

【评析】

这是比较难解的一章，讲述诚信与道义、恭敬与尊礼的关系。义是儒家学说中非常关键和重要的概念，其准确含义很难说清楚，是社会普遍公理的意思。开头两句说守信也要用义的标准来衡量判断，在与人商议事情时，首先要考虑是否近于义，然后才可以答应。如果做人恭敬严谨，就会远离耻辱，都是经验之谈。最后两句的解释歧义较多，但仔细品味，是对前两种行为的肯定，"亲"的后面省略了宾语，故这样翻译。

一·一四

子曰："君子食无求饱，居无求安，敏于事而慎于言，就有道而正焉，可谓好学也已。"

【翻译】

孔子说："君子在吃的方面不要追求饱足和美味，在居住的方面也不要追求安逸享受，做事情要勤快敏捷，说话要谨慎小心，主动接近那些道德高尚的人来匡正自己，就可以算是爱好学习了。"

【注释】

[敏于事]做事要敏捷。[慎于言]说话要谨慎。[有道]具有高尚道德的人。

【评析】

本章用日常生活教导学生应该采取怎样的人生态度，体现儒学积极向上的进取精神和强烈的人生责任感。衣食住行是人生活的必备条件，追求吃好住好是普通人的愿望。但孔子教育学生说，在这两个方面不必追求，而要把精力放在学习做人、提升道德修养上，要敏捷做事，谨慎言语，少说多做，就不会有麻烦。联系孔子一生的生活态度，对本章内容的理解便更加清楚了。孔子从不追求功名富贵，也不追求物质生活的享受，而把精神追求、建立完美人格作为最高目标。这样，就使儒家学者有强烈的人生责任感，不是追求个人利益，而是教导引领人们走向精神世界的最高殿堂，具有半宗教的意义。但儒家与其他宗教的根本区别是一切道德的完善、人生的幸福都在现世来完成，即只修炼今生而没有前世和来世，这是儒家思想与其他纯宗教的最大区别，也是儒家思想只能具有半宗教性质的关键。称"儒教"可以理解为"儒家教化"。但这种终极的精神追求可以引导人作为终生的目标，作为坚定的人生信念和理想，因此具有宽泛意义上的宗教意蕴。

一·一五

子贡曰："贫而无谄，富而无骄，何如？"子曰："可也。未若贫而乐，富而好礼者也。"

子贡曰："《诗》云：'如切如磋，如琢如磨。'其斯之谓与？"子曰："赐也，始可与言《诗》已矣！告诸往而知来者。"

【翻译】

子贡问孔子说："虽然贫穷而不谄媚，不去巴结奉承，富裕了也不骄傲自大，趾高气扬，您看怎么样？"孔子回答说："可以了。但还不如贫穷而依然快乐，富裕后依然遵守爱好礼制。"

子贡接着说："《诗经》里说：'就好像加工美玉、象牙等精贵器物那样，先切开原料，进行粗糙加工，然后再精雕细刻，打磨抛光。'说的就是这个道理吧？"孔子高兴了，夸奖道："端木赐啊，现在可以开始和你讨论《诗经》了，告诉你以往的知识，你就能够体悟出新的道理来。"

【注释】

[谄] 谄媚，巴结奉承。[骄] 马高六尺称骄，是高大之马。人自以为高大也称骄，即骄傲。[何如]《论语》中的"何如"都可以理解为"怎么样"。[贫而乐] 有的版本作"贫而乐道"，更符合句法和原义。[诗] 指《诗经》。先秦《诗经》还未称经，常用"诗""诗三百"称之。[如切如磋] 两句出自《诗经·卫风·淇奥》。[赐] 孔子称呼子贡，子贡名端木赐。

【评析】

这是一段颇富情趣的师生对话。子贡是孔子弟子中最有实际才能的人，尤其长于外交和经济。可能是子贡当时非常富足，但没有表现出骄气，因此向老师汇报自己的心得，多少有点自诩的味道，这可以体会出来，可能希望得到老师的全面表扬和高度肯定。孔子的回答非常精彩，先肯定，然后正面提出更高的标准，这就是安贫乐道，永远遵守礼制。子贡对于孔子的回答心领神会，然后用《诗经》中的话来含蓄回答孔子之话的主旨，并谈了自己对于这件事的体会。子贡只是引用《诗经》的话，但并没有直接说出来。意思是说：《诗经》上说，要雕琢好一块美玉，就要先切后磋，再雕琢和打磨，这样才能获得成功。实际是比喻人的品德要不断修炼提高，才能到最高境界，而自己也需要不断提高，需要老师的不断教育。比喻很精彩巧妙。孔子的第二次回答也用含蓄的方式肯定了子贡的话，赞美子贡能够举一反三，悟性好。从这段对话还可以看出孔子以及弟子对于《诗经》的熟练程度。可以推测，《诗经》是孔子教学中的必修课和基础课，师生都可以熟练背诵，并经常交流体会。还可以看出，从孔子教学开始，《诗经》就不再是单纯的文学课，而是哲学、社会学、外交学无所不包的学问，对于《诗经》的引用，已经超越了原文的本来意义，而附加了更多更广泛的内容，往往采用类比和比喻方式来说明阐释观点。其后中国诗歌中大量运用比兴手法便与这种解释《诗经》的方式有关。本章实际上也含有"有朋自远方来，不亦乐乎"的快乐。

一·一六

子曰："不患人之不己知，患不知人也。"

【翻译】

孔子说："不要担心别人不了解自己，怕的是自己不了解别人。"

【注释】

[患]忧虑、担心。

【评析】

本章依然强调学习修养的根本目的是自我道德的完善，如果坚持这一立场，那么别人是否了解与重视自己就无所谓了。而今社会浮躁，有名就有利，有利还可以买名。所以能够守住本分耐得住寂寞尤其可贵。别人不了解你，那不是你的过错，但如果你不了解别人，那可是十分可怕的。因为不知人，就无法判断如何对待人，就无法进行社会交际，因此，知人善任是表现人之才能的重要标志，这对领导者尤其重要。仔细体会，这句话确实是人生经验之谈。这句话的意思与开篇第一章中"人不知而不愠，不亦君子乎"的意思相同，从这可以看出《论语》编排的内在联系。

为政第二

【原疏】正义曰：《左传》曰"学而后入政"，故次前篇也。此篇所论孝敬信勇，为政之德也。圣贤君子，为政之人也。故以"为政"冠于章首。遂以名篇。

【魁按】本篇讲述以仁义道德为中心来处理人际关系以及领导国家从事一切活动，这是正途。政者，正也。不单纯是行政领导问题，也包括人生一切事务之处理，家庭、邻里、兄弟、亲戚、朋友、同事等关系。政治就是用正途来统治管理。仁义道德包含忠诚、孝悌、守信、正义等品格。"德政"是本篇之骨骼筋脉，守正、真诚是其主要表现与要求。人终生要走正途是本篇之主旨大纲。"学而后入政"实际上提出学习的目的是实践之意，从中可看出编排者的意图。

二·一

子曰："为政以德，譬如北辰，居其所而众星共之。"

【翻译】

孔子说："用仁义道德来从事行政管理，就好像天上的北极星，安静地坐在自己的位置上，众多的星辰都环绕着它。"

【注释】

[北辰]即北极星。[共]通"拱"，环绕，拱卫。

【评析】

以德治国是孔子一贯的思想和主张，是儒家思想中政治的最好状态，如果能真正做到这一点，如果普天下都如此的话，大同世界就实现了。因此，以德治国与以法治国便是两个不同的层次和概念。以德治国，不是没有规矩和法度，而法度的体现是礼，因此礼是双刃剑，本身就有强制的规定性。违犯礼有各种惩罚措施，严重的也杀头。因此古代往往称礼法。德的具体内容是儒家思想核心的仁义，是博施恩惠，就是孟子所提倡的"推恩"，是对于广大社会成员普遍的温情脉脉的人文关怀。即国君如果施行仁义，那么提拔的官员也必定是有德之人，官吏士大夫们必然理解国君的施政方针，也会推行仁义，这样层层以道德的力量来进行行政管理，社会成员就会相安无事，天下就会祥和，整个社会就会完美地运转起来。

二·二

子曰："《诗》三百，一言以蔽之，曰'思无邪'。"

【翻译】

孔子说："《诗》三百篇，用一句话来概括的话，就是抒发真情实感而不虚伪矫饰。"

【注释】

[诗三百]孔子几次这样说，是举成数而已，实际是三百零五篇。到汉代之后，被尊为经，始有《诗经》之名。[无邪]即真诚、诚恳之意，不虚假。

【评析】

理解这句话的关键是"邪"字。朱熹翻译说："程子曰：'思无邪者，诚也。'"诚就是真诚，不虚伪。"邪"在古代通"徐"，缓慢的意思，即吞吞吐吐，要说不说，不敢直抒胸臆。而《诗经》各篇确实是真情流露，实话实说，毫不矫情，且思想纯正，这就是大美至美。这句话对于理解《诗经》很有帮助。

二·三

子曰："道之以政，齐之以刑，民免而无耻；道之以德，齐之以礼，有耻且格。"

【翻译】

孔子说："用行政法规来管理统治，用刑罚来整治规范，老百姓可以免于受到刑罚，但心中却没有耻辱感；用德行教化来领导管理，用礼乐制度来规范人的行为，老百姓不但知道耻辱，而且内心对领导亲近且认同。"

【注释】

[道之以政]道，通"导"。以政导之，用行政法规来引导管理百姓。

[免] 先秦时若单用"免"字，一般都是"免罪""免刑""免祸"的意思，这里也如此。[格] 意义很多，这里是亲近、归附的意思。

【评析】

这是两个层次的领导艺术。如果只是强调行政管理，用刑罚来进行统治，即使百姓能够免于受到刑罚，但也是被动的，没有内心的自觉意识，只强制外在的行为而不利于内在的道德品性的提高，因此是低层次的。只有用仁义道德来身体力行，用道德人格的力量来实行领导，才能使百姓口服心服，从而自觉为国家或集体出力。《礼记·缁衣》说："夫民，教之以德，齐之以礼，则民有格心。教之以政，齐之以刑，则民有遁心。"用这段话来理解本章，便可清楚"格"的准确含义。通俗地讲，如果以德和礼来领导人民，治理国家，就会得到百姓的认同和亲近，有凝聚力和向心力，那么这种道德的力量就是无比强大的。如果用行政和刑罚来治理国家，也能够统治，但百姓对于国家没有感情，就会离心离德，对于国家事务采取逃避的消极态度。因此后来荀子强调"礼乐刑政"的统一，则是更为完备的施政大纲。

二·四

子曰："吾十有五而志于学，三十而立，四十而不惑，五十而知天命，六十而耳顺，七十而从心所欲，不逾矩。"

【翻译】

孔子说："我十五岁开始下决心学习，三十岁立下志向，建立起人生目标，四十岁不再疑惑，五十岁便能够知道命运对于人生的重要作用，六十岁能够容纳各种意见，能够分辨是非，听到什么都会正确理解而不生气，七十岁时则随心所欲去做事，都不会违背礼的规定。"

【注释】

[十有五] 十又五，即十五。古人在十位数和个位数之间往往加一个"又"字，有时则写成"有"字，至今依然有这种写法。[不惑] 承前句指坚定志向而没有疑惑，对于事物和是非的判断也没有疑惑。[知天命] 孔子是积极的宿命论者。他讲天命，但认为不可知，故只能尽人力而已。知道天命的道理，而不是知道自己的天命走向。[耳顺] 郑玄说："耳闻其言，而知其微旨。"即一听对方的话就知道他的意思。另外，在此基础上也有明白理解而不再生气的意思。[不逾矩] 不超越规矩。矩，规矩，指礼的制度规定。

【评析】

这段话被后人广泛引用，几乎每句话都成为千古名言，对于理解人生各个阶段应当达到的认识水平有重要的参照价值。但对于"志""立""天命""耳顺"等词语都有不同的解释。我们应该尽量设身处地站在孔子那个时代，将孔子看成是一位终生勤奋追求美好人生，为建立理想的大同社会秩序而孜孜以求的可敬的老人来看待，那么对于这几句话就会得出近似孔子原义的解释。实际上这是孔子晚年回顾自己一生人生道路中重要阶段的话，是教育学生同时也是自我感慨的话，完全符合其一生的人生轨迹。十五岁志于学是开始知道并决心学习。孔子少年很苦，还未记事父亲就死了，是单亲家庭。母亲在他十七岁前也死了，这样他必须通过自己的努力才能有生存的条件，才有提高的可能。而十五岁也是人开始真正懂事的开端，于是立志向学是合理的年龄。而十五岁到三十岁这段时间是人获取知识的黄金时段，因此二十岁不是一个阶段的标志，故孔子直接说三十岁。"三十而立"一般都解释为完全掌握礼的内容，懂礼仪，可以立身，这样讲虽然也通，但前后联系不紧密。故理解为建立人生理想和远大目标为好。"不惑"紧承前句，即按照既定的人生理想努力前进而不疑惑。对"知天命"的理解不同，说法也很多，其实孔子的意思是说到了五十岁就真正知道天命对于人生的作用，故只需做好人生的努力即可。天命肯定存在，但不可预知，故人只应该做好今生之事，不要认为个人可以改变一切。人生对待太多的偶然性是无能为力的，而且偶然性也是不可知的。既然如此，就不必思考研究。因此孔子一生不谈论鬼神、不具体探讨命运问题，只尽最大努力去完善现实生命。孟子提出的"顺受正命"是对孔子这一观点的进一步解释，即人尽自己的最大努力保证上天赋予的生命指数得以完美实现，得以充分展示即可。这无疑是最佳的选择。"耳顺"则是对于人生与现实社会的一切都能够正确认识，而不再生气、恼怒，这确实是一种境界，把人生世相都看透了，就没有什么刺耳的了。

二·五

孟懿子问孝。子曰："无违。"樊迟御，子告之曰："孟孙问孝于我，我对曰：'无违。'"樊迟曰："何谓也？"子曰："生，事之以礼；死，葬之以礼，祭之以礼。"

【翻译】

孟懿子请教孔子怎样才算孝。孔子回答说："不要违背。"樊迟给孔子驾车，孔子告诉他道："孟孙氏向我询问怎样算尽孝道，我回答说：'不要违背。'"樊迟问："您说的是什么意思啊？"孔子说："父母活着，要按照礼制的要求来赡养；父母死了，要按照礼制的要求来办理丧事，要按照礼制的要求来进行祭祀。"

【注释】

[孟懿子]鲁国大夫，出身三大家族之一，三大家族即孟孙氏、叔孙氏、季孙氏。是孟僖子之子。孟僖子死前嘱咐他要向孔子学习礼。[无违]《左传·襄公二十六年》："古人凡背礼者谓之违。"[樊迟]孔子弟子，姓樊名须，字子迟，比孔子小三十六岁。《孔子家语》说小四十六岁，待考。

当以小三十六岁为是。[御]驾车，在古代是很高的技术，属于专业技能。

【评析】

孟懿子是大贵族，孟懿子父亲可谓是孔子的忘年交和知己，他最早发现孔子的勤奋与品德，并要求自己的两个儿子都要向孔子学习。孔子三十多岁获得一次公费到首都洛阳访学的机会，正是这次访学使孔子见到了老子，二人还有对话，这是中国文化史上的盛事。可能是孟懿子请孔子前去，谈话中询问到关于孝的话题，于是便有了这段对话。孔子返回途中，告诉给他驾车的学生樊迟，最后明确说明了"无违"的含义。应当注意，关于仁、孝等问题，孔子在回答不同提问者的时候答案也不同，并不作理论思辨方面的回答，总是回答应该如何去做。可能是孟懿子在生活中有僭越礼制的行为，也可能是针对当时三大家族争相扩大自己势力，而削弱鲁国国君权力的行为。总之，孔子的回答是有针对性的。师生一边赶车行路一边对话的情景也很生动。

二·六

孟武伯问孝。子曰："父母唯其疾之忧。"

【翻译】

孟武伯询问孔子怎样才算孝道。孔子说："儿子最大的孝心就是在各个方面都让父母完全放心，只是让父母担心忧虑他的身体。"

【注释】

[孟武伯]孟懿子的儿子，谥武。[其]第三人称代词，一般翻译成他、他的、他们、他们的。

【评析】

其实这是一句最容易理解也最通人情的话，但现在却出现了一些不同的解释，我感到有点奇怪。孟武伯询问孔子怎样才算孝，这是孔子回答他的话。意思是说，如果一个人行为端正，品德好，不走任何歪门邪道，能够让他的父母完全放心，这就是孝。可能孟武伯很勇猛，这样就容易惹祸，因此孔子告诉他，别让父母操心就是孝。孔子回答问题总是针对具体对象，不同的人问同样的问题，孔子会有不同的答案。这也是孔子因材施教的具体体现。同时，这回答对于我们今天的少年儿童同样适用，能让父母不操心就是好孩子。这种标准永远都成立，也最简明易懂，容易做到。

二·七

子游问孝。子曰："今之孝者，是谓能养。至于犬马，皆能有养。不敬，何以别乎？"

【翻译】

子游问老师什么叫孝。孔子说："如今所谓的孝道，是说能够养活父母就行。至于狗和马，也都能够养活；如果没有尊敬顺从的心理，那么这两者之间将用什么来区别呢？"

【注释】

[子游] 孔子弟子，姓言名偃，字子游，比孔子小四十五岁。

【评析】

本章之关键处在于对"至于犬马，皆能有养"这句话的理解，将其解开，便可以顺畅解释本章意义之所在了。这句话只是说，儿子也能养犬马，如果只从养活上讲就算孝，而没有内心的敬畏和亲情，那么，养父母和养犬马也就没有什么区别了。如今很多年轻人喜欢养宠物，养狗养猫，对于猫狗的关心甚至超过了对父母的关心。这样的儿女即使给父母再多的钱也不能算有孝心。古今一理，春秋时代，狗和马同样得到人们的喜欢，也可以说是当时的宠物或是财产，所以孔子才如此说。对于父母生活上的供给赡养和感情上的关怀体贴都不可或缺，而后者更主要。穷人的儿子可能在生活上没有能力使父母很舒适，但同样可以使父母舒心。舒心比舒适更重要。

二·八

子夏问孝。子曰："色难。有事，弟子服其劳；有酒食，先生馔，曾是以为孝乎？"

【翻译】

子夏问老师什么是孝道。孔子说："儿子在父母面前总保持愉快的表情和容颜，这是很难的。有事情，年轻人出力效劳，有酒食饭菜，让年长的人吃，难道这样就可以认为是孝吗？"

【注释】

[色难]《礼记·祭义》说："孝子之有深爱者必有和气，有和气者必有愉色，有愉色者必有婉容。"保持如此和气、亲切、愉快的表情必须出自内心的纯孝，故是最高层次的孝道。[弟子]在《论语》中有二义，一是子弟之义，即儿子或弟弟，这种意思与"后生"相同；一是学生之义。这里指前者。[先生]《论语》中也有二义，一是父兄，也兼指年长者；二是老师。这里是前者。[馔（zhuàn）]本义是名词，指饭菜，这里做动词，意为吃喝。[曾]副词，竟。

【评析】

本章继续讲孝道，强调孝的真正表现是发自内心的对于父母的敬爱，心理情感的表现则是外在的表情容颜，内外一致才是真正的孝心。否则，虽然也供养父母生活的费用，但内心不情愿，甚至在表情上很难看，会令父母更伤心。可以体会孔子强调自我内心感情的真实性，要不断培养对于父母养育之恩的感恩思想，才会逐渐加强报答父母的真实感情，这才是孝道的根本。

二·九

子曰："吾与回言终日，不违，如愚。退而省其私，亦足以发，回也不愚。"

【翻译】

孔子说："我整天和颜回讨论问题，颜回从来不提反对意见，好像有些愚笨。可是回到家里反思他私下的言行，也足以启发我，看来颜回不愚笨。"

【注释】

[回] 颜回，孔子弟子，姓颜名回，字子渊，鲁国人。比孔子小三十岁，一说小四十岁。[退而省其私] 解释不一，有的说是颜回回去自己反思研究，但与语法不合。这里的主语还是孔子。

【评析】

颜回是孔子最得意的弟子，孔子的弟子们也都很佩服他。颜回对于孔子的思想理解得最深透，孔子困于陈蔡时曾先后找子路、子贡、颜回三个学生单独谈话，提问的问题完全一样，而只有颜回最能理解孔子的心，使孔子最满意，是真正的得道者。"不容然后见君子"确实是极为深刻的见解。颜回还是安贫乐道的典范。从《论语》全书及相关记载可以体会到，颜回性格内向、沉默，但爱思考，思想确实很深刻，曾多次受到孔子的赞扬。

二 · 一〇

子曰："视其所以，观其所由，察其所安。人焉廋哉？人焉廋哉？"

【翻译】

孔子说："看他言谈处事所采用的方式与途径，观察他人生轨迹的始末，体察他对什么事情安心和不安心，就可以知道他的为人。人怎么能够掩饰得住呢？人怎么能够掩饰得住呢？"

【注释】

[所以] 所用来。以，解为"用"，有人解为"与"，我不采用。[由] 经由、经过，引申为经历。[安] 安心，心安理得。[廋（sōu）] 隐藏、藏匿。

【评析】

这是孔子教导学生如何观察人的方法，是人生经验之谈，也很实用，可见儒家思想的实用理性特征。确实，从这三个方面就可以考察出人的品性。知人是从事社会活动和人际交往的前提，也是从事行政管理的头等大事。其实，在现实政治中，因为观察不到而用错人的情况不多，多数是亲疏或贿赂问题。然而这实在是应该从根本上解决的大病、重病、多发病。

二 · 一一

子曰："温故而知新，可以为师矣。"

【翻译】

孔子说："温习过去的知识，使其牢固掌握，再学习新的知识，这样就可以当老师了。"

【注释】

[温故而知新]皇侃《义疏》说："所学已得者,则温之不使忘失。是月无忘其所能也。知新,则日知其所亡也。"

【评析】

本章是人们耳熟能详的格言,其意义有两个层面,一是书本上已经掌握的知识,要经常温习思考,在重新思考的时候往往会有新的认识,对于原有的知识加深理解并使之巩固;二是重视学习历史经验,从以往的历史中提炼总结经验,推测预知未来的走向和趋势。注重记录保存历史经验,是中国文明的重要特征,因此,中国史书最丰富。从已经取得的经验中悟出新的知识非常重要,《资治通鉴》编撰的目的就在于此。另一层意思是每天要温习学习过的知识使之掌握记牢,同时每天还要学习新的知识,也就是"日知其所亡,月无忘其所能"。这两种层面的意思都有。

二·一二

子曰:"君子不器。"

【翻译】

孔子说:"君子不是器物,不是工具。"

【注释】

[器]器皿、器物、东西。包咸说:"器者,各周其用。至于君子,无所不施。"

【评析】

孔子特别强调人的主体品格,即要求弟子不要成为某一方面的工具,

如挣钱的工具、打仗的工具，而要永远保持自己的独立人格和主体判断能力．尤其在科技发达的今天，这一点更加重要。这是"君子不器"的第一层含义。另一层含义是知识和能力的广泛通博，要有很全面的人文修养。孔子的学生中各方面的专业人才都有，德行、外交、文学、军事、经济、行政管理等方面都有专家，从中可以看出孔子本人的知识领域很宽，社会科学方面几乎无所不包。现在社会依然需要这样的人才。

二·一三

子贡问君子。子曰："先行其言，而后从之。"

【翻译】

子贡问怎样做才能成为君子。孔子说："先把事情办好，然后再说出来。"

【注释】

[先行其言，而后从之]孔安国说："疾小人多言而行之不周。"

【评析】

说得好而做得不好，虽然不能说是小人，但肯定不算君子。做得比说得好则肯定是君子，因此少说多做永远是做人的原则和经验。孔子在这方面曾经反复教育弟子们，"敏于事而慎于言"基本也是这个意思。但不可机械理解，要灵活运用。

二·一四

子曰："君子周而不比，小人比而不周。"

【翻译】

孔子说："君子能够公正地对待一切人，普遍关怀善待周围的人。小人专门搞小团伙，偏袒徇私而不能公正地对待大众。"

【注释】

[比] 反"从"为"比"，因为共同私利而相互勾结。"从"是为正义公理而跟随，故二人面向前行。"比"是为私利或不正当利益而跟随勾结，故二人面向后行。[周] 完备周全。

【评析】

孔子思想中一直主张公正、博爱，反对徇私，反对行小惠，这种思想最有意义，也是我们判断区分现实生活中君子和小人的一个重要标尺。凡是利用职权拉帮结伙的人，都是孔子说的"比而不周"的小人。"比"是贬义词，反从为比，指小人相互勾结，结成一伙。用这种品德为标尺来观察人的方法在现在更有意义，如今社会结成许多圈子，很多地方一个官员倒台就会跟着倒一大批人，便是这种"小人比而不周"的结果。

二·一五

子曰："学而不思则罔，思而不学则殆。"

【翻译】

孔子说："如果只知道读书实践而不进行思考，就会疑惑糊涂；如果只知道思考而不读书实践，那也很危险。"

【注释】

[罔] 通"惘"，迷惘，迷惑不解。[殆] 危险，指不能有进步，就会没

有自信心。

【评析】

孔子非常重视读书和思考，也很重视实践，此处之"学"包括读书与实践两层意思。实际是要求知识和行动的统一，读书和思考的统一。康德说："感性无知性则盲，知性无感性则空。"就是说只有感性认识而没有理性认识就会盲目，只有理性认识而没有感性认识就会空洞，意思与此相同。在读书中思考，遇到问题带着思考去读书，这是一切有成就之人的必由之路。

二·一六

子曰："攻乎异端，斯害也已。"

【翻译】

孔子说："看问题要全面，要有两点论，如果只在一个方面下功夫，那就容易偏激，是很有危害的。"

【注释】

[攻] 深入研究。[异端] 事物都有正反两个方面，如果站在某一点看对方都是异端。[斯] 这，代指这种做法。

【评析】

对于本章，讲法主要有四种：第一种是说学习钻研不正确的理论学说是很有害处的。把"攻"字讲成"专攻""攻读"，古代注解这种说法比较多。第二种是说攻击那些不符合仁义道德的异端邪说，那么危害就会被消除了。第三种是说如果攻击不同于自己的意见，那是有害的，应当允许不同意见的存在。第四种则是本译，考察《论语》全书以及孔子本人生平的思想，当以本说为是，理由如下：一、孔子时代，诸子学说尚未产生，并没有百家争鸣的局面。二、孔子弟子没有哪个人去学习别人的学说，如樊迟想学习农业知识，那也不是异端，因此孔子不必这样教导学生。第三种说法虽然有宽容的美意，但恐怕不是孔子的本意。

二·一七

子曰："由，诲女知之乎！知之为知之，不知为不知，是知也。"

【翻译】

孔子说："子路，我教导你对待知和不知的正确态度吧！知道的就说知道，不知道的就说不知道，这样的态度才是真正的聪明智慧。"

【注释】

[由] 孔子学生，姓仲名由，字子路，又字季路，比孔子小九岁。[诲] 教诲，教导。[女] 通"汝"，第二人称，你。[是知也] "知"通"智"，聪明智慧。当本字解也通，意义稍有不同。

【评析】

孔子很喜欢子路，却总批评他。子路为人豪爽、心直口快，有时候没有思考好就发表意见，因此孔子总是提醒他要慎重。这是在学习态度方面提示子路。孔子历来强调实事求是，教导子路不要不懂装懂，那样不但别人无法告诉你，你自己也不想再学习了。这是人生大敌。知识是无限的，每个人的知识都极为有限，因此即使一些知识不知道也是正常的，不知道不羞耻，不懂装懂才羞耻。这是非常重要的学习态度，也是做人应该注意的问题。

二·一八

子张学干禄。子曰："多闻阙疑，慎言其余，则寡尤；多见阙殆，慎行其余，则寡悔。言寡尤，行寡悔，禄在其中矣。"

【翻译】

子张向孔子请教如何当官。孔子说："多听别人说，保留那些有疑问的地方，谨慎说那些可以肯定的地方，这样就会少犯错误；多观察，不干那些有危险的事情，谨慎办那些有把握的事，就不会失误后悔。说话很少犯错误，办事很少后悔，官职和俸禄自然不是问题。"

【注释】

[子张] 孔子弟子，姓颛孙名师，陈人，比孔子小四十八岁。[干禄] 追求当官，挣俸禄。干，求。禄，俸禄。[阙疑] 怀疑的就不说。这也是注疏时应该采用的原则。[尤] 过错。[殆] 危险，这里指没有把握的事。

【评析】

孔子的弟子子张向孔子请教怎样才能当官挣工资，孔子便这样回答他。可见孔子很关注现实，并不是专门的学问家，而是鼓励弟子们从政。孔子的话很有指导意义，多听多看，没有把握的话不说，有把握的话也谨慎地说，没有把握的事不干，有把握的事也小心认真地干，这样在官场便可以站住脚，这确实是经验之谈。

二·一九

哀公问曰："何为则民服？"孔子对曰："举直错诸枉，则民服；举枉错诸直，则民不服。"

【翻译】

鲁哀公问孔子说："怎样做百姓才能心服口服呢？"孔子回答说："提拔那些正直廉洁的人当官，废黜那些不正派的人，百姓就信服；提拔那些邪佞贪婪的小人当官，罢免那些正直清廉的人，百姓就不信服。"

【注释】

[哀公]鲁国国君，姓姬名蒋，定公之子。在位二十七年。[对曰]古代文献中，地位低的人回答地位高的人的问话时，用"对曰"，君臣之间、师生之间、父子之间都如此。[错]放置、安置、废置，引申为废弃、罢黜。

【评析】

这是孔子晚年说的话。鲁哀公问孔子怎样做才会使百姓信服和服从，孔子如此回答。孔子主张贤人政治，官吏的提拔任命对于任何时代、任何国家都是非常重要的。即使是在单位，用人也是成败盛衰的关键。孔子可谓抓到了政治的关键。

二·二〇

季康子问："使民敬、忠以劝，如之何？"子曰："临之以庄，则敬；孝慈，则忠；举善而教不能，则劝。"

【翻译】

季康子向孔子请教说："要使百姓恭敬顺从，尽心竭力而又相互鼓励劝勉，应当怎么办呢？"孔子回答说："你用严肃认真的态度来对待百姓，百姓对于你的命令也会认真而顺从；你对待百姓尊老爱幼，百姓就会尽心竭力为你办事干活；你提拔善良的人而教育培养那些能力差的人，百姓自然就会相互鼓励和劝勉了。"

【注释】

[季康子]季孙肥，鲁哀公时正卿，鲁国当时权臣。[忠以劝]以，连词。劝，鼓励、勉励。

【评析】

这是孔子晚年周游列国回来之后发生的问答。季康子是鲁国权臣，向孔子请教如何统治百姓，使百姓顺从。孔子的回答依然是推行仁政，用道德感化的力量取得百姓的信任，实质是深深植根于血缘家庭伦理关系上的父慈子孝、兄爱弟恭的天伦关系上，将其推广到社会政治方面。

二·二一

或谓孔子曰："子奚不为政？"子曰："《书》云：'孝乎惟孝，友于兄弟，施于有政。'是亦为政，奚其为为政？"

【翻译】

有人问孔子说："你怎么不从事政治？"孔子说："《尚书》上说：'孝道啊，只想着要孝敬父母，友爱兄弟，并把这种感情和关系推及政治方面去。'这就是从事政治啊，什么样的做法才算从事政治呢？"

【注释】

[或]不定称疑问代词，根据前后文可以翻译成有人、有的、有时。[奚]怎么、为什么。[为政]从事政治。为，动词。[书]先秦时专指《尚书》。

【评析】

古代国和家同样需要秩序和治理，大的家与小的国差不多，何况国君的家族也是家。这样，就大夫和国君来说，管理家事和管理国事很多内容是重合的。因此，孔子说教育管理家庭就是从事政治。历史是演进的，由远古时期的类似动物的群居逐渐发展到父系氏族，家庭出现，家庭与家庭之间结合成氏族联盟成为部落，进一步形成部落联盟，再进一步发展为小型国家。这样，人际关系首先是家庭伦理关系，伦理关系与政治、政权便紧密联系起来。这种观念和感情的依存不断积淀，而有见识的统治者便利用这种观念和意识来强化统治。因此，孔子整个仁政思想的基础是孝悌，是由个人修养影响家庭，由家庭推及家族，由家族推及部族，再延伸至整个国家。这便是儒家思想"内圣外王""修齐治平"内核形成的社会历史原因。这就是孔子说教育弟子和天下孝悌就是从政的道理。

二·二二

子曰："人而无信，不知其可也。大车无輗，小车无軏，其何以行之哉？"

【翻译】

孔子说："人如果没有信用，不知道那怎么可以呢。牛车车辕上没有连接牛鞅子的部件，马车车辕上没有连接马脖子上横木的部件，车怎么能行走呢？"

【注释】

[輗（ní）] 古代牛车大，车辕前端有横木，连接横木和车辕的部件销子叫輗。[軏（yuè）] 古代马拉的车叫小车，连接车辕和横木的销子叫軏。

【评析】

守信是任何社会群体都要遵守的普遍礼俗和道德规范，是维系社会的关键。讲信用的反面就是说谎造假，造假的结果是相互欺骗，不说谎是道德的最低要求，也是最高要求。《论语》中经常有精妙的比喻，輗和軏是车上连接横木和车辕的销子，也是传动装置的关键，没有此物，车当然不能动弹。人的信用就是如此重要，没有了信用就寸步难行，多么精彩的比喻，多么深刻的议论。

二·二三

子张问："十世可知也？"子曰："殷因于夏礼，所损益可知也。周因于殷礼，所损益可知也。其或继周者，虽百世可知也。"

【翻译】

子张问老师："今后十代的礼仪制度可以预先知道吗？"孔子说："殷朝沿袭夏朝的礼仪制度，所减少什么和所增加什么，是可以知道的。周朝继承殷朝的礼仪制度，所减少什么和所增加什么，也是可以知道的。有哪个朝代继承周朝，即使是一百代，也是可以知道的。"

【注释】

[世] 一代为一世，古代以三十年为一世。[殷因于夏礼] 殷，地名，故址在今河南安阳，为商朝古都，故商朝也称殷朝，又称殷商。因，因袭、沿袭、继承的意思。[损益] 减少和增加。

【评析】

这是子张和孔子关于历史发展与未来展望的对话，内容丰富而深刻。孔子多次谈到自己"述而不作"，即强调其继承前代已有的知识和文明，不是自己单独创造。孔子反复提倡的礼，就是对于西周礼乐制度的恢复和修整。而他认为礼是一代一代流传下来的典章制度，每一代对前代都有所损益，即继承和革新，按照这个逻辑推演下去，百代以后也永远是损益而已。既不能全面继承，也不能全面废除，代代损益而已。这其中充满了辩证法，实在是睿智高明。一句话便预测中国历史三千年的走向，高明！

二·二四

子曰："非其鬼而祭之，谄也。见义不为，无勇也。"

【翻译】

孔子说："不是自己应该祭祀的鬼神而进行祭祀，就是献媚溜须。看见应该做的事情却袖手旁观，就是怯懦。"

【注释】

[鬼] 古代人死都称鬼，这里的鬼指祖先。[祭] 普通祭祀是吉祭，祭祀的目的是祈求幸福。[义] 正义的事情。

【评析】

上古祭祀鬼神甚多，孔子对于这种现象有明确的意见。这里的鬼应当包括天地神灵和祖先，而以祖先为主。孔子提倡每个人祭祀自己的祖先，这是一种深沉的感恩的思想感情，是恭敬缅怀并感谢先人的恩德。这是中华民族传统最重要的特点之一，即极端重视家族血缘的传承，并将其转化为潜在的精神动力。很多大家族谱牒可以一直延续两千多年几十代，这在其他任何民族都是不可能的。如果不是自己的祖先而去祭祀，就是献媚阿谀，就是企图谋求额外的幸福，是不应该的，也达不到目的。接着孔子又强调见义勇为则是履行社会责任。前面祭祀祖先是家族内部的孝悌，见义勇为是对于社会承担道义的重担，两个方面构成儒家品格的全部内容，即仁义的具体表现。

·八佾第三·

【原疏】正义曰：前篇论"为政"，为政之善，莫善礼乐，礼以安上治民，乐以移风易俗，得之则安，失之则危，故此篇论礼乐得失也。

【魁按】解释基本正确，本篇揭示礼崩乐坏的社会现实，表达无可奈何的心情，同时从正面讲述如何加强礼乐教育的问题，并要在最大限度上维护礼乐制度。全篇的主旨就是"礼乐"，各章均围绕这一主旨来安排。

<h1 align="center">三·一</h1>

孔子谓季氏："八佾舞于庭,是可忍也,孰不可忍也?"

【翻译】

孔子评论季氏："他在自己的庭院中就观赏八佾的歌舞,这样僭越的事情他都可以忍心做,还有什么样的事情不忍心做呢?"

【注释】

[季氏]鲁国三大家族之一,季氏权力最重,势力最大。这里的季氏具体是谁说法不一,或云季平子,或云季康子,或云季桓子。从孔子生平看,季桓子可能性最大。季平子时孔子尚年轻,季康子时孔子已老。孔子中年到壮年时一直是季桓子执政。[八佾(yì)]古代歌舞,以八人为一行,称一佾,八佾就是八行,共六十四人,是天子音乐歌舞队的规模。诸侯是六佾,大夫是四佾。按照礼的规定,季氏只能观赏四佾。[忍]解释不一,或解为"容忍""忍耐",不妥,孔子当时无力制止,也不想用强制的方式制止,是愤慨感叹语。故理解为忍心更好。

【评析】

本章可以看出两个问题:一是当时礼崩乐坏的现实,季氏就是大夫,按照天子、诸侯、大夫的等级,在享受礼乐规定上处在第三等级。当时规定,只有周天子才有资格观赏六十四个人组成的大型歌舞表演,鲁国国君都没资格看,何况季氏?但季氏就是在自己家大院里公开观赏,鲁国国君却无可奈何。可见当时政治制度被破坏的程度。二是孔子对于这种情况愤慨、忧虑而没有办法,因为不在其位,而且类似情况还有很多,是整个天下的问题。

三·二

三家者以《雍》彻。子曰:"'相维辟公,天子穆穆',奚取于三家之堂?"

【翻译】

三大家族在祭祀结束时,演唱《雍》诗。孔子说:"'四方诸侯,都来助祭,天子仪容,美好静穆'这样的诗句,在三家祭祀的庙堂上取用的究竟是哪句话呢?"

【注释】

[三家]鲁国当政的孟孙氏、叔孙氏、季孙氏三家。[雍]又作"雝",《诗经·周颂》中的一篇。[相]助祭之人。[辟公]包咸说:"谓诸侯及二王之后。"[穆穆]指和蔼、严肃、端庄的仪表。

【评析】

本章的意义与前章相似,都反映当时礼崩乐坏的现状,孔子坚决抵制反对却无可奈何的焦虑。上一章只是季氏一家用八佾之舞,这一章是三家祭祀都用天子才能使用的《雍》乐。可见礼乐制度已全面遭到破坏。根据语气,孔子可能是参加了三家的祭祀典礼。其实,任何社会都必须有共同遵守的秩序、规范、准则,这些法规都带有很强的制度性质,如同现代的交通法规一般,违犯就要处罚,否则,社会就要乱套了。当然,当时的礼乐制度并不像如今的交通规则那样属于一般的民间通用,而是国家机器的重要组成部分,更加严肃重要,其执行强度标志着国家权力的强度。

三·三

子曰:"人而不仁,如礼何?人而不仁,如乐何?"

【翻译】

孔子说："人如果没有仁爱之心，还能讲什么礼？人如果没有仁爱之心，还能讲什么乐？"

【注释】

[如礼何]对于礼能怎么样。

【评析】

本章强调外在的礼乐形式与内在心理情感的统一性问题。只有具备仁爱的心理，才能自觉遵守礼乐制度，在参加礼仪活动中，在日常生活中都能够自觉按照礼乐的要求来行事。如果内心缺乏仁爱情怀，那么表面文章做得再漂亮也没有什么意义，只能是对礼乐的破坏和亵渎。这种见解深刻而尖锐，也具有一定的现实意义。

三·四

林放问礼之本。子曰："大哉问！礼，与其奢也，宁俭；丧，与其易也，宁戚。"

【翻译】

林放向孔子请教礼的根本问题。孔子说："这是个特别重要的大问题。对于礼仪，与其铺张奢华，不如俭朴节约；办理丧事，与其仪式隆重而表情随和平易，不如内心悲伤。"

【注释】

[林放]鲁国人，具体不详。[奢]奢侈、奢华。[易]包咸说："易，和易也。"指表情平常而不悲伤。礼要求各种场合各种情况人的表现都要

适度。按照《正义》解释，过于悲伤叫作"戚"，不悲伤叫作"易"，这样理解就很容易了。与前句的语法架构一致。杨伯峻引《礼记·檀弓上》说，子路曰："吾闻诸夫子，丧礼，与其哀不足而礼有余也，不如礼不足而哀有余也。"

【评析】

儒家思想的主要特征是强调人自我内心的善良完美，因为这样才能构建心灵家园、构建文化心理，这是其能被后世接受并广泛传承的主要原因。对于礼，孔子反复强调人内心自觉体认履行礼的重要，是内在感情的自觉，而外在的形式则是次要的。内心仁义而体认礼的人，不会有违礼的行动。讲求实际，提倡节俭，反对奢侈是孔子的一贯主张，这一点要给予充分肯定。

三·五

子曰："夷狄之有君，不如诸夏之亡也。"

【翻译】

孔子说："那些少数民族国家还有君主观念，不像中原各华夏民族诸侯国连国君观念都没有了。"

【注释】

[夷狄] 古代泛指少数民族。一般称呼东方为夷，北方为狄。[诸夏] 指中原地区各诸侯国。[亡] 通"无"。

【评析】

对于本章意义，理解有所不同。一说野蛮部族虽然有国君，但不如中原地区没有国君的地方更文明，懂礼仪；一说野蛮部族还有国君，而中原各国纷纷僭越，没有国君观念。仔细体会，还是后说符合原义。本篇前三章都是批评鲁国大夫僭越而没有把国君和天子放在眼里，而后面"季氏旅于泰山"章也是严厉批评僭越行为，本章与前后各章意思相近，都是针对当时"礼崩乐坏"的现实发出的感叹，批评中原各华夏族诸侯国不遵守礼制。又，季平子曾经将鲁昭公赶出鲁国，使其长期流亡并死在国外。孔子此语或许与此事件有关。

三·六

季氏旅于泰山。子谓冉有曰："女弗能救与？"对曰："不能。"子曰："呜呼！曾谓泰山不如林放乎？"

【翻译】

季氏将要去祭祀泰山。孔子问弟子冉有："你不能挽救这件事吗？"冉有回答说："不能。"孔子说："唉！难道泰山之神竟不如林放吗？"

【注释】

[旅]这里是去祭祀的意思。[冉有]孔子弟子冉求，字子有，比孔子小二十九岁，在季氏家做家臣，所以孔子问他。[救]挽救，挽回。

【评析】

周礼规定，只有天子才有资格祭祀泰山，诸侯国的国君都不可以，而季氏只是一个大夫，更没有资格。但季氏当时在鲁国势力最大，他就是要去，孔子反对也没有办法。因弟子冉有正在季氏家中做事，于是孔子询问冉有能否制止挽救这件事，即制止季氏不要去祭祀泰山。冉有表示无能为力。于是孔子肯定泰山之神不能接受季氏的祭祀。因为林放还知道问礼，泰山之神一定强于林放。其实，后面这句话是委婉批评冉有。泰山无生命，当然无意识，孔子是含沙射影而已。后来季氏将要讨伐颛臾的时候，孔子十分生气，与这些事都有关系。

三·七

子曰："君子无所争，必也射乎！揖让而升，下而饮，其争也君子。"

【翻译】

孔子说："君子没有什么可争的事情。如果有所争，一定是比赛射箭吧！相互作揖然后升堂，射完后下来饮酒，在竞争中也不失彬彬有礼的君子风度。"

【注释】

[必] 一定。[揖让] 古代射礼，要先揖让登堂。[下而饮] 射完后，看结果，输的一方下堂后要饮酒。详见《仪礼·乡射礼》。

【评析】

孔子认为君子不应该主动争什么，如果一定要争的话，就是射箭。射箭是当时的礼之一。起源当然是现实生活中的实际技能，和御有同样的性质。如果相比较，射肯定是先于御的技术，因为最早的狩猎技术之一就是射箭。这样，孔子开设的六门基础课就包括射箭，但实用性技术不是主要的，主要是演练礼仪，与军队的军事训练不同。只要是射箭就存在胜负和技术的高低，当然就有竞争。但因为是演礼，因此上台相互揖让，下台输者饮酒，文质彬彬。

三·八

子夏问曰："'巧笑倩兮，美目盼兮，素以为绚兮。'何谓也？"子曰：

"绘事后素。"

曰："礼后乎？"子曰："起予者商也，始可与言《诗》已矣！"

【翻译】

子夏问道："'巧妙的笑容，酒窝微微动人；美丽的眼睛，眼珠转动有神；洁白的底色，上面色彩缤纷。'这几句诗是什么意思啊？"孔子说："绘画要在白色的素绢上进行，因此绘画的过程要后于洁白的底色。"

子夏说："这样说，那么礼在最后吗？"孔子说："启发我的人就是你卜商啊！现在开始可以和你讨论《诗经》了。"

【注释】

[倩]容貌美丽。[盼]眼睛黑白分明。[素]白色。[绚]文采美丽。这是《诗经·卫风·硕人》中的话，但今传版本只有前两句，第三句可能是逸句，王先谦《三家诗义集疏》认为《鲁诗》中有此句。[绘事后素]实际应当理解为"绘画之事后于素"，即要有白色的底子才能进行绘画，也就是说，绘画结束后才能显示素色的重要。[起]引起我思考，即启发。[商]子夏名卜商。

【评析】

本章记载子夏和孔子关于《诗经》中三句诗意义的讨论，很有意思。孔子认为，一切人类文化都应该用礼来约束，以礼为基础。子夏问那三句诗夸奖美人是否太夸张了，关键是第三句。孔子的回答还是从诗句原义出发，但很精彩，主要是解答"素以为绚兮"的含义，即素的原色是绘画的前提，素才能进行绘画，才能显示出画的文采和美丽。于是孔子用"绘事后素"来回答。意思是说：素是绘画的基础，绘画后才能显示素的可贵。这本身涉及美学的问题，这里不在这方面展开。子夏没有回答自己是否明白老师的意思，而是再用询问的口气说："礼在后面吗？"孔子给予高度的肯定和赞美，其实已经超出了《诗经》诗句原来的意义。子夏的意思是说，绘画好像是人文的各种现象或礼仪形式，是在最后的表现形式，而"素"是基础，素便是淳朴的仁义之心，如果没有仁义之心为基础，一切礼仪都没有意义。这一点孔子可能开始时没有想到，而子夏的话提示了他，这一点是更深层次的意义。即在白色的底子上才可以开始进行美妙的图画，在淳朴的心灵上才可以进行文明的教育。这是多么精彩的议论，从中也可以看出孔子实事求是、不故作高深的谦谦君子风范。

三·九

子曰："夏礼，吾能言之，杞不足征也；殷礼，吾能言之，宋不足征也。文献不足故也，足，则吾能征之矣。"

【翻译】

孔子说："夏朝的礼仪制度，我能够讲述，但如今杞国的礼仪不足以证明；殷商朝代的礼仪制度，我也能说，但现在宋国的礼仪不足以证明。这是因为文献资料不足的缘故，如果文献资料充足或者有贤者口述，那么我就能够证明夏朝和商朝的礼仪情况。"

【注释】

[杞] 杞国，夏禹的后代封在杞地，故址在今河南杞县。[征] 验证、证明。[宋] 商汤的后代封在宋地，即春秋时期的宋国，故址在今河南商丘。[文献] 据朱熹说，这里的文献包括古代典籍和贤人口述两项内容，与现代的文献意义不同。

【评析】

孔子非常重视历史继承性问题，孔子自己"好古""述而不作"，从这段话就可以得到印证。孔子直接继承了周礼，但周礼肯定是通过对殷商礼的损益得来的。孔子时代距离周公制订礼乐已经五百年，西周的礼乐已经遭到破坏，孔子生活的鲁国关于礼乐的文献应该是很完备的，孔子年轻时专程去洛阳查看文献，并会见老子，因此孔子是当时掌握周礼的权威不容怀疑。礼乐不仅是典章制度，更是文化生活，而文化生活是不能随着时代的改变而发生突变的。中国历史悠久的关键是文化，是建立在文字基础上的共同文化心理和认同感。因此，保存古代文化的精髓，保持传统的优秀部分是任何一个民族的根本。

三·一〇

子曰："禘，自既灌而往者，吾不欲观之矣。"

【翻译】

孔子说："举行禘祭大典的时候，当第一次献酒之后，我就不想往下看了。"

【注释】

[禘（dì）] 古代极为隆重的祭祀大典，只有天子才能使用。因为周公旦功绩太大，周成王准许鲁国使用这一大典，其后便延续下来。[灌] 祭祀中第一道程序，即献第一次酒。

【评析】

本章的意义说法很多，禘是天子之祭，鲁国因周公的原因一直延续这一大典。从孔子的话来看，孔子可能不止一次参加过这一大典。但他为何不愿意坚持到最后而在举行第一道程序后就不愿意观看了呢？值得思考。有人说天子之礼，周公时使用是天子特批，以后再用就是僭越，因此孔子不愿意参加到底。也有人说鲁国在君位继承上有一些违背礼制的做法，因此孔子如此。前两种原因可能也有，但不主要，更主要的是孔子生活时代鲁国的几位国君的所作所为令孔子失望，而举行如此典礼与社会现实反差较大，孔子觉得不配，因此不满意。

三·一一

或问禘之说。子曰："不知也。知其说者之于天下也，其如示诸斯乎！"指其掌。

【翻译】

有人问孔子关于禘祭典礼的问题。孔子说："我不知道。知道禘祭的人对于治理天下，就好像把天下摆在这里一样吧！"同时指着他的手掌心。

【注释】

[示诸斯]在这里展示着一样。示，展示，拿起来给别人看，明摆着的意思。诸，之于的合音。斯，这里，指手心。

【评析】

这是一个生动的带动作的对话场景。可能也是孔子的学生问他关于禘祭的问题，孔子能否说清楚不太好说，但他对此不感兴趣是肯定的，因此他没有做正面的回答。我体会孔子之所以不愿意正面回答这个问题，可能是因为当时天下纷乱，周天子名存实亡，绝对没有举行这种大典的可能性，而其他任何人举行都属于僭越行为。鲁国姑且不算僭越，因为其老祖先有政治特权，但当时的政治和国力也实在太差，更是名不副实。而孔子历来提倡正名，既然没有任何现实可能性，当然也就没有必要探讨和介绍了，这大概是孔子不肯谈禘祭的原因。

三·一二

祭如在，祭神如神在。子曰："吾不与祭，如不祭。"

【翻译】

孔子祭祀祖先时，好像祖先真的在那里；祭祀神灵的时候，好像神灵真的在那里。孔子说："我如果不亲自参与祭祀的话，那么即使祭祀了，我觉得也好像没有祭祀一样。"

【注释】

[与]参与、参加。

【评析】

本章解释异说较多，尤其最后一句，有的解释为孔子不同意祭祀，即使祭祀也等于没有祭祀，这样显得孔子太主观武断，而且与原义不符。杨伯峻先生翻译为"我若是不能亲自参加祭祀，是不请别人代理的"，这是非常准确的，但属于意译，一般读者拐不过弯儿来，难以理解，故我这样翻译。意思与杨先生的一样，如果自己不亲自参加，即使请别人代替，自己也感觉不安，好像没有祭祀一样。

三·一三

王孙贾问曰："'与其媚于奥，宁媚于灶'，何谓也？"子曰："不然，获罪于天，无所祷也。"

【翻译】

王孙贾问孔子说："'与其讨好巴结屋里西南角的神，还不如讨好巴

54

结灶王爷'，说的是什么意思啊？"孔子说："不是这样的，如果得罪了上天，巴结讨好谁都不管用了。"

【注释】

[王孙贾]卫灵公大臣。[媚于奥]向处在奥的神灵献媚讨好。奥，古代屋里西南角的位置，比较深邃隐秘，古人认为有尊神在。[媚于灶]向灶神献媚讨好。灶，厨房之炉灶，做饭之所。古人认为那里有灶神。[祷]祈祷。

【评析】

王孙贾是卫灵公手下的大臣，他与孔子的这段对话很有意思。孔安国说："王孙贾，卫大夫。奥，内也。以喻近臣。灶，以喻执政。贾，执政者，欲使孔子求昵之。故微以世俗之言感动之也。天以喻君，孔子拒之，曰：'如获罪于天，无所祷于众神。'"这段理解比较合理，我们将其再通俗说明。这段对话有点外交辞令的性质，两个人都没有把话说破，但都明白对方的话是什么意思。王孙贾是卫国的执政大臣，处在重要的位置上，而卫灵公周围的近臣如弥子瑕、雍渠等处在隐秘处，故王孙贾将近臣比喻为奥神，将自己比喻为灶神，暗示孔子，你靠近巴结近臣还不如讨好结交我更直接有用。孔子回答得很巧妙，你说的不对，如果我得罪了国君卫灵公，结交你们谁都白搭。"与其媚于奥，宁媚于灶"应该是当时的俗语，从中也可以看出人们急功近利的心理。

三·一四

子曰："周监于二代，郁郁乎文哉！吾从周。"

【翻译】

孔子说："周朝借鉴了夏商两代文化礼乐的经验，礼乐制度是多么完美精彩啊！我遵循周朝的礼乐制度。"

【注释】

[监]通"鉴"。《尚书·酒诰》："人无于水监，当于民监。" [二代]指夏、商两个朝代。[郁郁]文采很浓郁的样子。

【评析】

孔子主张遵循周礼，因为周礼是借鉴了夏、商两代的优秀文化遗产并加以改造充实，建立的更加完备的礼仪文化制度，具有强烈的人文精神和丰富多彩的内容。可见孔子并不是保守的复古派，也不是激进的革新派，而是稳健的文化积累进化论者，是符合历史发展规律的。

三·一五

子入大庙，每事问。或曰："孰谓鄹人之子知礼乎？入大庙，每事问。"子闻之曰："是礼也。"

【翻译】

孔子进入太庙时，每件事都要发问。有人就说："谁说鄹地人的儿子懂得礼？他进入太庙后，每件事都要发问。"孔子听到这些话，说："这正是礼啊！"

【注释】

[大庙]帝王的祖庙。大，通"太"。[鄹（zōu）人之子]《史记·孔子世家》："孔子生鲁昌平乡鄹邑。"孔子父亲叔梁纥曾做过鄹大夫，鄹人指叔梁纥而言。

【评析】

本章表现孔子认真求实的治学精神和谦虚谨慎的治学态度。孔子对于太庙中的知识未必全懂，也未必不懂，而是在具体的礼仪程式中，在具体的实物面前将自己掌握的知识逐一进行确认。他到东周首都洛阳问礼也是出于对已知知识的确认和补充。这与他提倡的"不耻下问"的精神是一致的。对于他人的耻笑，孔子也能正确对待，用非常幽默而合适的语言予以回答。

三·一六

子曰："射不主皮，为力不同科，古之道也。"

【翻译】

孔子说："比赛射箭，不以是否射穿皮的靶子为主，因为每个人的力气大小不同，自古以来就是这个规矩。"

【注释】

[皮]这里指皮制的箭靶。古代箭靶多用皮做，也有用布做的。[同科]同等。

【评析】

《仪礼·乡射礼》上说："礼射不主皮。"即仪礼上的比试射箭不以能否穿破皮靶为胜负，而在于仪态与精准度。可见这种仪式在孔子时代已是由来已久的了。这种礼仪之射箭与军事上的射箭目的不同，故不较量力气。

三·一七

子贡欲去告朔之饩羊。子曰："赐也，尔爱其羊，我爱其礼。"

【翻译】

子贡想要省去每月初一祭告祖庙所用的那只羊。孔子说："子贡啊，你爱惜那只羊，我爱惜那种礼。"

【注释】

[去] 去掉，省去的意思。[饩羊] 郑玄注："生牲曰饩。礼，人君每月告朔于庙有祭，谓之朝祭。鲁自文公始不视朔。子贡见其礼废，故欲去其羊。"饩，指活牲口。[爱] 爱惜、可惜。

【评析】

按照周礼，每月初一朔日，国君都要出席祭告朔日到来，新月开始的典礼。在这种典礼上，人们都要宰杀一只羊作为祭品。到鲁文公时，国君就不再亲自参加典礼仪式。因此子贡才提出不要再杀羊，把羊节省下来，反正国君也不参加。但孔子反对，理由是如果连祭祀用的羊也省去的话，这种仪式恐怕很快就要消亡了，因此才说"我爱其礼"。我们看待这种事情时，一定要尽量回到当时的社会生活背景去。上古时期主要生产是农业，因此特别重视两分（春分和秋分）和两至（夏至和冬至），同时也特别重视正朔，包括每个月的朔日。所以每个月的开始就是一个新的时间周期，政治、生产、生活都要有所安排，所以古人非常重视，这也是恭谨从政的表现。这便是孔子重视这一礼仪形式的原因。而且这是远古文明的遗存，不但具有亲和力，还可以提高人们的审美情趣。

三·一八

子曰："事君尽礼，人以为谄也。"

【翻译】

孔子说：“侍奉国君，一切都按照礼制规范，别人却以为是在谄媚巴结国君。”

【注释】

[事]服侍，即当官。[尽礼]完全按照礼制的要求去做。

【评析】

春秋时代，天子弱诸侯强，诸侯不敬天子；诸侯国则君弱臣强，大臣不敬国君。刘宝楠《正义》说：“当时君弱臣强，事君者多简傲无礼。或更僭用礼乐，皆是以臣干君。”这正是礼崩乐坏的突出表现，在这种情况下，孔子进宫或面见国君时完全按照礼节进行，后《乡党》中我们可以看到孔子谨慎小心、循规蹈矩的形象。孔子这样做遭到了一些人的攻击，认为他巴结逢迎国君，有所企求。孔子不在乎这些，只要是符合礼制，他就坚持做下去。其实，不管别人怎样看怎样说，只要是正确的就应该坚持下去。这才是正确的态度。

三·一九

定公问：“君使臣，臣事君，如之何？”孔子对曰：“君使臣以礼，臣事君以忠。”

【翻译】

定公问孔子说：“国君使用大臣，大臣服侍国君，都应该怎么做？”孔子回答道：“国君要按照礼制的规定来领导大臣，大臣对于君主要尽心竭力。”

【注释】

[定公] 鲁定公，名宋，昭公之弟，在位十五年（前509—前495）。

【评析】

本章是孔子对于君臣关系的根本看法和意见。定公可能感受到大臣的威胁，故向孔子提出这一问题。鲁昭公在位时，经常受到三大家族即孟孙氏、叔孙氏、季孙氏的轻慢，非常生气，在鲁昭公二十五年讨伐季孙氏，想用武力解决。结果在关键时刻孟孙氏和叔孙氏都支援季孙氏，鲁昭公被迫流亡，八年后死在国外。昭公死，弟弟姬宋立，这就是定公。在这样的背景下提出这样的问题，其实是很难回答的。孔子的回答准确科学，充满了辩证法的智慧，他兼顾到事情的两个方面，国君是主导的，因此他首先要求国君要按照礼的制度要求和规范来行使自己的权力，来领导支配大臣，是有规矩的，先要做好君。而大臣则要尽忠，尽忠不是献身而死，而是尽心尽力。

三·二〇

子曰："《关雎》乐而不淫，哀而不伤。"

【翻译】

孔子说："《关雎》这首诗，快乐而不过分，悲哀而不伤痛。"

【注释】

[关雎]《诗经·国风》中第一篇，是一首爱情诗。[淫] 古人认为凡是过分的都叫淫，祭祀过多叫"淫祀"，雨水过多叫"淫雨"。

【评析】

《关雎》是读者比较熟悉的篇章，这里不再介绍。这里涉及两方面的问题。因本篇中没有哀伤的情调，因此刘台拱怀疑孔子这里说的是《关雎》诗的音乐。因为《诗经》在先秦的音乐已经失传，我们无从查考，而且仔细分析，《关雎》中对相思而辗转反侧的描写也有忧思，说有哀伤成分也可，故这个问题略过不谈。第二个问题就是这里提出了艺术表达感情的尺度要"乐而不淫，哀而不伤"，快乐而不过分，感伤也不过分，都要控制在理智的程度之内。

因为过度的快乐和悲哀对于人的身心都有害处。在这里，理性和情感相互融合、相互浸透、相互调和而妙不可分，感情是真实纯粹的，但却在理性的控制之内，于是便奠定了"温柔敦厚"的诗教传统，并影响到文学与艺术的其他领域。后来所说的"发乎情，止乎礼"也是这个意思。

三·二一

哀公问社于宰我。宰我对曰："夏后氏以松，殷人以柏，周人以栗，曰使民战栗。"子闻之，曰："成事不说，遂事不谏，既往不咎。"

【翻译】

鲁哀公问孔子学生宰我有关社庙里栽植树木的问题。宰我回答说："夏朝栽松木，商朝栽柏木，周朝栽栗木，意思是使百姓战栗恐惧。"孔子听后，说："已经做完的事就不要再说，已经实行的事就不要再劝，既然已经过去的事就不要再追究了。"

【注释】

[社]祭祀土神的地方叫社。关于这里哀公问的社到底指什么，有两说，一说是指社里栽的树，一说指社里供奉的神主，即通常所说的牌位。我取前说，详见评析部分。[宰我]孔子学生，名予，字子我。[说]提起的意思。[谏]劝说、提意见。[咎]过错、过失，这里是动词，追究过错的意思。

【评析】

从本章可以看出两个方面，一是孔子不赞成使百姓恐惧的宗教性恐怖政治，提倡仁爱孝道并重的行政统治方式，因此对于周朝在社庙里栽植栗树这一做法并不赞成，体现其仁政的思想。二是孔子很重视现实，反对纠缠历史旧账，要求向前看。因为栗树问题由来已久，应该是周朝建国后的行为，因此就不必再计较追究了。这无疑是正确的，具有现实理性。历史经验可以总结，但陈年老账则不必纠缠。

三·二二

子曰："管仲之器小哉！"

或曰："管仲俭乎？"曰："管氏有三归，官事不摄，焉得俭？"

"然则管仲知礼乎？"曰："邦君树塞门，管氏亦树塞门；邦君为两君之好，有反坫，管氏亦有反坫。管氏而知礼，孰不知礼？"

【翻译】

孔子说："管仲的器量见识太窄小啊！"

有人问："管仲节俭吗？"孔子说："管仲有三个府邸三房夫人，他手下的官员都不兼职，编制严重超额，怎么能算节俭呢？"

又有人问："那么管仲懂得礼制吗？"孔子说："国君宫门建设照壁，管仲家也建设照壁。国君为了接待外国领导结盟友邦，在大堂建设有专门接待用的司礼台，而管仲家也有这种司礼台。假如说管仲知礼，那么还有谁不知礼呢？"

【注释】

[管仲]春秋时齐国著名政治家，名夷吾，做齐桓公宰相，政绩突出，辅佐齐桓公称霸。[器]器量，包含志向和见识。[三归]说法多而繁琐。我

认为是指管仲有三个归处，即三个府邸、三个夫人。影响比较大的说法是租税。说当时齐国向市场商人收取十分之三的税，后来齐桓公称霸后都赐给管仲。但此说放在本句不顺畅，且全国租税都给管仲也不合情合理，那样国家机器就无法运转了。[不摄]不兼职。春秋制度，国君直接管理的官吏因为工作多，因此不兼职。而卿、大夫手下的官员工作少，因此要兼职，而管仲手下的官员也都是专职，大大超过了规定的编制。[树塞门]树，动词，树立。塞门，在大门里修建一道墙，或用木头修建一物，阻挡门外的视线。一是尊贵神秘，一是增加保密性。即后世照壁的前身。[反坫（diàn）]按照前人注解，是国君在大堂正前方下面修的土台，外国国君来时，两位国君举行会见仪式时放置各种礼器的设置。[而]假设连词，假设，假如。

【评析】

本章表达了孔子对管仲的看法。孔子说管仲器小，是从高标准来说的。因为管仲有能力和条件干得更好，取得更高的成就。关于管仲俭德和知礼方面，孔子持批评的态度，这正是孔子批评其器小的具体依据。孔子提倡节俭，反对奢侈浪费，管仲的奢侈生活确实是应该批评的。关于礼的问题，管仲则有更多僭越之嫌。但如果从《论语》全书来看，孔子对于管仲肯定的更多，认为管仲"仁"，但不知礼，可见在孔子心中，礼比仁更重要。换言之，孔子能够正确对待管仲的历史功绩和个人品格的缺陷，即公德高于私德。如果一个人对于国家对于百姓有大功德的话，个人私德有一定的缺点也不应该抹杀其功绩。

三·二三

子语鲁大师乐，曰："乐其可知也：始作，翕如也；从之，纯如也，皦如也，绎如也，以成。"

【翻译】

孔子谈论鲁国太师演奏音乐的道理，说："演奏音乐的过程是可以知道的，开始演奏的时候，情绪饱满而声音热烈，接着韵律纯净而和谐，接着各种乐器的声音都可以清晰地分辨出来，最后乐曲悠扬，意境悠远，余音袅袅，演奏就结束了。"

【注释】

[大师]太师，"大"字在古代涉及朝廷和国君时就同"太"字。朝廷掌管音乐的官员。[始作]开始演奏。[翕（xī）]音乐和谐。[从]通"纵"，即各种乐器齐鸣。[纯]郑注：和谐也。[皦（jiǎo）]郑注：言其音节明也。[绎]缕，形容音乐悠扬细长。

【评析】

据《史记·孔子世家》载，孔子是周游列国时从卫国返回鲁国后与太师谈的这番话。孔子晚年整理《诗经》的音乐，使《雅》《颂》各得其所。这应当是孔子完成这项工作后与专门管音乐的朝廷官员谈自己的体会，根据音乐效果的描述，可能就是指雅乐和颂乐而言。这显示出孔子对于音乐的理解和才能。

三·二四

仪封人请见，曰："君子之至于斯也，吾未尝不得见也。"从者见之。出，曰："二三子何患于丧乎？天下之无道也久矣，天将以夫子为木铎。"

【翻译】

仪地管理边境事务的官员请求拜见孔子，孔子说："凡是有道德的君子来到我这里，我没有不能见到的。"孔子随行的弟子请求孔子接见了他。

他出来后对孔子弟子说："你们这些人还怕丧失什么啊？天下混乱没有秩序已经太久了，上天将用你们的老师作为领袖和导师来传达上天的意旨。"

【注释】

[仪封人]仪，地名，有人说当在今河南开封市内，未详。封人，管理边境事务的官员。[请见]请求孔子接见。按：见（xiàn），表示尊敬，意义是我要主动出现在您的面前。[丧]丧失。[木铎]铜质木舌的大铃，古代公家宣布政令时便摇动木铎召集百姓。

【评析】

孔子虽然没有官位，但也不是什么人都可以随便见的。本章足以证明这一点。从地名看，当是发生在孔子周游时的事。通过仪封人见过孔子之后的评价，可以看出这是个很有见识的人。"天将以夫子为木铎"后来被有的学者神秘化，认为孔子在代替上天宣传天的意志，其实不必如此解释。这是外地人见到孔子后的话，他表达对于孔子将成为文化传播者有着充分的自信。

三·二五

子谓《韶》："尽美矣，又尽善也。"谓《武》："尽美矣，未尽善也。"

【翻译】

孔子在谈到《韶》的时候，说："美极了，而且也好极了。"谈到《武》的时候，说："美极了，可是还不算最好的。"

【注释】

[韶]也称《韶虞》，古代乐曲名，据传说是虞舜向夏禹禅让时演奏的

音乐，当时的指挥是夔，音乐非常悠扬祥和，孔子非常欣赏该乐曲。[美]当指音乐效果而言。[善]当指乐曲所表达的内容而言。[武]古代乐曲名，又称《武象》，是表现武王伐纣内容的，可能还伴随舞蹈。

【评析】

本章专门谈论古代乐曲，可以曲折地看出孔子对于音乐的审美观。对于《韶》和《武》在音乐韵律的表现，孔子都给予同样高度的评价，都用"尽美"来形容，但对于内容的评价则有很大差异。他认为《韶》尽善尽美，《武》则"未尽善"。孔子主张以德治国，反对战争，反对使用暴力。从孔子赞美伯夷和叔齐就可隐约看出孔子的政治态度。对于商汤革命，对于武王伐纣，孔子没有做过正面的回答和阐释，也没有提出过任何反对的意见，但他对于昏君深恶痛绝。后世才逐渐出现关于商汤伐夏桀、周武王伐商纣是否合理的历史问题。孔子在《周易正义》"革"卦象辞中说，"天地革而四时成，汤武革命，顺乎天而应乎人"，这是对汤武革命的肯定。但此事在春秋战国时好像未被学术界普遍重视，故在孟子之时才会有武王伐纣是否合理的谈论。

三·二六

子曰："居上不宽，为礼不敬，临丧不哀，吾何以观之哉？"

【翻译】

孔子说："处在高高的位置上而没有宽宏大量，举行仪礼的时候也不恭敬严谨，参加丧礼的时候也没有悲哀的表情，让我怎么来看他呢？"

【注释】

[居上]在上位，当指国君、卿、大夫等地位高的人。

【评析】

这是孔子对于身居高位者的严厉批评，因为具体的背景不清楚，因此不敢断言。但有一点是肯定的，即孔子是有感而发。心胸狭窄，办事不认真，临丧而不哀，一点儿同情心都没有，这样的统治者怎么会得到百姓的拥护？

· 里仁第四 ·

【原疏】正义曰：此篇明仁，仁者，善行之大名也。君子体仁，必能行礼乐，故以次前也。

【魁按】本篇讲述仁之社会环境的重要作用，本人要有仁心，要交往有仁心的朋友，从而创造仁义道德的社会环境。将"仁"作为自己人生的终极目标是非常关键的，是一切善行道德的出发点。由自己向外扩散，从而使生活环境仁义道德化。本篇还讲述了"仁"与"不仁"的种种表现。

四·一

子曰："里仁为美，择不处仁，焉得知？"

【翻译】

孔子说："内心世界充满仁的情怀是美好的，在选择思想和情感方面如不选择仁道，怎么能算得上聪明智慧？"

【注释】

[里] 古代比较基层的居民区。《尔雅·释诂》："里，邑也。"《说文解字》："里，居也。"此处做动词用，但当是内在、心里的意思。[知] 通"智"，《论语》中没有"智"字，凡是"智"都写成"知"，阅读理解时要注意。

【评析】

本章之关键是对"里"的理解。实际此处的"里"是比喻，是内在、心里的意思，这样自己才有选择的决定权。孟子对孔子思想理解很准确而深刻，《孟子》中反复提倡"居仁由义"，"居仁"实际便是"里仁"的意思。"里仁"与后文的"依于仁"基本同义。

四·二

子曰："不仁者，不可以久处约，不可以长处乐。仁者安仁，知者利仁。"

【翻译】

孔子说："没有仁义道德的人不可以长时间生活在困苦的环境里，也不可以长时间生活在快乐优越的环境里。仁爱的人安心享受仁，聪明的人追求利用仁。"

【注释】

[约] 贫困。[利] 朱熹注："利，犹贪也，盖深知笃好而必欲得之也。"

【评析】

这是对于人生世相的深刻观察和总结，强调内心仁义的决定作用，强调主观对于客观的决定作用。如内心纯正，有仁义之心，客观生活环境无论如何变化人都不会改变。反之，人将受客观生活环境的影响甚至是制约。贫穷则走歪门邪道，偷摸抢劫、坑蒙拐骗无所不干，富了则吃喝嫖赌全来，当下"男人有钱就学坏，女人学坏就有钱"的俗语便属于这种情况。如果按照孔子这两句话来套，则是"男人处乐则学坏，女人学坏则不约"。古今一理。而真正具备高尚道德品质的君子在贫穷时能够安贫乐道，有智慧的人在富裕发达时则能够利用仁爱之心大做慈善之事业。孔子弟子中，颜回基本属于"仁者安仁"，子贡基本属于"知者利仁"。

四·三

子曰："唯仁者能好人，能恶人。"

【翻译】

孔子说："只有仁义道德之人才能使人获取好名声，才能使人留下恶名声。"

【注释】

[好人] 意动用法，即认为某人好。[恶人] 也是意动用法，认为某人坏。按：这里有这种价值判断具有普遍性而被广泛认可成为终极判断的含义。

【评析】

关于本章之意，古今说法甚多，但均难通。概括有两说：一说只有仁者才能爱人，能厌恶人；一说仁者能够知道别人喜好什么、厌恶什么，然后各从其好恶。两说均不可从。前说过于主观霸道，任何人都有爱和恨的感情，不能将仁人以外的爱好和厌恶都予以否定。后说则有揣摩人心而逢迎之嫌，我看倒是小人的伎俩。我初次读本章的感觉便是说只有有仁义道德的人才能够评定人之品质的好坏并能够得到社会的普遍认可，能够得到历史的验证，这相当于终审裁判。《正义》说："凡人用情，多由己爱憎之私，于人之善不善，有所不计。故不能好人恶人也。若夫仁者，情得其正，于人之善者好之，人之不善者恶之，好恶咸当于理。斯惟仁者能之也。"朱熹注曰："惟仁者无私心，所以能好恶也。"意思接近，但未能说明白。其实，把话说透，孔子的意思是说，只有仁者能够对人的道德好坏作公正的最终裁判，仁者评定好的人或坏的人，都可以被普遍认同，这样的评判具有权威性。再简言之，仁者的评价才能确定某人品质的好坏。这里还需强调一点，即这里的好、恶是形容词做动词用，是指人的品质善与恶，不是爱与恨。或云：孔子这样说不是无视法律吗？但法律判断人罪与非罪，不判断人善与不善。孔子说的是道德层面，不是法律层面。

四·四

子曰："苟志于仁矣，无恶也。"

【翻译】

孔子说："如果真的立志走仁义之路，就不能做坏事了。"

【注释】

[苟] 假设连词，如果、假如。朱熹注："苟，诚也。"[恶] 恶事，坏事。

【评析】

孔子反复强调"仁"的重要性,只要内心仁爱向善,就一定不会再做恶事,因此,人之内心情感是非常重要的。如果决心做善良的人,那么可能还会做错事,但绝不会做坏事。这是区别。其实,做错事是难免的,不涉及人的品质问题,做坏事则肯定是恶人了。"仁"的道德含义就是善,就是有利于他人、助人为乐,雷锋精神便是"仁"的一种体现。

四·五

子曰:"富与贵,是人之所欲也,不以其道得之,不处也;贫与贱,是人之所恶也,不以其道得之,不去也。君子去仁,恶乎成名?君子无终食之间违仁,造次必于是,颠沛必于是。"

【翻译】

孔子说:"发财和升官,是人们都希望得到的,但不通过正当途径得到,就不接受。贫困和卑贱,是人们都厌恶的,但不通过正当的途径得以摆脱,也不去掉它。君子如果离开仁义,那还怎么成就他的名声呢?君子,没有一时一刻离开仁义,匆忙紧急的时候是这样,颠沛流离、困苦奔波的时候也是这样。"

【注释】

[恶乎]于何处、怎么。[终食]吃完一顿饭的工夫。终,竟、尽。[违仁]违背仁的要求。[造次]急遽,仓促。[颠沛]马融注"偃仆",是本义,引申为流离奔波,不得安宁。

【评析】

孔子一再强调要永远保持仁义的心性和品质,要成为一种自觉的行为。

"仁"是通过后天教育培养逐渐形成的思想品质和理性感情，不是先天固有的，也不是外在强加的，而是外力影响作用于主体内心逐渐构建起来的一种高层次的理性感情，其特点是感情与理智的融合统一。不能脱离感情而存在，也不能脱离理性。孔子说"性相近，习相远"，非常深刻。人的天性其实差别不大，后天的习才使其相远，因此教育环境、生活环境、社会环境是非常重要的。又，通过本章可知孔子深察人性，他也提出追求富贵是所有人共同的愿望，但要坚定信念，将仁义放在首位，通过正当的方法去获取富贵，如果是损害仁义的富贵则要坚决拒绝。

四·六

子曰："我未见好仁者、恶不仁者。好仁者，无以尚之；恶不仁者，其为仁矣，不使不仁者加乎其身。有能一日用其力于仁矣乎？我未见力不足者。盖有之矣，我未之见也。"

【翻译】

孔子说："我没有见过爱好仁德的人，也没有见过厌恶不仁德的人。爱好仁德，那是最高尚的了，厌恶不仁德的人，他履行仁德的方式是不让不仁德的东西在自己身上发挥作用。有能够用一天的工夫努力追求仁德的人吗？我没有见过追求仁德而能力不够的人。大概也有这种人，可我没有见过。"

【注释】

[尚]动词，超过。[盖]大概、可能。[未之见]"未见之"的倒装形式。

【评析】

孔子提倡的"仁"是一种道德属性，很抽象，需要靠具体事物来表现，因此孔子对于"仁"有多次的解释。孔子的"仁"表现在日常生活行为之中。吃饭睡觉、举手投足都可以表现出"仁"来，也都可能违背"仁"，因此，"仁"无所不在，既难以完全做到，又随时都可以做到。因此，自觉主动的追求是实现"仁德"的前提和关键。本章依然强调人之主观能动性对于"仁"的培养与树立的重要性。

四·七

子曰："人之过也，各于其党。观过，斯知仁矣。"

【翻译】

孔子说："人去拜访、结交的人，各自有自己的类型。观察他交往的人，就可以知道他是否仁德了。"

【注释】

[过] 一般都讲解为"过错""错误"。这里是拜访、结交之意。[党] 居民区单位。古代一般指团伙，这里是指人格类型，不是职业类型，而是性格类型、道德类型。

【评析】

如何观察人是一门学问，《论语》中关于这方面的论述不少，有理性的，有感性的。本章则是从人之交往来观察一个人是什么类型的，这是非常重要的人生经验。

四·八

子曰："朝闻道，夕死可矣。"

【翻译】

孔子说："早晨体认了真理，明白了做人的道理，即使晚上就死也没有什么遗憾了。"

【注释】

[道] 即做人的基本道理。朱熹注："道者，事物当然之理。苟得闻之，则生顺死安，无复遗恨矣。"

【评析】

这是非常重要的语录，因为它涉及人生价值与生命意义的大问题，联系着生与死这两个人生最为关注的点，因此具有一定的宗教感。如果浑浑噩噩一辈子，什么也不明白，就等于白活一世，这样的人生岂不可悲？而这里"道"的含义是仁义，是自己今生是否于社会有利，并从中获得幸福与满足。这种"道"就在今生实现，因此，如果能够获得"道"和实现"道"，生命本身就充实而有意义，即使死亡也无所谓了。

四·九

子曰："士志于道，而耻恶衣恶食者，未足与议也。"

【翻译】

孔子说："知识分子立志要追求真理，但如果他却以粗衣淡饭、生活水平低为耻辱，那就不值得和他讨论什么真理问题了。"

【注释】

[耻] 意动用法，以……为耻。[议] 交谈、讨论。

【评析】

孔子生活的年代礼崩乐坏，很多人不择手段谋财，因此孔子特别强调要安贫乐道。在社会秩序混乱的衰世和乱世，往往是不择手段、不知廉耻者得势，而坚守正道者难以施展才能。在这样的社会环境下，能够坚守仁义正道才显得更加可贵。孔子赞美颜回，主要就是这一点。能够坦然面对花花世界，确实需要有很高的境界，而这正是优秀的知识分子所必须具备的品格。

四·一〇

子曰："君子之于天下也，无适也，无莫也，义之与比。"

【翻译】

孔子说："君子对于天下的各种事情，没有什么一定要遵循的规则，也没有什么一定要禁止的规则，只要依据公理和正义来做就是了。"

【注释】

[适]解释主要有二：一、通"敌"，敌对、敌视。二、亲厚。我用本字解，即适合、合适。[莫]与"适"对举，解释也有二：一、通"慕"，羡慕、倾慕。二、疏远。我用本字义，即没有、不能的意思。[比]本义有贬义，孔子这里用为中性词，靠近、并列的意思。

【评析】

本章解释很多，但由于"比"字的存在便决定了它是关于做事的态度。既然是关于做事的态度，就可以排除远近亲疏的解释。其实本章恰恰表现了孔子对于处理具体事物要灵活的主张，具有实用理性的特点。对于一切事物既不要盲目排斥，也不要盲目崇拜。对于具体事物，只要合理正义就可做，并按照合理正义的尺度去做。本章所表达的思想与"无可无不可"相似。

四·一一

子曰："君子怀德，小人怀土；君子怀刑，小人怀惠。"

【翻译】

孔子说："君子关心仁德的政治，小人关心自己的生活待遇；君子关心司法是否公正，小人关心自己是否得到利益。"

【注释】

[怀] 思念、关心。[德] 道德教化。[土] 本义指田地，这里引申为生活。[刑] 古代法律制度称"刑"。[惠] 恩惠、待遇。

【评析】

本章说明君子和小人的最大区别是其关注点在公共道德还是在个人的实惠。道德建设和司法公平是社会形态优劣的两大衡量指标，也是关系到社会公平度的大问题，因此是君子所关注的。而小人只关心一己之私利。孔子主张施行仁政，主张社会公平，尤其是刑罚一定要公正，这是理想社会制度的最基本要求。而那些眼光短浅的人只关心自己的利益和待遇。

四·一二

子曰："放于利而行，多怨。"

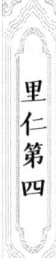

【翻译】

孔子说："只是依据利益来行事，一定会招致很多怨言。"

【注释】

[放]放纵，引申为完全依据。

【评析】

利益的公平原则是任何人类社会都追求的目标，但如果仅从利益角度考虑，则很难有绝对的公平。况且人在物质利益方面的无穷欲望是无法满足的，因此要有道德的约束。如果将物质利益放在第一位，那么大多数社会成员将会不讲道义，社会风气将会极端恶劣，人们的幸福感会顿然消失，因此不加强仁义道德建设将是最大的灾难。

四·一三

子曰："能以礼让为国乎？何有？不能以礼让为国，如礼何？"

【翻译】

孔子说："如果能够用礼制和谦让治理国家，那还会有什么困难吗？如果不能用礼制和谦让来治理国家，那么该怎样对待礼制啊？"

【注释】

[何有]这是春秋时代的常用词，是"有什么困难"的意思。[礼让]礼的本质内容含有谦让。

【评析】

本章讲述礼和让的关系，再联系前章孔子的思想，本章的主旨就非常清楚了。礼的最本质内容是谦让。当人类彻底脱离普通动物而成为地球上食物链的顶端时，如何处理人类自身内部关系就成为首要问题了。于是便需要有契约性的制度来制约人类没有止境的欲望，这便是礼产生的历史根源。荀子说："礼起于何也？曰人生而有欲，欲而不得，则不能无求，求而无度量分界，则不能不争，争则乱，乱则穷，先王恶其乱也，故制礼义以分之。"（《礼论》）联系前章分析，我们就会明白孔子的用心了，即用利益来引导百姓治理国家是行不通的，一定要用礼治国，用德治国。

四·一四

子曰："不患无位，患所以立；不患莫己知，求为可知也。"

【翻译】

孔子说："不要忧愁没有职位，而要忧愁所用来谋求职位的本领；不要忧愁没有人了解自己，而要努力追求使别人刮目相看的本领。"

【注释】

[所以立]朱熹注："所以立，谓所以立乎其位者。"可信。[莫]不定称的否定指示代词，一般可以翻译成"没有谁""没有什么"。[可知]可以被他人所知。

【评析】

本章阐释个人如何谋求职位的问题，强调个人的品行与能力。俗语说是金子总要发光的，但历史上确实有不少优秀人才长期被埋没的现象。君子怀才不遇是常态，故能够坚持正道而不为功名利禄所诱惑才是大君子所为。荀子有一段阐释这一问题的话很有说服力。他说："君子能为可贵，不能使人必贵己；能为可信，不能使人必信己；能为可用，不能使人必用

己。故君子耻不修，不耻见污；耻不信，不耻不见信；耻不能，不耻不见用。是以不诱于誉，不恐于诽；率道而行，端然正己，不为物倾侧，夫是之谓诚君子。"颜回说的"不容然后见君子"与此意相近。

四·一五

子曰："参乎！吾道一以贯之。"曾子曰："唯。"

子出，门人问曰："何谓也？"曾子曰："夫子之道，忠恕而已矣！"

【翻译】

孔子说："曾参啊！我的思想和学说始终是贯通一致的。"曾参回答道："明白。"

孔子出去后，别的学生问曾子道："老夫子说的是什么意思啊？"曾子回答说："他老人家的学说，只是忠和恕罢了。"

【注释】

[贯]贯串、贯通。[忠恕]"中心"为"忠"，以中正之心对待一切就是"忠"。"恕"字是会意，"如心"，即用自己的心情去推测体会他人的心情。

【评析】

本章记载了一次生动的对话。当时的情景应该是孔子在屋子里当着其他弟子的面跟曾子说了一句话。一般注解都说是别的学生，我推测是曾子的弟子才更合情合理。如果其他人也是孔子弟子，孔子不可能直呼曾子的名单独教育他一个人。或者是孔子晚年，曾子代孔子给弟子上课。又因为前后情节描述不详细，所以给人的印象好像是孔子单独把曾子叫去传授知识，故后世便有这是孔子向曾子秘密传授心诀之类的说法，将其神秘化。

曾子因为理解孔子话的意思，因此直接应答，意思是明白了。孔安国说："直晓不问，故答曰唯。"而"忠恕"确实是孔子终生提倡和身体力行的两个方面的德行。"忠"是自己对待事物应有的心理状态，"恕"是在处理与他人的关系时要有的心理状态。终生能够奉行此二字者便是大君子。

四·一六

子曰："君子喻于义，小人喻于利。"

【翻译】

孔子说："君子明白应当与不应当的道理，小人只知道利益。"

【注释】

[喻] 明白。

【评析】

本章非常重要，引起不少争论。首先，《论语》中的君子与小人对举时往往有两种含义，一是从社会地位上分别，一是从道德修养上分别。这里两种意义都讲得通，但孔子原意究竟是哪一种呢？根据孔子一贯的思想和《论语》中其他地方的观点，应该是后者，即主要是从道德方面来说的，因为地位高低都有义和利的问题。而义、利之辨乃是人生修养与社会统治的原则问题，处理好两者关系社会才能和谐。

四·一七

子曰："见贤思齐焉，见不贤而内自省也。"

【翻译】

孔子说："看到贤良的人，就想着要向他看齐；看见不好的人，就要反省自己有没有那些缺点、毛病。"

【注释】

[思齐] 想要学习与之相等。[自省] 自我反省。

【评析】

孔子教育弟子要提高完善自己的道德修养，就要不断进德修业，这样才能不断进步。时刻注意反省自己是否有不足的地方，这是人不断提高自我修养的重要途径，从中也可以看出儒家对终生兢兢业业提高自我修养的要求，这一点有一定的宗教性。

四·一八

子曰："事父母几谏。见志不从，又敬不违，劳而不怨。"

【翻译】

孔子说："服侍父母要注意劝谏的方式，要在隐秘的时候委婉地劝说，发现他们坚决不听从意见，还要敬重而不违背他们，虽然忧伤但也不要埋怨。"

【注释】

[几谏] 几，古代几案，是老人休息时身体依凭之器物。故"几谏"指父母在内宅休息时进行劝谏，因为劝谏则父母必有失，不能将父母的缺点显扬出去。劝谏时要柔婉轻声，要婉转。隐秘是第一要义。[志] 指自己的意志，即意见。[违] 触忤，冒犯，顶撞。[劳] 忧愁，累心也。

【评析】

本章继续讲述孝道，指出当父母有错误倾向时儿女应采取的对策和态度。"几谏"更主要的是给父母留面子，不能使其丧失尊严。这不但在古代，在今天也应该借鉴，当子女的既要有明确的是非观念，又要顾及父母的名声，如果不是特别重大的问题，就不要宣扬，因此不要当着别人的面给父母提意见，更不能当众指责父母。现在尽管历史背景变了，但这种情感表达方式还是值得提倡和借鉴的。

四·一九

子曰："父母在，不远游，游必有方。"

【翻译】

孔子说："父母活着的时候，不能远走高飞。如果出门，也一定要告诉父母，有一定的去向。"

【注释】

[方] 方向、地方。

【评析】

孝敬父母是儒学的出发点，现代社会虽然交通发达，"游必有方"这一要求依然适用，就是要时刻和父母保持联系，让父母知道你在哪里、情况如何，免得惦念。

四·二〇

子曰："三年无改于父之道，可谓孝矣。"

【翻译】

子曰："三年不改变父亲的既定方针和做法，就可以算是孝子了。"

【注释】

[父之道] 指父亲的决策和任用的人。又《子张》：曾子曰："吾闻诸夫子：孟庄子之孝也，其他可能也；其不改父之臣与父之政，是难能也。"即贵族尤其是掌权人在三年内不改变父亲重用的人和父亲决定的政事，便是最大的孝，也是最难得的孝。

【评析】

最后一句"可谓孝矣"，与《学而》一·一一部分最后一句完全相同，前面已经阐释过。因此处侧重讲述仁的内在心理要求，故前面两句便没有录入。此问题很复杂，另有专文讨论。

四·二一

子曰："父母之年，不可不知也。一则以喜，一则以惧。"

【翻译】

孔子说："父母的年龄，是不可以不知道的。一是高兴欢喜，一是忧虑恐惧。"

【注释】

[年] 指年龄。

【评析】

这是培养子女孝道感情的具体要求。要求子女时刻记住父母的年龄，因父母不断高寿健在而欢喜，同时也因为其逐渐衰老而忧虑。孝道是心情，但要在具体事情上表现出来。这种感情是有影响和熏陶作用的。如正当年的儿女不孝敬老人，那么直接影响到自己的后代，自己将来也很难被儿女孝敬。俗语说："老猫炕头睡，一辈留一辈。"话粗理不粗，孝道有家风，是有道理的。

四·二二

子曰："古者言之不出，耻躬之不逮也。"

【翻译】

孔子说："古代的人不轻易许诺，是害怕本身做不到而耻辱。"

【注释】

[言] 这里是诺言的意思。[躬] 自身、亲身。

【评析】

言行一致，诚实守信，说到做到是古今中外概莫能外的基本道德要求，如果没有诚信，其他一切都免谈。因此孔子反复强调说的话一定要兑现，要少说多做，宁可做到后再说。不轻易许诺是一切仁人君子最起码的道德品质。轻诺者必寡信，寡信者难取信于人，不能取信于人则难成事。这是经验之谈。

四·二三

子曰："以约失之者，鲜矣。"

【翻译】

孔子说："因为约束自己而出现失误的情况是非常少见的。"

【注释】

[约]《论语》中出现的"约"字，主要有二义，一是穷困，也有简约义，二是约束。从前后章内容看，这里是后者。

【评析】

本章讲人如果能时刻提醒、约束自己，掌握好度，这样就能避免错误了。约束实际是控制的意思，即要控制自己的情绪和言行，这确实是人生经验。常言说，"一失足成千古恨"，失足往往是因为不能理智地处理事情。

四·二四

子曰："君子欲讷于言而敏于行。"

【翻译】

孔子说："君子说话要少，要迟钝些，但做事一定要敏捷爽快。"

【注释】

[讷]说话迟钝，少说话。

【评析】

孔子一贯提倡多干事少说话，认为行动优于语言，要求人表里如一，要求人做的比说的好，这确实是正确的，都是经验之谈。身体力行教化人们向善，将自己提倡的主张运用到实际的生活中，并反复实践之，这是儒家的基本精神。因此儒学不仅是理论哲学的思辨，更主要的功夫是实践。其仁义道德的主张被后世称为"体"，对于这些主张的实际运用被后世称为"用"。因为强调终生修行仁的功夫，故与宗教有相通点，这也是儒家学派被称为儒教的原因之一。《学而》中"敏于事而慎于言"的说法与此一致。

四·二五

子曰："德不孤，必有邻。"

【翻译】

孔子说："有道德的人是不会孤单的，一定会有人来亲近。"

【注释】

[孤] 孤独、孤单。[邻] 邻居，居住在附近，这里引申为感情上的亲近。

【评析】

人类区别于动物的最关键点是有理性判断，有是非之心。这样便自有公理在、有正义在，而有德者便是坚持公理与正义的人，那么就一定会得到具有良心、具有社会良知者的拥护和赞同，因此有道德的人肯定会有同伴，不会孤单。尤其现在信息交流畅通，有道德者更容易获得支持和信任。这是社会性公德存在的前提，也是标志。本章也体现出儒学对现实生活的指导性，因为人本性中都有向善的基因，都向往美好的道德，因此有道德的人一定会有同类人来主动接近。

四·二六

子游曰："事君数，斯辱矣；朋友数，斯疏矣。"

【翻译】

子游说："侍奉国君，如果太琐碎烦扰，就会受到侮辱；对待朋友，如果太琐碎烦扰，就会被疏远。"

【注释】

[数]屡次、多次。这里有琐碎义。

【评析】

本章讲处理君臣关系和朋友关系的一个侧面，语言有省略，实际是指对于国君和朋友错误的规劝。如果针对同一件事反复劝说，那么不但不会有效果，对方反而会反感。如果是君臣则要受侮辱，是朋友也要被疏远。这其中也涉及主体人格独立的问题，你要独立，对方也要独立，你针对一个问题反复提意见，不管你的意见多么正确，对方也可能会反感，认为你在干涉他的主体人格。因此这样做是不明智的。其实现实生活中应该奉行一个原则，就是小事糊涂、大事明白。教育孩子也是如此，什么事都唠叨没完，孩子也烦。不少儿童产生逆反心理，大半由此而成。同一件事或同一种行为，相劝顶多两次，就算尽到朋友义务了，因为多说是没有作用的。

· 公冶长第五 ·

【原疏】正义曰：此篇大指，明贤人君子仁、知、刚、直。以前篇择仁者之里而居，故得学为君子。即下云"鲁无君子，斯焉取斯"是也。故次《里仁》。

【魁按】本篇讲述如何看人、如何判断人和对待人。侧重在仁的品德和操守，可以说侧重私德，即个人品质。孔子没有血统观念和出身意识，也不看重社会地位以及处境，完全依据人本身的道德和才能来评价人和对待人。他对于公冶长、南容、仲弓的评价和态度最有说服力。他对弟子的评价很精彩，对于他人的判断与评价则有终极裁判的作用。

五·一

子谓公冶长："可妻也。虽在缧绁之中，非其罪也。"以其子妻之。

【翻译】

孔子评论公冶长说："可以把女儿许配给他做妻子。他虽然在拘禁之中，但那不是他的罪过。"于是把自己的女儿嫁给公冶长。

【注释】

[公冶长]孔子弟子，齐人。[妻]动词，嫁女为妻。[缧绁（léi xiè）]捆绑犯人的绳索。这里代指被监禁。

【评析】

当学生还在被监禁时，孔子便很干脆地把女儿嫁给他。这既需要很强的是非判断的能力，也要有敢于正视现实的勇气。可能这也有点与当时黑暗政治抗争的意味。公冶长是有特殊本事的人，他能够听懂鸟语，知道许多传说故事。能够听懂鸟语是有可能的，我们不能武断否定。又，我估计孔子女儿和公冶长恋爱在先，否则，孔子也不会如此做。

五·二

子谓南容："邦有道，不废；邦无道，免于刑戮。"以其兄之子妻之。

【翻译】

孔子评价弟子南宫子容："这个人在国家政治清明的时候，不会被废弃，能够发挥作用；在国家政治黑暗的时候，也能够洁身自保而不被刑罚杀戮。"于是把哥哥的女儿嫁给他。

【注释】

[南容] 孔子弟子南宫适，字子容。[不废] 不被废弃，指当官发挥作用。[兄之子] 孔子兄长名叫孟皮，可能当时已死，故孔子为其女儿主婚。

【评析】

看来南宫子容是有才能而又谨慎的人，这样非常保险，因此孔子将侄女嫁给他。《论语》记载这样的家庭琐事展现了孔子对人评价与选择的标准，有示范意义。

五·三

子谓子贱："君子哉若人！鲁无君子者，斯焉取斯？"

【翻译】

孔子评价宓子贱，说："这个人是君子！假如鲁国没有君子，这个人的美好品德是从哪里得来的？"

【注释】

[子贱] 孔子弟子，宓不齐，字子贱，比孔子小四十九岁。[若] 本义是你，这里代指宓子贱。

【评析】

宓子贱是孔子弟子中德行很高的一个，孔子在赞美自己弟子的同时委婉地肯定了自己的德行和教育成果。美好的品德不是先天具备的，是后天环境，尤其是教育环境促成的。孔子终生从事教育事业便是出于这种认识，当自己的政治主张无法实现时，他寄希望于未来，由弟子门人、徒子徒孙代代传续下去，斯文便可以不坠地矣。

五·四

子贡问曰："赐也何如？"子曰："女，器也。"曰："何器也？"曰："瑚琏也。"

【翻译】

子贡问老师说："您看我怎么样？"孔子说："你好比是个器物。"子贡又问："什么器物？"孔子说："就是宗庙里祭神的礼器瑚琏。"

【注释】

[瑚琏]古代礼器，由玉制成，很尊贵。

【评析】

孔子与学生之间的关系很亲密，子贡是孔子很得意的弟子之一。子贡有时表现出自负的情绪，这从字里行间能够感受出来。他见老师夸奖另外几名同学，便主动问老师自己如何。孔子很巧妙地用比喻回答，先说子贡是"器"，子贡可能紧张一下，因老师说过"君子不器"的话，于是赶紧问是什么器物。孔子回答说是瑚琏。瑚琏是宗庙祭祀时才能使用的高贵的礼器，当然也象征子贡才能气质的高贵。孔子在幽默中准确地评价了子贡高贵的气质，但距离"仁者"还有距离。

五·五

或曰："雍也仁而不佞。"子曰："焉用佞？御人以口给，屡憎于人。不知其仁，焉用佞？"

【翻译】

有人说："冉雍是仁者，但口才不好，不能说。"孔子说："何必要能说会道呢？用伶牙俐齿来玩弄人，多次就会被人厌恶。我倒不知道冉雍是仁者，但何必要巧嘴利舌呢？"

【注释】

[雍]孔子学生冉雍，字仲弓。[佞]一般用法是贬义词，善于阿谀逢迎。这里是中性词，指会说话。[口给]说起话来滔滔不绝的样子。[不知其仁]是说冉雍尚未达到仁者的境界。

【评析】

孔子一向注重实际行动而反对空话连篇，当反复强调"敏于行而慎于言"的孔子听到关于冉雍的议论，便发了几句感慨。看来孔子对于口若悬河、伶牙俐齿的人很反感，这是儒学思想的一贯精神，强调身体力行，强调实践的功夫。

五·六

子使漆雕开仕。对曰："吾斯之未能信。"子说。

【翻译】

孔子让漆雕开出去当官。漆雕开回答说："我对这一点还没有自信。"孔子很高兴。

【注释】

[漆雕开]孔子弟子，姓漆雕，名开，字子开。[仕]出仕，当官。[斯]代词，代"仕"。

【评析】

本章很有意思，孔子虽然自己很少在高位，但他推荐学生去当官可能很容易，因此才会有这段对话。而漆雕开并没有积极响应，还要坚持再学习一段时间。这是因为他有勤奋好学而不满足的优点，但也可看出他对于仕途名利很淡泊，于是得到孔子的赞美。应该知道，孔子教学的目的也有让学生干禄，即想办法当官的意图，但最主要的还是自我人格的完善。

五·七

子曰："道不行，乘桴浮于海。从我者，其由与？"子路闻之喜。子曰："由也，好勇过我，无所取材。"

【翻译】

孔子说："我的政治主张不能推行，就乘坐木排，到海上漂流去。跟随我的，大概就是子路吧？"子路听说后，很高兴。孔子说："子路的勇气超过我，就是不知道到哪里去弄制造木排的材料。"

【注释】

[道]这里指政治主张。[桴]古人用竹子或木头连在一起，可以在水上划行，大的叫筏，小的叫桴。若从文字看，应该是竹子做成的叫筏，木头做成的叫桴。[从]跟随。[材]理解注释不同，或以为通"哉"，那么孔子本句就是全部否定子路了，与前文不顺。或认为通"裁"，说子路不知道剪裁自己。但仔细体会推敲，与全句意义不合。还是用本字讲解最顺，就是木材。

【评析】

孔子处于困境的时候也灰心过，因此才会说这样的话。这正是儒家不同于宗教的关键处，儒家要求保持自己独立的人格。当社会黑暗、正义沦丧的时候，宁可退隐山林，也不同流合污；在自然中寻找乐趣，与自然相融合。但这是极端无奈的选择，绝非儒家思想的本意，而且孔子一天也没有隐居过。孔子前面的一句是感叹的牢骚话，子路高兴是自然，他只能高兴，不可能有别的表现，而孔子最后一句则含有幽默意味。

<h2 style="text-align:center">五·八</h2>

孟武伯问："子路仁乎？"子曰："不知也。"又问。子曰："由也，千乘之国，可使治其赋也，不知其仁也。"

"求也何如？"子曰："求也，千室之邑，百乘之家，可使为之宰也，不知其仁也。"

"赤也何如？"子曰："赤也，束带立于朝，可使与宾客言也，不知其仁也。"

【翻译】

孟武伯向孔子打听弟子的情况，问："子路是否具有仁德？"孔子说："不知道。"他又追问子路到底如何。孔子说："仲由嘛，一个具有一千辆战车的中等诸侯国，可以让他去领导兵役和军事工作，至于他是否具有仁德，我就不知道了。"

孟武伯又问："冉求怎么样？"孔子说："冉求啊，一千户人口的私人采邑，拥有一百辆战车的大夫的家，都可以交他管理，当个总管，至于他是否具有仁德，我就不知道了。"

孟武伯又问："公西赤怎么样？"孔子说："公西赤啊，可以让他穿着礼服，站立在朝廷之上，接待宾客并与之交谈，至于他是否具有仁德，我就不知道了。"

【注释】

[赋]古代的兵赋制度,不是租赋的赋,这里包括兵役制度和军事管理。子路长于军事,有帅才。[邑]从人与田地的关系来看,古代人少地多为田,实际相当于现代的农村,人多地少为邑,即城镇。而从行政关系上看,《左传·庄公二十八年》云:"凡邑,有宗庙先君之主曰都,无曰邑。"[家]春秋时卿、大夫由国君封给一定的地方,由他们管理并征收租税,叫采邑,有一定的家兵。如果拥有一百辆战车则是相当大的家了,其实可以与小的诸侯国相抗衡。古代"国家"一词由此而来。[宰]主宰,古代一县之长官称"宰"。大夫家的总管也可以称"宰"。[宾客]高贵的客人称"宾",普通的客人称"客"。这里连用,偏重于"宾"。

【评析】

这是一段非常生动的对话。前文提到,孟武伯是鲁国大臣,很有权力。可能是他准备提拔几个人,于是到孔子这里来考核。从对话情形看,当是他与孔子单独谈话。孟武伯首先问到子路,而且直接问的是仁德,对于"仁"的回答,孔子非常慎重,因此他对于自己的弟子都说不知道,其实就是达不到仁者的高度。而且仁是思想品德,并不能代表实际的能力,可见孔子是强调仁的本体作用,在仁心统率下的实际工作能力才是选拔官员的关键,因此孔子从每个学生的实际才能方面来回答孟武伯的问题。由此可见孔门弟子才能的多样性,还可看出孔子对自己的弟子非常了解。

五·九

子谓子贡曰:"女与回也孰愈?"对曰:"赐也何敢望回?回也闻一以知十,赐也闻一以知二。"子曰:"弗如也,吾与女弗如也!"

【翻译】

孔子问子贡说："你和颜回相比，谁更贤良？"子贡回答说："我怎么敢和颜回相比呢？颜回是听到一件事，便可以推演出十件事，我是听说一件事只能推演出两件事。"孔子说："你是不如他，我和你都不如啊！"

【注释】

[愈] 孔安国注："愈犹胜也。"更胜一筹的意思。[吾与女] 我和你。与，并列连词，和、同之义。

【评析】

这是一段师生闲聊时的对话。子贡的回答并非完全出于谦虚，在理解孔子的思想和有关人之修养与社会认可的矛盾方面，颜回确实比子路和子贡都高出许多。孔子周游列国十分艰难之际，曾就同一个问题分别询问这三个人，结果只有颜回的回答水平最高，与孔子本人的想法完全合拍。至于最后一句，有人解释为："我赞成你（指子贡）的说法，你是不如颜回。"将"与"字讲成赞成，这样不但不能提高孔子的形象，反而会贬低。孔子询问子贡难道就是要肯定颜回打击子贡吗？孔子说自己和子贡都不如颜回，一是安慰子贡，二是更加肯定颜回修道进步非常快，这更显得孔子谦虚可亲。

五·一〇

宰予昼寝。子曰："朽木不可雕也，粪土之墙不可圬也，于予与何诛？"

子曰："始吾于人也，听其言而信其行；今吾于人也，听其言而观其行。于予与改是。"

【翻译】

宰我白天睡觉。孔子说："朽了的木头没有办法雕琢，粪土堆砌的墙壁没有办法粉刷，对于宰我，我还有什么可以说的呢？"

孔子说："开始时我对于人，听他说什么就相信他能那样做；如今对于人，我听他说后还要看他的行动。对于宰我嘛，我改变了以前的看法。"

【注释】

[雕]雕琢刻画。[圬]木制抹墙工具，当是今日瓦匠所用的工具。[诛]责备。

【评析】

这是《论语》中争论较大的一章。"昼寝"一般都解释为睡午觉，可以接受，但理解为大白天睡觉更好。因为学生白天睡会儿觉就如此严厉批评，后人觉得不太好理解，于是也有人认为"昼"字是"画"字，是形近而讹。将"白天睡觉"改变为"装饰雕画寝室"，也难通。孔子要求学生奋发上进，自强不息。古代每天两顿饭，没有照明条件，白天的时光特别重要，因此孔子才会批评宰我。至于语气太重，可能是"恨铁不成钢"的意思。

五·一一

子曰："吾未见刚者。"或对曰："申枨。"子曰："枨也欲，焉得刚？"

【翻译】

孔子说："我没有看见过刚强不屈的人。"有人说："申枨啊！"孔子说："申枨有欲望，怎么会刚强不屈呢？"

【注释】

[刚]刚强而不可屈服。[申枨]鲁国人，有人说是孔子弟子申党。[欲]这里指有欲望，这种欲望主要指贪欲，或过分偏爱的嗜好。

【评析】

关于本章中申枨的身份，说法甚多，包咸只说"鲁人也"。后来有孔子弟子申党、申傥等说法，因为与理解内容关系不大，故不详加讨论。"无欲则刚"的成语当从这里演化而来。应当指出，人是不可能没有欲望的，故这里的欲望是指贪欲，即在某一方面超出正常需求的嗜好，即欧阳修所说的"智勇多困于所溺"的"所溺"。正常的欲望圣人也不能反对。康有为在注本章时说："一有嗜欲，气即馁败，神明消沮。"将"欲"解释为"嗜欲"是很准确的。

<h2 style="text-align:center">五·一二</h2>

子贡曰："我不欲人之加诸我也，吾亦欲无加诸人。"子曰："赐也，非尔所及也。"

【翻译】

子贡说："我不想让别人强加给我什么，我也不想强加给别人什么。"孔子说："子贡啊，那不是你能够做到的。"

【注释】

[加] 强加，即硬性要求。

【评析】

前人对于本章的解释也有很多歧义，有人解释说与"己所不欲，勿施于人"相通，表面看可以这样解释，但二者却有很大不同。"己所不欲，勿施于人"的主体在我，主动权在我，是说我不愿意的事也不强迫别人去做，这是可以做到的。但子贡说的情况是或然状态，而且更大的主动权在别人。孔安国注曰："言不能止人使不加非义于己。"就是说，你没有办法决定别人不强加给你什么东西。因此，孔子立即回答说，那不是你能做到的。因为主动权不在你这里。子贡的要求是合理的，但能否如此并不是他可以决定的。

五·一三

子贡曰："夫子之文章，可得而闻也；夫子之言性与天道，不可得而闻也。"

【翻译】

子贡说："我们老师关于诗书礼乐文献方面的知识，是可以听到的。但关于人性和天道的言论，是听不到的。"

【注释】

[文章] 文是文采，章是音乐中一个单元或一段。先秦时期"文章"没有文学作品之义，而是指文化艺术方面所有的成果与表现。[性] 指人性。这是古今中外学者都在探讨和研究的学问。后来发展为"性善说"（主要代表是孟子）、"性恶说"（主要代表是荀子），还有性善恶相混说。[天道] 古代天道一般指自然与人类吉凶祸福的关系。这里也含有天命的意思。

【评析】

这是理解和把握孔子思想与儒学特点非常关键的一章，后世众说纷纭，有人将儒学神秘化，说孔子和几位大弟子有什么秘学心传，就像佛教禅宗的不立文字，口耳相传，而且靠弟子的顿悟，等等。就是说，孔子只是把知识传授给弟子们，而没有把有关人性与天命的秘密直接讲授给学生。其实，我们可以从两个方面来看待和理解这个问题。一是孔子不讲无法体验和搞不清楚的问题，只是在具体的日常生活中，在可以感知的人生体验里来指导教育弟子去身体力行，将"仁"与"礼"这些比较抽象的道德内容和行为规范结合具体的人生经验来谈论评价，给人以现实可感性，具有可操作的特点，这是一个方面。二是孔子并无法搞清楚人性和天命到底是怎么回事。客观地讲，直到今天，也没有人能够真正搞明白这两个问题。孔子所说"性相近，习相远"是对于人性的最接近真实的描述，即根本不能讲什么"善"与"恶"，人天生而来的性基本差不多，是后天的环境和教育使之产生了天壤之别。简言之，孔子更注重人内心的道德建设，更注重人类自身文化心理的建构，而不讲自己都搞不清楚的空话。

五·一四

子路有闻，未之能行，惟恐有闻。

【翻译】

子路听到一件符合道理和正义的事，如果还没有去做，便很怕又听到第二件。

【注释】

[惟恐有闻] 这里的"有"通"又"。

【评析】

本章表现了子路勇于实践的精神和儒学的社会实践性。儒学强调知行合一，子路的这种品格便是这种学说培育出来的。

五·一五

子贡问曰："孔文子何以谓之'文'也？"子曰："敏而好学，不耻下问，是以谓之'文'也。"

【翻译】

子贡问老师："孔文子依据什么谥号为'文'呢？"孔子说："他这个人聪明敏捷而又爱好学习，不以向比自己地位低、水平不如自己的人求教为耻辱，因此便封给他'文'的谥号。"

【注释】

[孔文子]卫国大夫孔圉。[文]这里指谥号。

【评析】

这里涉及古代谥号与谥法的问题。"文"是谥号，古代重要的人物死后，官方根据他生前的行为和人品追封称号。欧阳修谥"文忠"，韩愈、王安石、苏东坡都谥"文"。孔子的回答是对"文"的解释，也是对这种美好品格的赞美。这里的"敏"侧重在聪敏，即聪明机敏、反应快，这样的人往往不好学，爱要小聪明。"敏而好学"本身就很难得。"不耻下问"的"下"不但包括自己的晚辈、下级，也包括学识不如自己的人。要做到不耻下问，既需要虚怀若谷的精神，更需要实事求是的精神。人永远也不可能穷尽知识，因此人永远都要学习。

五·一六

子谓子产："有君子之道四焉：其行己也恭，其事上也敬，其养民也惠，其使民也义。"

【翻译】

孔子评价子产说："子产符合君子道德的行为有四个方面：他自己总是保持庄严恭谨的态度，对于上级恭敬而尽心竭力，对待养育百姓宽厚恩惠，役使百姓合理公平且适度。"

【注释】

[子产] 春秋后期郑国宰相，著名贤相，郑穆公之孙，称公孙侨。执政二十二年，很有政绩。[君子之道] 君子的道德品行。

【评析】

子产是中国历史上著名政治家之一，具有一定的民主精神，而这正是中华民族最宝贵的精神财富之一。孔子经常在对他人的评价中寄托自己的政治理想，从对子产的评价中也可看出孔子对于执政者评价的标准和他的执政理想。子产最著名的政绩之一是不毁乡校，乡校是当时地方上议论品评政治的场所。韩愈有《子产不毁乡校颂》，对子产的民主作风给予极高评价。

五·一七

子曰："晏平仲善与人交，久而敬之。"

【翻译】

孔子说："晏平仲擅长和人交际，时间越长别人越敬重他。"

【注释】

[晏平仲] 即晏子，名婴，齐国贤相，著名政治家。《史记》有传，《晏子春秋》一书一般学者认为非晏婴所著。[久而敬之] 之，代指晏平仲。

【评析】

朋友之道是五伦之一，朋友在人生中也很重要。朋友与父子、兄弟关系不同，是凭借志同道合交往的，并非天生的血缘关系，因此有很大选择自由度。尽管如此，能够长期保持友谊也不容易。这需要两个方面，一是君子之交淡如水，彼此之间完全是道义之交，而非功利酒肉之交；二是要

长期保持相互尊敬的态度。这都很重要。常言道，"日久见人心"，时间越久越亲近尊敬，这样的交友之道值得效仿和提倡。

<h2 style="text-align:center">五·一八</h2>

子曰："臧文仲居蔡，山节藻棁，何如其知也？"

【翻译】

孔子说："臧文仲养着一种大龟，并专门给大龟建造豪华的房屋，又雕刻像山一样的斗拱，还有画着画的梁柱，这怎么能算聪明智慧呢？"

【注释】

[臧文仲] 鲁国大夫臧孙辰。[居蔡] 居，使居住。蔡，古代称大龟为蔡。《淮南子·说山训》："大蔡神龟，出于沟壑。" [山节藻棁（zhuō）] 节，梁上斗拱。棁，梁上短柱。

【评析】

孔子说这句话的背景不详，但从语气看，应该是有人赞美臧文仲是个智者，孔子才如此反驳。先秦时期人们很相信占卜，最重大的事情要用龟卜，龟甲便成为重要的具有灵验象征的宝物。将占卜用的龟当成宝贝，属于迷信，当然不理智；给龟修建如此高档的豪宅，严重违背礼制，同样不理智。依靠一种无法把握的力量来祈求幸福，本身就是愚蠢的行为，因此遭到孔子的严厉批评。孔子对于天地神祇以及祖先的态度是从内心里敬畏，并怀着敬畏的心理来谨慎约束自己的行为，但不寄希望于神灵赐予幸福。

五·一九

子张问曰："令尹子文三仕为令尹，无喜色；三已之，无愠色。旧令尹之政，必以告新令尹。何如？"子曰："忠矣。"曰："仁矣乎？"曰："未知，焉得仁？"

"崔子弑齐君，陈文子有马十乘，弃而违之。至于他邦，则曰：'犹吾大夫崔子也。'违之。之一邦，则又曰：'犹吾大夫崔子也。'违之。何如？"子曰："清矣。"曰："仁矣乎？"曰："未知，焉得仁？"

【翻译】

子张问孔子说："楚国的令尹子文三次出仕担当令尹，也没有高兴的表情；三次被罢免，也没有生气的表情。而且还要把自己原任令尹的政事都告诉新令尹。老师看他做得怎么样？"孔子说："可以说是忠诚了。"子张又问："算是仁吗？"孔子说："不知道，这怎么能算仁呢？"

子张又问："齐国大臣崔杼杀了国君，陈文子家有十挂大马车的财产，因看不惯崔杼弑君的行为而放弃家产离开齐国。等到了其他国家一考察，就说：'这里的执政大臣也像我们齐国的崔杼啊！'马上离开那里。又到另一个国家，则又说：'这里的执政大臣也像我们齐国的崔杼啊！'又离开了。您看他做得怎么样？"孔子说："是够清廉洁白的了。"又问："算是仁者吗？"孔子说："不知道，这怎么能算仁者呢？"

【注释】

[令尹子文] 楚国宰相称令尹。子文即斗谷于菟。据《左传》载，他从鲁庄公三十年开始做令尹，直到僖公；十三年让位给子玉。《国语·楚语》说："昔斗子文三舍令尹，无一日之积。"可见其确实有几上几下的经历。[三已] 三次被停止工作，等于说罢官。[焉得仁] 焉，怎么；得，能。[崔子] 指齐国大夫崔杼。君，指齐庄公，古代下位杀上位者称弑，但主要用于君臣、

父子之间。崔杼弑君事见《左传》襄公二十五年。[陈文子] 也是齐国大夫，名须无。[弃而违之] 抛弃那些家产而离开齐国。违，背离。

【评析】

子张想通过老师对前人具体事迹的评价来理解和把握老师的思想，因此先后向孔子询问两个人物的行为。从孔子的回答中可看出，孔子对于仁者的要求是相当高的。孔子将仁作为道德本体的最高标准，在孔子心中，仁涵盖宇宙，贯通一切，是可以与天地同在的品性。一般的具体表现只能是仁的一个方面。"忠"和"清"已是很高贵的品格了。又可知孔子对于人和事的评价客观公正，有道德裁判的味道。

五·二〇

季文子三思而后行。子闻之，曰："再，斯可矣。"

【翻译】

季文子做事时总是要思考三次以后才行动。孔子听到了，说："思考两次就行了。"

【注释】

[季文子]鲁国大夫季孙行父，孔子生前已死。[再]同样的举动进行两次。故在古代，"再"就是两次的意思，因此前面的"三思"就应当是具体的"三"，但很多人见到"三"就说是泛指，是多次，也未必如此。

【评析】

孔子本来是提倡慎重行事的，本章可能是由某个具体事件或某个弟子的行为而引发的。应当注意，遇到事情考虑两遍其利害关系就应该差不多了，如果再多思考就容易犹豫不决。

五·二一

子曰："宁武子，邦有道，则知；邦无道，则愚。其知可及也，其愚不可及也。"

【翻译】

孔子说："宁武子在国家政治清明的时候就聪明，在政治黑暗的时候就愚蠢。他的聪明是可以赶得上的，但他的愚蠢是无法企及的。"

【注释】

[宁武子] 卫国大夫，姓宁名俞。[愚] 孔安国说："佯愚似实，故曰不可及也。"本来极其聪明还要装作愚蠢而不被他人看出来，这需要大智慧。

【评析】

宁武子是卫国大臣，连侍两朝。古代通常以国君在位为单位，一个国君执政就算一朝。宁武子在政治清明时很有才干，而在后来政治昏暗之时也能够尽量拯救衰败的政治，并做到自保，这确实需要很高的智慧和修养。孔子一生，固然有坚韧不拔推行仁政主张的一面，也有在黑暗政治情况下洁身自好的一面，因此他提出这样的观点。清代郑板桥"难得糊涂"的说法与此说内涵一致。

五·二二

子在陈，曰："归与！归与！吾党之小子狂简，斐然成章，不知所以裁之！"

【翻译】

孔子在陈国时说："回去吧！回去吧！我的这批弟子有能力、有志向、有文采，我不知道该怎么培养他们了。"

【注释】

[陈]诸侯国名，姓妫，周武王灭殷后，寻求到舜的后代，得妫满，将其封于陈。春秋时期拥有河南开封以东、安徽亳县以北的地方。[吾党]我家乡。《周礼》载五党为州，五州为乡。党，也有一类人之意。[狂简]志大言大。狂，本义是一种凶猛的狗，常突然发起攻击。[斐然]花纹很漂亮的样子。[裁]指剪裁。

【评析】

朱熹在解释本章时说："夫子初心，欲行其道于天下，至是而知其终不用也。于是始欲成就后学以传道于来世。"孔子在陈国时很苦闷，当时鲁国内政也出现变化，执政大臣季桓子死，季康子继任执政，派人来召冉求。于是孔子才发出这样的感叹。孔子最大的理想是推行自己的政治主张，推行仁政，恢复周礼，恢复政治秩序，使天下政治走上健康发展的道路。但此时他已经预感到"吾道不行"，于是便把希望寄托在传道给弟子上。

五·二三

子曰："伯夷、叔齐不念旧恶，怨是用希。"

【翻译】

孔子说："伯夷、叔齐不记念过去的仇敌，因此别人对他们的怨恨就少。"

【注释】

[伯夷]殷商末期孤竹国国君之长子。孤竹君死，未明确接班人，伯夷认为弟弟叔齐贤良，便坚决要把国君之位让给叔齐。为表示让国的决心，伯夷离国出走。[叔齐]伯夷之弟，见伯夷一定要让自己当国君，坚决不肯。见伯夷出走，便随后跟来。二人投奔西岐，时文王死，武王起兵伐纣。二人扣马而谏，武王不听。周灭商后，二人耻食周粟，饿死于首阳山。

【评析】

伯夷、叔齐距孔子时代已五百年左右，对孔子来说，也是古人。孔子对伯夷、叔齐多赞美之词，主要是从礼让方面来看待的。这里赞美其"不念旧恶"当是指对于武王伐纣灭商的行为而言，兄弟二人坚决反对武王伐纣灭商，因二人与殷商王朝同宗。孤竹国在今辽宁西部地区，应该是殷商民族的先祖所在地，因此其反对武王起兵也有民族感情在内。但武王灭商后，二人除不食周粟，采薇而食外，并没有采取激烈的反抗行动。而在《采薇》中也只是反对"以暴易暴"的做法，这也是孔子所提倡的。因此，不念旧恶，既往不咎是中国儒家精神很宝贵的一面。时至今日，也值得我们深思和借鉴。

五·二四

子曰："孰谓微生高直？或乞醯焉，乞诸其邻而与之。"

【翻译】

孔子说："谁说微生高这个人直率真诚？有人向他要点醋，他不直接说自己没有，却向邻居要了点给那人。"

【注释】

[微生高]人名，估计是当时的名人。孔安国说："微生，姓，名高，

鲁人也。"《庄子》《战国策》等书记载有守信用叫尾生之人，很多学者认为就是微生。[醯（xī）]醋。

【评析】

孔子很注重人的真实正直，不要虚伪，对于微生高的评价便可看出这一点。其实，醋不是生活必需品，他没有可以直接告诉对方，用不着到邻居那要来给别人，这样做便有点故作姿态充当好人的嫌疑了。其实往深处思考，的确有点今日所谓"作秀"的感觉，无非要给对方一个印象：我是好人。

五·二五

子曰："巧言、令色、足恭，左丘明耻之，丘亦耻之。匿怨而友其人，左丘明耻之，丘亦耻之。"

【翻译】

孔子说："花言巧语，满脸献媚的笑容，过分的恭维，左丘明认为可耻，我也认为可耻。怨恨对方，却把怨恨藏在心里，假装和对方交朋友，左丘明认为这种人很可耻，我也认为很可耻。"

【注释】

[左丘明]鲁国史官，一般认为是《左传》的作者。[匿怨]隐藏掩饰怨恨之情。

【评析】

孔子强调诚信、真实、庄重，鄙视阿谀逢迎、表里不一的虚伪做法，这种人是不可以真心交往的。但这也表现了政治与伦理的悖反。伦理真诚可信的人在政治方面往往不成功，人们甚至认为诚实忠信的人无法搞政治，这是普遍的看法。但我以为，不要把政治庸俗化、阴谋化。政者，还应该是"正"，通过正当的政策来进行管理。现在许多场合把政治的含义歪曲了，谁会耍手腕，会运作、炒作，谁就得势。

五·二六

颜渊、季路侍。子曰："盍各言尔志？"

子路曰："愿车马、衣轻裘与朋友共，敝之而无憾。"

颜渊曰："愿无伐善，无施劳。"

子路曰："愿闻子之志。"

子曰："老者安之，朋友信之，少者怀之。"

【翻译】

颜回和子路站着奉陪老师。孔子说："何不各自谈谈你们的理想和志向？"

子路说："我愿意把自己的车马和裘皮大衣与朋友共同享用，即使用坏了也不遗憾。"

颜回说："我愿意不夸耀自己对人的好处，不把自己应该做的事情推到别人身上。"

子路说："愿意听一听老师的志向。"

孔子说："我的志向是使老年人安心，使朋友信任，使年轻人怀念。"

【注释】

[侍]《论语》中用"侍"字分三种情况，单用则是陪侍，即孔子坐，弟子站立；如果用"侍坐"则是都坐着；如果是"侍侧"则不好确定。[盍]"何不"的合音。[不伐善]孔安国说："不自称己之善。" [不施劳]孔安国说："不以劳事置施于人。"即不把自己应该做的事推到别人身上去。

【评析】

本章记载孔子与他两大高徒子路、颜回谈话的情景，很生动逼真，将子路率真豪爽的性格表现得淋漓尽致。应当稍加说明的是"衣轻裘"的"轻"字属于衍文，即多出来的字。据考证，汉代《石经》上没有"轻"字，而且"车马衣裘"为古代成语，在其他典籍中还有出现。此说可信。颜回谦虚谨慎的性格也很突出。孔子的三句话充分表现了其注重人文关怀的精神，三句话说到三个年龄段，只有普遍关怀才可以做到这一点。

五·二七

子曰："已矣乎！吾未见能见其过而内自讼者也。"

【翻译】

孔子说："唉！算了吧！我没有看见有能够认识到自己错误而自我责备的人啊！"

【注释】

[自讼] 自己在内心中责备自己。

【评析】

《论语》中涉及反省的内容有一个共同的特点，即都是以提高自身修养、完善道德为目的，是为在日后的行动中改进，这便与其他一些宗教的"忏悔""悔罪"有本质的区别。儒家是为现世的不断进步和完善，而其他一些宗教的"忏悔"和"悔罪"是为了赎罪，为了得到饶恕且把希望寄托在来世。幸福与痛苦都在今生体现，不追求来世和彼岸世界，这是儒家思想的最大特点和最大亮点。

五·二八

子曰："十室之邑，必有忠信如丘者焉，不如丘之好学也。"

【翻译】

孔子说："有十户人家的小地方，就一定会有像我这样忠诚守信用的人，只是不像我这样勤奋学习罢了。"

【注释】

[邑]这里指普通居民区。

【评析】

孔子的这句话很深刻，忠信的品格是天生的，很多人都具备，但只有通过学习，才会使其发扬光大。学习是对于自然人性的加工和修剪，使人成为大才。这里的"学"当然包括文献知识和为人处世的道理以及一切生活技能。勤奋好学确实是人进步的关键因素之一。

· 雍也第六 ·

【原疏】正义曰：此篇亦论贤人君子入仁知中庸之德，大抵与前相类，故以次之。

【魁按】本章也是讲述如何看待人、如何对待人，这是儒学一大问题。如看本人品学两个方面而不看其出身，这是非常重要的观点，对于仲弓的评价即如此，这体现孔子平等待人的思想特点。同时，本篇还涉及人之自身努力与天命之关系的问题，有天命不可知的意味。从对颜回的感叹和对伯牛疾病的感伤均可体会出来。故以对仲弓的高度赞美为首章。按劳付酬也是本篇的一大主题，周急不继富等都很经典。但本篇侧重在实际行政能力方面，与前篇稍有区别。

六·一

子曰："雍也可使南面。"

【翻译】

孔子说："冉雍可以做部门或地方长官。"

【注释】

[南面]面朝南而坐，古代各级长官的座位都是坐北朝南方向。

【评析】

孔子对于弟子的才能有很充分而准确的认识，对仲弓评价很高。可看出孔子是希望自己弟子出仕的。这样可在实践中锻炼学生，也可以变相推行自己的主张，可谓是曲线从政。南怀瑾说孔子认为冉雍可当皇帝，那时没有"皇帝"这一名词，即使国君也不是什么人都可以做的，孔子很讲礼乐制度，怎会如此说？

六·二

仲弓问子桑伯子。子曰："可也，简。"

仲弓曰："居敬而行简，以临其民，不亦可乎？居简而行简，无乃大简乎？"子曰："雍之言然。"

【翻译】

仲弓向孔子请教子桑伯子这个人怎么样。孔子回答说："这个人可以，比较简易。"

仲弓说："如果在日常生活中严肃认真，行为谨慎，用简易的方式来

治理百姓，当然可以啊！但如果自己内心简单、行为草率，而治理百姓还简单，不是太简单了吗？"孔子说："冉雍的话对。"

【注释】

[子桑伯子]具体何人难以考证。有人认为是《庄子》中的子桑户，有人认为是秦穆公时的子桑（公孙枝），均未必可靠。但其身份是卿、大夫无疑。[简]可理解为简单、简明、简易。[居敬]平常自己独处时内心严谨恭敬。居，指日常、平时。敬，恭敬认真。[临其民]对待他的百姓，这里是治理百姓。[大简]大通"太"。

【评析】

子桑伯子的身份虽然不好确定，但其是位成功的执政者是毋庸置疑的，因此仲弓便请孔子评价其执政如何。孔子给予肯定，并说该人的成功主要在"简"，赞美其政令简明而不扰民，这无疑是执政要务之一。而仲弓却从内心之简、自己行为之简与行事之简两个方面来探讨问题，对于孔子的回答提出一个疑问。其实，孔子的回答只从执政方面的特点来高度肯定子桑伯子，并没有涉及人的自我处世态度。因此仲弓之问显得多余，孔子不能不知道弟子的问与自己的回答不是一回事，但他还是给予肯定。仲弓之问，可见其求学欲望；孔子之答，可见其鼓励弟子之心。这更能显示孔子循循善诱的长者形象。

六·三

哀公问："弟子孰为好学？"孔子对曰："有颜回者好学，不迁怒，不贰过。不幸短命死矣，今也则亡，未闻好学者也。"

【翻译】

鲁哀公问孔子说："你的学生哪个好学？"孔子回答说："我有个学生叫颜回，爱好学习，他心情不好也不拿别人出气，从来不犯同样的错误。不幸短命死了。如今就没有这样的人了，再也没有听说过爱好学习的人了。"

【注释】

[不迁怒]郑玄注："迁者，移也。"迁怒，转移怒气到他人身上。[不贰过]郑玄注："有不善，未尝复行。"[亡]通"无"。

【评析】

孔子最得意的弟子是颜回，可惜死得早。"不迁怒，不贰过"可以作为座右铭，是很高的人格修养，是两种非常具体而且可以做到的行为，但一般人却无法做到。很多人一遇到闹心事便拿周围人出气，很讨厌。有的男人在外面受气，回家拿老婆孩子出气，更可恨。同样的错误不犯第二回也需要很高的修养和控制力。同时，也可看出儒学的"学"侧重在实践和行为的层面，不是空头学问。

六·四

子华使于齐，冉子为其母请粟。子曰："与之釜。"

请益。曰："与之庾。"冉子与之粟五秉。

子曰："赤之适齐也，乘肥马，衣轻裘。吾闻之也：君子周急不继富。"

【翻译】

孔子学生公西华到齐国去出使，冉求替公西华为他的母亲请求粮谷。孔子说："给他六斗四升。"

冉求请求再增加一些，孔子说："给十六斗。"冉求给公西华母亲八十斗。

孔子说："公西华到齐国出使时，乘坐高头大马拉的车，穿着名贵的又轻又暖的裘皮大衣。我听说：君子只雪中送炭，不锦上添花。"

【注释】

[子华] 孔子弟子，姓公西，名赤，字子华，比孔子小四十二岁。 [使] 出使。[冉子] 指冉有。《论语》中孔子弟子称某子的只有有子和曾子是常称，冉有和闵子骞偶尔这样称。 [粟] 黄米或小米，也可统称粮谷。这里当是后者。 [釜] 古代容积单位，马融说："六斗四升曰釜。" [庾] 也是古代容积单位，包咸说："十六斗曰庾。" [秉] 马融说："十六斛曰秉。" [乘肥马] 乘坐肥马拉的车，春秋时没有骑马的记载。 [衣轻裘] 穿着又轻又暖的裘皮大衣。衣，动词。 [周急] 周济贫穷紧急之人。

【评析】

关于这里的"釜""庾""秉"究竟都是多少，学者们说法不一，恐怕难以确定。但有一点应该肯定，三者之间是递进关系，公西华母亲得到粟的数量不断增加。我们只要确定这种情况就行了。本章有几个问题需要重点探讨，一是孔子当时是什么职位？他怎么会有如此大的权力？公西华出使是代表国家、代表季氏还是代表孔子？如果是代表国家，他母亲的生活待遇则应当由国家负责，这些粟从哪里支付？怎么会由孔子决定？这些问题有待于考证研究。因为这关涉对于孔子和冉有思想的研究。我推测，公西华出国可能还是代表国家，这个支出很可能是从国家府库出，冉有在季氏那里当家臣，而且有一定权力，孔子对于季氏一直不满，因此当冉有慷慨多给的时候，孔子虽然谈了自己的看法，但并没有严厉批评。其二，本章表现出孔子在财物支出方面如何对待的看法。最后的"周急不继富"是很仁德而有警世意义的名句。如果反过来说，就是"小人继富不周急"，睁大眼睛看看尘世，这种现象不是非常普遍吗？

六·五

原思为之宰，与之粟九百，辞。子曰："毋！以与尔邻里乡党乎！"

【翻译】

原宪当孔子家的总管，孔子给他粮谷九百，原宪推辞不肯接受。孔子说："不要推辞，如果有剩余的就给你邻居乡亲吧！"

【注释】

[原思]孔子弟子原宪，字子思。[为之宰]替孔子当总管。当是孔子被任命为下大夫时有采邑，而原宪为他当总管。[与之]给原宪。[粟九百]粟，一般都解释为小米，恐未确，可能代指粮谷。那时不可能加工出那么多小米给人，也不好保存。九百后面没有字，应该是斗或斛。 [辞]推辞。

【评析】

本章是生活细节，原宪给孔子当管家，孔子给他开工资。孔子给他到底是九百石还是九百斗现在肯定无法知道。这里只需要确定如下情况就可以：一是原宪给孔子家当总管，管理其采邑；二是孔子支付其一定的报酬；三是原宪推辞不要；四是孔子坚持如数支付，如果原宪用不着那么多，可以由原宪救济其邻居乡亲。至于孔子支付报酬究竟多少，不必过分追求，是月薪、季薪还是年薪更无法求证。这里我们只需思考一件事，就是孔子求实的精神和按劳付酬的思想。既然原宪给我做事付出劳动了，那么我就要按照你的贡献支付相应的报酬，应该给多少就给多少，不能因为我是老师就无偿占有你的劳动。如果你不需要那么多粮食，也应当由你救济你的邻居和亲人。这其中大有深意：即每个人对于社会或他人做出贡献就应当

119

心安理得领取相应的报酬，不应当不要，因为这样会给别人带来不好的影响，或不具备示范意义。后来子贡出国赎回鲁国人，没有按照规定领取政府补贴金，孔子不但没有表扬，反而批评了他，道理就在这里。该得的就得，不该得的不苟取，一切以合理、公平为原则。这是儒家思想在分配问题上的主要特点。

六·六

子谓仲弓，曰："犁牛之子骍且角，虽欲勿用，山川其舍诸？"

【翻译】

孔子评价仲弓说："耕牛的儿子毛色又红又亮，色彩纯，而且犄角端正，这样好的毛色和品质，虽然想要舍弃不用它来做牺牲，但山川神灵怎么会舍弃它呢？"

【注释】

[犁牛] 犁田之牛，即耕牛。古代耕牛很低贱，不看毛色，一般多是杂毛，因此有人解释犁牛说是杂色，即由此而来。[骍（xīng）]赤色，周朝属于火德，尚赤，故以红色为尊贵。 [角] 意即牛角长得好而正。 [用] 这里是用来祭祀神灵的意思。[山川其舍诸] 山川，指山河神灵。诸，之乎的合音。

【评析】

古代注重祭祀，祭祀用的牲畜叫作牺牲，用来祭祀的活牛都要经过挑选，要毛色好的。冉雍的父亲是贱民，而且品行不太好，但冉雍却天分好而有修养，孔子非常喜欢并寄以厚望。可见孔子并不讲血统论，也不保守，注重后天的教育，如此鼓励弟子克服自己的自卑感，实在是令人敬仰的好老师。犁牛的儿子同样可以成为被神灵器重的高贵祭祀品，贱民的儿子当然有理由成为贵族，只要自己后天努力即可。

六·七

子曰："回也，其心三月不违仁，其余则日月至焉而已矣。"

【翻译】

孔子说："颜回几个月的时间里内心不离开仁德，其余的弟子只是偶尔做到仁德而已。"

【注释】

[违仁]指心里离开了仁德。 [至焉]至，到来，出现。焉，指仁德。

【评析】

这章涉及儒家思想内容、特征等问题。孔子弟子中最能理解体会孔子思想的是颜回，而在《论语》和其他相关文献资料中看不出颜回有其他方面的杰出才能，但孔子却几次高度赞美颜回，子贡也极其佩服颜回，可以推知颜回定有过人之处。那么就可以知道孔子追求的最高人生境界是在获取人生自我价值的认识之后的一种心灵满足，这种满足是感觉到作为人本身存在的价值融入自己周围的人际关系中，在对其他人关怀爱护的同时自己也感觉到很幸福。这种幸福是内心的感觉，与外在的物质条件没有必然的联系。

六·八

季康子问："仲由可使从政也与？"子曰："由也果，于从政乎何有？"曰："赐也可使从政也与？"曰："赐也达，于从政乎何有？"

曰：“求也可使从政也与？”曰：“求也艺，于从政乎何有？”

【翻译】

季康子问：“子路可以当官治理百姓吗？”孔子说：“子路坚决果断，对于他来说，当官治理百姓还会有什么困难吗？”

又问：“子贡可以当官从政吗？”孔子说：“端木赐通达事理，对于他来说，当官治理百姓还会有什么困难吗？”

又问：“冉求可以当官从政吗？”孔子说：“冉求多才多艺，对于他来说，当官治理百姓还会有什么困难吗？”

【注释】

[果] 果断、果敢。[达] 通达，善于变通。[艺] 才艺。

【评析】

孔子对学生非常了解，也极力推荐他们到社会上去发挥才能。季康子可能是到孔子那里考察学生，分别询问子路、子贡、冉有是否可以从政，孔子分别给予推荐，并分别指出三个人各自的长处。这里还可以看出另外一个问题，即孔子看问题的全面性，他分别指出三名弟子的是能力方面的特点，并非是仁德方面如何。即仁德是内在品性，是心理基础，是根本条件，而从政需要具体才能。

六·九

季氏使闵子骞为费宰。闵子骞曰：“善为我辞焉！如有复我者，则吾必在汶上矣。”

【翻译】

季氏派人请孔子弟子闵子骞出任自己采邑费地的行政长官。闵子骞对来人说："请替我好好推辞掉这种职务，如果再有人来请我出任，那么我就一定会往汶水之北去了。"

【注释】

[闵子骞]孔子弟子闵损，字子骞，比孔子小十五岁。[费]季氏采邑所在，故址在今山东平邑东南七十里。[汶]汶水，即山东大汶河。水以阳为北，或者说，水北为阳，阳为上，因此说某水之上就是水之北面。

【评析】

季氏是当时鲁国权臣，专横跋扈，多有僭越之举动，孔子对他非常不满。孔子弟子子路和冉有都在季氏家里当过家臣，但并没有到费邑去。季氏派人请孔子弟子前去当总管，可能出于要和孔子搞好关系，另一方面也看出孔子弟子有才能。但闵子骞坚决回绝，实际上是对季氏的政治行为不满意，不愿意为这样的人办事。其实这对于后世的出仕问题是个重要参考。即出仕也要选择时机、上级或地方，否则就会留下政治的遗憾。

六·一〇

伯牛有疾，子问之。自牖执其手，曰："亡之，命矣夫。斯人也而有斯疾也！斯人也而有斯疾也！"

【翻译】

伯牛有重病，孔子前去探问。从窗户里握着伯牛的手，伤心地说："难活了！难活了！这都是命啊！这样的人怎么会得这样的病！这样的人怎么会得这样的病！"

【注释】

[伯牛]孔子弟子冉耕,字伯牛。 [牖(yǒu)]窗户。《书·顾命》:"牖间南向,敷重篾席。" [亡之]之是语气词,没有实义。

【评析】

弟子有病,老师去探望,没有直接到病床边,而是隔着窗户拉着弟子的手,并且非常伤心,对于品行如此好的弟子居然得这样的病感到茫然和无奈,对天命的不可预知和不可捉摸都可以感受得到。有血有肉充满人情味的老者形象呼之欲出,这便是真实的孔子,丝毫没有神秘感。

六·一一

子曰:"贤哉,回也!一箪食,一瓢饮,在陋巷,人不堪其忧,回也不改其乐。贤哉,回也!"

【翻译】

孔子说:"真有贤德啊,颜回!每天就用一个粗糙的竹碗吃饭,用一个水瓢喝水,住在简陋的贫民区,别人忍受不住那样的贫穷和困苦,可颜回依旧不改变他的乐趣。真是贤德啊,颜回!"

【注释】

[箪]古代用来盛饭食的盛器。以竹或苇编成,圆形,有盖。 [陋巷]贫困简陋的居民区。

【评析】

这里涉及儒学一个大问题,即"忧道不忧贫""安贫乐道"的问题。孔子提出追求真理、体认真理是人生的最高境界。颜回因为不断悟到真理,因此对于贫穷不在乎，不忧愁。其实，如果能够体认真理，只要温饱内心便会非常平静，而内心平静就是一种快乐。这就是颜回之乐，儒家之乐。这是现代人应当注意学习和达到的一种境界。属于儒家学说中所谓的"内圣"，通过这种内圣的感化教育，并通过礼乐行政的管理与引导使整个社会的人都达到这种境界，这便是所谓的"外王"。"内圣外王""修齐治平"八个字便是儒家最高理想和全部修炼内容。

六·一二

冉求曰："非不说子之道，力不足也。"子曰："力不足者，中道而废。今女画。"

【翻译】

冉求说："老师，不是我不信仰您的主张和学说，是我的能力不够。"孔子说："能力不够的人，是走到中途走不动而停止。如今你是自己划定界限而不往前走了。"

【注释】

[说]通"悦"，喜欢，这里是信服的意思。[画]截止，停止。何晏《论语集解》引孔安国曰："画，止也……今女自止耳，非力极。"

【评析】

冉求是孔子著名弟子，他提出一个重要观点，就是他信仰孔子的学说，但是孔子学说对于道德的要求太高了，因为能力不够而无法企及，遭到孔子批评和反驳。用"能力""愚笨"为托词而不肯下功夫者甚多，均冉求之类。其实孔子要求弟子要不断学习，提升自己的道德修养，并没有给其划定一个具体目标。

六·一三

子谓子夏曰："女为君子儒，无为小人儒！"

【翻译】

孔子对子夏说："你要做君子型的儒家学者，不要做小人型的儒家学者！"

【评析】

本章涉及内容极其丰富复杂，究竟什么是"君子儒"，什么是"小人儒"，说法很多。综合前人说法，加上自己推测，大概有三种分别：一是君子儒以担当天下道义为己任，小人儒以苦苦修炼自己为要务；二是君子儒以求真理正义为宗旨，时刻关注社会人生；小人儒恪守典籍而拘泥于训诂字词之学；三是君子儒气度恢弘，有远大目标，不拘谨于小信，不搞小恩小惠。这里提醒子夏不要拘泥典籍，而要以世道为出发点，心胸要开阔高远。

六·一四

子游为武城宰。子曰："女得人焉耳乎？"曰："有澹台灭明者，行不由径，非公事，未尝至于偃之室也。"

【翻译】

子游担任武城县县令。孔子问他说："你在那里得到什么人才没有？"子游回答道："有位叫澹台灭明的人，他走路从来不走小道，不是公事，他从来不到我屋里来。"

【注释】

[武城] 鲁国城邑，在今山东费县西南。[澹台灭明] 字子羽，也是孔子

弟子，司马迁《史记·仲尼弟子列传》中有澹台灭明，从本章看，当是孔子后收的学生。[径] 可以走人或牛马的小道，步道；小路。《说文·彳部》："径，步道也。" 段玉裁注："此云步道，谓人及牛马可步行而不容车也。"

【评析】

本章很有意思，澹台灭明是光明正大的人。其实他的行为就是今天的不走后门而已。古今相通，人情世故没有什么大的变化。要想办私事就要走小道，抄近道，走后门，进内室。既然澹台灭明如此行为受到如此高的赞美，说明做到这样的人太少了。这里也可看出儒家提倡的道德具有光明正大的品格。

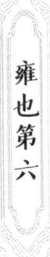

六·一五

子曰："孟之反不伐，奔而殿，将入门，策其马，曰：'非敢后也，马不进也。'"

【翻译】

孔子说："孟之反不夸耀自己，在军队败退时他在最后面，将要进城门的时候，他一边打马一边说：'不是我勇敢殿后掩护，而是我的马跑得太慢。'"

【注释】

[孟之反] 鲁国人，《左传·哀公十一年》作"孟之侧"。[殿] 军队撤退时在最后面担任掩护的部队或人。

【评析】

本章赞美不居功的美德，说的是抵抗齐国军队的一次战争，鲁军右翼溃败，孟之反在最后掩护全军安全撤退进城后打马进城，不炫耀自己的勇敢，反而说自己的马跑得慢，确实很可贵。不争功便是美德，有功不居更难能可贵，因此孔子赞美他。

六·一六

子曰："不有祝鮀之佞，而有宋朝之美，难乎免于今之世矣。"

【翻译】

孔子说："如果没有祝鮀那样的伶牙俐齿和宋朝那样的美貌，在今天这样的世道里就难免要寂寞沉沦了。"

【注释】

[祝鮀] 卫国大夫，字子鱼，特别会说话，尤其擅长外交辞令。[宋朝] 宋国公子朝，貌美，初仕卫为大夫，通于襄夫人宣姜，又通于灵公夫人南子。

【评析】

本章当是孔子在卫国时有感而发，因具体背景不清楚，故有些不好理解。但总的感叹是惋惜当权者好色不好德。祝鮀因为会逢迎讨好而受卫灵公喜欢，宋朝因为貌美善淫而得到南子的宠爱和保护，两个人都不是善人，一个以佞受宠，一个以貌受宠，这样的社会怎么会安定清平呢？这种情况，古今中外都常见，可见孔子之叹具有普遍性。一般讲解为"如果没有祝鮀那样的伶牙俐齿，而有宋朝那样的美貌，就难免要有灾祸了"。但这样讲解不近人情，本人有专文讨论此问题，已在《北京大学学报》2009 年第二期发表，读者诸君可参看。

六·一七

子曰："谁能出不由户？何莫由斯道也？"

【翻译】

孔子说："谁能够出去而不经过房门？为什么没有谁行走在这条道路上呢？"

【注释】

[出不由户]孔安国注："言人立身成功当由道，譬犹出入，要当从户。"
[斯道]指仁义道德的人生道路。

【评析】

孔子认为人生要走正确的道路，就像出门一定要走门一样天经地义。但走上他认为的这条道路的人却不多，因此孔子才有如此感慨。孔子一生汲汲奔走，极力推行的就是一条看似简单而很多人难以坚持到底的人生道路。因为社会动荡不安，人们面临的诱惑太多，人们可以运用的手段也太多，歪门邪道太多，有人就专门跳窗户反而走得更快。而这正是儒学的可贵之处。

六·一八

子曰："质胜文则野，文胜质则史。文质彬彬，然后君子。"

【翻译】

孔子说："质朴超过文采就粗野，文采超过质朴就虚浮。只有文采和质朴结合得完美匀称，才是君子。"

【注释】

[质]朴实、淳朴。[文]彩色交错。亦指彩色交错的图形。[文质彬彬]这里形容人既朴实又文雅,恰到好处。

【评析】

这是非常有名的论断,要求人要处理好文与质的关系,既不要粗野,大大咧咧,显得很粗俗,也不要故意文绉绉的,显得古板拘禁。只有适度才好。其实就是要求人掌握好尺度。但外表的粗野或文绉绉都是表面的东西,最关键的还是内在品质的培养,最佳状态是有很好的文化教养而又不装腔作势,高文化水准而纯真朴实的表现便可以达到文质彬彬的效果。

六·一九

子曰:“人之生也直,罔之生也幸而免。”

【翻译】

孔子说:“人生就应该正直真诚,那些不走正路、虚伪矫饰而能够活下来的人是幸运而免于灾难。”

【注释】

[直]正直,真诚,与“曲”相对。[罔]枉曲,不直。

【评析】

儒家思想提倡真诚、真实,而诚心是所有修养的基础,如果不能真诚、真实地生活,就不会真正有幸福感。这既是人生修养之根基,也是人相互交往之基础,实际也是人类实现全面道德社会的前提。只有真诚才会有诚信,才会相互融洽。如今,我们人类最大的敌人是相互敌视和战争。就中国来说,人们用于人际关系方面的精力太多了，耗去了大量心血，而且人们的幸福感都不强，就是虚伪和言不由衷造成的。因此纠正虚伪与矫饰是改造人性的最大难题和最艰辛的任务。

六·二〇

子曰："知之者不如好之者，好之者不如乐之者。"

【翻译】

孔子说："对于任何学问和事业，知道努力的人不如爱好的人，爱好的人不如以此为乐的人。"

【注释】

[之] 如果从孔子思想和教育角度考虑，这个"之"应该代指儒道。

【评析】

孔子这句话的"之"并没有指定的意义，但根据《论语》全书和孔子思想的一贯性，这个"之"应当指学习，与后面的"生而知之""学而知之"的"之"同义，这样就可以理解孔子这句话的准确含义。但因为没有确指，使这句话又获得普遍的启发意义。人生艰难，要依靠自己对于生命意义的体认建立乐观精神。当领悟参透生命真谛的时候，就会快乐。颜回之乐就是这种快乐。另一方面，这对于教育也有很好的启发，即填鸭式的教育不会成功。要运用启发性，学生知道学习不如爱好学习，爱好学习不如以学习为乐趣。一切教育和学习都如此。

六·二一

子曰："中人以上，可以语上也；中人以下，不可以语上也。"

【翻译】

孔子说："中等水平以上的人，可以与他讲上等的知识；中等水平以下的人，不可以和他讲上等的知识。"

【注释】

[中人] 指智力和学识中等的人。

【评析】

要根据学生实际水平出发，因材施教，循序渐进，针对不同的对象进行不同内容层次的教育，这是教育科学。这里的中人，是指知识水平和理解能力两个方面而言。

六·二二

樊迟问知。子曰："务民之义，敬鬼神而远之，可谓知矣。"问仁。曰："仁者先难而后获，可谓仁矣。"

【翻译】

樊迟问怎样做才算是智慧。孔子说："务必要把全部精力用在引导百姓走上正义的道路，役使百姓也要合理和适宜，尊敬鬼神而远离他们，这样做就是智慧的做法。"樊迟又问怎样才算仁。孔子说："要先付出后得到，遇到困难要先上，获取荣誉要在后面，这就是仁。"

【注释】

[务民之义]之，动词，走向。[难]困难，劳动。

【评析】

本章是儒家思想在社会现实中实际运用的指导性原则，即使今天运用起来依然是极其正确的，充满智慧的光辉。从领导智慧来看，可以概括为两个原则：重视民心，爱惜民力；尊敬鬼神而远离鬼神。前者是可以看得见摸得着的，百姓是国家的主体，百姓安则国家安，百姓好则国家好，这是典型的以民为本思想。第二点是如何对待鬼神的态度，因为在古人看来，鬼神是不可知的，无法证明其存在也无法证明其不存在，采取尊敬的态度而不依赖鬼神，不亲近鬼神，可谓明智的做法。敬畏鬼神可以使人有畏惧感和崇高感，还可以增加凝聚力，尤其是不否认先祖神灵的存在，更会使人伦敦厚。关于仁的回答实际可以看作是今天提倡的"吃苦在前，享受在后"的最古老版本。

六·二三

子曰："知者乐水，仁者乐山。知者动，仁者静。知者乐，仁者寿。"

【翻译】

孔子说："聪明的人喜欢流水，仁爱的人喜欢山。聪明的人喜欢运动，仁爱的人喜欢安静。聪明的人快乐，仁爱的人寿命长。"

【注释】

[知者乐]聪明的人生活得快乐。[仁者寿]具有仁德的人长寿。

【评析】

这是非常著名的论断，是对于人生境界的精彩比喻。仁者宽厚、可靠、稳定、巩固如同山岳，而聪明的智慧者敏捷、快活、灵动、喜欢不断发展变化，如同流水。聪明的智者在不断地处理事物之间获得乐趣，而仁爱之人心境平和，故能够长寿。将人的某种品德与山水联系起来，既有比喻的意蕴，也有回归自然的意蕴，在人类与自然日益疏远中这种回归更有意义，因此这段议论也充满审美意趣。

六·二四

子曰："齐一变，至于鲁；鲁一变，至于道。"

【翻译】

孔子说："齐国如果进行一下变革，就可以达到鲁国的道德水平；鲁国如果进行一下变革，就可以达到理想境界了。"

【注释】

[变]这里有变革的意思。[道]儒家和道家最理想的人类生活图景就是大道。

【评析】

这是孔子政治理想的具体表达，他希望经过变革，当然这种"变"到底指什么并未说清，于是后人便有不同说法。鲁国是周公的封国，周公是制订礼乐制度的人，鲁国对于礼乐制度的遗存在当时各诸侯国中还是最多的，因此孔子把恢复周礼的希望寄托在鲁国，其次便是鲁国的近邻齐国。孔子说这句话时，可能还没有周游列国，当时鲁国政治可能还不太糟糕。因此孔子寄希望于鲁国和齐国，想通过对鲁国和齐国的改造重新建立西周初年的秩序，恢复大一统天下，使社会走上和谐发展的道路。孔子的政治理想没有实现，但孔子的学说却在后世被传承下来。现实的孔子失败了，历史的孔子胜利了，而且是任何政治家都无法比拟的胜利。

六·二五

子曰："觚不觚，觚哉！觚哉！"

【翻译】

孔子说："酒杯也不像个酒杯，这就是酒杯啊！这就是酒杯啊！"

【注释】

[觚（gū）]古代饮酒器。青铜制。长身侈口。口部与底部呈喇叭状，细腰，圈足。腹部和足部都有四条棱角，盛行于商代和西周初期。

【评析】

孔子看到一个酒杯与原来叫作"觚"的酒杯已经不同，可是依然叫作"觚"，表示不满，认为名不副实。这件事后来争论很大，好像孔子非常保守，反对事物的发展。其实我们必须知道孔子说这话的背景和具体环境。这只是一个比喻，强调事物要名实相符，就这点来说，并没有不对。孔子非常讲究正名，这种正名不但是事物之名称，更主要的是社会各成员都要名实相符，所谓的君君、臣臣、父父、子子，就是这种要求。每个人做好自己，做与自己身份相符的事，承担相应的责任和义务，这正是社会和谐的基本保证。而通过事物进行类比阐述观点正是中国古代思维的特点。

六·二六

宰我问曰:"仁者,虽告之曰'井有仁焉',其从之也?"子曰:"何为其然也?君子可逝也,不可陷也;可欺也,不可罔也。"

【翻译】

宰我问孔子说:"一个具有仁德的人,假如告诉他说'井里有个仁者',他会跟从而去吗?"孔子说:"为什么会这样呢?君子可以走去看,不可能下井;君子可以被欺骗,但不能被愚弄欺罔。"

【注释】

[仁]指仁人。[其从之也]孔安国注:"宰我以仁者必济人于患难。故问有仁人堕井,将自投下从而出之不乎。欲极观仁者忧乐之所至。"[欺]欺骗。[罔]使其做错事,做不正之事。

【评析】

宰我可能在设想遇到这样的问题应该怎么办,所以提出这样刁钻的问题,也可以从侧面反映出儒家思想的社会实践性质。孔子回答得很巧妙,其间充满智慧,即听说这样的事情后一定要走过去看看究竟,但不可能跳下井去冒险。尤其是最后的判断具有普遍指导意义:任何人都是可以欺骗的,即使是君子是仁者是智者都难免被欺骗,但不可以使他干坏事,干不符合正道的事。仁者还要有智慧,才能处理好各种复杂的情况。被欺骗不是错,走歪道干歪事则是错误了。

六·二七

子曰:"君子博学于文,约之以礼,亦可以弗畔矣夫!"

【翻译】

孔子说："君子要广泛学习文献典籍，再用礼来约束统率自己，就可以不违背道理了。"

【注释】

[博学于文]广泛学习文献典籍和一切文化知识。这里的"文"不是指文学或文章，而是广义的文化。[畔]通"叛"，背离。

【评析】

孔子最强调的是读书学习，这是人增长知识的关键，是发展的最佳动力，这样可以保证不断进步。其次就是遵守礼。"礼"在当时虽有特定内涵，其实也可以理解为社会公共道德。遵守礼便可以不犯错误，人如果能够不断进步，不停止发展的脚步，再不犯错误，就可以立于不败之地了。

六·二八

子见南子，子路不说。夫子矢之曰："予所否者，天厌之！天厌之！"

【翻译】

孔子去见南子，子路很不高兴。孔子指着去见南子的方向，对子路说道："我如果不去见的话，上天就会厌弃我！上天就会厌弃我！"

【注释】

[南子]卫灵公宠爱的夫人，很美丽，也很有权势。 [矢之]矢，按照毛奇龄引《释名》是"指"的意思，之便是指的方向，当是去见南子的地方。 [否]通"不"，《史记》便是"不"。 [天]字面意思是上天，实际含义是比喻卫灵公。因为南子执意要见孔子，一定也请示过卫灵公，因此

孔子见南子与否也会涉及卫灵公对他的态度。

【评析】

本章是《论语》中最精彩的片段之一，也是最难理解最难讲的章节之一。一般解说都是孔子要去见南子，子路不高兴，孔子便对他发誓。但这样讲解对于孔子和子路的形象都有所损害，一个学生居然逼迫老师指天发誓，不太像师生关系。而一名老师也没有必要向弟子这样做。还应该考虑到，《论语》是孔子弟子及再传弟子精心编撰而成，是会经过选择和加工的，因此不会如此低俗，如同村夫般起誓发愿。我们根据孔子的思想行为以及当时的处境，还有南子的为人以及地位，将这些因素综合考虑，师生对话的情境便可以大体明白，因此做如上翻译。南子在卫国地位特殊，可以左右卫灵公的态度，她主动要见孔子，此其一；南子虽然貌美，也有淫荡行为，但在政治方面没有恶行，对于卫国贤人蘧伯玉很尊重，而蘧伯玉是孔子非常赞赏的人，也是孔子的朋友，这一点会使孔子对于南子没有很坏的看法，此其二；孔子一直想在政治上有所作为，而南子的意见会有很大作用，此其三。鉴于这种情况，当南子迫切提出要见孔子的时候，孔子答应前去是可以理解的。而子路忠正耿直，缺乏灵活性，认为老师不应该在这种情况下去见一个女人。孔子于是才向他解释。这里的"天"，实际是指卫灵公。前面孔子回答卫国一大夫关于"媚于奥"和"媚于灶"的提问时说过"获罪于天，无所祷也"的话，那里的"天"比喻的也是卫灵公。这样解释，合情合理，文从字顺。关于子路与孔子类似的对话，后面还有，也可以证明这种理解是合理的。

六·二九

子曰："中庸之为德也，其至矣乎！民鲜久矣。"

【翻译】

孔子说："中庸这种道德是最高层次的了，人民缺少这种道德已经很久了。"

【注释】

[中庸] 孔子提倡对于道德具体执行方式的最高标准。中，是取中，庸，是平常，是用，中庸就是处理各种事情都正好适度，既不过分也不能不到程度。 [鲜] 少，缺少。

【评析】

中庸是儒家思想中非常重要的范畴，是指看待事物、处理事情应该掌握的原则与尺度，即适中，要不偏不倚，因此这是一个原则性的提法，具体实行时要根据具体事物进行具体分析，总的原则是不偏激，不走极端。后世许多人把中庸误解为和稀泥，不讲是非，是最大误解。孔子是非常强调是非观念的，中庸是在正确判断是非的前提下不采取极端的处理方式。再透彻点说，庸是平常日用，所有的生活，小到衣食住行，大到礼乐刑政，都要坚持适中的原则，这便是中庸。"道""仁德"就存在于日常生活中，这是儒学实用理性的特点，也体现其作为现实生活指导原则的伦理作用。如前文提到孔子见南子的问题，孔子对于南子有一定的评价和判断，但为实现自己的政治主张，去见见也无妨，体现中庸之道和灵活性。

六·三〇

子贡曰："如有博施于民而能济众，何如？可谓仁乎？"子曰："何事于仁，必也圣乎！尧舜其犹病诸！夫仁者，己欲立而立人，己欲达而达人。能近取譬，可谓仁之方也已。"

【翻译】

子贡说："如果有这样的人，能够广泛地给人民好处，救济帮助百姓都过上好日子，怎么样？可以算是仁吗？"孔子说："这哪里仅仅是仁德啊，这简直就是圣人啊！尧舜都很难做到这样。所谓的仁，是说自己想要建立事业而帮助别人也建立事业，自己想要开拓发达，也要帮助别人开拓发达。从自己最近处做起，可以说是实行仁的方法。"

【注释】

[博施]普遍而广泛地给予。 [济]救济，拯救。

【评析】

子贡是孔子弟子中理论和实践方面能力都非常强的人。子贡这样问，暗中表明他有这样的理想。孔子对于他的提问给予最高的评价，也折射出孔子政治理想的目标是达到三代小康的水平。《论语》中孔子师生谈论最多的是"仁"，而很少提到"圣"，本章所谈很有启发性，可以看出孔子学说中"圣"高于"仁"。"仁"是个人品德的评价，"圣"是仁者将自己的仁心推广开来后实现的境界，通俗简明地说，"仁"加事功才能成为圣人。如果没有事功则只能停留在"仁"的境界。以仁爱之心对待一切是儒家思想的精髓，而推己及人是实行这种仁爱精神的方式，是孔子反复强调的处世哲学。

· 述而第七 ·

【原疏】正义曰：此篇皆明孔子之志行也，以前篇论贤人君子及仁者之德行，成德有渐，故以圣人次之。

【魁按】本篇孔子自述传承古代文化的自觉意识和使命感，认为自己肩负着保存古代文化的历史使命，将不遗余力担负起这种使命来。实际这是儒家思想的主要特征之一，即对于历史文化进行改革，通过"损益"来使历史前进。孔子一直孜孜不倦地学习和教育学生，这种教育包括思想教育、知识传导和以身作则三个层面，因此几次叙述孔子的行为。一切活动和评价都围绕这一主旨。

七·一

子曰："述而不作，信而好古，窃比于我老彭。"

【翻译】

孔子说："只阐释叙述而不创作，深信而且爱好古代文化，我私下把自己比作老彭。"

【注释】

[述而不作]叙述阐释已有的文化而不自己创作。作，创作，创造。 [老彭]据《大戴礼》，老彭是商朝一贤大夫，是信古而传述古代文化之人。

【评析】

"老彭"到底是谁，众说纷纭，有人说是老子和彭祖，有人说是商朝的一名贤大夫。从孔子和老子见过面并有交流这件事看，不可能是老子，当以后者为是。本章是理解孔子思想的关键，"述而不作"是孔子的自白，孔子确实是氏族传统的传承人和维护者，他重视礼乐，顽固地要"克己复礼"，都表现出这种爱好古代文化的倾向。但如果认为孔子只是传述而没有自己创作也不对，实际孔子是在述中有作，是在继承基础上的创新，有自己的建树，有人说孔子是托古改制，有一定道理。

七·二

子曰："默而识之，学而不厌，诲人不倦，何有于我哉？"

【翻译】

孔子说："默记在心，学习起来而不厌烦，教导别人而不知疲倦，对于我来说，除此还有什么呢？"

【注释】

[识（zhì）]记住。 [厌]厌烦、厌弃。

【评析】

学习是为了自我心灵世界的提升和掌握知识，因此要默默记住，不断积累，而不必张扬炫耀，持这样的学习态度，读书便是一种精神享受，当然不会感觉厌烦。而愿意把这种快乐与别人共享，在教诲别人的时候当然就不会感觉疲倦。为追求人生真谛而学习，不是为功利而学习，自然会如此，学习目的非常关键。应该强调的是，这里的"默而识之"就是默默记忆的意思，后人在"默"字上做文章，增加神秘感，并与禅宗的神秘性相联系，恐怕都非孔子本意。

七·三

子曰："德之不修，学之不讲，闻义不能徙，不善不能改，是吾忧也。"

【翻译】

孔子说："不注意培养品德，不讲究刻苦学习，知道正义不能实行，有了过失不能改正，这些都是我所忧虑的。"

【注释】

[徙]本义是迁徙、移动，这里引申为行动。

【评析】

道德必须修养才行，学业必须勤奋才行，见到善行能够提高自己，有

错误就要改正，这四个方面是人不断进步的关键，应当时刻注意。这是孔子在教育学生时产生的感叹。勤奋不息、孜孜不倦是儒家最可贵的精神之一。

<h2 style="text-align:center">七·四</h2>

子之燕居，申申如也，夭夭如也。

【翻译】

孔子在家闲居时，非常整洁舒坦，而且很快乐。

【注释】

[燕居]闲居。[申申]舒展貌。[夭夭]愉快高兴貌。

【评析】

这是很写意的记载，可以看见平常生活中的孔子就是安静坦荡愉悦的样子，实际就是孔子自己反复强调的淡定知足的生活情境，是闻道以后的人生乐趣，是内心充实无愧的自得之乐。这种平静与淡定是很高的精神境界。

<h2 style="text-align:center">七·五</h2>

子曰："甚矣吾衰也！久矣吾不复梦见周公。"

【翻译】

孔子说："哎！我真是衰老得太厉害了！我已经很久没有梦见周公了。"

【注释】

[周公]姓姬名旦，文王四子，武王之弟，周朝开国功臣，辅佐成王和康王，制订礼乐，是鲁国的始祖。

【评析】

周公是孔子心向往之的圣人的典范，而且是距离孔子历史最近的圣人，孔子极力要恢复的周礼，便是周公制订的。虽然周公比孔子早五百年左右，但因为孔子对于周公非常向往，故梦见也是可能的。关于孔子说这句话到底是什么意思，人们有不同理解。一说孔子感觉恢复周礼已经无望，故不再梦见周公；一说孔子身体衰老，心力不足故不再梦到周公。其实，从孔子终生追求的理想看，从孔子的语气看，应该是两种情况的综合作用，即年衰体弱，自己的政治主张已经没有实现的可能，心中无想，自然无梦。实际也是"吾道不行矣"的变相说法。

七·六

子曰："志于道，据于德，依于仁，游于艺。"

【翻译】

孔子说："立志向道，根据于德，依托在仁，游刃有余于六艺。"

【注释】

[游于艺]在技艺中游刃有余。艺，指礼、乐、射、御、书、数等技艺。

【评析】

这是孔子的教学总纲，要求学生要有好的道德品质和娴熟精湛的技艺。"游于艺"指对于全部课程都能够精熟，达到得心应手、游刃有余的程度，自然有乐趣在其中。当然，这里的"艺"也包括一切文化艺术。通过文化艺术的娴熟掌握而获得快乐，也是很高的享受。如今生产力提高，人们剩余时间充足，因此健康的娱乐活动更加重要。

子曰："自行束脩以上，吾未尝无诲焉。"

【翻译】

孔子说："只要主动送给我十条干肉的，我没有不收留做学生的。"

【注释】

[自行]自己主动。 [束脩]脩是干肉，一条叫一脡，十脡叫一束。

【评析】

本章是唯一记载孔子收取学费的地方，后来对此有争论。有的人认为收取学费好像不高雅，于是便把"束脩"讲成"束发"，即整饰装束自己，说是十五岁。但"脩"本身就是肉，而且这样讲更不通顺，一是"自行"二字不好讲，二是人家要主动求学你才可以教诲啊，不能十五岁以上的小男孩你都去拉来进行教育吧！因此"束脩"还是一捆干肉的意思。孔子收学费是可以理解的，一是表示学生求学的诚心，一是孔子也需要收取一定的费用，否则其生活来源如何解决？束脩是非常微薄的礼品，是礼物的代名词，不一定就是干肉。孔子实际是说自己的门槛很低，只要真心向学者都可以得到教育。

七·八

子曰："不愤不启，不悱不发。举一隅不以三隅反，则不复也。"

【翻译】

孔子说："学生不发愤便不能启发，没有疑虑便不能有发现。如果指出墙的一个角，而不能反映出另外的三个角，我就不再讲解了。"

【注释】

[愤]心求通而未通的精神状态。 [启]启发。 [悱]心里明白而要说却表达不出来的样态。

【评析】

这是孔子最著名的教育原则，即把重点放在对学生学习主动性的启发上，如果不能调动学生积极动脑，教育是不可能成功的。心里思索而想不明白，心里明白却说不明白，在已经积极思考的基础上一点拨，学生的领悟能力提高最快。没有学生的求知欲便不会有非常好的教学效果。"启发"一词和成语"举一反三"出自此处。

七·九

子食于有丧者之侧，未尝饱也。

【翻译】

孔子在穿丧服的人旁边吃饭，从来也吃不饱。

【注释】

[有丧者]有丧事的人。

【评析】

本章表现孔子平常人的品性，因为人都有同情心，都有恻隐心，他人的丧事对于"我"来说同样悲哀。对于死亡表示深深的哀悼是儒家思想的一贯精神，体现很深沉的人文关怀和终极关心，有浓郁的人情味。

七·一〇

子于是日哭，则不歌。

【翻译】

孔子在这一天如果哭过，就不唱歌。

【注释】

[是日]这一天。 [哭]当指吊丧之哭。

【评析】

多么真实可敬的老人，人情味十足。如果这天参加丧礼，便一天不再唱歌娱乐，实际是一种真实的内心情怀，是出于对死者的哀悼，对死者家属的同情，也是自己内心对死亡的哀婉。

七·一一

子谓颜渊曰："用之则行，舍之则藏，惟我与尔有是夫！"

子路曰："子行三军，则谁与？"子曰："暴虎冯河，死而无悔者，吾不与也。必也临事而惧，好谋而成者也。"

【翻译】

孔子对颜回说："如果用我，就努力工作，如果不用我，就隐居起来，只有我和你能够做到这点吧！"

子路问孔子说："如果老师统率三军，那么愿意和谁在一起呢？"孔子说："赤手空拳去打老虎，光脚就要过大河，死了也甘心情愿，我不赞成这样的鲁莽行为。如果一定要行军打仗，我赞成遇到事情时一定要谨慎恐惧，周密考虑而能够干成事业的人。"

【注释】

[行三军]统率三军，指行军打仗。[谁与]与谁，愿意与谁在一起。[暴虎冯河]徒手打虎叫暴虎，徒步涉河叫冯河。冯通"凭"。

【评析】

本章很生动有趣，我们可以推测出当时对话的情景。当时孔子身边究竟有几个弟子不清楚，最起码有颜回和子路两个人。不知是出于什么背景，孔子抒发自己的感慨，同时赞美颜回。子路听老师赞美颜回，便向孔子提出如果有军事行动他愿意带领谁的问题，子路向来以好战勇武自诩，想用军事得到老师的赞美，其直率的性格如在眼前。结果依然遭到孔子的委婉批评，这更能看出孔子对弟子的爱护和随时随地针对具体情况进行教育的良苦用心。孔子提醒子路要审时度势，不要鲁莽，要会运用智谋。后来子路之死，便真的如孔子说的一样，他如果稍加注意，完全可以避免那样战死。甚至不用注意，稍微灵活一点也不会那样无谓战死。

七·一二

子曰："富而可求也，虽执鞭之士，吾亦为之。如不可求，从吾所好。"

【翻译】

孔子说："如果发财致富可以追求得到的话，就是当个提着鞭子在市场看门的人，我也干。如果不可以追求得到，那就干我愿意干的事。"

【注释】

[执鞭之士] 据《周礼》载，先秦有两种人属于执鞭之士，一是天子或诸侯出行时在前面清道之人，一是市场门口维持秩序的人。根据孔子话中的意思，当是指在市场维持秩序的人。

【评析】

追求富贵是所有人的共同愿望，孔子的话多么实在，没有丝毫故作高深的样子，而是非常平和。圣人也是平常人，只不过具有高尚的品德罢了。这句话也有"富贵在天"的意思，因为不可求，那么就要看天命了。

七·一三

子之所慎：齐、战、疾。

【翻译】

孔子所小心谨慎的有三件事：斋戒、战争、疾病。

【注释】

[齐] 同"斋"。

【评析】

斋戒是在举行大型仪式前的行为，同时也有洁身养生的作用，战争可以直接夺去生命，疾病可以消耗生命，都是有关生命与生活质量的大问题。可见孔子是很注意养生的。珍惜生命是儒家思想很重要的一个方面。

七·一四

子在齐闻《韶》，三月不知肉味。曰："不图为乐之至于斯也。"

【翻译】

孔子在齐国欣赏到《韶》的音乐，居然陶醉很长时间而品尝不出肉的滋味，于是感叹道："没有想到欣赏音乐竟然可以达到这种程度。"

【注释】

[韶] 古代音乐乐曲名称，也称《韶虞》《箫韶》，据说是虞舜传位给大禹仪式上演奏的音乐，非常悠扬高雅，雍容华贵。 [图] 想到。

【评析】

孔子听到《韶》的音乐便陶醉到如此程度，一是表现孔子对于音乐的教化作用非常重视，二是对于《韶》所表现的内容非常向往，对于禅让制度，对于尧、舜、禹这些古代圣人非常向往。看来孔子时代《韶》的演奏还可以听到。据李斯《谏逐客书》可知战国后期还有此乐曲。《尚书·益稷》记载了《韶曲》的演奏背景和过程，如果仔细分析推敲的话，倒可以约略推演出虞舜向大禹交接权力时的情景。另外，司马迁《史记·孔子世家》记载这句话时，有"学之"二字，更合理。欣赏并学习音乐更容易忘情。

七·一五

冉有曰："夫子为卫君乎？"子贡曰："诺，吾将问之。"

入，曰："伯夷、叔齐何人也？"曰："古之贤人也。"曰："怨乎？"曰："求仁而得仁，又何怨？"

出，曰："夫子不为也。"

【翻译】

冉有说："咱们老师能帮助卫君吗？"子贡说："好，我将要进去问问。"

于是子贡进到屋里，问孔子说："伯夷、叔齐是什么样的人？"孔子说："是古代的贤人。"子贡又问："他们怨恨吗？"孔子说："他们追求仁德而得到了仁德，又有什么怨恨呢？"

子贡出来后说："老师不会帮助卫君的。"

【注释】

[为]动词，帮助。[卫君]指卫出公辄。辄是卫灵公之孙。当初卫灵公太子蒯聩得罪南子，逃亡到晋国。灵公死，便立辄为国君，越过蒯聩。晋国执政大臣赵简子派兵送蒯聩回国，卫国不接受，抵御晋兵。[诺]应答词，如同今天说"好吧"。

【评析】

这是弟子在一件具体事件上探讨观察孔子态度的经过，很有意思。孔子周游列国期间，在卫国时间最长，对卫国的政治情况非常了解。卫灵公执政时，卫国的政治局面还比较稳定。卫灵公的儿子，已经立为太子的蒯聩与南子有矛盾，蒯聩曾经设谋要杀害南子，未成，后来逃难到晋国。在这个过程中，看不出南子有什么罪过。后来灵公死，按照顺序应该是太子蒯辄即位，蒯聩已在晋国多年，晋国派军队送他回国而卫国不接纳。而这个时候，在卫国当国君的就是太子的儿子蒯辄，实际是亲父子之间的权位之争。数年后，蒯聩用阴谋回到卫国，夺回君位，原来的国君卫出公出国避难。子路就死在这场父子争权的战斗中。从对话以及当时背景看，孔子是在卫国，子贡从老师赞美伯夷、叔齐的态度中体会出老师不会帮助卫君，因为伯夷、叔齐是让国的模范。

七·一六

子曰："饭蔬食，饮水，曲肱而枕之，乐亦在其中矣。不义而富且贵，于我如浮云。"

【翻译】

孔子说："吃粗粮淡饭，喝凉水，弯着胳膊当枕头随便躺一会儿，快乐就在其中了。如果通过不正当的途经取得财富和官位，对于我来说，就好像天上浮动的云彩一样不屑一顾。"

【注释】

[饭蔬食]饭，动词，吃。疏食，粗糙的粮米。 [饮水]喝凉水。古代热水称汤，没有加热的称水。 [曲肱]弯着胳膊。肱，胳膊。 [枕之]拿胳膊当枕头。

【评析】

这是孔子一再表白的观点，即快乐是一种心满意足的精神状态，只要不饥不渴，能够吃饱饭，有水喝，就可以快乐。我曾经反复陈述强调，快乐与幸福是一种精神状态，是温饱以上的精神满足，其实孔子的要求更低，只要不饥不渴就可以快乐。这确实是很生动现实的人生经验，其前提是体认真理，体认做人的基本道理之后的人生快乐。如果做了不合道义的事，即使拥有荣华富贵也会心中有愧，那么就没有快乐可言。没有惭愧，不做亏心事才会有幸福和快乐，这是本章的主旨。

七·一七

子曰："加我数年，五十以学《易》，可以无大过矣。"

【翻译】

孔子说："如果再给我数年时光，或者如果我五十岁开始学习《易经》，就可以没有大的过错了。"

【注释】

[加] 增加。 [易] 即《易经》，儒家五经之一。

【评析】

对于这句话，后人有许多争论，即孔子说的"五十"是什么意思。或云孔子自己说"五十而知天命"，故以知天命之年而学演绎天命之《易经》。均非孔子本意。孔子是周游列国归来，晚年开始仔细研究《易经》，感觉到高深莫测才说的这番话，主要是说自己学习重视《易经》的时间太晚了，如果再多活一些年，或者早一点学习，从五十岁就开始的话，就可以参透人生世相而没有大的过错了。至于孔子说的"大过"究竟是指什么，我们不得而知，后儒说是孔子谦虚之辞，恐怕未必。《易经》虽为占卜之书，但其中充满生动的人生哲理，具有鼓舞人、警告人、启发人的作用，总的精神是鼓舞人自强不息、努力向善。孔子晚年对于《易经》非常重视，几乎达到痴迷的程度。著名的"韦编三绝"说的就是孔子阅读《易经》的故事，由于反复翻阅，把编连竹简的熟牛皮条都磨断了三回，可见勤奋的程度。

而孔子为《易经》所作的"十翼"更是《易经》的重要组成部分，也是其受到重视并广泛流传的重要原因。

子所雅言，《诗》、《书》、执礼，皆雅言也。

【翻译】

孔子运用高雅普通话的时候和场所，是他讲授《诗经》《尚书》的时候和主持礼仪的时候，说的都是高雅的普通话。

【注释】

[雅言] 有两种含义，从语义上讲，是精练的类似书面语言的话；从语音上讲，是通用的普通话而不是方言土语。 [执礼] 执行礼仪形式。

【评析】

这是关于孔子运用语言形式的明确记载，很有意思。"雅言"如同注释那样，包括意义和语音两个方面，中国的书面语言和口头语言从来就不完全等同，书面语言凝练简洁，口头语言通俗流畅，书面语言主要通过文字记录下来，如果仔细思考，可以推测中国自从文字产生以来，便开始出现书面语言和口头语言分离的现象，这与中国文字的特点有直接关系。中国文字是以象形为基础的表义文字，不是表音文字，语音的变化并不影响文字意义的呈现，因此自从文字产生后便有固定的千古不变的意义，这种文字记录的书面语言便可以千古流传，三千年前的文字我们今天依然能够识别，这是其他民族很难想象的。这正是中国文化悠久的主要原因。

七·一九

叶公问孔子于子路，子路不对。子曰："女奚不曰：其为人也，发愤忘食，乐以忘忧，不知老之将至云尔。"

【翻译】

叶公向子路询问孔子是什么样的人，子路没有回答。孔子知道后，对子路说："你为什么不这样回答：他这个人啊，用起功来便忘记吃饭，经常高兴而忘记忧愁。没有感觉自己都快要衰老罢了。"

【注释】

[叶]旧读音为（shè），地名，当时处于楚国。今河南叶县南三十里有古叶城。叶公，是指叶地的长官，相当于县长。楚国是后兴起的诸侯大国，国君称王，地方长官便称公。叶公是当时一贤者，《左传》定公、哀公间有一些关于此人的记载。 [奚]怎么，为什么。 [云尔]如此罢了。

【评析】

这是孔子对于自己人格精神的画像。他已经超脱对死亡的畏惧，而以具有仁者情怀为最高境界。人如果能把死亡看得很淡漠时就已经达到一定的境界了，如孔子完全忘却者确实难能可贵。子路不回答，是因为难以概括，不知如何回答。孔子用"发愤忘食，乐以忘忧，不知老之将至"来概括自己的生活现状与精神状态，极其生动精彩，一个积极奋发、以学习为乐的老者形象凸现出来，非常和蔼可亲而没有一点神秘感。这里的"乐"特别值得注意，这便是孔子称赞颜回"不改其乐"的乐，实际是通过学习参悟人生意义的一种仁者之乐，是一种人生境界，也是一种人格精神。能够随顺自己的主体意愿，并将这种意愿与整个人生的幸福、他人的幸福、万物的精神相沟通，便是一种心满意得的精神状态，实际即人与万物精神相一致——天人合一的状态。

<h1 style="text-align:center">七·二〇</h1>

子曰："我非生而知之者，好古，敏以求之者也。"

【翻译】

孔子说："我不是生来就有知识，而是爱好古代知识，努力刻苦学习得来的。"

【注释】

[敏]快捷，这里是汲汲的意思。

【评析】

强调后天学习的重要而不炫耀自己的聪明才智，更不搞神秘主义，这是孔子以及儒家学说的可贵之处。孔子不止一次声明自己不是"生而知之者"，从来也不神化自己，反复强调后天学习的重要性，平实可亲。

<h1 style="text-align:center">七·二一</h1>

子不语怪、力、乱、神。

【翻译】

孔子从来不谈论怪异、暴力、叛乱、鬼神。

【注释】

[不语]不谈论，也不回答这方面的问题。

【评析】

这是非常著名的记载，怪异和鬼神本来难明，所以不谈论，因为说不清楚，只能迷乱人的心智。暴力和叛乱是非正常社会行为，只能给社会和百姓带来灾难，故不值得谈。这正表现儒家思想的实用理性原则，可以看出儒家思想的基本面貌。也正因为这一点，孔子将中国古老的神话传说都进行理性的解释，并奠定神话逐渐历史化的基础，后来司马迁写《史记》，如《五帝本纪》便有许多神话的素材。

七·二二

子曰："三人行，必有我师焉。择其善者而从之，其不善者而改之。"

【翻译】

孔子说："如果三个人一起行走，其中一定有值得我学习的老师。选择他的优点而学习效仿，看到他的缺点就注意纠正自己，不要犯那样的错误。"

【注释】

[师]学习和效仿的地方。

【评析】

这足以显示孔子谦虚好学的态度，要时刻注意观察学习他人的长处，不断反省纠正自己的短处，这是人不断进步的重要方式。不盲目骄傲自大，也不自卑，时刻客观对待自己、对待他人，才能够不断进步，并能够与他人和谐相处，这是一种很高的境界。

七·二三

子曰："天生德于予，桓魋其如予何？"

【翻译】

孔子说："上天给了我很高的品德，桓魋能把我怎么样？"

【注释】

[桓魋] 宋国司马向魋，因是宋桓公后代，故称桓魋。

【评析】

孔子说这句话是有特殊背景的，据《史记·孔子世家》载，鲁哀公三年，孔子周游列国时路过宋国，在一棵大树下指导学生演礼，宋国司马桓魋带领一些兵丁前来要杀孔子。孔子和弟子提前离开，桓魋来后把那棵大树拔出来。弟子听说后提醒孔子快点儿走，孔子才说的这句话。其实仔细分析，这句话充分体现孔子的天命观，即如果上天让我传播道德，那么我就不会这么死去，桓魋能把我怎么样？如果上天不让我传播道德，生又何用？即命运在天，不是孔子狂妄，而是一种自信。

七·二四

子曰："二三子以我为隐乎？吾无隐乎尔。吾无行而不与二三子者，是丘也。"

【翻译】

孔子说："你们这些学生以为我对你们有什么隐瞒吗？我对你们一点也没有隐瞒。我没有哪一点不是对你们公开的，这就是我孔丘的为人。"

【注释】

[二三子] 指诸弟子。

【评析】

包咸说："圣人知广道深，弟子学之不能及，以为有所隐匿。故解之我所为无不与尔共之者，是丘之心。"这是孔子对于弟子的表白，至于说这句话的背景难以考证，但一定是当着几名弟子说的。如包咸所说，很多弟子认为老师高深莫测，或有什么秘诀，故有类似的问题，孔子才如此表白。其坦荡的胸怀、亲切的话语很令人温暖。其实，学习是终生的事业，永远也无法穷尽，没有终点，确实没有秘诀、没有捷径，只有艰苦的付出才会有丰收的果实。

七·二五

子以四教：文、行、忠、信。

【翻译】

孔子在四个方面教育培养学生的品德和能力：文献知识、社会实践能力、忠于职守的敬业精神、与人交往的诚信品格。

【注释】

[四教] 从四个方面来教育学生。

【评析】

这是孔子教育学生循序渐进、由浅入深的过程。文指诗书礼乐等文献知识，基本属于理论知识；行则指对于这些知识的运用，要将其能够运用到实际的社会生活之中，这是提高一层的能力；忠是中正无私的品格和谨慎恭敬的办事心理，是做事成功的前提；信是用诚信之心、之行取得他人的高度信任，这样才可能在社会站稳脚跟，才可能有所成就。仔细分析推敲，也可以为今天的教育提供重要参考。

七·二六

子曰："圣人，吾不得而见之矣；得见君子者，斯可矣。"

子曰："善人，吾不得而见之矣；得见有恒者，斯可矣。亡而为有，虚而为盈，约而为泰，难乎有恒矣。"

【翻译】

孔子说："圣人，我是不能见到了，能见到君子就可以了。"

孔子说："善人，我是不能见到了，能看见有一定操守的人就可以了。本来没有，却装作有；本来很空虚，却装作很充实；本来很困难，却要奢华摆阔气，这样的人是很难坚持下去的。"

【注释】

[有恒]有稳固的操守，不改变自己做人的宗旨。 [泰]骄纵。

【评析】

这是孔子对于时代世风日下的感叹，世风与人的素质相互作用和影响，人是社会关系总和的基因，每个人的道德行为都会影响社会风气，而社会风气又直接影响着每个人的道德，衰世的最突出特征是全社会道德水平低下，而在这种风气下，君子无法施展才能，故无法出现圣人。君子需要历史时机，需要有人文环境，才可以建立事功，仁者加上事功才是圣人。孔子生活的时代战乱频仍，道德水平低下，故孔子有此慨叹。

七·二七

子钓而不纲，弋不射宿。

【翻译】

孔子钓鱼，但不用网来捕鱼，用带生丝的箭射鸟，但不射栖息鸟巢中的鸟。

【注释】

[纲] 渔网上的大绳叫纲。 [弋] 用带生丝线的箭来射鸟。 [宿] 栖息在鸟巢里的鸟。

【评析】

本章依然讲孔子的仁者情怀，钓鱼是个别的，而用大网截流捕鱼则大小鱼都要被捕上来，不利于鱼的繁殖和发展，与后来孟子提倡的不能用网眼细密的渔网捕鱼是同样的道理。而不射住在鸟巢里的鸟更是一种仁者情怀。后来真正的猎人不打窝里的动物，出于同样的心理。而且这本身还有环境保护的道理，不滥捕滥猎，对于禽兽的繁衍生息大有益处。

七·二八

子曰："盖有不知而作之者，我无是也。多闻，择其善者而从之；多见而识之，知之次也。"

【翻译】

孔子说："大概有这么一种人，自己不懂却能够凭空造作，我没有这种情况。多听，选择好的采纳之；多看，然后记住其中的精华，这是学习和掌握知识的次序。"

【注释】

[盖] 发语词，有"大概"的意思。 [次] 孔安国说："如此者，次于天生知之。"

【评析】

这句话应当有具体背景和针对性，虽然无法搞清楚具体针对什么，但我们可以理解其原则，就是对于知识要求真求实，不能凭空想象而进行编造。可能是当时有的学者异想天开，提出一些不着边际的设想，因此孔子反对。从中可以理解孔子重视历史经验、重视总结前代文化遗产、反对空谈玄虚之学的扎实学风。这种精神对于现在更有借鉴意义。

七·二九

互乡难与言，童子见，门人惑。子曰："与其进也，不与其退也，唯何甚？人洁己以进，与其洁也，不保其往也。"

【翻译】

互乡这个地方的人很难交往，一个青年却得到孔子的接见，弟子们很疑惑，不明白老师为什么这样做。孔子说："我们应当赞成鼓励他们的进步，不赞成其退步，何必做得太过分？人家把自己弄得干干净净要求进步，我们应该赞成其现在的干净清洁，并不是保证他以后如何。"

【注释】

[互乡] 古地名，准确地址难以考证，说法甚多。[童子] 古代未行加冠典礼之男性，一般在十五岁以上。[唯何甚] 为什么那么过分。唯，通"为"。

[洁]本义是清洁卫生，这里也有洁身自好、虚心求学的意味。[往]兼有过去和离开后两义。

【评析】

这是一个很生动精彩的小情节，互乡到底是哪里难以考证，那里的人究竟怎么回事也说不清楚，但肯定与当时社会隔绝甚至对立，故其他人难以与之沟通。可是那里的一个年轻人来求见孔子，孔子居然接见了。至于孔子接见后效果如何并不知道，但从孔子回答弟子的问话中可以看出其积极鼓励他人进步，具有平等观念和宽容的胸怀。

七·三〇

子曰："仁远乎哉？我欲仁，斯仁至矣。"

【翻译】

孔子说："仁难道很遥远吗？如果我想要仁，仁就会来到。"

【注释】

[仁远乎哉]朱熹注："仁者，心之德，非在外也。"

【评析】

孔子历来强调修养是自觉的事，如果真想做个仁者，就一定会做到，因为这是内在本质决定的。"仁"本来是内在品德，是一种关怀他人、仁爱的情感，在每个人的心里。如果想要做个仁者，当然立刻就可以做到。

七·三一

陈司败问：“昭公知礼乎？”孔子曰：“知礼。”

孔子退。揖巫马期而进之，曰：“吾闻君子不党，君子亦党乎？君取于吴，为同姓，谓之吴孟子。君而知礼，孰不知礼？”

巫马期以告。子曰：“丘也幸，苟有过，人必知之。”

【翻译】

陈司败问孔子：“昭公知礼不知礼。”孔子说：“知礼。”

孔子出去，陈司败向巫马期作揖使礼请他走进去，对他说：“我听说君子无所偏袒，难道孔子也会偏袒吗？昭公从吴国娶了夫人，是同姓，因此称呼她为吴孟子。鲁君如果知道礼，还有谁不知道礼啊？”

巫马期把这些话转告给孔子。孔子说：“我孔丘很幸运，如果有错误，别人一定给指出来。”

【注释】

[陈司败]姓陈的官员，“司败”是官名。 [昭公]鲁国国君，名裯，襄公庶子，继襄公为君。[巫马期]孔子弟子。 [君取于吴]取，同“娶”。吴，吴国，周武王建立西周时封吴太伯的后人为君，属于姬姓诸侯国。 [同姓]鲁国本是周公封国，属于姬姓。这样鲁昭公娶吴国女子便是同姓。当时礼制有“同姓不婚”之规定，因此这位夫人不能称“吴姬”，吴是国家名，姬是国姓，而称吴孟子。

【评析】

这件事情发生在陈国，陈司败不是鲁国人，当然可以直接称呼鲁昭公。而他询问孔子，可能是对孔子的考验，从后面他的答复和批评中可以知道他是明知故问。鲁昭公娶同姓诸侯国女子为妻，违反礼制，在当时稍有常识的人都知道，孔子不可能不知道。但孔子不能直接说自己的国君不知礼，于是便用肯定来回答，这里有维护本国尊严的问题，也有为尊者讳的缘故。因此当孔子听学生转达陈司败的批评后，孔子回答非常得体和巧妙，他没有为自己辩解，也没有说明自己的意图，而是用委婉接受批评的方式化解了这一难题，间接承认对方批评得对，既没有直接批评自己的国君，也没有强词夺理，很好地维护了自己的形象。

七·三二

子与人歌而善，必使反之，而后和之。

【翻译】

孔子和别人一同唱歌时，如果对方唱得好，孔子一定请对方再唱一遍，然后他自己和之。

【注释】

[歌] 唱歌。 [善] 唱得好。 [和] 唱和。

【评析】

本章值得特别注意，一个充满常人气质的可亲可敬的孔子形象活脱脱表现出来。那时候虽然没有卡拉OK，但也经常在宴会之余或什么场合唱歌，而且也有合唱或二重唱什么的。孔子很喜欢音乐，因为音乐本身便是礼乐的重要组成部分。音乐不但能够愉快身心，增加感情，还可以增加人的团结和谐。孔子和别人一起唱歌，唱得高兴了，就一定请对方再唱，而他也主动去和。多么有生活情趣的老师，与那些古板局促的假道学先生不可同日而语。

七·三三

子曰：“文，莫吾犹人也。躬行君子，则吾未之有得。”

【翻译】

孔子说：“在文献知识方面，没有什么特别之处，我就像别人一样差不多。在现实生活中亲身做一个君子，那么我还没有什么成功的体会。”

【注释】

[文] 指文献以及礼乐等一切文化知识。 [莫] 疑问指示代词，这里是没有什么的意思。 [躬行] 亲身实践。躬，自己亲身。行，行动。 [未之有得]“未有得之”的倒装。

【评析】

孔子非常平和实际，绝没有故弄玄虚之处。本章是从两个方面来评价自己，在文献典籍知识方面自己是可以的，虽然不比别人差，也就和其他人差不多，没有什么特别突出的地方。而在现实生活的实践中，自己还不敢说非常成功，更没有什么成功的经验和体会。都是实话，因为每天反省自己时，都会察觉有做得不特别好的地方，这才是人生的真实状况。

七·三四

子曰：“若圣与仁，则吾岂敢？抑为之不厌，诲人不倦，则可谓云尔已矣。”公西华曰：“正唯弟子不能学也。”

【翻译】

孔子说：“如果说圣人与仁者的境界，我怎么敢当？不过是始终努力

学习而不满足，教导弟子而不厌倦，可以说不过如此罢了，如此罢了。"
公西华说："这正是我们这些弟子学习不到的。"

【注释】

[抑] 不过。

【评析】

"圣人"与"仁者"是孔子学说中两个最高的境界，这是一种实用理性，
侧重在行为、实践方面，宗旨在感情培育，即培养成悲天悯人的仁者情怀，
而这种感情要发自内心，要完全出自自觉，并要坚持始终。一个人一天做好
人做好事容易，十天也容易，坚持一辈子就非常难了。当时就有人称孔子
为"圣人"，但他自己从来没有承认过。孔子从来没有以圣人、仁者自居，
并不是谦虚，而是他自己真实的想法。这更显出孔子对自己有清醒的认识。
孔子几次强调"学而不厌，诲人不倦"，即是坚持向"圣人"的境界发展。
不断学习提高是智者，不断用仁义来教育后人就是仁者，既仁且智，就是圣
人了。

<h2 style="text-align:center">七·三五</h2>

子疾病，子路请祷。子曰："有诸？"子路对曰："有之。《诔》曰：
'祷尔于上下神祇。'"子曰："丘之祷久矣。"

【翻译】

孔子得病而且很重，子路请求祈祷。孔子问子路道："有这回事吗？"
子路说："有啊！《诔》文上说：'为您向天地神灵祷告。'"孔子说："我
早就祷告过了。"

【注释】

[疾病]疾是小病，病是重病。 [祷（dǎo）]祈祷、祷告。[诔（lěi）]祈祷文，和哀悼的诔文不同。[祇（qí）]地神。

【评析】

子路很可爱，对老师感情深厚。孔子病情很重时子路为老师进行祈祷，孔子问他，他如实回答。孔子最后一句话很有深意，虽然没有批评子路，但委婉指出祈祷不会有什么作用。其含义是：我一直坚持仁义之道，实际就是在行善，等于祈祷，是会得到天地神灵的肯定的。假如有天地神灵，必不加罪于我，如果没有，祈祷何用？孔子始终强调人应该努力学习奋斗向善，能否获得天命则不可预知，那么就不必去祈祷上天。只要尽心尽力就无怨无悔，不祈求天命的恩赐。这便是儒家思想的精华所在。

七·三六

子曰："奢则不孙，俭则固。与其不逊也，宁固。"

【翻译】

孔子说："生活奢侈就傲慢不谦虚，节俭就显得孤陋固执。相对比较，宁可孤陋固执，也不要傲慢而不谦虚。"

【注释】

[孙]通"逊"。 [固]孤陋固执。

【评析】

节俭能养德，奢侈则败德，无论古今中外都如此，因此将生活水平控制在一定程度内非常必要。一切都是相对而言，在可能条件下，尽量适度为好，既不要吝啬，更不要奢侈，以节俭为好。

七·三七

子曰："君子坦荡荡，小人长戚戚。"

【翻译】

孔子说："君子胸怀宽广豁达，小人总是烦恼忧伤。"

【注释】

[坦荡荡] 心胸宽广坦荡。 [戚戚] 悲伤忧愁。

【评析】

如果能够真正理解人生与社会，便不会有忧伤。旷达是一种人生境界，这是孔子所提倡和赞美的，即永远保持乐观向上的心态。因为忧伤愁苦不能解决任何实际的问题，必须经过艰苦奋斗才可以获取幸福，故乐观的胸怀非常关键。同样的环境，同样的生活，有人就终日乐观愉快，有人就整日愁苦不堪。这一点，苏东坡就很值得佩服和借鉴，他一生大半部分时间被排挤打压，遭受政治迫害，却始终豁达，取得那么高的文学艺术成就，留下那么多体现光辉人格的作品。

七·三八

子温而厉，威而不猛，恭而安。

【翻译】

孔子温和而严肃，威严而不凶猛，恭谨而安详。

【注释】

[厉]严肃，不是严厉。 [猛]凶猛，指态度激烈。

【评析】

这是描写孔子表情神态的文字，是弟子们眼中心中的老师形象。其实就是日常生活中的仪表态度，都非常适度，老师既不能随随便便，嘻嘻哈哈，也不能总是板着面孔，让学生不敢接触。要给学生以亲切感，威严感，这种程度是内心修养所至方可，孔子被尊为"万世师表"，当之无愧。

泰伯第八

【原疏】正义曰：此篇论礼让仁孝之德，贤人君子之风，劝学、立身、守道、为政、叹美、正乐、鄙薄小人，遂称尧、舜、禹、文王、武王，以前篇论孔子之行，此篇首末载圣贤之德，故以为次也。

【魁按】本篇主旨是提倡谦让、谨慎的美德，提出作为行政领导所应具备的基本素质和品德要求，以及向这方向努力的相关问题。

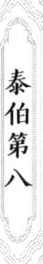
八·一

子曰："泰伯，其可谓至德也已矣。三以天下让，民无得而称焉。"

【翻译】

孔子说："泰伯，可以说具有最高尚的品德了。屡次把天下让给季历，老百姓都找不出适当的词语来赞美他。"

【注释】

[泰伯] 也写作"太伯"。周文王父亲季历的长兄，周朝先祖古公亶父长子。古公亶父三个儿子，长子太伯，次子仲雍，三子季历。按照嫡长子继承制，天经地义是太伯继承君位，但古公亶父很喜欢季历的儿子姬昌，预感姬昌将来能够有大发展。太伯知道父亲的心事，为成全此事，坚决不肯继承君位，并和二弟仲雍离开本国，到东海边上开拓新的事业。于是季历接班，再传位给姬昌，才成就西周的基业。[至德] 最高尚的品德。[无得] 不能。

【评析】

这是儒家思想提倡礼让的一则生动教材。吴太伯多次让出自己应该得到的君位，确实是难能可贵的品格，这一点应该充分肯定。先秦时期特别是上古时期，一个部落要寻求发展就一定要有好的首领，而首领也必须具有生产、军事等多方面的才能，要有吃苦在前、享受在后的精神才行，因此当时的禅让是可能的，实际是将更重的负担交出去。但当生产力发展到一定水平而有大量剩余产品时，伴随私有制而出现特权阶层，禅让制便不可能存在了。尽管如此，吴太伯这样让国的行为也是非常难得的。而孔子那个时代，很多诸侯国内部都出现争夺君位的血腥斗争，兄弟之间、父子之间、叔侄之间、嫡庶之间都如此，因此孔子才高度赞美吴太伯让国的精神。

当然，对于让国，我们也要具体对待，同样是吴国，比孔子稍微早一点的季札让国就值得商榷，因为他的让带来严重的政治后果，所以不能对所有的让都赞美，但礼让确实是美德。

八·二

子曰："恭而无礼则劳，慎而无礼则葸，勇而无礼则乱，直而无礼则绞。君子笃于亲，则民兴于仁；故旧不遗，则民不偷。"

【翻译】

孔子说："恭敬而不懂礼就会疲劳，谨慎而不懂礼就会懦弱，勇敢而不懂礼就会粗暴惹事，直率而不懂礼就会尖刻伤人。君子用深厚的感情来对待亲戚，老百姓就会趋向于仁，不冷淡遗弃老朋友，平民百姓的人情就不会淡薄。"

【注释】

[礼]这里指礼的本质，不是具体的礼仪。礼的本质是内心的敬畏谨慎。[劳]劳累辛苦。[葸（xǐ）]胆怯，过于拘谨。[绞]急切、尖刻，容易伤人。[偷]苟且、淡薄，指人与人的感情而言。

【评析】

孔子学说最关键处是"仁"和"礼"，"仁"是内心情感的根基，"礼"是表现这种仁德的外在行为表现，但"礼"又是由"仁"决定的，二者相互生发。此处的"礼"是社会普遍的行为准则和规范，但实际也是个人做事的尺度。"恭""慎"是两种心理情感的态度，而"勇"和"直"是两种外在行为表现，如果单独讲，这四种品格都是积极的，但依然要用"礼"来制约，要掌握"度"，这是做人的关键。为人之根本是"仁"，处事之准则是"度"。

八·三

曾子有疾，召门弟子曰："启予足！启予手！《诗》云：'战战兢兢，如临深渊，如履薄冰。'而今而后，吾知免夫！小子！"

【翻译】

曾子病重，召集门人弟子前来，对他们说："动一动我的脚，摆正我的脚！打开我的手，摆正我的手！《诗经》上说：'战战兢兢，小心谨慎，人生就好像面临深渊，好像行走在薄薄的冰面上。'从今以后，我可以免于这种胆战心惊的人生了！学生们啊！学生们啊！"

【注释】

[启]郑玄注："开也。"这里是动一动、摆正的意思。[诗]三句诗见《诗经·小雅·小旻》。

【评析】

这很明显是曾子弟子所记，当是曾子临终前的情形。可见曾子谨慎恭敬的人生态度，是孔子学说中内圣方面的典范。曾子是位极其谨慎、诚实守信的人，其学说专主守约，于此可见一斑。

八·四

曾子有疾，孟敬子问之。曾子言曰："鸟之将死，其鸣也哀；人之将死，其言也善。君子所贵乎道者三：动容貌，斯远暴慢矣；正颜色，斯近信矣；出辞气，斯远鄙倍矣。笾豆之事，则有司存。"

【翻译】

曾参病了，孟敬子前来探望。曾子说："鸟在将要死的时候，鸣叫的声音悲哀；人在将要死亡的时候，他的话也是善良的。君子所要注意保持的礼仪有三个方面：注重端正自己的容貌，这样就避免了粗暴和怠慢；端正自己的态度，就接近诚信可靠了；注意言语谈吐，就避免了粗野和过失。至于那些祭祀礼仪的细节，自然有专门人员负责。"

【注释】

[孟敬子] 鲁国大夫仲孙捷。[暴慢] 粗暴傲慢。 [辞气] 指言辞与语气。[鄙背] 鄙，粗野鄙陋。背，背离礼仪。 [笾豆] 笾和豆。古代祭祀及宴会时常用的两种礼器。竹制为笾，木制为豆。[有司] 主管部门。

【评析】

纵观曾子语录，主要是针对个人修养讲述的，但因为他所讲述的立场都是站在君子立场上，而君子在这里就是当政者的意思，因此虽然是个人修养，却是关乎社会风气的大节，不能说曾子只关注个人私德。统治者的私德直接影响公共道德，上梁正下梁不会歪，歪了也好撤换。

<h2 style="text-align:center">八·五</h2>

曾子曰："以能问于不能，以多问于寡，有若无，实若虚，犯而不校，昔者吾友尝从事于斯矣。"

【翻译】

曾子说："有能力的人向没有能力的人请教，学问多的人向学问少的人请教，满腹学问就像没有一样，内心很充实却非常谦虚，有人冒犯了也不计较，从前我的一位朋友就已经这样做了。"

【注释】

[犯]冒犯，欺辱。[校]计较。[吾友]历来注释都认为是指颜回，可信。

【评析】

强调敏而好学、不耻下问的精神，对于一般非原则的事情不计较，有这种修养的人在孔子弟子中确实是颜回最高。因为不计较小问题，故有时间和精力去专心学习，才能不断进步。

八·六

曾子曰："可以托六尺之孤，可以寄百里之命，临大节而不可夺也。君子人与？君子人也。"

【翻译】

曾子说："可以把孤儿托付给他，可以把百里的国家寄托给他，面临大是大非的时候不能使他屈服顺从而改变志节，这样的人是君子吗？当然是大君子。"

【注释】

[六尺之孤]指未成年的儿童。古代尺小，一般二三厘米为一尺，六尺为一米三多，指未成年人。[百里]指方圆百里的小型国家。[大节]指大是大非的问题。[夺]指改变意志。

【评析】

这里依旧强调诚信的问题，能够托孤托国的人当然是极其可靠的君子了。由于这种道德的提倡，中国古代确实出现一些可歌可泣的人物和事迹，是中华民族传统美德的典范，如古戏曲中的《赵氏孤儿》便是根据真实的历史故事写成的。

八·七

曾子曰："士不可以不弘毅，任重而道远。仁以为己任，不亦重乎？死而后已，不亦远乎？"

【翻译】

曾子说："知识分子不可以没有远大志向和坚韧不拔的刚毅之力，因为肩上的重担沉重而路途遥远。以实现仁德为自己的使命，不也非常沉重吗？要奋斗到死而后已，不也很遥远吗？"

【注释】

[士] 先秦时期的士概括很宽泛，有文士、武士、侠士等，但其特点是都有一定知识，故用知识分子来概括。 [弘毅] 远大刚毅。弘，广，大。毅，刚强坚毅。 [任] 担子，行李，担荷，负载。

【评析】

这是非常著名的语录，是儒家自我人格塑造的真实写照，从两个方面来进行要求，一是远大的理想和抱负，担负起推行仁义建立和谐社会使百姓走上幸福大路的道义来；一是要用坚韧不拔的顽强的毅力来脚踏实地地奋斗，来实现这一远大宏伟的目标。培养和树立这种坚韧不拔、刚强不屈的伟大人格便是儒家修养的重要目标，仿佛有一种浩然正气在历史的时空荡漾。这是儒家学派的自觉意识，启迪和鼓舞着无数知识分子精英为祖国的建设和发展而忘我劳动和工作。中国历史上杰出的人物都与这种精神的滋补与养育有直接的关系。

八·八

子曰："兴于诗，立于礼，成于乐。"

【翻译】

孔子说；"诗歌可以使人振奋，礼仪可以使人成长立身，音乐可以使人成熟完善。"

【注释】

[兴]振奋精神。 [立]立身、立足于社会的意思。 [成]成熟完美。

【评析】

这是非常重要的一章。诗、礼、乐都是孔子教学的课程，也是教学主要内容。孔子将这三个方面对于人格培养和成长的作用论述得十分简明。诗歌可以唤起人对于美好的追求，启发人的心智。礼仪活动具有社会集体的性质，可以培养人在社会中的行为规范和交际能力，可以得到社会的承认和认可，实际上即使是现代社会也需要有活动场所，在各种活动中才可以培养人的能力和融入社会的能力，故是立身的意思。而音乐活动又与礼仪相互配合，可以提高人的道德情操和审美能力，使人格更加完善。如果再简明说，文学尤其是诗歌开启人的智力，适合唤醒人的意识；礼仪等社会活动培养人的社会活动能力，提高人的威信；音乐等文化艺术活动提高人的审美情趣和陶冶人的情操，故这三个方面都是教育的重要内容与环节。

八·九

子曰："民可使，由之；不可使，知之。"

【翻译】

孔子说："百姓服从领导，就领导他们前行；如果不服从领导，则要知道不服从的原因。"

【注释】

[由] 奉行，遵从。

【评析】

以前本章都是从中间断句为二，这样确实有"愚民"之嫌，与现代民主思想相对立，故遭到后世批评较多。现在这样断句和解释，就很清楚和合理。孔子是非常重视民心民意的。

八·一〇

子曰："好勇疾贫，乱也。人而不仁，疾之已甚，乱也。"

【翻译】

孔子说："爱好勇敢而痛恨贫穷，是一种祸害。对于不仁的人，痛恨过分，也是一种祸害。"

【注释】

[疾] 痛恨。

【评析】

这是给统治者提供的借鉴，是一种社会经验之谈。包括两层意思，一是对于那些爱好勇敢的人来说，如果过于贫困，就容易发生暴乱。这就要求统治者要通过国家行政力量调控，不要使贫富差距太大，不要出现贫富严重对立的情况。第二层意思是对于那些不仁的人，也不可采取过激的措施，否则也容易发生乱子，即不要激化矛盾。对于个人来说，也要注意这两方面的问题，一是要安贫乐道，二是对于那些不仁的人不要痛恨过分，不要激化矛盾。这都是经验之谈，对于当政者和普通人都有借鉴意义。

八·一一

子曰："如有周公之才之美，使骄且吝，其余不足观也已。"

【翻译】

孔子说："假如一个人具有周公那样美妙的才能，如果他骄傲而又吝啬，其余也就不值得一提了。"

【注释】

[使]假如、假使。

【评析】

《论语正义》引《韩诗外传》说："周公践天子之位，七年。布衣之士，所贽而师者十人，所友见者一二人，穷巷白屋，所先见者，四十九人。时进善百人，教士千人，官朝者万人。当此之时，诚使周公骄而且吝，则天下贤士至者寡矣。成王封伯禽于鲁，周公诫之曰：'往矣！子无以鲁国骄士。吾文王之子，武王之弟，成王之叔父也。又相天子，吾于天下亦不轻矣。然一沐三握发，一饭三吐哺，犹恐失天下之士。吾闻德行宽裕，守之以恭者荣；土地广大，守之以俭者安；禄位尊盛，守之以卑者贵；人众兵强，守之以畏者胜；聪明睿智，守之以愚者善；博闻强记，守之以浅者智。夫此六者，皆谦德也。'是言周公之德，以骄吝为戒也。"联系这段话，孔子的话就好理解了。孔子也可能是针对当时某个执政者说的，但对于所有在位者有普遍指导意义。

八·一二

子曰:"三年学,不至于谷,不易得也。"

【翻译】

孔子说:"学习三年,还没有着急当官,这很不容易啊!"

【注释】

[谷]古代用粮谷来给官员发放俸禄,因此谷可以代指俸禄,相当于现代的工资。

【评析】

古今一理,本章最为明显,现在的大学生、研究生中很多人从入学开始就坐不住板凳,到处去求职。孔子那个时代,知识分子很少,就业应当很容易,但是读书三年而不汲汲求职的也不多,可见追求富贵是人们共同的品性,是不应当否定的。但如能够静心求学,提高自己修养,不以追求职务为目标,则是一个更高层次的境界。

八·一三

子曰:"笃信好学,守死善道。危邦不入,乱邦不居。天下有道则见,无道则隐。邦有道,贫且贱焉,耻也;邦无道,富且贵焉,耻也。"

【翻译】

孔子说:"信仰坚定,爱好学习,牢牢守住信仰,追求真理和正义。

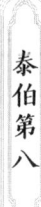

不进入危险的国家，离开动乱的地方。天下政治清明时就出来工作，政治黑暗就隐居起来。国家政治状况好，贫贱就是耻辱；国家政治黑暗腐败，富裕而且地位高，也是耻辱。"

【注释】

[笃信]真诚守信。笃，诚实、坚定。[危邦]出现政治危机的国家。[乱邦]指处在动乱之中的国家。

【评析】

本章是经验之谈，讲述在什么社会背景下应当采取相应的出仕与退隐的策略。儒家和道家之区别在于儒家提倡开明政治，当政治开明时就要积极工作，为社会作贡献；道家认为没有开明政治，无论何时都要避世。儒家的隐退是明哲保身，是为以后的进，如果一生都处在乱世，则是命运问题了。但两家都注意保全生命，反对盲目献身。

<h2 style="text-align:center">八·一四</h2>

子曰："不在其位，不谋其政。"

【翻译】

孔子说："不在职位上，就不要谋划那些政事。"

【注释】

[谋]谋划，思考。

【评析】

这是人生处世的经验之谈，因不在位而谋事不但徒劳无功，又有干政侵权的嫌疑。不在位则没有责任，当然也不需要尽义务，所以掌握好这个尺度是非常关键的。

八·一五

子曰："师挚之始，《关雎》之乱，洋洋乎盈耳哉！"

【翻译】

孔子说："太师挚开始演奏音乐，一直到《关雎》一章的结束，悠扬美妙的音乐充满耳朵啊！"

【注释】

[师挚]鲁国掌管音乐的官员。[始]音乐之开始。[关雎]《诗经·国风》第一篇。[乱]音乐演奏完成时的合奏。

【评析】

本章讲述欣赏音乐的美好感受。古代音乐是团结人、陶冶情操、引导人向善的重要手段，也是提高人审美情趣的重要手段，是礼的一种特殊表现，孔子对于音乐极其重视。音乐是艺术的高级形式，优秀的音乐是真、善、美的统一。

八·一六

子曰："狂而不直，侗而不愿，悾悾而不信，吾不知之矣。"

【翻译】

孔子说："狂妄而不直爽，幼稚无知而不老实，表面诚恳老实而不讲信用，我不知道这种人能干什么。”

【注释】

[侗（tóng）] 童子。亦指幼稚无知的人。《书·顾命》："在后之侗，敬迓天威。"《孔传》："在文武后之侗稚。成王自斥。"[悾悾] 诚恳貌。邢昺疏："悾悾，愨也。谨愨之人宜信而乃不信。"

【评析】

人最主要的品质是老实忠诚。如果从能耐与脾气上看，人可分为三等。一等人能耐大没脾气，那是大君子，道德高尚才能做到。二等人是能耐大脾气也大，也还不算差，站住一头，有点能耐。下等人是没有能耐而脾气却很大，这是最差的了。观察周围，这样的人不算少，可能是因没有能耐自卑，于是要用有脾气来提高一下自信。孔子这里批评的人便属于下等人，对于我们认识人、认识社会很有启发。

八·一七

子曰："学如不及，犹恐失之。"

【翻译】

孔子说："学习好像很怕赶不上，赶上后还怕再丢失。"

【注释】

[及] 追上，赶上。

【评析】

本章可以看出孔夫子积极进取的精神，是其"学而不厌"精神的生动表白。人的生命是有限的，时间是一个常数，对于任何人都公平，能否最充分最大限度地利用时间便是人生成功与否的一个关键问题。抓紧时间刻苦学习是一切成功者的必经之途。

八·一八

子曰："巍巍乎！舜禹之有天下也而不与焉。"

【翻译】

孔子说："道德真是崇高啊！舜和禹拥有天下，而自己并没有去追求。"

【注释】

[舜]古代著名圣人，贤君，接受尧的禅让为天子。后来禅让传君位给大禹。[禹]古代著名圣人，贤君，以治水著称，夏朝开国君主。[与]参与，这里引申为追求。

【评析】

孔子赞美舜和禹的圣德崇高，既有赞美古代圣贤反讽当世之君主的含义，也有自己不能够拥有君位实现政治主张的遗憾在内。"不与"二字含义较丰富，有不以权谋私的意义，也有他们都没有去抢夺君位，而是凭借自己的仁义道德通过禅让获取的意义。孔子也有圣德，但因没有政治基础，故无法施展自己的才能，所以有此感慨。

八·一九

子曰："大哉，尧之为君也！巍巍乎！唯天为大，唯尧则之。荡荡乎！民无能名焉。巍巍乎！其有成功也，焕乎其有文章！"

【翻译】

孔子说："真是太伟大了！尧作为国君啊！真是崇高啊！只有天最高大，只有尧能够仿效天。尧的道德浩浩荡荡，真是广大啊！老百姓都不知道用什么词语来形容了！实在太崇高了，尧所取得的成功！他制订的典章制度很完美而有文采。"

【注释】

[尧]古代圣人，著名贤君。后把天下禅让给舜。[则]以天为法则，即效法天道。[焕]光明貌。[文章]指礼乐典章制度。

【评析】

本章意义极其重大，最关键的是"唯天为大，唯尧则之"八字，将尧的施政措施与天道联系起来，与中国远古时代的巫术文化紧密相关。最遥远的时代，天文学最关键，人们在日月星辰运转的规律中摸索出一套时间概念，日、月、年、时（季节）的变化规律对于农业、渔猎生产都有重要影响，人们的生活与生产直接受自然影响和制约，故对天文十分关注。而当时的部族领袖人物都精通天文，并对一些天象有神秘的沟通方式，有巫术的因素在内。后世"天人感应"理论的产生，与孔子的这些观点和论述都有联系。这样，经过圣人与上天的沟通与交流，天和人便相互合一，于是宇宙、社会、人生便构成一个整体，从而构建起一个世界，人生的一切都在宇宙、自然、社会与人生自身中完成，没有超越于这一现实世界的另外的世界，这是儒学乃至于中国哲学的一大特点。

八·二〇

舜有臣五人而天下治。武王曰："予有乱臣十人。"孔子曰："才难，不其然乎？唐、虞之际，于斯为盛。有妇人焉，九人而已。三分天下有其二，以服事殷。周之德，其可谓至德也已矣。"

【翻译】

舜有五位贤臣而天下太平。武王说："我有十位能够治理天下的贤臣。"孔子说："人才难得啊！难道不是这样吗？从唐尧虞舜的时代，到周武王时，武王时人才最多了，十名治世大臣中还有女人，因此只能算九人而已。文王已经得到天下的三分之二，还是向商朝称臣。周朝的圣德，真可以说是至高无上的了。"

【注释】

[乱臣]治世大臣。乱，《说文解字》："乱，治也。" [才难]人才难得。[唐虞]指尧舜时代。 [妇人]武王时有大臣妇好，是女性。 [服事]即称臣之意。古代交通不发达，统治天下分"五服"，即根据离首都远近采取不同的纳税制度和行政管理办法。

【评析】

孔子多次赞美古代先王，是为其复古思想提供理论和历史根据。从古代史料中可以看出孔子的这些说法并非没有根据，我们不必说那一定与当时的历史相符合，也不必认为都不可靠。孔子的古代理想是从尧舜开始，直到西周建立，尧以前的历史人物孔子没有论述过，可以推测孔子时代关于尧舜的文献资料还是比较充分的。孔子向往的尧舜时代是古代氏族社会已有等级秩序的晚期，当时人心淳朴，社会比较简单，社会风气也比较淳厚。孔子认为那个时期是"天下为公"的时代，是大道流行的大同时期。而进入夏朝之后，便是家天下了，圣君贤相的作用便非常突出，最好状态只能算是小康了。

八·二一

子曰："禹，吾无间然矣。菲饮食而致孝乎鬼神，恶衣服而致美乎黻冕，卑宫室而尽力乎沟洫。禹，吾无间然矣。"

【翻译】

孔子说："对于禹，我是没有话可说了。他自己吃得很差，祭祀祖先却很丰盛；自己穿得非常简陋朴素，祭祀的礼服却非常华美高贵，自己居住的宫室很简陋，却尽力修建水利工程。对于禹，我实在没有话可说了。"

【注释】

[间然]可以批评的地方。间，非，不好的地方。[菲]微薄；使之微薄。《礼记·坊记》："故君子不以菲废礼。" [黻冕（fú miǎn）]祭祀时穿的礼服戴的礼帽。黻，礼服上黑白相间的花纹，这里代指礼服。冕，祭祀时戴的礼帽，后世皇帝戴的冠才叫冕。[卑]低矮简陋。[沟洫]田间的水沟和水渠。《周礼·考工记·匠人》："九夫为井，井间广四尺，深四尺，谓之沟。方十里为成，成间广八尺，深八尺，谓之洫。"

【评析】

孔子高度赞美禹作为天子的高尚道德，其最突出的特点是艰苦朴素、大公无私，自己保持很低的生活水准，而对于公共事业以及基本建设却非常重视和舍得投资。自己的吃、穿、住都很简单，这无疑是在等级社会中的上层统治者最宝贵的品质。特别值得注意的是禹主要在两个方面谨慎用心，一是敬鬼神，对于祭祀非常恭敬；二是爱黎民，不修建宫室而修建水利工程，这都是增强凝聚力、取得民心的重要举措。

· 子罕第九 ·

【原疏】正义曰：此篇皆论孔子之德行也，故以次泰伯尧禹之至德。

【魁按】本篇讲述如何加强修养，提升道德水平，正确对待命运问题。强调要勤奋努力，不要在乎外界的评价和社会地位。也可以看出孔子传承古代文化的自觉意识。

九·一

子罕言利，与命，与仁。

【翻译】

孔子很少讲利，赞许探讨命运问题，赞许探讨仁德问题。

【注释】

[罕]稀罕，很少。[与]赞许，准许。

【评析】

关于本章意义后世争论较大，因为《论语》全书中讲到"仁"的地方相当多，讲到"命"的地方也有一些，因此将两个"与"字解释为连词，认为孔子很少讲利益、命运、仁德便感觉不对，因此我这样断句和翻译。另外，也有人解释说，孔子讲"命"的确实不多，而讲到"仁"的时候不轻许人有仁德之意。但本章说的是"言"，言就是说、谈论、讲述的意思，不必许可。孔子确实很少谈到利，尤其是谈论谋利的问题，这可能与当时生产力水平与生产方式、生活方式有关，当时氏族遗风尚有遗存，交通、商业也不发达，基本是农牧业自然经济状态，故不能看作是孔子反对或排斥"利"的观念，孔子同样追求富贵，但将"义"放在前面，这是应该注意的。"命"很难讲清楚，人们常常把命说成是"天命""宿命""命运"，因为它关涉个体生命的运势、走向，故得到人们普遍的关注。天命、宿命论者往往有"命中注定""一切都有天数"的论调，古籍中也有很多这方面的记载，《太平广记》中专有"定数"一类，好像人的命运在前世已经确定，人不可抗拒，必然如此。在现实生活中，命运的表现恰恰与此相反，命运往往表现为偶然性，不可预知，不可推测，不可把握，一切都很迷茫，因此才产生"命运无常"的叹息。因为偶然性、不可预测性，所以君子不必去追求根本追求不到的东西，否则只能徒生烦恼。人所能够做到的是忘却命运之必然，将其看作是偶然，尽自己之能力去学习、工作，努力去寻求把握机会，在偶然中建立必然，在机遇中享受生活。

九·二

达巷党人曰："大哉孔子！博学而无所成名。"子闻之，谓门弟子曰："吾何执？执御乎？执射乎？吾执御矣。"

【翻译】

达巷街的一个人说："孔子真是伟大啊！他的学问广博，却没有足以使他成名的专长。"孔子听说了，对他的弟子说："我专攻什么呢？是驾车呢？还是射箭呢？我还是驾车吧！"

【注释】

[达巷]当是街道胡同名称。应该是一条宽敞而又方便的胡同。[党人]那里的居民。党，古代一种地方基层区划名称。五家为邻，五邻为里，五百家为党。[执]专攻的意思。

【评析】

孔子是老师，并不刻意追求成名，就像教练一样，能够培养指导出各个方面的专业人才，而教练本人不一定是专家。尤其像孔子这样的教育家，所有专业课、基础课、必修课都他老人家一个人上，怎么会专攻哪一门呢？大思想家、哲学家多不是某一方面的专家。但孔子还是接受其意见而选择了驾车。前人多数认为孔子选择的是最低级的技艺，并认为驾车又是他人之仆，则更是低级。其实不然，当时御者并不低贱。我认为孔子可能是驾车技术好，而且对驾车有兴趣，因此这样说。孔子其实很平易近人、很平实，我们不必神秘之。

九·三

子曰："麻冕，礼也，今也纯，俭，吾从众。拜下，礼也；今拜乎上，泰也。虽违众，吾从下。"

【翻译】

孔子说："礼帽用麻料来做，是礼制的要求，如今用丝料做，是节俭的方式，我遵从大众。在堂下见礼叩拜，是礼制；如今改在堂上见礼叩拜，那显得傲慢。虽然违反众人，我还是坚持在堂下见礼叩拜。"

【注释】

[麻冕]麻做的礼帽。古代男子到二十岁举行加冠礼，开始戴冠。在参加礼仪时则要戴礼帽。 [纯]丝。孔安国说："冕，缁布冠也。古者绩麻三十升布以为之。纯，丝也，丝易成，故从俭。" [拜下]在堂下叩拜。 [泰]傲慢。

【评析】

对于古代礼制，孔子并不是全盘坚持和盲从，而是有所选择，特别注重思想与感情方面的继承，而在礼仪形式上则与时俱进。本章所涉及的两个方面就很说明问题，在穿戴什么方面，孔子从众，采取节俭的方式，而在参拜礼节上，孔子宁可违众也要坚持古礼，因为这样可以保持尊卑礼数，在内心情感方面增强对于秩序的遵从，重视内心情感培养超过重视外在的礼仪形式。

九·四

子绝四——毋意，毋必，毋固，毋我。

【翻译】

孔子断绝了四种毛病——不悬空猜测，不一定必须如何，不固执，不自以为是。

【注释】

[意] 猜测，臆断。

【评析】

本章涉及人生意义与价值的根本问题，涉及人如何对待客观世界的问题。何晏对于本章的注释很有启发性，今录下，再作简要说明。"以道为度，故不任意。用之则行，舍之则藏，故无专必。无可无不可，故无固行。述古而不自作，处群萃而不自异，唯道是从，故不有其身。"这种解释基本接近孔子原意。即人生要避免杜绝这四种毛病，要客观对待现实，对待社会发生的变化，既要有完整的主体性格，也要顺应社会的潮流，不强求一定如何，采取无可无不可的态度，但始终保持自我人格。

九·五

子畏于匡，曰："文王既没，文不在兹乎？天之将丧斯文也，后死者不得与于斯文也；天之未丧斯文也，匡人其如予何？"

【翻译】

孔子被围困在匡地，说："文王已经死了，一切文化不都在我这里吗？

如果上天要消灭文化，那么后世之人便无法了解这些文化了；如果上天不想消灭这些文化，匡人能把我怎么样？"

【注释】

[匡]《史记·孔子世家》正义："故匡城在滑州匡城县西南十里。"[斯文]这种文化。指周礼乐制度。

【评析】

据《史记·孔子世家》载，孔子离开卫国要到陈国去，路过匡城，给孔子驾车的弟子颜刻用马鞭子指着匡城外城的一个豁口说："当年我们进入匡城，就是从这个地方。"当年颜刻曾跟随阳虎并给阳虎驾车进攻匡。他的话被城上的人听说，而孔子相貌很像阳虎，便误把孔子当成阳虎了，于是出兵将孔子一行团团包围。连续被包围五天，形势很紧急，孔子才说那些话。后来因为有大风暴袭击，卫国又派人来营救，孔子才脱险。孔子的话说明他自觉担负着传播文化的历史重任，其中也有天命观的因素。这种使命感非常重要，也促使其勤奋前行。

九·六

太宰问于子贡曰："夫子圣者与？何其多能也？"子贡曰："固天纵之将圣，又多能也。"

子闻之，曰："太宰知我乎！吾少也贱，故多能鄙事。君子多乎哉？不多也。"

【翻译】

太宰问子贡说："老夫子是位圣人吧？为什么这样多才多艺呢？"子贡说："因为上天要让他做圣人，而他本人又多才多艺。"

孔子听说后，说："太宰了解我吗？我小时候贫穷低贱，所以学会许多技艺。出身高贵的人会有那么多生活技能吗？不会多的。"

【注释】

[太宰] 官名，一般解释是吴国太宰伯嚭，可能。 [天纵] 上天给予的。[少] 年轻，这里就是指小时候。 [鄙事] 低贱的事，这里指简单的生活技能。

【评析】

这段对话很平实，生活化很强。子贡曾经出访过吴国，故此人很可能是伯嚭。孔子自己的解释非常忠诚老实，他否定天生圣人的说法，说自己的多才多艺是生活所迫，因为小时候太贫穷低贱，所以学会许多养身糊口的本事，这对于理解社会理解人生都非常重要。最后两句的"君子"是指地位高、出身高贵的人，这样理解前后文才能顺畅。意思很明显，出身高贵的孩子在生活技能方面肯定不行，古今一律如此。仔细体会，孔子的话中多少有点苦涩的味道。少年之苦是终生宝贵的财富，这一点，孔子的经历也可以证明。

九·七

牢曰："子云：'吾不试，故艺。'"

【翻译】

牢说："孔子说：'我没有被国家试用为官员，因此学习很多技艺。'"

【注释】

[牢] 孔子弟子，但具体不详。有人说是琴张。 [试] 试用，这里是当官的委婉说法。 [艺] 技艺，技能。孔子教学的六艺，即诗、书、礼、乐、

射、御，都可以称作艺。

【评析】

本篇中多次提到孔子的技艺问题，本章依旧是谈技艺方面，孔子自己的话很实在，是因为自己没有能够被国君重用，没有执政，这样便有极其充裕的时间和精力去"学而时习之"，学习技艺并有时间反复练习巩固，因此具体技艺很多。这是孔子自己谦虚而实在的说法，不当官的人多了，但不努力刻苦也同样一事无成。其实孔子的话里有苦涩也有无奈，他内心还是想当官、想执政的，这样可以实现其政治主张，但始终也没有机会。既然如此，珍惜生命的孔子便在自己可以掌握的范围内孜孜不倦地学习，这一点就非常伟大。

九·八

子曰："吾有知乎哉？无知也。有鄙夫问于我，空空如也。我叩其两端而竭焉。"

【翻译】

孔子说："我有知识吗？没有什么知识。有个农夫请教我问题，我好像腹中空空，一点也不知道怎么回事。我就从这个问题的正反两面、本末两点来反复询问考察，尽力搞清楚。"

【注释】

[鄙夫] 地位低下之人。杨伯峻先生翻译为农夫，也可取。鄙为边鄙之义，也有地位低下之义。 [空空如也] 心里非常空虚，一点相关知识都没有的样子。 [叩] 问。 [两端] 事情正反两个方面。 [竭] 尽心尽力。

【评析】

老实忠诚的孔子形象，一位循循善诱的老人，从来就实事求是，不搞不懂装懂那一套。鄙夫究竟问他什么问题不得而知，也没有必要去追究，但表现出孔子对于这位求知欲很强的下层人的尊重。虽然不知道，但还是仔细询问，从正反两面去探讨分析，并将自己得到的答案全部都告诉对方。虚心而尊重人，并尽心，这便是忠、敬、勤、谦，一件小事表现如此多的美好品质。

九·九

子曰："凤鸟不至，河不出图，吾已矣夫！"

【翻译】

孔子说："凤凰也不飞来，黄河也不出现祥瑞图，我也是实在没有办法了。"

【注释】

[凤凰]古代传说中的神鸟，是祥瑞象征，出现就象征天下太平。[河图]儒家关于《周易》卦形来源的传说。《书·顾命》："大玉、夷玉、天球、河图，在东序。"《孔传》："伏牺王天下，龙马出河，遂则其文以画八卦，谓之'河图'。"传说圣人受命于天，黄河就会出现祥瑞之图。

【评析】

本章表面看好像孔子很迷信，有一种神秘的天命感，实际仔细体会，重点在最后一句上，即表现孔子对于当时政治悲观失望的精神苦闷。前面是托辞而已，孔子借助这种古老传说来指责现实政治的黑暗和无望。

九·一〇

子见齐衰者，冕衣裳者与瞽者，见之，虽少，必作；过之，必趋。

【翻译】

孔子看见穿孝服的人，穿戴祭祀用的礼帽礼服的人，还有盲人，见到这几种人时，即使对方很年轻，也一定要站起来；经过他们身边的时候，一定要非常恭敬地弓腰快步走过去。

【注释】

[齐衰（zī cuī）]古代五种丧服之一。 [冕衣裳]祭祀穿戴的礼服礼帽。[作]站起来。 [趋]怀着恭敬的心情小步快走。

【评析】

本章记载孔子生活中的一些细节，表现孔子对于他人的尊敬，充分体现其人文关怀精神。穿孝服者是处在人生不幸之中，穿礼服戴礼帽者是要参加重要的礼仪，而盲人是残疾人，本身很痛苦，这些人都需要精神安慰，因此孔子对他们表现出很高礼节的尊敬态度，这种做法本身便是大仁德。人之间都需要这种感情的支援和抚慰，这是和谐人际关系非常重要的方式。

九·一一

颜渊喟然叹曰："仰之弥高，钻之弥坚，瞻之在前，忽焉在后。夫子循循然善诱人。博我以文，约我以礼，欲罢不能。既竭吾才，如有所立卓尔。虽欲从之，末由也已。"

【翻译】

颜回非常感叹地说："我们老师的道真高啊，越抬头仰望，越感觉高大，越钻研，越感觉深奥坚实，眼看着它在前面，忽然好像又到了后面。老师善于一步步引导我们、教育我们，用渊博的文献知识来使我们有文采，用礼仪制度来约束教导我们，使我们想停止都不可能。我已经用尽我的才能和心力，好像高高站立起来了。但想要跟从老师继续前行，却又感觉好像不知怎么走了。"

【注释】

[喟然]叹息貌。[仰]仰头望。[钻]钻研，指往下。[坚]坚硬，这里有艰深意。[欲罢不能]想要停止下来都不能，指被老师的道德人品所吸引。[竭]尽。[卓]高拔挺立的样子。

【评析】

颜回是最理解孔子的弟子，在对于老师内心世界和崇高理想的理解方面，颜回确实是孔门弟子中最深刻、最全面的人。因此他对于孔子的赞叹和评价很有感染力和说服力。孔子因材施教，对于学生除具体知识技能的教育和培养之外，更注重整体人格和完美道德之人生境界的塑造。这构成孔子教育具有宗教性的道德方面，具有拯救人之苦难灵魂而超越世俗痛苦的准宗教功能，儒家被称为儒教，与这种特殊性有关系。

九·一二

子疾病，子路使门人为臣。病间，曰："久矣哉，由之行诈也！无臣而为有臣。吾谁欺？欺天乎？且予与其死于臣之手也，无宁死于二三子之手乎！且予纵不得大葬，予死于道路乎？"

【翻译】

孔子得病而且很重，子路就派自己的学生用臣仆的身份去服侍孔子。孔子的病情见轻，说："太久了啊！子路你干这种欺骗的勾当！本来没有臣仆而装作有臣仆。欺骗谁啊？欺骗老天吗？与其让我死在这些臣仆手上，我宁肯死在你们这些学生手上。况且我即使得不到隆重的葬礼，难道还能死在路上吗？"

【注释】

[臣] 古代服务于人都可称臣，这里是仆人的意思。 [病间] 病见好。孔安国说："少差曰间。" [行诈] 使用欺骗手段。诈，欺诈、欺骗。

【评析】

子路真可爱，看见老师病重，为了体面，居然让自己的学生装扮为仆人去服侍老师，虽然好像有点虚荣，但对老师的一片真心是值得赞许的。孔子对子路的好心当然理解，因此批评的话也不重，却说出了真实感情，那就是我宁愿学生们服侍我到死，我愿意死在学生服侍当中。这种感情是可以理解的，可见孔子对于亲情更加重视，对学生感情很深。

九·一三

子贡曰："有美玉于斯，韫椟而藏诸？求善贾而沽诸？"子曰："沽之哉！沽之哉！我待贾者也。"

【翻译】

子贡说："有一块美玉在这里，是把它放在柜子里收藏起来呢？还是请求一个会砍价的商人把它卖出去呢？"孔子说："卖了它！卖了它！我就等着买主呢！"

【注释】

[韫椟]藏在木柜里。韫：蕴藏；怀藏。 [善贾（gǔ）]可以解释为"好商人"，即识货者，也可以解释为好价钱，还可以解释为善于销售者，以后义为优。 [沽]买或卖，这里指卖，出售。

【评析】

这是非常生动风趣的师生对话，子贡从来不直接提出问题，而是用比喻手法。孔子当然清楚是什么意思，急忙回答，表现急切出仕的心情。其实孔子终生都在积极寻求从政机会，因为只有从政才有可能推行仁政，实现自己的政治主张。后来周游列国，也是出于这样的政治目的。但当时的社会没有给孔子表演的舞台，因此他只能在幕后指导学生了。呜呼！此乃孔子之不幸！也是孔子之大幸！

<h2 style="text-align:center">九·一四</h2>

子欲居九夷。或曰："陋，如之何？"子曰："君子居之，何陋之有？"

【翻译】

孔子要到偏远落后的少数民族地区去居住。有人说："那些地方太闭塞落后，怎么办？"孔子说："有君子居住在那里，有什么闭塞落后呢？"

【注释】

[九夷]少数民族的统称。当时一些地区存在许多少数民族部落。东方的少数民族称"夷"。 [陋]简陋，主要指文化落后。

【评析】

前面几章都说孔子急于出仕却没有机会，本章则记载孔子要到偏远的少数民族地区去居住，应当是孔子真实的想法。为什么会如此呢？一是孔子对于中原地区华夏民族建立的诸侯国的政治已经接近绝望，整个社会各个国家都不讲仁义，礼崩乐坏，太平盛世是没有希望了，而自己一直没有机会执政，若此还不如到少数民族居住地去发展文化。联系《八佾》中"夷狄之有君，不如诸夏之亡也"的话，可以看出孔子对中原各国的失望。后面一句话表现出自信的信息。虽然孔子没有去，但从这件事上便可以看出孔子并没有狭隘的民族偏见，而是对于全人类都同样看待，具有普遍的人文关怀思想，很可贵。

九·一五

子曰："吾自卫反鲁，然后乐正，雅颂各得其所。"

【翻译】

孔子说："我从卫国返回鲁国，然后'诗'的音乐都得到纠正，整理出规范来，《雅》诗和《颂》诗各自得到其相应的位置。"

【注释】

[乐正]音乐得到整理而归于正。 [雅颂]《诗经》按照音乐分为风、雅、颂三种。

【评析】

雅、颂可有两种理解，一是当时的雅、颂音乐，一是诗经中的篇章。至于孔子到底是规范篇章文字内容还是规范音乐，学术界说法不一。好像两者兼指。这是孔子周游列国后回到鲁国，知道自己的政治主张无法实现，只好退而求其次，保存文化留给后人，这等于是间接保存自己政治主张的方式。孔子晚年致力于整理六经，对于中国古代文献的保存和流传起了决定性作用。

九·一六

子曰："出则事公卿，入则事父兄，丧事不敢不勉，不为酒困，何有于我哉？"

【翻译】

孔子说："出去侍奉公卿高官，回家来侍奉父亲兄长，参加丧事时不敢不尽心竭力，不贪恋酒杯而被酒所拖累，除这些方面外，对于我来说，还有什么呢？"

【注释】

[事]服侍，侍奉。

【评析】

孔子特别强调道德的自觉自律性，只有用理性约束自己才能成为有德之人。出去工作尽心尽力，敬业尽职，当个称职的工作人员。回家对于父兄对于家人同样尽心尽力，当个好儿子、好弟弟。参加丧事时尽心、尽力、尽情，不被酒所拖累，即不沉湎于酒。孔子的酒量究竟如何难以知晓，但从所有记载中看不到孔子有喝醉酒的文字，这主要是其有自控能力，本章所讲就是日常生活中的具体行为，因为一切道德都表现在日常小事中，高尚的人格存在于细微之中。

九·一七

子在川上曰："逝者如斯夫！不舍昼夜。"

【翻译】

孔子在河岸上说:"过去的时光就像这河水一样,不分昼夜向前流淌。"

【注释】

[川]河流。 [逝者]过去的。这里指人生时间。

【评析】

天地运行不已,水流不息,人生就在这时间的流逝中逝去,故人更应当抓紧时间学习工作。这是儒学的根本精神之一。这是最精彩最生动最富有哲理韵味的格言,充分体现了孔子生命意识的自觉和对于生命的珍惜与热爱。儒家哲学重实践、重行动、重现实、重情感。生命本体存在于一定的时空之中,时间是连续不断的永不止息的,而生命本身只是存在于一定的时间之内,生命是流动的,故儒家哲学以动为体。《易经》中处处充满对于运动的解释,而孔子的这句比喻也表现其对于人之生命处在动态的这种理解。在动中去追寻生命的意义,并将生命本身拥有的时间与前后相联系,便可以使生命获得永恒。人只有在自己生命的历程中去尽情享受人生之乐趣,去构建自己的主体品格,只有把握好今天才会拥有未来,这便是儒家思想积极进取精神的原动力,也是其精华之所在。

九·一八

子曰:"吾未见好德如好色者也。"

【翻译】

孔子说:"我没有看见喜欢道德像喜欢女色那样自觉而强烈的人。"

【注释】

[色]美色，指美女。

【评析】

孔子在卫国时，卫灵公与爱妃南子、宠宦雍渠同车在前，孔子车在第二位，招摇过市，孔子才有这种叹息。说人们爱好美色是出自内心的，而爱好美德则需要培养。孔子虽然是针对卫灵公所发的感叹，但却具有普遍意义。

九·一九

子曰："譬如为山，未成一篑，止，吾止也；譬如平地，虽覆一篑，进，吾往也。"

【翻译】

孔子说："比如堆土造山，就差一筐土没有堆成就停止了，那是我自己停止的；比如填平土地，虽然只填上一筐土，但那也是进步，我也要继续干下去。"

【注释】

[篑]盛土的竹筐。

【评析】

只有坚持不懈才能成功，孔子善于用比喻来说明这样的道理。前面的比喻是成语"功亏一篑"的来源。孔子一直强调自强不息、坚韧不拔、好学不厌的精神，鼓舞人永远向前行，这里当然有道德修炼和贡献社会人生两个方面，在私德和公德两个方面都严格要求自己，这是儒学的基本精神，也是中华民族三千年来一直奉行的精神。

九·二〇

子曰："语之而不惰者，其回也与！"

【翻译】

孔子说："和他谈过之后就始终不懈怠而坚持学习与实践的，大概就是颜回吧！"

【注释】

[惰]懒惰、怠慢、松懈。

【评析】

与前面一章内容一致，强调坚持修炼、永远勤奋而不懈怠的重要性。一切成就都是一点一滴积累起来的，"大器晚成"的道理就在这里。

九·二一

子谓颜渊，曰："惜乎！吾见其进也，未见其止也。"

【翻译】

孔子赞美颜回说："真是可惜啊！我只是看见他不断进步，没有看见他停滞不前。"

【注释】

[惜]可惜、惋惜。皇侃疏："颜渊死后，孔子有此叹也。"

【评析】

从语气和感情看，皇侃说的有道理，是颜回死后孔子的叹息。因为颜回在学业上精进不止，正在迅速前进的年龄却英年早逝，因此孔子才有此感慨。下面一章也可以证明皇侃说的正确性。

九·二二

子曰："苗而不秀者有矣夫！秀而不实者有矣夫！"

【翻译】

孔子说："有的禾苗成活了却没有抽出穗来，有的虽然抽穗开花却未能结出果实。"

【注释】

[苗] 植物出土后一直到开花前都可称苗。[秀] 指禾类植物开花抽穗。[实] 植物结果实并成熟。

【评析】

《论语》篇与篇之间、章与章之间的排列是很讲究的，一定有编辑原则在。本章紧承前面两章，可以断定是伤心感叹颜回的。颜回学业精湛，品德高尚，本来应该有所成就，却没有建树就死了，好像只开花没有结果一样。这便是本章感叹的内容。但这个比喻获得更广泛的寓意，有的小苗很好，但没有开花便遭遇天灾而死去，如果是人，就相当于少殇，即未到结婚年龄就死亡；秀而不实如果仅从人类生理来看，当是指结婚而未留后代者。但如果从人的事业来看，比喻更精彩，因为无果实的花朵美丽动人，一时而已，但没有结出果实的花朵是没有意义的，许多人追求虚名，一时间轰轰烈烈，过后便一无所有。其实，此处是用苗、秀、实来比喻生命和学问，非常精彩，值得仔细玩味。苗、秀、实是人生命的三个典型阶段，一切生命都在这几个阶段完成，只有有果实的人生才是有意义有价值的，一切都在有限的生命中完成，这便是儒家"一个世界"，没有彼岸，没有另一世界的思想特点。

九·二三

子曰："后生可畏，焉知来者之不如今也？四十、五十而无闻焉，斯亦不足畏也已。"

【翻译】

孔子说："年轻人可敬畏啊，怎么知道后来人不如今天的人呢？但如果一个人四五十岁还没有明白做人的道理，这个人也就不值得敬畏了。"

【注释】

[后生]年轻人。 [来者]未来的人。

【评析】

古代尊老敬贤，因为越是远古时期，个人的经验越重要，知识传播速度很慢，许多行业靠经验吃饭，所以老年人被重视。孔子最先提出"后生可畏"，具有进化论的观点，很可贵。另外"无闻"，很多注释说"没有成名"，当不是孔子原意。这里的"闻"，是"朝闻道"的"闻"，故如此翻译。因为四五十岁不成名很正常，如果还不知道学习修业则不会有什么出息了。关于本章，笔者有专题论文发表在《放鹤亭》2009年总第2期上。

九·二四

子曰："法语之言，能无从乎？改之为贵。巽与之言，能无说乎？绎之为贵。说而不绎，从而不改，吾末如之何也已矣。"

【翻译】

孔子说："符合礼制规矩的话，能不听从吗？改正错误就是可贵的。顺从自己心意的话，听着能不舒服吗？但要仔细分析才好。一听到符合自己心意的话就高兴而不冷静分析，对于符合礼制规矩的话表面服从而不改正错误，对于这种人我也不知道该如何对付了。"

【注释】

[法语]礼法正道之言。[巽]卑顺；谦让。[绎]寻绎，理出事物的头绪。引申为解析。

【评析】

本章强调行为的重要性，实际上批评了两种错误的人生态度，一种是对于义正词严的批评表面听从、虚心接受，但更重要的是改正，是按照意见去做。另一种是爱听恭维的话，爱戴高帽子，爱听吹喇叭，但要冷静分析才好。口头答应而不改正，听到恭维的话就飘飘然而不加分析，这是很多人容易犯的毛病，故孔子特意指出。注意在实践方面塑造人性，而不空谈理论，有具体可感性，这是儒学的特点之一。

九·二五

子曰："主忠信，毋友不如己者。过则无惮改。"

【翻译】

孔子说："要坚持以忠诚守信为主，不要交往那些与自己不志同道合的人。有了错误就不要怕改正。"

【注释】

[如]像，指与自己志同道合者。

【评析】

这句话在《学而》中出现过，是第八章中的后半部分。主要意思是讲述交友之道以及要有勇于改正错误的修养问题。

九·二六

子曰："三军可夺帅也，匹夫不可夺志也。"

【翻译】

孔子说："可以剥夺三军统帅的权力，却不可能剥夺一个普通人的意志。"

【注释】

[三军]全国军队。古代诸侯国设有三军，名称不一。 [匹夫]古代指平民中的男子，亦泛指平民百姓。《左传·昭公六年》："匹夫为善，民犹则之，况国君乎？"

【评析】

这是中国古人经常运用的至理名言，将道德人格的崇高表达得极其到位，表明有气节之人的意志不可剥夺。人要有坚定的信念和真理观，可以不说话，是因为"不在其位，不谋其政"，但不能说违背自己意志的话。中国古今都有如此操守的志士，宁可遭受打击也不肯屈从权势和潮流，这便是中华民族的脊梁。

九·二七

子曰："衣敝缊袍，与衣狐貉者立，而不耻者，其由也与？'不忮不求，何用不臧？'"子路终身诵之。子曰："是道也，何足以臧？"

【翻译】

孔子说："穿着破旧的丝绵袍子，和那些穿着狐狸皮、貂皮大衣的人站在一起，而不感到羞耻自卑的人，恐怕只有子路吧？'不忌妒不贪求，怎么能不好呢？'"子路一辈子总爱背诵这句话。孔子说："仅仅做到这一点，怎么能够好呢？"

【注释】

[敝]破旧。[缊]丝绵，古代没有棉花，只有丝绵。[忮（zhì）]嫉妒；忌恨。"不忮不求，何用不臧"是《诗经·邶风·雄雉》中的诗句。[臧（zāng）]善、好。

【评析】

孔子善于发现学生优点并及时鼓励，这种鼓励为主的教育方法值得肯定和借鉴。子路对于老师的夸奖非常重视，沾沾自喜，性格直率可爱。但孔子对于子路的自满又给予温和的批评，指导他要好上加好，不能满足于已有的成绩。描述生动，人物形象很鲜活。

九·二八

子曰："岁寒，然后知松柏之后凋也。"

【翻译】

孔子说:"到了寒冷的冬天,才知道松树和柏树最后凋谢。"

【注释】

[凋]凋零,树叶枯萎落下来。

【评析】

这是句非常有哲理的名言警句。表现人在逆境中的坚韧和忍耐,保持自己本性的可贵精神。松柏不畏严寒是志士仁人不怕社会环境恶劣的象征,这种意象已经成为中国人表情达意的常用意象,在书画诗词中经常出现。通过类比联想将人的主体精神与自然景物、自然对象融合为一,浑然一体是《论语》中经常出现的抒情方式和表达方法,善于将抽象的感情和道德教化形象化,增加可感性,并具有审美性,这也是《论语》有阅读快感的重要原因。

九·二九

子曰:"知者不惑,仁者不忧,勇者不惧。"

【翻译】

孔子说:"聪明的人不会疑惑,仁爱的人没有忧愁,勇敢的人无所畏惧。"

【注释】

[惑]疑惑、糊涂。

【评析】

有仁爱之心的君子不做亏心的事,故总是心怀坦荡,自然没有忧愁。这是儒家文化追求的最高精神境界,李泽厚先生称之为"乐感文化",即

213

感悟到人生乐趣的某种难以名状的精神愉悦的胸怀心境，孔子、颜回之乐，便是这种"仁者不忧"的变相，但这种境界很难达到。"不惑"与"不惧"是一种心理情感。

九·三〇

子曰："可与共学，未可与适道；可与适道，未可与立；可与立，未可与权。"

【翻译】

孔子说："可以在一起共同学习的人，未必可以走同样的道路；可以走同样道路的人，未必能建立同样的信仰和原则性；有同样信仰和原则性的人，未必能够有同样的权变能力和灵活性。"

【注释】

[适道] 走向道。适，之也。道，儒家之道。 [立] 建立理想原则。 [权] 变通，根据现实情况灵活掌握原则。

【评析】

本章涉及儒学很重要的一个问题，即经与权的关系。这里首先有做人不断提升修养的三个阶段：学习是途径，"适道"是走上正途，用韩愈的话是"行之乎仁义之途"；"立"是建立正确的人生价值观，即"立于礼"，是更高的层次了；"权"则是在"立"的基础上进行灵活运用，是具体问题具体分析具体对待，这样才能随机应变对付一切复杂事态。只知道经而不知道权就会产生教条主义，只知权而不知道经就是阴谋家、政客。柳宗元在《断刑论下》有几句话，阐释经与权的关系，简明透彻："经也者，常也；权也者，达经者也。离之，滋惑矣。经非权则泥，权非经则悖。是二者，强名也，曰当，斯尽之矣。当也者，大中之道也。离而为名者，大中之器用也。知经而不知权，不知经者也；知权而不知经，不知权者也。"经离开权就是教条，权离开经就是谬误，就是罪恶。因此掌握度便是最大的本领和修养。

九·三一

"唐棣之华，偏其反而。岂不尔思？室是远而。"子曰："未之思也，夫何远之有？"

【翻译】

《诗经》说："唐棣花啊唐棣花，你摇曳多姿那么潇洒。我怎么能够不喜欢你思念你啊，只是住得太远太远了。"孔子听后，说："还是没有真正思念，如果真想，怎么会遥远？"

【注释】

[唐棣（dì）]植物，蔷薇科，有人认为是落叶灌木，有人认为是落叶乔木。[反而]反复摇摆貌。 [室]住处。

【评析】

本章很有意思，也可以看出孔子对于《诗经》灵活运用的情况。具体背景不清楚，可以想象出来，可能是孔子哪名学生朗诵这几句诗，也可能本身有爱情的因素在其中。孔子听到后，马上发表了上面的看法。很明显，孔子是借题发挥，用类比的方法阐述他"仁远乎哉？我欲仁，斯仁至矣"的观点，不放弃任何机会对学生进行教育。这几句诗在《诗经》中没有，是古逸诗。其实，朗诵诗句的人可能是思念心爱的姑娘，但有碍于住处遥远或有其他阻隔，本身就已经有比兴意义了，而孔子的话则在此基础上又加以发挥，可见《诗经》在先秦时期不仅仅是抒情的手段，也是说理的方式。

· 乡党第十 ·

【原疏】正义曰：此篇唯记孔子在鲁国乡党中言行，故分之，以次前篇也。此篇虽曰一章，其间事义亦以类相从，今各依文解之。

【魁按】本篇记载孔子在鲁国以及乡里的衣食住行等平常起居生活习惯，以及参加各种社会活动时的表现，很生动形象。

十·一

孔子于乡党，恂恂如也，似不能言者。其在宗庙朝廷，便便言，唯谨尔。朝与下大夫言，侃侃如也。与上大夫言，訚訚如也。君在，踧踖如也，与与如也。

【翻译】

孔子在本地乡亲之间，非常恭敬谦虚，好像不善于讲话。他在宗庙和朝廷参加活动时，讲话言辞顺畅，但非常谨慎。在朝廷中与平级同事谈话时，温和快乐而健谈。与上级官员谈话时，正直而恭敬。国君在的时候，敬畏恭谨，非常严肃端正。

【注释】

[乡党]家乡。乡和党都是古代居民行政区的名称。《周礼·地官·大司徒》："令五家为比，使之相保；五比为闾，使之相受；四闾为族，使之相葬；五族为党，使之相救；五党为州，使之相赒；五州为乡，使之相宾。"但乡与党在不同时代不同国家所包含家数不同。 [恂恂]温和恭顺貌。 [便便]郑玄注："虽辩而敬谨。" [侃侃]孔安国注："和乐之貌。"也有从容不迫、直抒己见的意思。[訚訚（yín yín）]孔安国注："中正之貌。"[踧踖（cù jí）]马融注："恭敬之貌。"[与与]马融注："威仪中适之貌。"

【评析】

本章记述孔子日常生活态度，他在本乡恭敬谨慎，非常和蔼亲切，不像有些人在家乡蛮横、炫耀。上朝廷和在宗庙参加各种活动时都非常得体，绝不张扬，毫无盛气凌人之处。至于对平级同僚、对上级官员讲话态度有别，国君在场则更小心翼翼等，这都是正常人的常态，不应该批评和诟病。其实，即使在今天，对待不同人态度上也不能完全一样，只要内心都存恭敬即可。与见到所有的阔人都恭维、见到所有的穷人都趿扈的小人嘴脸完全是两回事。

十·二

君召使摈，色勃如也，足躩如也。揖所与立，左右手，衣前后，襜如也。趋进，翼如也。宾退，必复命曰："宾不顾矣。"

【翻译】

国君派孔子接待外宾，孔子立刻兴奋而严肃起来。接待过程中，脚步很快。向参加接见的人作揖使礼，或者向左拱手，或者向右拱手，衣裳前后摆动，却非常整齐。快步向前，在外宾前好像鸟展开翅膀一样伸开双臂表示欢迎。送走宾客后，一定要向国君汇报说："客人已经不回头了。"

【注释】

[摈] 通"宾"。 [勃] 表情严肃而兴奋。 [躩] 快步走。 [襜（chān）]整齐貌。 [趋进] 稍微躬身快步前行表示恭敬。 [翼如] 展开两臂表示欢迎，当是古代迎接外宾之礼节。[复命]向国君汇报完成任务情况。[顾]回头看。指外宾已经走远。

【评析】

本章记载孔子奉命接待外宾时的表现以及整个接待中的礼仪。从接受任务起到完成任务止，虽然粗线条，几个主要环节却都记录到了。其严肃恭谨的态度和外在仪态表现非常统一。最后一直送到客人不再回头时自己才回来，可见对客人的尊重。受到这样接待的外宾一定非常满意。

十·三

入公门，鞠躬如也，如不容。

立不中门，行不履阈。

过位，色勃如也，足躩如也，其言似不足者。

摄齐升堂，鞠躬如也，屏气似不息者。

出，降一等，逞颜色，怡怡如也。

没阶，趋进，翼如也。

复其位，踧踖如也。

【翻译】

孔子进入朝廷大门，恭敬谨慎，好像没有容身之处一般。

站立时，不在门的中间，进门时不踩门槛。

走过自己的座位时，表情非常严肃恭谨，脚步很快，他的话好像不足以坐此座位似的。

提起衣襟走上堂的时候，又非常恭敬谨慎，屏住气息好像不出气似的。

等见完国君，下堂时，走下一个台阶，表情开始放松，和颜悦色。

下完台阶，小步快行，身体舒展。

回到自己的座位，再度非常恭敬谨慎。

【注释】

[公门] 朝廷办公地方之大门。实际即朝廷。 [鞠躬] 不是屈身行礼，而是内心恭敬、稍微弯腰的恭敬姿态。 [阈（yù）] 门槛。 [过位] 路过座位。包咸曰："过君之空位。"其他人无注，后人皆采纳包咸说。然不合情理。当是孔子自己之座位。 [色勃如] 表情非常严肃兴奋。 [摄齐] 提起衣襟。齐，衣裳下面的摆，是很齐整的。 [屏气] 屏住呼吸，表示敬畏的神态。 [降一等] 下一个台阶，指拜见国君礼毕开始下堂。 [逞颜色] 指表情由紧张恢复放松

状态。[没阶]走完台阶。[复其位]即前面"过位"之位。孔安国说："来时所过位。"是对的,即孔子自己的座位。

【评析】

本章描述孔子参加朝廷仪式的过程,有的注解说是出国,从全面来看,不是。当是参加早朝的经过。由于前人注解不详,故对有些内容解释支离破碎。如"过位",自从包咸注解说是君位而空后,其他人或不注,或遵从此说,但这样讲解一塌糊涂。该座位在堂下,说君未来,孔子他们登堂干什么?而且,孔子下阶后"复其位"指的是哪个位?下面笔者简单描述一下本章孔子的表现:孔子非常恭敬地迈进朝廷大门,站立不在门的中间,进门不踩门槛。他走过自己的座位时,表情非常严肃恭谨,脚步很快,好像自己不足以坐此座位。他提起衣襟走上堂去,非常恭敬谨慎,屏住气息好像不敢出大气似的。等见完国君回身下堂,走下一个台阶时,表情开始放松,和颜悦色。下完台阶,小步快行,身体舒展。回到自己的座位,再度非常恭敬谨慎。所表现的是孔子对于自己职务的敬畏心理和忠诚恭谨的敬业精神,同时又是礼制的忠实执行者。春秋时期还没有大殿之类,也没有什么三拜九叩山呼万岁等大礼,国君坐堂上,臣子坐堂下。早晨正式办公前有君臣见礼仪式,本章所记就是这种仪式。

十·四

执圭,鞠躬如也,如不胜,上如揖,下如授,勃如战色,足蹜蹜如有循。
享礼,有容色。
私觌,愉愉如也。

【翻译】

孔子接受君命出使外国,在上朝时,手执圭,非常恭敬谨慎,好像自己不能胜任似的，上举时好像作揖，往下时好像要交给别人，表情一直紧张严肃，好像在作战一样，走路小步紧凑，好像有所遵循。

贡献礼物的时候，满脸和气亲切。

以私礼会见宾客的时候，非常轻松随和而愉快。

【注释】

[圭]古代一种玉器，上圆锥形，或做成剑头形，下方，举行典礼时君臣手中都执圭。作用类似汉代以后的笏板。 [胜]能够负担、胜任之义。[授]交给他人。 [蹜蹜（sù sù）]脚步细密，即小碎步。 [享礼]献上礼物，对方接受完毕。郑玄注曰："享，献也。聘礼既聘而享。用圭、璧，有庭实。"[私觌（dí）]私下见礼。

【评析】

本章记述孔子作为大使到外国访问时的举止和神态。完全按照外交礼仪进行，不辱君命，中规中矩，体现出礼仪之邦的风范。

十·五

君子不以绀緅饰。

红紫不以为亵服。

当暑，袗絺绤，必表而出之。

缁衣羔裘，素衣麑裘，黄衣狐裘。亵裘长，短右袂。

必有寝衣，长一身有半。

狐貉之厚以居。

去丧，无所不佩。

非帷裳，必杀之。

羔裘玄冠不以吊。

吉月，必朝服而朝。

【翻译】

孔子认为，君子不能用黑紫色作衣服领子、袖口和底摆的镶边。

不能用紫色、红色来作平常在家穿的衣服。

夏天，穿单衣，细葛布或粗葛布的，但一定要穿衬衫，将单衣穿在外面。

黑衣服要搭配紫色羊皮衣，白色衣服搭配乳白色的鹿皮衣，黄色衣服搭配黄色的狐狸皮大衣。在家穿的皮衣要长一些，但右边的袖子要短一些。

睡觉一定要有小被，长度是身长的一倍半。

用狐狸或者貉的厚皮毛做坐垫。

服丧期满后，什么都可以佩带。

如果不是上朝或者祭祀穿的用整幅布做的帷裳，一定要裁剪接缝。

紫色羊皮衣服和黑色礼帽都不能用来参加吊孝。

每月初一，一定要穿着礼服参加朝贺。

【注释】

[绀緅（gàn zōu）]都是表示颜色的名词。绀，深青透红，緅比绀颜色更重。都是黑红色。 [饰]装饰，这里指衣服各处边缘的镶边。 [亵服]常服，与礼服、祭服、丧服相对而言，指随便家常穿用之服。[袗绤绤（zhěn chī xì）]袗，单，这里用作动词。绤，细葛布。绤，粗葛布。 [表]外表，指外衣。 [缁（zī）衣]黑色衣服。缁，黑色。 [羔裘]古代所谓羔裘都是黑色羊毛，就是现在的紫羔。 [麑裘]乳白色皮衣。麑，小鹿，颜色乳白。[亵裘]平常的皮衣。[袂]衣袖。 [寝衣]小被。古代小被称"被"，大被称"衾"。[一身有半]一身半长。 [帷裳]礼服，上朝和祭祀时穿，用整幅布做成，不加剪裁，多余部分做成皱褶，类似现代之百褶裙。皱褶古代称作"襞积"。[杀]剪裁。 [玄冠]黑色礼帽。[吉月]指每月吉日，即朔日，指初一。

【评析】

本章记述孔子服饰方面的习惯，可以看出孔子忠实执行礼制规定的心理。古代黑色为最尊贵，红色和紫色象征权力，这两种颜色是朝服和祭服的颜色，因此不能在日常生活中随便穿用，孔子是严格遵守这一礼制与习俗的。白色则是丧事用的主要色调，因此也不能常用。古代礼是分别尊卑贵贱的，色彩也如此。后代各朝对于服色都通过朝廷法律规定下来，是中国文化的一大特点。这里有两点需要注意：一是孔子穿衣服也很讲究，尤其注意服饰颜色的搭配，比如什么颜色的裘皮搭配什么颜色的衣服，总体看是追求和谐。由此也可看出孔子在服饰方面的审美观。二是孔子很注意节俭，除朝服祭服必须按照礼制规定用整幅布外，其他衣服一律剪裁，尽量节约用布，与孔子一再提倡的俭相一致。

十·六

齐，必有明衣，布。

齐必变食，居必迁坐。

食不厌精，脍不厌细。

食饐而餲。鱼馁而肉败，不食。色恶，不食。臭恶，不食。失饪，不食。不时，不食。割不正，不食。不得其酱，不食。

肉虽多，不使胜食气。

唯酒无量，不及乱。沽酒市脯不食。

不撤姜，食，不多食。

祭于公，不宿肉。祭肉不出三日。出三日，不食之矣。

食不语，寝不言。虽疏食、菜羹、瓜祭，必齐如也。

【翻译】

斋戒，一定要有浴衣，要布做的。

斋戒期间，一定要改变饮食品种，居住也一定要变换地方。

粮食不嫌加工得精细，越精细越好，鱼和肉不嫌切得细，越细越好。

食品一放时间长就腐烂变质。鱼变味，肉腐败，不吃。颜色不好，不吃。有不好的味道，不吃。火候不好，过生或烧焦，不吃。不是饮食的时间，不吃。切割不规整的熟食，不吃。没有一定的调味的酱，不吃。

肉虽然多，但吃的数量不能超过主食。

只有饮酒没有一定的量，以不昏醉不失态为原则。买的酒不喝，买的肉干不吃。

饭桌上不撤生姜，吃姜，但不多吃。

参加公家的祭祀或典礼，不把祭肉放到第二天。普通祭肉保存不出三天，超过三天，就不吃了。

吃饭时不说话，睡觉时不聊天。即使是粗糙米饭、普通菜汤、瓜果梨桃祭祀，也如同斋戒一样严肃认真。

【注释】

[齐]通"斋"。 [明衣]郑玄注曰："明衣，亲身衣，所以自清洁也。以布为之。" [变食]改变饮食品种，按照吃斋规定饮食。 [迁坐]变换居住的地方，指不能与妻子同房。 [脍（kuài）]鱼或肉切成的丝。 [食饐（yì）而餲（ài）]食品存放时间长而变腐臭。 [鱼馁]鱼腐称馁。 [肉败]肉腐称败。 [色恶]指食品颜色不好，变色了。 [臭]味觉，不是与香对应的臭。[失饪]指烹调不当。 [不时]不是吃饭的时候。 [割不正]指肉食品切割不规整。如果单用"割"字，与"切"有别，"割"在前，"切"在后。割，指宰杀牲畜时的分解过程，如何分割是有固定方法和规矩的。这里当指切割。[食气]吃饭。气，通"饩"，泛指粮食。 [乱]指精神恍惚，神志混乱。 [沽酒市脯]买来的酒和熟食。沽、市，都是买。 [不撤姜]孔安国说："撤，去也。斋戒荤物，姜辛而不荤，故不去。"姜与葱、蒜同类，但不算荤腥之物，故吃饭时不去掉。 [祭于公]参加公家的祭祀或典礼。 [宿肉]过夜的祭肉。

【评析】

本章记述孔子的饮食习惯，可以看出孔子非常注意饮食卫生，有很自觉的保健意识。有人说孔子一再强调饮食要简单，"饭疏食，饮水"，赞美颜回的"一箪食，一瓢饮"，怎么会如此讲究吃喝呢？其实这是两回事，提倡在饮食上不追求奢侈不等于不讲究饮食卫生，这里记述的都是关于食品新鲜程度、做得如何、是否过期变质等问题。孔子很讲究保健与生理卫生，尤其是饮食卫生，这些习惯不涉及奢侈。另外，从前章服饰和本章饮食两个方面来了解孔子的日常生活，很具体，可以说是贵族的生活习惯。如果是奴隶，没有这样的生活条件，当然也不能讲究了。关于饮酒，孔子的做法和态度对后世影响也很大，因饮酒涉及陪伴亲友，因此没有一定的量的设置，而是用"不及乱"，即以不神志昏迷错乱为上限。中国人饮酒，最佳状态是微醉而不大醉，大醉则被耻笑。这也构成中国酒文化的特点。

十·七

席不正，不坐。乡人饮酒，杖者出，斯出矣。

【翻译】

坐席放得不正，就不落座。参加乡邻举行的酒宴时，要等老人们都离席之后，孔子才出去。

【注释】

[席不正]古代没有椅子、沙发等坐具，席地而坐。即在地面摆一张席子，中间放置几案，人在两边坐着。 [乡人饮酒]指本乡，类似现在的居民区按照惯例举行的乡饮，如大蜡礼等。 [杖者]拄拐杖的人，指老者。

【评析】

孔子在日常生活中很严谨，完全按照礼的要求来做。另一方面，尊重老人，这在《论语》中有多次表述，中华民族尊老爱幼传统美德的形成，与儒家思想长期占统治地位有关。尊重老人在任何国家任何民族都是值得提倡的。

十·八

乡人傩，朝服而立于阼阶。

【翻译】

本地乡人举行迎神驱鬼仪式时，孔子就穿着朝服站立在东边的台阶上。

【注释】

[傩（nuó）]古代的一种风俗，迎神以驱逐疫鬼。傩礼一年数次，大傩在腊日前举行。[阼（zuò）阶]古代大堂前东面的台阶。天子、诸侯、大夫、士皆以阼为主人之位。临朝觐、揖宾客、承祭祀，升降皆由此。

【评析】

孔子在家乡尊重民俗，他未必相信这种带有巫术性质的活动有什么效果，但依旧抱着严肃的态度参加，也可以体现孔子"敬鬼神而远之"的一贯思想。

十·九

问人于他邦，再拜而送之。

【翻译】

托人问候外国的朋友，一定要向托请的人作揖两次才送他出去。

【注释】

[问人于他邦] 省略主语，是托人向外国朋友问好。古代一般问好要捎东西的。 [再] 同样的举动进行两次。

【评析】

本章依然记述孔子在日常琐事中体现的仁德精神。本章可从两个方面了解孔子尊重他人的品格。一是因为请别人为自己办事，因此两次见礼，表示感谢之意。一是对于外国友人的尊重。这种礼节是必要的。

十·一〇

康子馈药，拜而受之。曰："丘未达，不敢尝。"

【翻译】

季康子赠送孔子药物，孔子很礼貌地收下，说："我不明白为什么要送给我药，因此不敢吃。"

【注释】

[未达] 孔安国说："未知其故，故不敢尝也。"达，明白的意思。意思是不明白季康子为什么要送我药啊。有人说，未达是不明白药性，也通，但有些拘谨。

【评析】

这件事的背景不了解，也难以考证，因此到底是什么意思不太清楚，但可以看出孔子很注重身体健康。另外就是可能不知道季康子送给他药是什么原因，药性是什么，因此孔子不吃。季康子可能也没有什么恶意，送的很可能是补药之类。

十·一一

厩焚。子退朝，曰："伤人乎？""不。"问马。

【翻译】

马圈失火焚毁了。孔子退朝回来，问："伤人没？"回答说："没有伤人。"再问马匹的情况。

【注释】

[厩]养马的房舍，现在一般称马圈或马棚。 [不]通"否"。

【评析】

本章通过具体小事表现孔子的人本思想。下班回家听说马圈失火，第一个反应是问人的情况。本章在断句上很有意思，关键是"不"字，如果不单独成句而连下，则是"不问马"，也很通顺，意义上也很明确。即孔子只关心人，根本不在乎马。但如果我们从人之常情和孔子一贯思想与行为上考虑，似乎问完人的情况再问问马匹更合情理，也更有同情心，显示出更加博大的仁爱情怀。因为自己家的马匹也是很重要的财产，而且马通人性，不问反而不合理。在文字与断句两可的情况下，以合情合理者为上。

十·一二

君赐食，必正席先尝之。君赐腥，必熟而荐之。君赐生，必畜之。

侍食于君，君祭，先饭。

【翻译】

国君赐给酒食，一定先摆正座位进行品尝。国君赐给生肉，一定煮熟后给祖先上供。国君如果赐给牲畜，一定要养着它。

陪同国君吃饭，国君进行祭祀时，孔子先品尝饭菜。

【注释】

[食] 这里指熟食。 [腥] 生肉，肉未熟有腥味。 [荐] 进奉，这里指给祖先上供。 [生] 通"牲"，祭祀用的牲畜。

【评析】

本章记述孔子对于国君的忠诚和恭敬，凡是涉及国君的事物都格外用心。需要说明一下的是最后一条，陪同国君吃饭为何要在国君祭祀时先品尝饭菜？这不是失礼吗？其实这正是礼制的要求。郑玄说："于君祭，则先饭矣，若为君尝食然。"《正义》说得更具体，按照《士相见礼》，与君同食，君祭，臣子要先品尝饭菜，等于是给国君检测食品质量或者是否有毒。饮酒则要等国君先饮。这可能出自远古时代的礼仪制度。

十·一三

疾，君视之，东首，加朝服，拖绅。

【翻译】

孔子有病了。国君来探望，孔子便把脑袋方向朝东，将上朝穿的衣服盖在身上，大带子拖着。

【注释】

[君视之] 国君来探视病情。 [东首] 首朝东。古人卧榻一般设置在南窗的西面，主要是朝阳。因为国君探病要从宾阶，即东边的台阶登上堂，从东边门进来，头朝东正好是迎接国君的方向。 [加朝服] 孔子病重，不能起床，当然不能穿朝服，只好盖在身上。 [拖绅] 绅是束在腰间的大带，垂下，孔子躺在床上，只好将大带拖着。

【评析】

孔子患病，而且很重，但依然最大限度表达自己对国君的敬重，完全按照礼的要求来做。种种生活细节都表现孔子"臣事君以忠"的观点。

十·一四

君命召，不俟驾行矣。

【翻译】

国君下达命令招呼孔子前去，不等套完车就已经先走了。

【注释】

[俟驾] 等待驾好车。

【评析】

本章同样表现孔子对于国君的无限忠诚，听到国君招呼自己，便用最快的速度前去。不等套好车就走，不是不坐车徒步前去，那是违背礼制的。是孔子先行出门，等车从后面赶上来再坐。其实仔细分析，这样并没有提前时间，因为车行走的距离最终是一样的。但孔子这样做是表达一种感情，而且也能促使御者抓紧时间套车。

<h1>十·一五</h1>

入太庙，每事问。

按：本章在前面出现过，字面完全相同。

<h1>十·一六</h1>

朋友死，无所归，曰："于我殡。"

【翻译】

孔子朋友死了，没有人办理丧事，孔子说："由我来负责丧葬之事。"

【注释】

[无所归]何晏注："言无亲昵。"指没有亲人兄弟，死后不能正常归葬。[殡]死者入殓后停柩以待葬，即人死装入棺材后叫殡。这里代指全部丧葬过程。

【评析】

本章记述孔子对于朋友的义。朋友是人伦中很重要的一伦，人生最大事就是死后入土为安，因此当朋友死而无人办理丧葬时，孔子主动承担丧葬事宜，那也需要一笔不算小的经济付出。于此可见孔子重感情。

<h1>十·一七</h1>

朋友之馈，虽车马，非祭肉，不拜。

231

【翻译】

朋友赠送的礼物，即使是车马那么贵重的，只要不是祭肉，就不拜。

【注释】

[馈] 赠送礼品。

【评析】

祭肉是祭祀神灵或祖先的，因此孔子要对送礼者拜礼。车马在当时是最贵重的礼品，但孔子不拜。祭肉并不值钱，可见孔子更重视礼制，更重视感情而不重视钱财。这是儒家"义高于利"观念的具体体现。

十·一八

寝不尸，居不客。

【翻译】

孔子在睡觉时姿势很随意，不像尸体那样仰卧，坐着时也很随意，不像做客那样采用规规矩矩的坐姿。

【注释】

[尸] 人死后停放的姿态为尸。平躺仰卧，手脚端正。　[居不客] 古代接待客人或做客人时，最郑重的坐姿与现代的跪相似，两膝着席，臀部放在脚后跟上。次一等的是盘腿，盘腿一般姿势是散盘，即双脚皆在下。居是普通随意的坐姿，按照杨伯峻先生的解释，居的姿势是两个脚板着地，两膝耸起，臀部向下而不着地，和蹲一样。我试了一下，感觉不舒服，而且很累，是在无奈不能坐的时候才能采用这种姿势，在席不应该如此。在前面姿势描述基础上，臀部着地，上身前倾，双手抱膝，这才对。这样轻

松很多。按照《三国志》的记载，诸葛亮就常采用这种坐姿。最后一种最随便，臀部平坐，两腿随意前伸叉开，若簸箕状，故称"箕踞"，因过于散漫，故礼制不允许这样做。

【评析】

日常生活应当很轻松随意。睡眠姿态随意就好，不必死板解释，究竟孔子是侧卧还是半俯卧，是左侧卧还是右侧卧，谁也说不清楚，也没有必要去探讨。坐姿也如此，只是说孔子严格遵守礼制，平常生活与常人一样。

十·一九

见齐衰者，虽狎，必变。见冕者与瞽者，虽亵，必以貌。

凶服者式之。式负版者。

有盛馔，必变色而作。

迅雷风烈，必变。

【翻译】

孔子看见穿戴齐衰孝服的人，即使是平常非常随便的熟人，也一定改变态度严肃起来。看见戴礼帽的人或者盲人，即使是常见的非常熟悉的人，也一定非常有礼貌。

看见手持丧礼衣物的人，孔子则起立手扶车前横木，身体前倾低头，表示恭敬。看见身负国家图籍的人，也如此。

如果有丰盛的酒席，孔子一定神色变得严肃，站立起来。

如果遇见紧急的电闪雷鸣、暴风，孔子一定很紧张严肃。

【注释】

[齐衰]古代丧服有五种，即所谓五服。即斩衰、齐衰、大功、小功、缌麻。

戴孝人根据与死者血缘关系远近穿戴不同孝服。[狎]亲密而随便。[冕者]戴礼帽之人。指准备参加礼仪仪式之人。[亵]与狎意相近，指亲近；亲狎。[凶服]与死人有关的衣服物件。[式]通"轼"。古代设在车厢前供立乘者凭扶的横木。这里是起立手扶横木，身体前倾表示恭敬之意。[负版者]背负国家版图的人，当指大使等代表国家利益与尊严之人。这里可能就是指出国大使或特使。[盛馔]丰盛的酒席。酒席丰盛必定是隆重礼仪，故严谨恭敬。[迅雷风烈]电闪雷鸣，大风。

【评析】

本章表现日常生活几种场合中孔子的神态和表现。见穿孝服者恭敬，表示对死者的悼念与尊重，表示对死者家属亲人的同情，都是很普遍的人生感情，是"慎终追远"的具体表现。戴礼帽者是参加祭祀或其他典礼之人，对其尊重是对于礼仪制度的尊重，对于盲人的尊重是尊重爱护弱者，可能古代盲人比较多，是社会上的弱势群体。看见凶服者扶轼是对于死者的哀悼与对家属的同情，前面见齐衰是指平时步行，这里指在车上。看见使者扶轼则是表示对于国家的热爱和忠诚。看见酒席丰盛而站立严肃表示对盛情的回应。对于特殊天气变化的严肃和表情变化是畏惧天命的心理。总之，孔子时刻恭敬、严谨。

十·二〇

升车，必正立，执绥。

车中，不内顾，不疾言，不亲指。

【翻译】

孔子上车时，一定先立正，然后拉着绥，站好。

在车里不看车里，说话很缓和，不指点什么。

【注释】

[升车] 上车要升高, 故曰升。[执绥] 拉车上配备的绳带。绥, 挽以登车的绳索。

【评析】

道和仁在日常生活中。本章记述孔子乘车的行为过程和情态, 都属于生活中的规矩。其实, 严格来讲, 生活态度严谨是很必要的, 而且如果习惯了也并不会感觉累。

十·二一

色斯举矣, 翔而后集。

曰: "山梁雌雉, 时哉! 时哉!"子路共之, 三嗅而作。

【翻译】

孔子和弟子们行走在山道上, 几只色彩漂亮的野鸡忽然飞了起来, 飞翔一段距离后又落下来, 落在前面的山梁上, 聚拢在一起。

孔子感叹道: "山梁上的那几只母野鸡, 正逢其时啊! 正逢其时啊!"子路听老师如此说, 向那几只野鸡拱拱手, 那几只野鸡观望着走了几步, 然后又飞走了。

【注释】

[色斯] 王引之《经传释词》: "色斯, 犹色然。"[翔而后集] 飞翔以后又聚集在一起。[山梁] 山脊。有注桥梁者, 有注山上梁谷者, 与前后句不符, 不采纳。[雌雉] 母野鸡。[时哉] 正逢其时。[共] 通"拱"。[嗅] 古本作"臭", 形近通假字, 本字是"臭", 本义是张两翅也。

【评析】

这是很精彩的一个特写镜头，记录孔子和弟子们途中见到的一个小风景以及孔子和子路的对话与表情。关于这段文字，古今注疏家解释颇多，但较难令人信服。我有过山间生活经历，多次看见野鸡，再联系前后文字，参照诸多版本的解释，融进自己的生活经验，有全新的看法。其实事情很简单，就是孔子和弟子们走在山间道路上，古代只要能够走车就不算径。忽然惊起几只野鸡，飞一段距离后落在前面的一山梁上，地势高，当然还在孔子师生的视野之内。看到那几只野鸡自由自在，孔子才发出感叹，叹息人不如禽鸟。至于这里的"得时"是什么意思，难以确定。可能有两层，一是野鸡到繁殖季节，故开始求偶；一是野鸡在春夏之间是最幸福的季节，可以自由自在任性生活。用来反衬自己和弟子不能如意，到处奔波，辛苦劳碌。子路听完老师的赞叹，可能是向山梁上的野鸡拱拱手，表示对老师话的赞同，同时也表示对野鸡生活状态的羡慕与赞美。野鸡见子路冲着它们拱手，走几步，扇动几下翅膀就飞走了。孔子是即兴感叹，子路是个闲不住的人，最爱表态，于是最先做出反应。孔子随行人肯定不止子路一人。有的人解释"色斯举矣，翔而后集"两句，说什么孔子脸色一严肃，野鸡就飞起来了。孔子要像野鸡飞翔后看好地形再落下那样来寻找自己的职务，先翔而后集。感觉是痴人说梦，我绝对不信。后面的解释更离谱，说孔子感叹的"时哉"是说野鸡正是时鲜，正是最好吃的时候，子路听说，去捉来一只野鸡炖好，孔子闻了几下味道。真是有点亵渎孔子和其弟子。而且，这时候的野鸡岂能是子路说捉就能捉到的。野鸡一次就能飞几百米，连续飞行三次不会有任何问题。当年儿童时期随大人带着猎狗去打野鸡，几只猎狗狂奔追野鸡都追不上，子路怎么能捉住？如果捉住，也是病野鸡，感染禽流感了。因此我们解释古书一定要用生活常态去理解，不能云山雾罩。

·先进第十一·

【原疏】正义曰：前篇论夫子在乡党，圣人之行也。此篇论弟子贤人之行，圣贤相次，亦其宜也。

【魁按】本篇之主旨是讲述学习与社会实践的关系以及学习方法等问题，评说众多弟子学习情况、日常表现及各自应该注意的问题和努力的方向。

十一·一

子曰："先进于礼乐，野人也；后进于礼乐，君子也。如用之，则吾从先进。"

【翻译】

孔子说："先学习礼乐而后出仕做官的人，质朴；先出仕当官而后学习礼乐的人，文雅。如果选用人才的话，那么我选拔先学习礼乐质朴的人。"

【注释】

[先进] 包咸说："先进后进，谓仕先后辈。"意思对，但尚需说明，即省略了仕。实际等于说先学习礼乐后当官。 [后进] 先当官后学习礼乐。[用] 起用，重用。

【评析】

前人关于本章的解释颇多分歧。其实古今有许多相似之处，本章所表达的意思联系今天的情况最好说明。"先进于礼乐"就是先学习，先掌握知识然后去当官，这样的人由于先在学习阶段，比较简单质朴，故进入官场也会比较淳朴，因其受到的道德仁义的教育先入为主。而先进入官场的人再学习文化知识，就容易以官场潜规则来理解文化知识，故会更加世故。简言之，就是先拿文凭后当官者较多学生气，先当官再学文化镀金者则容易是官场老油条，会八面玲珑。因此孔子如此说。

十一·二

子曰："从我于陈、蔡者，皆不及门也。"

【翻译】

孔子说："当年随从我周游列国时困于陈、蔡之间的那些弟子，如今都不在我的家门了。"

【注释】

[及门] 古人注解多解释为"不及仕进之门"，与事实不符，也不符合孔子本意。这里是不在家门的意思。

【评析】

这是孔子晚年想念老学生的感叹，尤其是在最困难的时候始终跟随左右的弟子，孔子对他们的感情更深。关于孔子困于陈、蔡，《史记·孔子世家》有记载："孔子迁于蔡三岁，吴伐陈。楚救陈，军于城父。闻孔子在陈蔡之间，楚使人聘孔子。孔子将往拜礼，陈蔡大夫谋曰：'孔子贤者，所刺讥皆中诸侯之疾。今者久留陈蔡之间，诸大夫所设行皆非仲尼之意。今楚，大国也，来聘孔子。孔子用于楚，则陈蔡用事大夫危矣。'于是乃相与发徒役围孔子于野。不得行，绝粮。从者病，莫能兴。孔子讲诵弦歌不衰。子路愠见曰：'君子亦有穷乎？'孔子曰：'君子固穷，小人穷斯滥矣。'"当时相当困难，弟子们有的都饿得起不来了。就是在这种情况下，孔子先后找子路、子贡、颜回三大弟子谈话。共同患过难的师徒之间感情自然深厚。孔子说这话时一定在晚年，好像颜回和子路还没有死的时候。本章还可以推测，孔子家里肯定有一定房间的学生宿舍，否则那么多外地住宿的学生便没有住处。孔子所说的及门，即指住在他家的学生。

十一·三

"德行：颜渊，闵子骞，冉伯牛，仲弓。言语：宰我，子贡。政事：冉有、季路。文学：子游、子夏。"

【翻译】

孔子说："我的学生各有所长。德行方面：最优秀的是颜渊、闵子骞、冉伯牛和仲弓。言语方面：最优秀的是宰我和子贡。政事方面：最优秀的是冉有和季路。文学方面：最优秀的是子游和子夏。"

【注释】

[文学]指古代文献知识，包括学术和文学两个方面。六艺都包括在内。

【评析】

这段文字出于孔子之口无疑，故加引号。因为别人没有资格这样来评价孔子的学生，也不可能如此了解孔子的学生。

十一·四

子曰："回也非助我者也，于吾言无所不说。"

【翻译】

孔子说："颜回不是对我有帮助的人啊，对于我的话他没有不赞成的。"

【注释】

[回也]颜回。也，语气助词，无实义。

【评析】

朱熹认为，孔子这句话表面看是对颜回有点遗憾和失望，实际是深深地喜欢。朱熹也是教育家，当然理解孔子的心情，分析得比较中肯。但细味孔子语气，确实在深深喜欢中有少许遗憾，这就是颜回只是默默听，默默记忆，默默实践履行，但从不提问题，这样对于师生的学问增长都不利。

可以看出孔子虚怀若谷，希望学生精进的迫切心情。

十一·五

子曰："孝哉闵子骞！人不间于其父母昆弟之言。"

【翻译】

孔子说："真孝顺啊，闵子骞！人们对他父母兄弟赞美他的话都毫无怀疑和异议。"

【注释】

[间]本义是缝隙、空隙，引申为隔阂、嫌隙。

【评析】

据《艺文类聚·孝部》载：闵子骞兄弟二人，母亲早亡，父亲娶继室。继母又生二子，做棉衣时二前子很单薄，二生子很厚实。被闵子骞父亲发现，要休后妻，闵子骞哭着哀求："母在一子单，母去四子寒。"继母受感动而改过，家庭和睦。闵子骞是著名的孝子，本故事生动翔实，人情味足，很可信。孝道是儒家思想提倡的最根本的德行，是其他一切道德行为的感情基础，一个没有孝心的人很难去关心爱护其他人，如果没有孝心，其他一切仁爱都不可能。

十一·六

南容三复白圭，孔子以其兄之子妻之。

【翻译】

南容反复诵读"白圭之玷，尚可磨也，斯言之玷，不可为也"这几句诗，孔子就把哥哥的女儿许配给他。

【注释】

[三复] 多次反复。 [白圭]《诗经·大雅·抑》中的诗句。

【评析】

从本章可以看出孔子喜欢比较谨慎的人。这几句诗的大意是说，白圭这种宝玉如果被玷污了，还可以打磨光滑，使其清洁，但如果说错了话，就不可以挽回了。孔子听南容反复诵读这几句诗，便知道他对此有深刻体会，于是便把侄女许配给他。因为嫁给这样的人没有闪失。

十一·七

季康子问："弟子孰为好学？"孔子对曰："有颜回者好学，不幸短命死矣，今也则亡。"

【翻译】

季康子问孔子："你的弟子中谁最用功？"孔子说："有个叫颜回的学生最用功，不幸短命死了，如今没有这样用功的人了。"

【注释】

[季康子] 鲁国执政大臣，季桓子之子。

【评析】

孔子一生，在鲁国执政的首席大臣一直是季氏，但先后传四代人。孔子少年时期是季武子，青年时期是季平子，中年时期是季桓子，晚年则是季康子。季康子向孔子询问弟子情况，当然有起用的意思。本章只记载孔子盛赞颜回的语言，下面肯定还有对话。季康子的父亲季桓子执政时间长，孔子离开鲁国周游列国便是因为他接受齐国馈送的美女音乐等，他又多有违反礼制的行为。所以季桓子临死时嘱咐继承他位置的季康子，一定要迎接孔子回国并加以重用。

<h2 style="text-align:center">十一·八</h2>

颜渊死，颜路请子之车以为之椁。子曰："才不才，亦各言其子也。鲤也死，有棺而无椁。吾不徒行以为之椁。以吾从大夫之后，不可徒行也。"

【翻译】

颜回死了，颜回的父亲请求孔子卖掉自己的车为颜回买外棺。孔子说："不管有才能还是没有才能，也都各自是自己的儿子。我的儿子孔鲤死了，有内棺而没有外椁。我不能徒步行走而卖掉车给他买棺椁。我担任过下大夫的官职，是不可以没有车的。"

【注释】

[颜路] 颜回的父亲，也是孔子的学生，名无繇，字路。 [椁（guǒ）] 古代贵族死后都要有两层棺材，里面称棺，外面称椁，也称外棺。[从大夫] 下大夫。

【评析】

本章可以看出很多问题。一是颜回之死在孔子儿子孔鲤之后，据《孔子家语》载，孔子年十九，娶于宋之亓官氏之女，一岁而生伯鱼。伯鱼之生，鲁昭公使人遗之鲤鱼。夫子荣君之赐，因以名其子也。伯鱼年五十，先孔子死。孔子二十岁而生孔鲤，孔鲤五十岁死，孔子是六十九岁。颜回晚于孔鲤而死，一定在孔子七十岁之后。颜回三十二岁死，如果孔子七十一岁时颜回死，那么颜回则比孔子小四十岁。故《史记·仲尼弟子列传》中颜回比孔子小三十岁的说法就有问题了。否则，颜回死时就不是三十二岁。孔子因这件事曾受到强烈攻击，说他有架子，那么优秀的学生死了，连自己的车都舍不得，不能算好老师。儿子死舍不得车，不能算好父亲云云。其实这些批评不值得一驳。孔子很人性，他的朋友死了，当无人安葬时，他都能主动全部承担，怎么能对自己的儿子和最喜欢的学生吝啬？孔子本意是办什么事情都要量力而行，并且要节俭，穷则穷办，富则富办，不必强求。因此自己的儿子死可以没有外棺，颜回死也可以没有外棺，并不违背礼制，而且合乎人情。这才是圣人的本色。唯圣人、唯大英雄能够本色。

十一·九

颜渊死。子曰："噫！天丧予！天丧予！"

【翻译】

颜渊死了。孔子感伤地说："唉！老天爷是要我的命啊！老天爷是要我的命啊！"

【注释】

[天丧予] 直接翻译是上天让我死，故如此翻译。

【评析】

颜回是孔子最中意的学生，孔子对其寄予厚望，不料其英年早逝，故孔子如此伤心，其中也有传人已死，吾道难传的感伤。还可看出孔子是至情至性之人。同时，孔子曾经说过"仁者寿"的话，颜回是仁者，却短命早逝，故感受一定非常复杂。颜回也是被后世经常用来感慨命运无常的典型。

十一·一〇

颜渊死，子哭之恸。从者曰："子恸矣！"曰："有恸乎？非夫人之为恸而谁为？"

【翻译】

颜渊死了，孔子哭得特别伤心。跟随陪伴他的人说："先生太悲痛了！"孔子说："我真的那么悲痛吗？我不为这样的人悲痛而为谁悲痛呢？"

【注释】

[恸]悲痛，伤心至极貌。

【评析】

孔子非常伤心地痛哭颜回，感情真实而复杂。这里明确写到"哭"字，而且还有"恸"字，可见孔子的真实性情，而且实话实说，内心的真诚便是圣人的本色。孔子之可爱可敬正在此处。

十一·一一

颜渊死，门人欲厚葬之。子曰："不可。"
门人厚葬之。子曰："回也视予犹父也，予不得视犹子也。非我也，夫二三子也。"

【翻译】

颜渊死了，孔子的学生们想要隆重埋葬他，孔子说："不可以这样。"

学生们依然很隆重丰厚地为颜渊举办了丧事。孔子说："颜回啊！你对待我如同父亲，可是我却不能像对待儿子那样对待你啊！不是我要这样做的，是他们这些学生这样做的啊！"

【注释】

[门人]指弟子。[厚葬]指葬礼隆重丰厚。[犹父]好像父亲一样。[犹子]如同儿子，后来指侄子。[二三子]犹言诸君；几个人。

【评析】

根据这段文字，可以知道颜回肯定有椁，否则根本谈不上厚葬。孔子的态度和话很值得玩味，这里起码有几层意思：一是自己将颜回当儿子一样看待，而颜回也将自己看成父亲，亲密无间。二是自己并不主张厚葬颜回，因为根据颜回的经济条件、社会地位以及颜回的品德，不应当厚葬。但是孔子不能阻止自己的学生们这样做。因为孔子的儿子如何埋葬，孔子完全自己做主，不会有任何非议。但颜回是学生，毕竟不是父子，所以孔子不能阻止别人去这样做，因为那样容易被认为是吝啬而薄情。所以孔子很无奈，但还是将自己的感情和想法真实表现出来了。我想，以孔子的年龄和当时的社会地位，给儿子买个椁还是没有问题的，孔子思考的出发点主要就是根据礼制的要求，将个人感情与社会普遍原则区别开来。

十一·一二

季路问事鬼神。子曰："未能事人，焉能事鬼？"曰："敢问死。"曰："未知生，焉知死？"

【翻译】

子路向孔子请教关于鬼神的事。孔子说："不能侍奉人，怎能侍奉鬼？"

子路又问："请问死后之事。"孔子说："不懂得生的意义，又怎么会懂得死呢？"

【注释】

[敢问] 表敬副词，没有实际意义，有冒昧义。

【评析】

本章涉及儒学的根本问题，即关于鬼神世界的看法。而这一问题是所有哲学以及宗教都不能回避的问题，即鬼神到底有没有？如果有，又是什么形态？对于这一问题的回答与解释，是思想界、宗教界的原则分歧甚至是分水岭。从《论语》全书和孔子终生来看，孔子对于鬼神的态度非常谨慎，从他和子路的对话中，可以看出孔子并不排斥鬼神，没有否定鬼神的存在，但也看不出承认鬼神，而是采取"敬而远之"的审慎态度。既不否认，也不亲近，而把全部精力用在如何做好本生方面，因为做好本生才是最重要的。如果本生做好了，即使有鬼神，即使死后有来生，那么也不会有大的问题。如果本生做得不好，又怎么会得到好的来生呢？因此孔子的教育始终是如何做人，如何在今生无怨无悔，无羞无愧。孔子始终坚持一个世界，而对于彼岸世界存而不论，这是非常明智、非常理性的做法。

十一·一三

闵子侍侧，訚訚如也；子路，行行如也；冉有、子贡，侃侃如也。子乐。"若由者，不得其死然。"

【翻译】

闵子骞站在孔子身旁时，恭敬而温顺；子路站在孔子身旁时，刚强亢直；冉有、子贡站在孔子身旁时，言辞雄辩，滔滔不绝。孔子很高兴。

但又说道："像子路这样的话，恐怕不会寿终正寝。"

【注释】

[誾誾] 说话和悦而又能辩明是非之貌。 [行行] 刚强果断貌。 [侃侃] 和乐貌。 [得其死] 得到正常死亡。

【评析】

孔子看到四个学生在自己身边各自显示出本色的性格，都在茁壮成长，当然很快乐。但对于子路的过于刚正又表现出担忧，因此孔子总是批评子路的直率粗疏，要求他要运用智谋。后来子路果然死于非命，孔子对于学生非常理解而爱护。

十一·一四

鲁人为长府。闵子骞曰："仍旧贯，如之何？何必改作？"子曰："夫人不言，言必有中。"

【翻译】

鲁国翻修叫长府的金库。闵子骞说："继续用原来旧的府库不一样吗？为什么一定要改建新的呢？"孔子说："这个人不怎么讲话，只要一讲话就说到点子上。"

【注释】

[鲁人]鲁国人。当是决策的执政大臣。[长府]收藏保存财货武器的府库。[仍旧贯] 仍，仍然，延续。旧贯，原有一贯。延续原有的府库继续用下去。

【评析】

这是对于具体事情的评议，因为具体背景不清楚，因此我们无法进行评论。但根据孔子的一贯思想，是珍惜民力，节约财用，反对聚敛。可能是府库还可以继续使用，但当政者要改建，这样就会劳民伤财，因此孔子赞成闵子骞的说法。儒家思想中有一点很重要，即节俭爱民。

十一·一五

子曰："由之瑟，奚为于丘之门？"门人不敬子路。子曰："由也升堂矣，未入于室也。"

【翻译】

孔子说："仲由鼓瑟，为什么在我这里弹呢？"学生们不太尊敬子路。孔子又说："子路嘛，学问已经不错了，只不过是没有达到精深的程度罢了。"

【注释】

[瑟]古代乐器，古琴类。这里用如动词。 [奚为]何为，为什么。 [升堂]比喻。古代贵族宅院，进门后是庭院，然后登堂，内宅即居室在堂上后面。因此，进门、升堂、入室是前后三个不可超越的过程。入室层次最高。

【评析】

子路在孔子那里弹瑟，可能是演奏水平不够高，或者是演奏的曲调不符合孔子要求，因此孔子说了那句不太满意的话。其他学生听说后便有点瞧不起子路。孔子接着说了赞美的话，虽然没有记录说这句话后学生们的反应，但可以推测是恢复常态。其实，升堂的评价是很高的，入室者能有几人？老师的一句话，就会影响到学生的态度，也会影响到整个社会对一个人的态度，可见圣人的话语是多么重要。由此联系前面"唯仁者能好人，能恶人"，我们就会准确理解其内在含义了。孔子一生没有真正当权，因此后代称为"素王"。如果是真王，一句话可以使人飞黄腾达，可以使人得到提拔重用，"素王"虽没有如此权力，却可以对人下最后的评价，可以使人留下美名，也可以使人留下恶名。

十一·一六

子贡问："师与商也孰贤？"子曰："师也过，商也不及。"

曰："然则师愈与？"子曰："过犹不及。"

【翻译】

子贡问："颛孙师和卜商，谁更优秀一些？"孔子说："颛孙师有些过分，卜商有些不够。"

子贡问："这样的话，是颛孙师更优秀了？"孔子说："过分好像不够一样，都是问题。"

【注释】

[师] 颛孙师，就是子张，是孔子在社会实践方面能力很强的弟子，而且热心于从政。 [商] 就是子夏，名卜商。

【评析】

子张和子夏是孔子年轻弟子中从政热情最高的两个人，子贡以师兄的身份对他们俩进行比较，自己把握不准便请教老师。孔子的回答极其简明精练，子贡没有真正理解，认为应当是过更好一些。孔子回答"过犹不及"，意思是两者是一样的。这就是无论什么事情都有个度的问题，适度也就是中庸，这是孔子的大学问。子贡也是孔子得意和依赖的大弟子，而子张与子夏是孔门弟子中晚辈的佼佼者，子贡是关心同门师弟之成长才和老师如此谈论的。

<h1 style="text-align:center">十一·一七</h1>

季氏富于周公，而求也为之聚敛而附益之。子曰："非吾徒也。小子鸣鼓而攻之，可也。"

【翻译】

季氏比周公都富有，可是冉求还替他搜刮民脂民膏聚敛钱财增加财富。孔子非常生气，说："他不是我的弟子，你们可以大张旗鼓地反对攻击他嘛！"

【注释】

[周公] 说法不同，有的说就是周公，有的说是周公同时期的大臣。我认为是指鲁国国君，因其是周公之后，当然可以称周公。不能拿季氏之财富和西周开国时之周公比，因为没有可比性。 [聚敛] 通过行政手段急于敛取赋税。

【评析】

本章是有具体背景的。事实可参阅《左传》哀公十一年、十二年之文。当时季氏即季康子执政，季康子要推行"田赋"制度，即按照田地面积缴纳赋税。当时孔子弟子冉有在季康子处当高级幕僚，季康子让他去征求孔子意见，孔子明确反对，对冉有说："君子之行也，度于礼。施取其厚，事举其中，敛从其薄。如是则丘亦足矣。"反对加重赋税、推行新的赋税制度。冉有可能无法左右季氏，此项制度还是推广开来。因此孔子大为恼火，号召学生们共同反对这种措施。孔子如此动怒，很少见，而且是晚年，看来孔子坚决反对聚敛，反对贫富差距太大，这是儒家思想很重要的内容，即要保持社会财富的大体均衡，要仁政爱民，不能出现严重的贫富悬殊和两极分化。还应当体会，孔子要求弟子"鸣鼓而攻之"，是为阻止季氏的聚敛，而不是针对冉有，这样或许能够减轻冉有的一些压力和责任。

十一·一八

"柴也愚，参也鲁，师也辟，由也喭。"

子曰："回也其庶乎，屡空。赐不受命，而货殖焉，亿则屡中。"

【翻译】

高柴有点愚笨，曾参有点迟钝，颛孙师有点偏激，子路有点鲁莽。

孔子说："只有颜回差不多接近仁道，可又经常很穷很穷。子贡有点不信天命，大做买卖，但屡次都被他臆测得很准确。"

【注释】

[柴]孔子弟子高柴，字子羔。 [鲁]迟钝，笨拙。 [辟]偏僻，偏激。[喭]鲁莽，粗俗。 [庶几]差不多。 [屡空]经常穷得一无所有。 [不受命]不接受天命，主动积极的生活态度。 [货殖]经商营利。 [亿]通"臆"，臆测。

【评析】

前面这句话大概只有孔子有资格说，是对他四个大弟子的评价，而且都指出其性格和天分上的弱点，其他人谁有这个胆识和资格？因此我将这句话加上引号，确定其为孔子所说。后面对于颜回和子贡的评价生动有味。颜回最听话，也最接近孔子的要求，但就是贫穷，后来还短命。子贡比较灵活，他就不信一切都由天命，因而主动改变自己的命运，去做买卖。"货

"殖"是囤积货物使之增值，有点类似现代期货贸易的性质，可见子贡确实是个了不起的人才。还应注意，孔子这里并没有反对批评子贡的意思。后世学者有的说是表扬颜回委婉批评子贡，有点胶柱鼓瑟。其实孔子就是客观评价自己的几个弟子各自的特点。

十一·一九

子张问善人之道。子曰："不践迹，亦不入于室。"子曰："论笃是与？君子者乎？色庄者乎？"

【翻译】

子张问怎样才能引导人向善。孔子说："不踩着脚印走，也不能进入室内。"孔子说："说话无可挑剔的人可以算是善人吧？君子算是善人吧？表情庄重、态度严谨算是善人吧？"

【注释】

[善人]引导人向善。善，动词。 [践迹]踩着脚印。践，踩。迹，足迹。[论笃]言论诚实可信。 [色庄]表情严肃端庄，态度严谨。

【评析】

本章注解分歧较大，孔安国说比较可信："言善人不但循追旧迹而已，亦少能创业，亦不入于圣人之奥室。"意谓如果不追寻前代圣贤的足迹，也不能开创事业，也不能到达很高境界。子张是很注重理论联系实际的人，他请教老师怎样才能引导他人向善。实际这涉及继承与革新的关系问题。"践迹"就是继承前代历史留下来的文化遗产、典章制度。其实就是从具体的礼乐制度入手来引导人、教育人，这样才可以进入更高的层次。后面是对于善人具体表现三个方面的评价，任何道德都是抽象的，一定要在实际生活态度以及言行方面表现出来，因此只能根据这些言行来评价判断是否是善人。这些都有实用理性的特点。

十一·二〇

子路问：“闻斯行诸？”子曰：“有父兄在，如之何其闻斯行之？”

冉有问：“闻斯行诸？”子曰：“闻斯行之。”

公西华曰：“由也问闻斯行诸，子曰‘有父兄在’；求也问闻斯行诸，子曰‘闻斯行之’。赤也惑，敢问。”子曰：“求也退，故进之；由也兼人，故退之。”

【翻译】

子路问：“知道应当做的事就去做吗？”孔子说：“有父亲和哥哥在，怎么可以知道应当做的就马上去做呢？”

冉有问：“知道应当做的就去做吗？”孔子说：“对，知道应当做的马上就要去做。”

公西华说：“老师，仲由问您知道应当做的事就去做吗，您说‘有父亲和哥哥在’；冉求问您知道应当做的事就去做吗，您说‘知道应当做的马上就要去做’。我糊涂了，大胆问您到底该怎么做。”孔子说：“冉求性格怯懦，所以鼓励他要敢于做事；仲由太敢作敢为了，他的胆子有两个人的大，所以我要抑制一下他。”

【注释】

[闻斯行诸] 包咸说：“赈穷救乏之事。”可能不这么具体，而是指符合“义”之事。诸，之乎的合音。[惑] 疑惑，糊涂。[进之] 鼓励他再敢于作为一些。[兼人] 勇于作为，比常人勇敢。

【评析】

这是孔子因材施教最精彩最生动最典型的例证。同样的问题针对不同性格的学生给予完全相反的回答。子路在孔子弟子中最勇敢、坦率、鲁莽、刚直，孔子几乎经常抑制批评他，实际是对他最大的关怀和爱护。而冉求则缺乏勇气和刚性，这在有关季氏的三件事上就可以看出来，因此孔子鼓励他。这种对于不同个性心理进行有针对性发掘和实现的方式，是孔子教育思想的一大特色，具有深远和普遍的意义，对于现代教育也有很大的启发和指导作用。通观《论语》，这种特色随处可见。这可以体现出教育的实用性、特殊性与功能性，属于实用理性范畴。

<h2 style="text-align:center">十一·二一</h2>

子畏于匡，颜渊后。子曰："吾以女为死矣。"曰："子在，回何敢死？"

【翻译】

孔子在匡遭受围困被解救出来，颜渊最后到来。孔子说："我以为你死了呢。"颜渊说："老师还在，我怎么敢死呢？"

【注释】

[子畏于匡] 指孔子在匡地被围困，很危险。

【评析】

这是在刚刚脱险后师生的对话，可以看出其关系的亲密无间和相互关怀挂念。其实，孔子的话有些突兀，恰恰表现出对颜渊的关心，可能是在混乱中脱险，别的弟子陆续到来而颜渊最后才来，孔子极其焦急才说此话，正体现其忧心如焚的情态。如果不是关系特别密切，便令人不舒服。而颜渊的话也是在这种特殊情况下才好理解，否则成什么话了，好像老师一定要先死似的。其实是说我们一定要保护老师，怎么敢先死了呢。当我们设身处地想象一下当时的情景，便可以体会师生间的亲密无间了。

十一·二二

季子然问："仲由、冉求可谓大臣与？"子曰："吾以子为异之问，曾由与求之问。所谓大臣者，以道事君，不可则止。今由与求也，可谓具臣矣！"

曰："然则从之者与？"子曰："弑父与君，亦不从也。"

【翻译】

季子然问："子路、冉有可以算是大臣吗？"孔子说："我以为你问别的什么事呢，原来是问子路、冉有啊！所谓的大臣，要依照道义来侍奉国君，如果道义行不通，就辞职不干。如今子路和冉有，可以算是具臣了。"

季子然又问："那么，他们会顺从上司吗？"孔子说："如果干杀父亲杀君主的大逆之事，也不会顺从。"

【注释】

[季子然] 孔安国说："子然，季氏子弟，自多得此二子，故问之。"有道理。此人当是季氏家族中有地位的人。[大臣] 执掌大权并坚持原则的重要臣子。[具臣] 孔安国说："言备臣数而已。"指可以算普通臣子而已。

【评析】

从对话语气看，当是季子然先跟孔子打过招呼，说有大事请教，孔子才接见他，因此才会那么回答。季子然的身份很重要，肯定是季氏家族中的重要人物。冉有和子路都在季氏家当家臣，当是季桓子时期。因为季桓子死后，子路在卫国出仕，后来死在卫国。可能是当时子路、冉有在季氏家当家臣，季氏向孔子来问这两个人，也有炫耀自矜的成分，因此孔子才用不以为然的话来回答。不是有意贬低自己弟子，而是针对对方的态度。后面的问答最能说明问题，孔子明确告诉对方，自己的弟子虽然可能做不到"以道事君，不可则止"，但大逆不道的事情是不会顺从上级长官的。这句话肯定有现实针对性。季氏曾经要伐颛臾，要封泰山，并且要改变赋税法以聚敛，做这三件事时冉有都在季氏家当臣子，而且地位很重要。季氏的这三件事都是违背礼制的，孔子都坚决反对。因此孔子会说最后那句话。孔子的意思是说子路和冉有不过具有普通臣子的资格和水平，不够做大臣，如果是大臣，当君主或上级的主张不符合道义时，便辞职不干，不能助纣为虐，担负恶名。孔子关心弟子的前途，更关心他们的政治表现。

十一·二三

子路使子羔为费宰。子曰："贼夫人之子。"

子路曰："有民人焉，有社稷焉，何必读书，然后为学？"

子曰："是故恶夫佞者。"

【翻译】

子路让子羔去费邑当行政长官。孔子说："你这是害了人家孩子啊。"

子路辩白说："那里有老百姓，有土地庄稼，何必一定要读书才叫学习呢？"

孔子说："所以我讨厌那种巧嘴利舌狡辩的人。"

【注释】

[费宰] 季氏采邑费地的长官。 [贼] 害，伤害。 [社稷] 是祭祀天地的处所，春秋时指土地和五谷，汉代以后专指天坛地坛，代表国家政权。

【评析】

孔子历来主张学习后出仕，最起码应当学习完基础课再出去当官。而子路让没有学成的子羔去当地方长官，遭到孔子的严厉批评。这体现孔子的一贯思想——先学习后做官。"学而优则仕"，学习后有富裕时间再从容当官，反对先当官后学习，因为当官涉及国家和百姓利益，是头等大事。如果让没有知识没有水平的人当官，实际是拿国家和百姓的利益开玩笑。这一点永远是正确的，一个社会，干部的素质是关键因素。

十一·二四

子路、曾晳、冉有、公西华侍坐。

子曰："以吾一日长乎尔，毋吾以也。居则曰：'不吾知也！'如或知尔，则何以哉？"

子路率尔而对曰："千乘之国，摄乎大国之间，加之以师旅，因之以饥馑，由也为之，比及三年，可使有勇，且知方也。"

夫子哂之。

"求！尔何如？"

对曰："方六七十，如五六十，求也为之，比及三年，可使足民。如其礼乐，以俟君子。"

"赤！尔何如？"

对曰："非曰能之，愿学焉。宗庙之事，如会同，端章甫，愿为小相焉。"

"点！尔何如？"

鼓瑟希，铿尔，舍瑟而作。对曰："异乎三子者之撰。"

子曰："何伤乎？亦各言其志也。"

曰："莫春者，春服既成，冠者五六人，童子六七人，浴乎沂，风乎舞雩，咏而归。"

夫子喟然叹曰："吾与点也。"

三子者出，曾皙后。曾皙曰："夫三子者之言何如？"

子曰："亦各言其志也已矣。"

曰："夫子何哂由也？"

曰："为国以礼，其言不让，是故哂之。唯求则非邦也与？安见方六七十如五六十而非邦也者？唯赤则非邦也与？宗庙会同，非诸侯而何？赤也为之小，孰能为之大？"

【翻译】

子路、曾皙、冉有、公西华陪孔子坐着。

孔子说："我不过比你们大几岁，不要顾虑我是老师就拘束。平日你们总说：'没有人了解我啊！'如果有人了解你而起用你，你们都能干些什么呢？"

子路不假思索，马上就说："拥有一千辆战车的中等国家，处在大国威胁的夹缝之间，再加上战争，接着又发生自然灾害，如果我去治理，等到三年，就可以使百姓们勇敢，而且知道礼义。"

孔子微微一笑。

又问："冉求！你怎么样？"

冉求回答道："方圆六七十里，或者五六十里的地方，如果我去治理的话，等到三年，可以使百姓丰衣足食，如果说礼乐道德建设，只有等待水平更高的君子了。"

孔子又问："公西华，你的志向呢？"

公西华回答说："不敢说能够干什么，但愿意学习。如果举行祭祀活动或者同诸侯国会盟，我愿意穿着礼服，戴着礼帽，当个小小的司仪。"

孔子又问："曾点，你怎么样？"

瑟的声音稀疏下来，"铿"的一声，曾皙把瑟放下站立起来，回答说："我的想法不同于他们三个人所讲的。"

孔子说："那有什么妨碍呢？也就是各自谈谈自己的志向罢了。"

曾皙说："暮春时节，已经换成春天的衣服，和五六个成年人、六七个儿童，在沂水里洗洗澡，然后登上舞雩吹吹风，唱着歌就回来了。"

孔子长叹一声道："我赞成曾点的志向啊！"

子路、冉有、公西华三人出去了，曾皙留在最后。曾皙问："他们三个人讲的怎么样？"

孔子说："只不过是各自谈谈自己的志向罢了。"

曾皙问："老师为什么笑子路呢？"

孔子说："治理国家要用礼义，子路的话太不谦虚了，因此笑笑。难道冉求就不是治理国家吗？怎么能说方圆六七十里或者五六十里就不是国家呢？难道公西华就不是治理国家吗？祭祀宗庙，会盟诸侯，不是诸侯的事是什么？公西华如果只能当小司仪，那么谁能当大司仪呢？"

【注释】

[曾皙]名点，曾参的父亲，也是孔子弟子。[侍坐]陪伴老师坐着。[居]平常、日常。[率尔]轻率、急遽貌。[摄]处在包夹之中。[师旅]军队，这里指打仗。[知方]明白礼义道理。[哂（shěn）]微笑。[俟]等待。[宗庙之事]指祭祀。诸侯君主在宗庙进行祭祀活动。[会同]诸侯会盟之事。[端章甫]穿上礼服戴上礼帽。端，玄端，一种礼服。章甫，一种礼帽。这里都是动词。[相]祭祀、会盟等仪式中的赞礼、司仪之职。[铿（kēng）]象声词，曾皙把瑟放下发出的声音。[舍瑟而作]放下瑟而站起来。[撰]述，表述的意见。[莫春]暮春。莫，"暮"的本字。[春服]春天的衣服。古代冬天穿棉衣，春天时将棉衣中的丝绵抽出，便成为里外两层的夹袄，是春天服装。[冠者]成年男子。古代男子到二十岁算是成年，在家族里举行加冠典礼，表示成人。[沂]水名，在山东曲阜城南。[舞雩（yú）]鲁国祭天求雨的场所。[吾与点]我赞同曾点。与，赞同，赞成。[不让]不谦让，不谦虚。

【评析】

这是非常精彩的记事文学，可能是刚刚结束一天的课程，清静无事，四名学生陪孔子坐着。孔子便启发学生畅所欲言谈自己的理想和志向。于是四个学生依次发言，每个人的语气和语言都各具特色，表现出其性格特点。子路坦率而有大志，毫无保留把自己的理想全部表达出来。而冉有则稍微有点谦虚了，但也表现出想干一番政绩。公西华则更谨慎谦虚，话说得非常得体，有点像外交辞令。曾皙则一边鼓瑟一边听师生对话，不想发言，老师点名才不得不发表见解。可能没有想到老师那么快就点自己的名，因此一愣神，放瑟都出了声音。在老师启发下才说出自己最向往的生活。孔子立即表态，赞成曾皙的意见。这引起后世学者的很大兴趣，曾皙的理想到底是什么？孔子对四个学生的话到底是什么意见？他为何赞成曾皙？其实就是师生谈论各自理想和志向而已，没有什么微言大义和深刻的思想。宋明理学家大讲孔子准宗教的精神，说曾皙的话"直与天地万物上下同流"，清代张履祥将四个学生的发言整理出次序来，简直就是由乱世到治世的过程。他说："四子侍坐，固各言其志，然于治道亦有次第，祸乱勘定，而后可施政教。初时师旅饥馑，子路之使有勇知方，所以勘定祸乱也。乱之既定，则宜阜俗，冉有之足民，所以阜俗也。俗之既阜，则宜继以教化，子华之宗庙会同，所以化民成俗也。化行俗美，民生和乐，熙熙然游于唐虞三代之世矣，曾皙之春风沂水，有其象矣。夫子志乎三代之矣，能不喟然兴叹？"虽然牵强附会，但很有意思。其实，孔子两次强调就是普通谈话，各抒己见而已。孔子的话表现出他对于天下世道的灰心，因此向往隐居清静的生活。这种想法是可以理解的，孔子不时流露出这种情绪。但他为天下开太平而始终没有隐居退缩，明知不可为而为之，正是这点才最可敬仰，才获得永远的生命。

·颜渊第十二·

【原疏】正义曰：此篇论仁政明达，君臣父子，辨惑折狱，君子文为，皆圣贤之格言，仕进之阶路，故次先进也。

【魁按】本篇主旨是回答弟子多方面的问题，而核心还是如何算是仁，如何做可以达到仁之道德的问题。其中关于如何执政、如何交友等问题均围绕"仁"这一话题展开。

十二·一

颜渊问仁。子曰："克己复礼为仁。一日克己复礼，天下归仁焉。为仁由己，而由人乎哉？"

颜渊曰："请问其目。"子曰："非礼勿视，非礼勿听，非礼勿言，非礼勿动。"

颜渊曰："回虽不敏，请事诸语矣。"

【翻译】

颜回问孔子怎样才算是仁德。孔子说："约束自己的行为以符合礼制就是仁德。如果有一天人们都能自觉克制自己而符合礼制，那么整个天下就都归向于仁德了。坚守仁道全凭自己，难道还要通过别人吗？"

颜回道："请问更具体的条目和途径。"孔子说："不符合礼制的事不看，不符合礼制的言论不听，不符合礼制的话不说，不符合礼制的事不做。"

颜回说："我虽然不聪明敏捷，但请允许我按照这些话去做。"

【注释】

[克己复礼]《左传·昭公十二年》说："仲尼曰：'古也有志，克己复礼，仁也。'"可知克己复礼是孔子借用前人的话。[归仁]归向于仁义道德。[目]具体内容之意。前面的说法太笼统，属于大纲。[不敏]谦词，不聪明敏捷。 [事]具体去做。

【评析】

本章是孔子学说的核心内容之一。关键是对于"克己复礼为仁"的理解。礼是前代遗留下来的典章制度，是一种等级制度下建立的社会秩序对于各阶层人的行为规范，是外在的制度，属于社会性公共道德，而仁是人个体本身的道德心理，属于私德。因此可以这样理解：孔子反复强调的礼，实际有很大的法纪成分，礼对于全社会成员的行为都有要求和规范，是保证社会秩序和谐，保证社会能够良性运转与发展的前提，因此孔子反复强调礼。孔子追求的社会理想便是恢复礼制，天下太平。而要做到这点，就需要每一个社会成员自觉遵守礼制，先从自己做起，先从有文化的社会精英做起，能否自觉遵守礼制则不是礼制的问题，而是社会成员内心感情与追求的问题。于是孔子便提出能够自觉遵守社会公德之礼制就是仁。当颜回再问细目时，孔子再次用现实行为来解释仁的具体含义，实际便是具体说明如何"克己复礼"。如果我们用历史的发展的观点来看问题和分析问题，那么孔子在这里提出的要求并不算太高，可以说就是要求学生们不要违法乱纪，当时的违礼与现在的违法接近。用自觉的意识去遵守最起码的公德，然后施加影响，使全社会恢复到西周时期井然有序的秩序上去，这便是孔子学说的主要内容之一。另一方面，我们也要看到，在当时礼崩乐坏的社会环境下，真正做到这一点并不容易，因此孔子才反复强调。

十二·二

仲弓问仁。子曰："出门如见大宾，使民如承大祭。己所不欲，勿施于人。在邦无怨，在家无怨。"

仲弓曰："雍虽不敏，请事斯语矣。"

【翻译】

仲弓请教孔子什么是仁。孔子说："出门工作时就好像会见重要宾客那样严肃，治理百姓就好像承担重大祭奠那样谨慎。自己所不愿意要的，就不要加给别人。在工作单位中没有仇怨，在家族生活中没有仇怨。"

仲弓说："我虽然不聪明敏捷，但愿意按照这些话去做。"

【注释】

[大宾]高级宾客。[大祭]重要的祭祀。[邦]指公共场合,如今日之单位。[家]家族内部。

【评析】

仲弓向老师请教怎样做才算仁,孔子这样回答。完全是从现实生活的具体情境出发,而不是空谈道理。孔子"仁"的观念内涵很丰富,这里的实际精神主要是加强自我修养,谨慎处世,恭敬严谨,在社会上遵守社会公德,以仁爱之心待人。在家族中孝悌谨行,自然会得到人们的尊重。尤其是"己所不欲,勿施于人"实在是做人做事的重要原则,充满人性的光辉。既好理解,也可以做到,体现了人与人之间相互尊重的和谐美好的人际关系。《左传·僖公三十三年》记载晋国大臣郤缺说:"敬,德之聚也。能敬必有德。德以治民,君请用之。臣闻之:'出门如宾,承事如祭,仁之则也。'"郤缺当时引用的也是古语,可见孔子灵活运用古代成语的能力。

十二·三

司马牛问仁。子曰:"仁者,其言也讱。"

曰:"其言也讱,斯谓之仁已乎?"子曰:"为之难,言之得无讱乎?"

【翻译】

司马牛问关于仁的问题。孔子说:"一个有仁德的人,他讲话缓慢而谨慎。"

司马牛不解地问:"说话缓慢慎重,这样就叫作仁啊?"孔子说:"做起来很难,说话能不缓慢慎重吗?"

【注释】

[司马牛]孔子弟子,名司马耕,字子牛。[讱(rèn)]语言迟缓,好像很难出口。

【评析】

这又是一个因材施教的典型事例。据《史记·仲尼弟子列传》,司马牛"多言而躁",因此孔子这样回答他关于仁的问题。其实孔子是让他尽量慎言谨行,是根据学生实际性格特点进行有针对性的教育。意思是说:你克服急躁多话的毛病就接近仁了。就连司马牛自己都不理解,可能需要回去体会。如果他克服了这个毛病,孔子可能对他提出更高的要求。人就要在不断克服自己缺点的过程中进步,老师和家长也应当根据学生具体情况进行有针对性的教育。另外,慎言也确实是非常重要的人生修养。"祸从口出",的确是人生经验。

十二·四

司马牛问君子。子曰:"君子不忧不惧。"

曰:"不忧不惧,斯谓之君子已乎?"子曰:"内省不疚,夫何忧何惧?"

【翻译】

司马牛问怎样才算君子。孔子说:"君子不忧愁,不恐惧。"

司马牛问:"不忧愁、不恐惧就可以算是君子吗?"孔子说:"反省自己的行为,没有任何愧疚,还会有什么忧愁,有什么恐惧呢?"

【注释】

[内省]内心反省自己。

【评析】

孔安国说："牛兄桓魋将为乱，牛自宋来学，常忧惧，故孔子解之。"可知这次对话有特殊背景。司马牛的哥哥是宋国大臣，想要叛乱，就是曾经要杀害孔子并拔去大树的那位。司马牛从宋国来到曲阜入孔门求学，经常处在忧愁和恐惧中，因此孔子才这样开导他，使他从忧惧中解脱出来。古代法律严酷，有株连，对于叛乱者往往灭门，这是司马牛忧惧的原因。孔子劝导他只要自己没有错误，没有罪过，就不必忧惧。因为个体生命的死亡虽然无定，却是必然的，如问心无愧，就没有内疚感。自己在道德上没有亏阙，不欠他人，更不欠社会，当然就可以心安理得。每个人只能负责自己的行为，内省无罪当然无需忧愁恐惧，这本身就是带有一定的宗教性质的人生境界与人性追求。

十二·五

司马牛忧曰："人皆有兄弟，我独亡。"子夏曰："商闻之矣：死生有命，富贵在天。君子敬而无失，与人恭而有礼。四海之内，皆兄弟也。君子何患乎无兄弟也？"

【翻译】

司马牛忧伤地说："别人都有兄弟，唯独我没有。"子夏说："卜商我听说了：死生由于命运，富贵在天安排。君子对待工作严谨恭敬而没有缺失，对待他人敬爱而有礼貌，全天下人到处都是兄弟，君子又何必忧愁没有兄弟呢？"

【注释】

[四海之内] 指全天下。中国古人认为，以中原为中心的华夏民族是中国，围绕中国的是九夷，属于蛮荒地区，周围四面都是大海，天下就在大

海之间。

【评析】

对司马牛的身份有不同看法，杨伯峻先生认为此司马牛与宋大司马桓魋的兄弟司马牛不是一个人。但从司马牛二问以及孔子的回答来看，孔安国的说法可能有根据。否则司马牛忧惧什么呢？对于司马牛的身份我们姑且相信孔安国的说法，即桓魋的兄弟。他的感慨很深刻，明明自己有兄弟，但兄弟都要叛乱，均非仁义之人，故有如没有。子夏当然了解他的身世，于是才对他进行规劝。从子夏劝慰之词也可以体会出司马牛是桓魋的兄弟，而且面临一定的危险，否则子夏不会用"死生有命"来安慰他，因为有没有兄弟与死生没有什么关系。但因为有桓魋那样的哥哥自然与生死有关系了。

"死生有命，富贵在天"虽然出自子夏之口，也可以代表儒家思想。关于人之生命长短以及运势是人类历史上一直无法逃避而必须面对的问题，因为实在神秘而无法把握，所以孔子一直不正面谈论回答这个问题。命运无法预知与把握，完全是偶然性状态，因此不必去思考它。而人通过自己的努力可以改变现实生活处境，这是可以检验、可以预知的，付出努力就会有收获，这是必然的，因此儒家强调自强不息，强调以天下为己任。既承认命运又不消极对待而尽人主观的努力，这便是儒家思想关于命运的处理方式。"四海之内皆兄弟"成为后世经常运用的成语，充满友爱精神，给人以温馨的感觉。

十二·六

子张问明。子曰："浸润之谮，肤受之愬，不行焉，可谓明也已矣。浸润之谮，肤受之愬，不行焉，可谓远也已矣。"

【翻译】

子张请教怎样算是见识精明。孔子说："一点一点渗透而深入骨髓的谗言，切肤之痛的诬告，在你这里都行不通，就可以说非常明智了。一点一点渗透而深入骨髓的谗言，切肤之痛的诬告，在你这里都行不通，就可以说见识非常深远了。"

【注释】

[明] 这里指看人明白，看事明白。 [浸润] 逐渐渗透。引申为积久而发生作用。 [谮（zèn）] 谗毁。 [肤受] 利害切身，颜师古注《汉书》曰："肤受，谓初入皮肤至骨髓，言其深也。" [不行] 行不通，指不听不信。

【评析】

子张热衷于政事，想从政干番事业，因此向老师请教怎样看人和看事，孔子回答就是要真正了解事情真相，了解人之内在品质，这是很难的境界。其实我们看看历史，能有几人不被谗言欺骗？这当然是针对国君或部门领导人说的，但在现实生活中却有广泛而普遍的意义。父母对于子女，老师对于学生，上级对于下级普遍存在这样的智慧需求，不要被巧言令色所蒙蔽，不要被巧舌如簧所打动，确实需要很高的修养和品格。

十二·七

子贡问政。子曰："足食，足兵，民信之矣。"

子贡曰："必不得已而去，于斯三者何先？"曰："去兵。"

子贡曰："必不得已而去，于斯二者何先？"曰："去食。自古皆有死，民无信不立。"

【翻译】

子贡请教应该怎样从政。孔子说："要使粮食充足，军队充足，取得人民信任。"

子贡问："如果不能保全，必不得已而去掉一个方面的话，这三方面先去掉哪个呢？"孔子说："去掉军队。"

子贡又问："如果必不得已还要去掉一个的话，这两个方面先去掉哪个呢？"孔子说："去掉粮食储备。自从古代以来，人都要死亡，但如果得不到人民的信任，国家就不能立足。"

【注释】

[政] 指国家政治。 [兵] 军队。

【评析】

子贡向孔子请教如何治理国家，孔子的回答非常值得深思。"自古皆有死，民无信不立"已成名言警句，可见儒家把诚信放在最高位置。其实，人民对于国家的信任是最宝贵的。中国在二十世纪五十年代末至六十年代初，出现严重的粮食饥荒，人民忍受着难以想象的饥饿，但依然热爱国家，热爱领袖，就非常说明问题。现在六十岁以上的人都经历过"三年困难时期"，那时的社会治安依然那么好，人民的精神面貌也可以，实在难以想象。

十二·八

棘子成曰："君子质而已矣，何以文为？"子贡曰："惜乎！夫子之说君子也！驷不及舌。文犹质也，质犹文也。虎豹之鞟犹犬羊之鞟。"

【翻译】

棘子成对子贡说："君子只要质朴就可以了，何必要那些礼仪文采呢？"子贡说："可惜啊，您老先生评说君子的话错了！一言既出驷马难追。如果文采就是质朴，质朴就是文采，那么，老虎和豹子的皮便等同于狗和羊的皮了。"

【注释】

[棘子成] 卫国大夫。古代大夫均可称为夫子。可能此人年长。[说君子] 评说或解释君子。[驷不及舌] 四匹马拉的车速度再快也追不上说出去的话。驷，四匹马拉的车。舌，口舌，指说的话。成语"一言既出，驷马难追"出于此。[鞟（kuò）] 去掉毛的皮革。

【评析】

这是很难解释但很有意思的一章，涉及内容与形式的关系问题。棘子成可能是对于孔子师生举行礼仪活动有看法，因此才说那样的话。子贡的反驳很有力。最后的比喻生动而精彩。鞟是去掉毛后的皮板，这样虎豹的皮和狗羊的皮便没有什么区别。正是毛色文采斑斓才显示出虎豹的高贵，如果将毛色都去掉，只剩下皮板，质朴是质朴了，但绝对不美丽了。因此外在的文采和内在的本质都是需要的。礼仪的外在形式，一切文艺作品的外在形式同样重要，离开了形式的内容是不存在的，形式对于内容也有重要影响。这便是文与质的辩证关系。礼是通过具体的生动丰富的仪式表现出来的，没有仪式也就没有了礼。礼不等于仪式，但必须通过仪式来表现。

十二·九

哀公问于有若曰："年饥，用不足，如之何？"

有若对曰："盍彻乎？"

曰："二，吾犹不足，如之何其彻也？"

对曰："百姓足，君孰与不足？百姓不足，君孰与足？"

【翻译】

鲁哀公问有子说："年成不好，费用不充足，该怎么办？"

有若回答说："何不采用通常的十分之一的税率呢？"

鲁哀公说："税率十分之二，我还不充足呢，怎么能实行十分之一的税率呢？"

有若回答道："如果百姓充足，您怎么会不充足？如果百姓不充足，您怎么会充足？"

【注释】

[年饥]指年成发生饥荒。粮食不成熟曰"饥"，这里泛指收成不好。[盍]何不的合音。[彻]全面，这里是通行的意思。当时天下通行的税率为十分之一。[孰与]如何，怎么。

【评析】

本章体现有子规劝国君轻赋税，体现了君民一体的思想，与孔子的一贯思想是一致的。可能是孔子死后，哀公向有子询问如何解决费用紧张的问题，有子做了这样的回答。朱熹疏曰："民富，则君不至独贫。民贫，则君不能独富。有若深言君民一体之意，以止公之厚敛，为人上者，所宜深念也。"很准确。

<h2 style="text-align:center">十二·一〇</h2>

子张问崇德辨惑。子曰："主忠信，徙义，崇德也。爱之欲其生，恶之欲其死。既欲其生，又欲其死，是惑也。'诚不以富，亦祇以异。'"

【翻译】

子张问如何提高道德与如何辨别疑惑。孔子说："以忠诚信任为主，遵从道义，这就是崇尚道德。喜欢一个人时就希望他长寿，怨恨一个人时就希望他快死。既希望他长寿，又希望他快死，这就是疑惑糊涂。《诗经》说：'这样做真的不能得到什么，只能让人家感觉怪异罢了。'"

【注释】

[崇德辨惑] 崇，高。崇德，提高道德水平。辨，辨别。[徙义] 包咸说："徙义，见义则徙意而从之。"看见正义合理的事就改变自己原来的想法而遵从。[诚不以富，亦袛以异]《诗经·小雅·我行其野》中的诗句，是出外经商之人的话，大意说我此行实在不可以致富，只是用来追求一些新鲜罢了。

【评析】

子张请教的问题都很现实，而且往往与政治有关。崇德包括提高自己私德与社会性公德，孔子的回答其实就是两个字，"信"与"义"，无论是自己修养还是用来指导社会，都非常精练准确。至于辨惑，关键点是要冷静分析不要感情用事，"爱之欲其生，恶之欲其死"是指对同一个人的态度，改变得如此之大，那就是感情用事的缘故。如果感情用事，便不能提高自己的道德水平和认识能力，只能让别人对你产生陌生感。冷静客观对待人与事，就不会有什么疑惑了。最后两句诗的引用并不难理解，前人多认为错简，恐怕未必。孔子对于"诗三百"极其熟悉，这里与前面的话题也有内在联系，故如此讲解。

十二·一一

齐景公问政于孔子。孔子对曰："君君，臣臣，父父，子子。"公曰："善哉！信如君不君，臣不臣，父不父，子不子，虽有粟，吾得而食诸？"

【翻译】

齐景公向孔子询问如何处理国家政治。孔子回答说："国君要履行国君的职责，大臣要守大臣的本分。当父亲的要像个父亲，当儿子的要像儿子。"齐景公开心地说："说得真好啊！确实这样，如果国君不像国君，臣子不像臣子，父亲不像父亲，儿子不像儿子，虽然有粮食，我能够吃得着吗？"

【注释】

[齐景公] 名杵臼，庄公异母弟。 [食诸] 食之乎。诸，之乎的合音。

【评析】

《论语》中孔子说的话多数有现实针对性，因此了解背景是真正理解原意的关键。齐景公后期，权臣当政，有大权旁落的迹象。孔安国说："当此之时，陈恒制齐，君不君，臣不臣，父不父，子不子，故以对。"所以当齐景公问如何执政时，孔子这样回答。

十二·一二

子曰："片言可以折狱者，其由也与？"子路无宿诺。

【翻译】

孔子说："一两句话就可以判决一场官司，可能只有子路吧？"子路从来不轻易答应，答应的事立即就办，没有拖到第二天的时候。

【注释】

[片言] 有两说，一说是片面的言辞，即单方面的；一说是简短的语言，后说为是。古今断案不能只听一面之词，子路虽直爽草率，也不会如此办事。[折狱] 断案。 [宿诺] 预先答应的诺言。或说隔夜的诺言，也通，本译综合用之。

【评析】

本章再次记载子路性格的率直，心直口快，又非常明智，因此判断是非能力很强，几方面的综合因素使他具备这种实力。孔子的话没有贬义。后面的话与前面意义相连贯，都说子路说到办到、爽快坦荡的性格。孔子弟子中，子路非常可爱、真实。

十二·一三

子曰："听讼，吾犹人也。必也使无讼乎！"

【翻译】

孔子说："听取诉讼判断案件，我和别人差不多。关键是一定要促使社会和谐，没有打官司的。"

【注释】

[讼] 诉讼，告状，打官司。[必] 关键，一定。

【评析】

孔子的意思是尽量通过仁义道德的教化将民事纠纷压缩到最低限度，甚至没有更好。中国古代历来提倡道德教化为主，并将刑事案件与民事案件的多寡看成是社会太平与否的重要参照指标。中国人不愿意打官司与儒家思想的这种提倡有关系。

十二·一四

子张问政。子曰："居之无倦，行之以忠。"

【翻译】

子张向老师请教如何从政。孔子说："在位时日常工作不要疲倦懈怠，执行政令要忠心诚实。"

【注释】

[居] 一般解释为"在位"，从政则必在位，故"在位"的意思很薄弱，当是日常、平时的意思。

【评析】

孔子对于弟子的教育针对性强，本章是关于从政要时刻注意的两个方面，一是勤政，要勤快，勤恳，不能松懈怠慢；一是要忠诚，既要忠于国家，忠于上级，更要忠于百姓，忠于职守。其实强调的就是敬业精神。只要做到这两点，在古代就是好官吏，在现代就是好干部。

十二·一五

子曰："博学于文，约之以礼，亦可以弗畔矣夫！"

【翻译】

孔子说："广泛学习文献典籍，再用礼制来约束自己，这样也就可以不违背礼乐的规则了。"

【注释】

[文] 不是文学，而是文化，指文献典籍。 [畔] 通"叛"，违背。

【评析】

这是孔子教育学生一直注重的两个方面，用现代观点来看，可以概括为文化知识和道德修养两个方面。当然，"约之以礼"更大的层面是遵纪守法，而遵纪守法本身便是道德的表现。

十二·一六

子曰："君子成人之美，不成人之恶。小人反是。"

【翻译】

孔子说："君子成就别人的好事和美德，不促成别人的坏事，小人恰恰与此相反。"

【注释】

[成人之美]成全别人的好事和美好道德。美，包括具体的事和抽象的德。

【评析】

这是对于君子与小人判别最简明的办法，凝固为成语，至今还广泛流传。君子往往以自己的心去想象别人，感觉好人多，故多宽容。小人往往以自己之心去揣度别人，故多挑剔，总在别人身上找毛病，看谁都不像好人，故难以充分肯定别人。

十二·一七

季康子问政于孔子。孔子对曰："政者，正也。子帅以正，孰敢不正？"

【翻译】

季康子问孔子该如何执政。孔子说："政治，就是'正'，要端正自身的行为。你以身作则端正自己为民表率，正道直行，那么，谁还敢不走正道呢？"

【注释】

[政]一般都解释为政治，实际是指如何执政。 [帅]通"率"，表率，榜样。

【评析】

以德治国，推行仁义，恩惠百姓是儒家思想中执政理念的根本原则，这种思想是可贵的，具有人文主义色彩。孔子对于"政"为"正"的解释，可以说是对于政治的最好诠释。如今很多人玩弄政治，充当政客，以欺骗为能事，以权术为手段，以作秀为标榜，一句真话没有，实际上都脱离了"政治"的本义。对于执政者，对于统治阶级的道德要求是孔子思想的可贵之处，确实是行政的关键。

十二·一八

季康子患盗，问于孔子。孔子对曰："苟子之不欲，虽赏之不窃。"

【翻译】

季康子苦于强盗小偷太多，向孔子请教。孔子说："假如你不贪图太多的财货，即使奖赏也没有人去盗窃。"

【注释】

[盗]强盗，一般指用暴力抢劫的人。也泛指偷盗。

【评析】

这也是有很强现实针对性的语言。季氏在鲁国连续执掌大权，孔子一生先后经历季武子、季平子、季桓子、季康子四代人，都是首席执政者，其权势可想而知。而季氏的财富也非常之多，《论语》中有"季氏富于周公"

的话，可以证明这一点。孔子如此回答，是对季康子利用职权大肆掠夺社会财富的不满。

十二·一九

季康子问政于孔子曰："如杀无道，以就有道，何如？"孔子对曰："子为政，焉用杀？子欲善而民善矣！君子之德风，小人之德草。草上之风，必偃。"

【翻译】

季康子向孔子请教如何治理国家，说："如果杀戮坏蛋，亲近有道德的人，怎么样？"孔子回答说："你执政，哪里用得着杀人呢？你想要做好人，老百姓就会跟随着你做好人了。君子的道德就像风，老百姓的道德就像草，风吹过草上，草一定会跟着倒伏。"

【注释】

[无道]没有道德的人。 [偃]风吹草，草倒向一边的样子。

【评析】

历史是一步步进化而来，三代是氏族部落统治的余绪。因为氏族统治是建立在血缘关系上，因此统治也要温情脉脉，强调用德政感化而不是采用强制镇压的手段，这是儒家政治主张的主要特点。同时，还应提醒的是，季康子问孔子话的具体背景我们无法知道，季康子的"无道"当有具体所指，可能是鲁国内部的政治反对派，季康子要用杀戮手段清除异己，先试探孔子，想取得孔子的同意，因此孔子才明确表示反对。有一点可以肯定，这里的"无道"肯定不是指刑事犯罪分子，因为那无需讨论。

十二・二〇

子张问："士何如斯可谓之达矣？"子曰："何哉，尔所谓达者？"子张对曰："在邦必闻，在家必闻。"子曰："是闻也，非达也。夫达也者，质直而好义，察言而观色，虑以下人。在邦必达，在家必达。夫闻也者，色取仁而行违，居之不疑。在邦必闻，在家必闻。"

【翻译】

子张问："读书人如何做才可以算'达'呢？"孔子说："什么意思啊，你所说的'达'？"子张回答道："在国家里有名气，在家族里有名气。"孔子说："那是有名气，不是'达'。要做到所谓的'达'，就要忠诚正直而讲信义，要注意别人的话语、表情，时时考虑谦让。这样的话，在国家一定会显达而普遍受到尊重，在家族中也一定会显达而普遍受到尊重。至于追求名声的人，表面很仁爱而实际行动并不相符，自己认为很成功。这样的人，在国家里有名气，在家族里也会有名气。"

【注释】

[达]显达，显贵，受重视。 [行违]行动与表面的仁义不相符合，不一定违背。

【评析】

程子说："学者须是务实，不要近名。有意近名，大本已失。更学何事？为名而学，则是伪也。今之学者，大抵为名。"理解比较准确。"察言而观色，虑以下人"，表面看好像是看风使舵行径，不像君子之所为，但仔细分析，实在是人情之至理，也包含"己欲立先立人，己欲达先达人"之意。就是注意观察同事同僚的情况，如果条件和贡献基本相同，则要谦让，这样理解更准确，这才是美德。人们之间的矛盾，尤其是名利场中，总是发生在条件接近甚至可以伯仲的人中，相差太远没有可比性时则不会产生矛盾。因此在这样的情况下谦让确实是美德。至于现在学术腐败，根源于官场的腐败，因此很多荒唐的情况都可以出现，这是不正常的，这种情况不适合于孔子这段话。现在市场炒作，使许多人名不副实，声闻过情者多矣，但这样的名不会长久，无需怀疑。

十二·二一

樊迟从游于舞雩之下，曰："敢问崇德、修慝、辨惑。"子曰："善哉问。先事后得，非崇德与？攻其恶，无攻人之恶，非修慝与？一朝之忿，忘其身，以及其亲，非惑与？"

【翻译】

樊迟随从孔子在舞雩下面游览，樊迟说："请问如何提高自己的道德，如何消除别人对自己的怨恨，如何辨别怎样做是糊涂事？"孔子说："好啊！你的问题提得好。先劳动、奉献，后获取报酬，这不就是提高道德吗？批评错误的事情而不去攻击人，这样不就可以消除他人的怨恨了吗？一时愤怒而忘记了自己，也忘记了自己的亲人，这不就是糊涂吗？"

【注释】

[修慝（tè）] 消除灾害祸患。慝，灾祸。 [攻其恶] 批评攻击错误的事情。按：古今注疏都将此句讲成自责，自我检讨。恐非。此连下句的意思相当于对于错误甚至罪恶的事情要批评，但对事不对人。[忿] 愤怒。

【评析】

舞雩既然是鲁国一个祭祀求雨的场所，一定有相应的建筑和绿化的措施，而且就在郊区，应当具有一定的游览功能，因此孔子带着樊迟前去散步游览。师生边走边聊，樊迟向老师求教三个方面的问题，孔子一一做了回答。第一个很好理解，但关于"攻其恶，无攻人之恶"一语解释多而令人困惑。大意都说攻击自己的恶而不攻击他人的恶，但"其"字明显是指"他的"，不宜讲成"我的"。实际这句话的意思是批评错误而不针对具体人，就事论事，对事不对人。这样容易被对方接受，即使不接受也不会产生怨恨情绪。最后一点是要求遇事要有一定的克制忍耐的能力，不能一时解气而不考虑后果。都是人生经验之谈。

十二·二二

樊迟问仁。子曰："爱人。"问知。子曰："知人。"

樊迟未达。子曰："举直错诸枉，能使枉者直。"

樊迟退，见子夏曰："乡也吾见于夫子而问知，子曰：'举直错诸枉，能使枉者直。'何谓也？"

子夏曰："富哉言乎！舜有天下，选于众，举皋陶，不仁者远矣。汤有天下，选于众，举伊尹，不仁者远矣。"

【翻译】

樊迟问如何做是仁德。孔子说："爱人就是'仁'。"樊迟问什么算是明智，孔子说："能够识别人就是明智。"

樊迟没有明白，孔子又进一步说："提拔那些正直的人到领导岗位上来，批评撤换那些不正派的人，就能够使那些不正派的人也转变为正派。"

樊迟还是不明白，退出来去见子夏，说："刚才我见到老师问什么是明智，老师说：'提拔那些正直的人到领导岗位上来，批评撤换那些不正派的人，就能够使那些不正派的人也转变为正派。'说的是什么意思啊？"

子夏说："老师的话含义真是太丰富了！舜拥有天下后，在众人中选拔人才，提拔皋陶，不好的人就远远离开了权力中心。汤拥有天下，在众人中选拔人才，提拔伊尹，不好的人便远远离开了权力中心。"

【注释】

[举直错诸枉]包咸说："举正直之人用之，废置邪枉之人。则皆化为直。"错，通"措"，安置，安排。 [乡]通"向"，刚才，先前。 [皋陶]舜时主管司法的大臣。 [伊尹]汤的执政大臣。

【评析】

本章颇生动有趣，樊迟去向老师请教问题，老师回答两遍他也没有真正明白，不好意思再问，于是去找同学子夏询问。樊迟没有明白的是关于"知人"为"知"的问题。关于"举直错诸枉，能使枉者直"的解释，包咸注解可信，孔子的意思是说，只要当政者能够重用提拔正派的人，整个社会风气就会好转，而一些不太正派的人也能正派了。后来子夏的解释则更进一步了。子夏举出历史上舜与汤的两个例证，子夏所说的"舜有天下，选于众，举皋陶，不仁者远矣。汤有天下，选于众，举伊尹，不仁者远矣"中的"远矣"指的是远离政权中心，不是远离社会。其实，任何国家或地方政权都取决于主要领导人，而主要领导人成败的关键是用人，用人的关键是识人，因此孔子所说的"知人"确实是一切领导者英明的开端和基础。得人则兴，失人则败，古今中外，绝无例外，而识人是得人与失人之端。

<h2 style="text-align:center">十二·二三</h2>

子贡问友。子曰："忠告而善道之，不可则止，毋自辱焉。"

【翻译】

子贡问交友之道。孔子说："对朋友要忠心劝告和善意引导，如果他不听从就不要勉强，不要自找侮辱。"

【注释】

[友] 这里是交友之道。

【评析】

这是很具体的人生经验之谈。朋友是很重要的人际关系，而且具有很大的灵活性，可以选择。因此，交友之道非常重要。孔子的话可从两个方面理解，一方面，对朋友要尽心尽力，要引导向善，要忠心毫无保留。另一方面，如果朋友不理解不听从则不要坚持或反复，因为那样会遭到拒绝，等于是自找没趣，是很不明智的，最后可能连朋友都做不成。因此保持度是很重要的。

十二·二四

曾子曰："君子以文会友，以友辅仁。"

【翻译】

曾子说："君子通过学问、文章来聚会朋友，通过朋友来辅助提高自己的仁德。"

【注释】

[文] 意义广泛，包括礼乐典章、古籍文献等。

【评析】

这是非常著名的论断，是朋友意义的最主要体现。但现实生活中这种"以文会友"的情形很少，故更可贵。这才会成为真正的朋友。其实这八个字还体现了辩证关系。用文化学问来交朋友，而这样的朋友关系相互之间经过切磋琢磨，都可以提高自己的仁德水平，其实就是道德水平。与相互利用的官场政客、相互吹捧吃吃喝喝的酒肉朋友有根本区别。"有朋自远方来，不亦乐乎"的快乐便是这种"以友辅仁"之乐，"交友三益"中的"友多闻"也属于这一内容。

· 子路第十三 ·

【原疏】正义曰：此篇论善人君子为邦，教民，仁政，孝弟，中行，常德，皆治国修身之要，大意与前篇相类，且回也入室，由也升堂，故以为次也。

【魁按】本篇主旨讲述如何执政的问题，在内容上与第二篇《为政》有相互补充生发的作用。本篇多涉及一些具体问题，在师生问答中表现孔子对于如何执政的具体意见。

十三·一

子路问政。子曰："先之，劳之。"请益。曰："无倦。"

【翻译】

子路问如何从政当领导。孔子说："自己先以身作则，然后率领下级勤劳工作。"子路请求多讲一些，孔子说："不疲倦不松懈。"

【注释】

[先之]先于百姓。之，代指从政领导的对象。 [劳之]使之劳动。 [请益]请求增加，即多讲。

【评析】

本章体现孔子从政思想的具体要求，实际是在仁义爱民大前提确定之后的工作态度问题。以身作则，带头示范，率领百姓共同勤劳工作，而且要勤勤恳恳，毫不懈怠。勤政敬业是贯穿孔子思想的一个重要方面。"天上不能掉馅饼"，现在时髦的话叫"天下没有免费的午餐"，都是这个意思。

十三·二

仲弓为季氏宰，问政。子曰："先有司，赦小过，举贤才。"
曰："焉知贤才而举之？"曰："举尔所知，尔所不知，人其舍诸？"

【翻译】

仲弓去担任季氏家的总管，向孔子请教如何执政。孔子说："先明确各个职能部门的工作职责，看大事，赦免一些小的过错，荐举提拔贤良有才能的人。"

287

　　仲弓说："怎么知道谁贤良有才能呢？"孔子说："提拔你所知道了解的人，如果你不了解，别人就会舍弃那些优秀人才而不举荐吗？"

【注释】

　　[季氏宰]季氏家的总管。季氏是鲁国权臣，其家很大，包括采邑在内相当于小型国家。[有司]主管部门，即分管各个职能的部门。

【评析】

　　孔子对于如何行政有自己的看法和思路，但都不离"正"字，本章又是具体要求。从步骤来看，可谓抓住关键，先分工明确，各职能部门职责权明确起来，其次是赦免小的过错，抓大节，最后一条是用人问题。关于如何辨别贤人与不肖的问题是千古老话题。实际能否举荐提拔真正优秀人才的关键是当政者本人的素质，人以群分，物以类聚，一类人喜欢一类人，真正开明正派的君子是很难被蒙蔽的。

十三·三

　　子路曰："卫君待子而为政，子将奚先？"

　　子曰："必也，正名乎！"

　　子路曰："有是哉！子之迂也。奚其正？"

　　子曰："野哉，由也！君子于其所不知，盖阙如也。名不正，则言不顺；言不顺，则事不成；事不成，则礼乐不兴；礼乐不兴，则刑罚不中；刑罚不中，则民无所措手足。故君子名之必可言也，言之必可行也。君子于其言，无所苟而已矣。"

【翻译】

　　子路问孔子："如果卫国国君等着您去执政，您首先要做什么？"

孔子说："如果一定要让我执政的话，首先就是正名。"

子路说："有这个必要吗？老师您真是太迂腐了，又该怎么正名呢？"

孔子说："真是粗鲁莽撞啊，子路。君子对于自己所不知道不理解的，就要保持沉默。如果没有正当的名分，说话就不顺畅；如果说话不顺畅，那么事情就办不成；如果事情办不成，那么礼乐就不可能推行；如果礼乐得不到实行，那么刑事处罚就不可能合理公平；如果刑事处罚都不能合理公平，那么老百姓就不知道该怎么办，手脚都不知道该如何放。所以君子的名分是一定要讲的，讲了就一定要实行。君子对于自己说过的话，不能有一点随意和马虎。"

【注释】

[卫君] 前注都说是指卫出公辄，确论。 [奚先] 先做什么。奚，什么。[正名] 这是很深刻的话题，历来注释家解说纷纭。多有望文生义牵强附会者。这里的正名是恢复原有典章制度和一切名分，社会各阶层各部门每个社会成员都要遵守自己的名分，干自己该干的事。名和实要相符。[阙如] 存疑不言。不要强解。 [刑罚不中] 刑罚不适度，不合法规。[措]安置。

【评析】

这是非常重要的一章，关键是"正名"的意义，孔子到底要正什么名。有的学者认为子路和孔子的这段对话发生在卫灵公死后，出公辄当政的时候，因此认为孔子的话是要求出公应当主动迎接父亲蒯聩回国当国君，这样才名正言顺。孔子在卫国时间比较长，受到的礼遇也最好，对于卫国的政治情况当然清楚。卫灵公当政时，长子蒯聩已正式确立为世子，属于法定接班人。但他与南子发生矛盾，出逃到晋国进行政治避难。卫灵公死后，按照道理应当他回国即位，但他的儿子辄直接即位，爷爷死孙子当国君，而儿子正壮年，晋国派军队护送蒯聩回国，但卫国不接纳。因此有人认为孔子这里的正名就是要给蒯聩正名分。这种解释有道理，从子路的反驳看，当是这种情况。

十三·四

樊迟请学稼。子曰："吾不如老农。"请学为圃。曰："吾不如老圃。"

樊迟出。子曰："小人哉，樊须也！上好礼，则民莫敢不敬；上好义，则民莫敢不服；上好信，则民莫敢不用情。夫如是，则四方之民襁负其子而至矣，焉用稼？"

【翻译】

樊迟向老师请教种地的技术，孔子说："种地我不如老农。"又请教种菜栽花，孔子说："那我也不如老果农老菜农。"

樊迟出去了。孔子说："樊须真是没有出息的人。统治者如果爱好礼义，那么老百姓就没有谁敢于不恭敬；统治者如果爱好正义，那么老百姓就没有谁敢于不信服；统治者如果爱好信用，那么老百姓就没有谁敢于不讲实话和真话。如果这样，四面八方的老百姓就会背着小孩前来投奔你，哪里还用得着种地呢？"

【注释】

[学稼]学习稼穑技术。稼穑，耕种和收获。泛指农业劳动。[襁负其子]用襁褓背负着孩子。

【评析】

本章意义并不难理解，但却是争论较大的一个问题。后世经常用本章批评孔子轻视体力劳动，轻视劳动人民。其实这样看有点偏激。春秋时期士阶层崛起并积极投入社会现实中，士人的职责是担当道义，伸张正义，辅佐明君，安邦定国，对于当时统治阶层过度的荒淫残暴有一定的制约作用，是春秋战国时期最活跃的阶层。孔子培养弟子的教育目标就是士而不是具体的生产技术人员。因此樊迟要学习种地与种菜、栽种果木的技术孔子当然会那样回答了。而且孔子说的可能也是实情，在农林技术上他当然不如老农和老圃了。

十三·五

子曰："诵诗三百，授之以政，不达；使于四方，不能专对；虽多，亦奚以为？"

【翻译】

孔子说："能够熟读背诵'诗三百'，而交给政治任务却不能办好；命他出使到外国，又不能专门谈判应对；即使读得再多，又有什么用呢？"

【注释】

[诵诗]朗诵，也可以理解为背诵。孔子及其弟子都能够熟练背诵《诗经》中的作品。[授之以政]以政授之，交给他政事。[专对]专门应对。古代外交官接受外交任务但不接受具体言辞，叫"受命不受辞"，具体言辞要根据谈判情景随机应变。春秋时外交官在谈判时多采用《诗经》诗句，因此《诗经》是当时外交官的必读书。

【评析】

孔子历来强调学以致用，强调学习知识和反复实践运用知识的能力。《诗经》绝非是单纯用来审美的文学作品，而是当时语言的经典，具有权威的性质。当时外交、社会交际都经常引用《诗经》中的诗句，是社会生活的特殊景观。可以推知那时的社交场合也很有文化气息。

十三·六

子曰："其身正，不令而行；其身不正，虽令不从。"

【翻译】

孔子说："自己行为端正，不发布命令别人也会跟着实行；自己行为不端正，虽然发号施令也没有人听从。"

【评析】

这是伦理政治，也是上古首领的领导艺术，后来就成了传统格言，强调以身作则的决定作用。实际这种格言至今仍有作用，体现在各个层次的领导中，如果一把手正派，整个部门的风气就会很正，否则就会乌烟瘴气。

十三·七

子曰："鲁卫之政，兄弟也。"

【翻译】

孔子说："鲁国和卫国的政治，好像兄弟一般。"

【评析】

朱熹说："鲁，周公之后，卫，康叔之后。本兄弟之国，而是时衰乱，政亦相似，故孔子叹之。"但究竟孔子叹息的是什么内容，朱熹并没有指出。孔子是因为不满意季桓子接受齐国的美女和音乐，君臣共同陷入享乐之中的颓靡政治后前去卫国的。既然对鲁国政治不满，而如此说，对卫国政治也同样不满，认为两国政治不过伯仲之间。怀才不遇，孔子为最甚也。

十三·八

子谓卫公子荆："善居室。始有，曰：'苟合矣。'少有，曰：'苟完矣。'富有，曰：'苟美矣。'"

【翻译】

孔子谈论卫国公子荆，说："这个人很善于处理家务。刚刚有点财产，就说：'差不多够用了。'稍微再有一点，就说：'差不多齐全完备了。'再丰富一点，就说：'差不多完美了。'"

【注释】

[公子荆] 卫国公子，很有贤名。吴季札曾经把他列为卫国的君子。从孔子评价看，此人主要道德是节俭知足，不奢侈贪婪。 [善居室] 善于处理平常的家务。居室，含义很多，这里是平居日常家里事务的意思。 [苟] 姑且，差不多。

【评析】

凡乱世必两极分化，上层和富人多数穷奢极欲，因人们看不到更好的前景，于是便采用及时享乐混吃等死的心理和生活方式。社会状态直接影响人们的观念和心理，而社会成员的观念与心理又直接影响着社会风气。孔子生活的年代，是春秋末期即将进入战国的过渡期，社会秩序很混乱。当时奢靡之风大盛，卫国公子荆的生活态度就显得特别可贵了。因此孔子赞美提倡之。

十三·九

子适卫，冉有仆。子曰："庶矣哉！"

冉有曰："既庶矣，又何加焉？"曰："富之。"

曰："既富矣，又何加焉？"曰："教之。"

【翻译】

孔子到卫国去，冉有驾车。孔子说："人口很稠密啊！"

冉有说："人口既然很多，又应该怎样做呢？"孔子说："使百姓富裕起来。"

冉有又问："如果已经富裕了，还应该怎样做？"孔子说："对百姓进行教化。"

【注释】

[适]到，去。[庶]众多。[何加]增加什么，指在原来基础上还要做什么。

【评析】

冉有赶车拉着老师到卫国去，一路上看到卫国人口稠密，孔子便发出感叹，冉有接着老师的话问。很明显，孔子首先要求使百姓先富裕起来。在富裕的基础上再加强教育和道德建设，这样循序渐进推进社会进步。可以看出孔子的施政思想和路数。

十三·一〇

子曰："苟有用我者，期月而已可也。三年有成。"

【翻译】

孔子说："如果有重用我的人，一整年就可以见到效果。三年就会取得成功。"

【注释】

[期（jī）月] 指一周年。

【评析】

孔子很自负，坚信自己政治主张的正确性，也坚信自己的能力。这很重要。没有自信是不可能成就事业的。可以说，孔子在这里也不是说大话，按照他的为人和性格，确实可以办到。他还有那么一批能干的弟子，各种人才都有，可惜历史没有给孔子机遇。

<h2 style="text-align:center">十三·一一</h2>

子曰："'善人为邦百年，亦可以胜残去杀矣。'诚哉是言也。"

【翻译】

孔子说："'善人治理国家如果达到一百年，就可以消除各种残暴的政治而免除死刑了。'这话确实对啊！"

【注释】

[善人] 指仁义之人。[为邦] 治理国家。[胜残] 战胜凶残。

【评析】

从语气可以断定，前面的话是孔子引用别人的，具体是谁的不详。孔子说他"述而不作"，从这些地方也可以看出一些。他经常引用前人或同时期贤人的话。有的明确指出出处，如在《季氏将伐颛臾》里有引用周任"陈力就列，不能者止"的话。孔子是在充分继承前人思想资料的基础上创新完善自己的思想。这一点必须注意。而两千四百多年前的孔子就提出免除死刑的设想，该是多么难得和令人振奋。的确，要建立一个完善的良好的社会秩序，不是短时间能够完成的，如果能够有一个世纪的长治久安，社会经济、文化和道德都会达到很高的水平。

十三·一二

子曰："如有王者，必世而后仁。"

【翻译】

孔子说："如果有推行仁政而施行王道政治的人，也一定要等三十年而后才能使天下普遍走上仁义的轨道。"

【注释】

[世]古代以三十年为一世。

【评析】

儒家向往的是王道政治，主张施仁政，反对横征暴敛和残暴统治，而主张温情脉脉，社会和谐，具有一定的人文关怀色彩。但要基本实现这一政治目标，起码也需要一定的历史时期。这是以往历史所证明的。由乱世转入盛世，最少也要三十年。

十三·一三

子曰："苟正其身矣，于从政乎何有？不能正其身，如正人何？"

【翻译】

孔子说："如果自己本身行为端正，从政当领导有什么问题呢？如果不能端正自己的行为，怎么去指导端正别人？"

【注释】

[如正人何] 如何正人的倒装。

【评析】

从自身做起，一切都可以做。做事先做人，这是儒家一贯的要求，也是儒家思想中伦理与政治一体化的特征之一。依然还是"政"者，"正也"这一逻辑。但这里有一个问题，即伦理道德的端正是前提和出发点，但在政治实践中遇到的各种复杂现象和一些特殊情况发生时还要有随机应变的权变能力。当然，如果从原则上讲，孔子的提法是科学的。任何执政者个人的私德都是基础，一个道德品质很差的执政者是领导不出好的风气的。

十三·一四

冉子退朝。子曰："何晏也？"对曰："有政。"子曰："其事也。如有政，虽不吾以，吾其与闻之。"

【翻译】

冉求从办公室回来，孔子问："为什么回来这么晚啊？"冉有说："有政事需要处理。"孔子说："那是有事情。如果有政事，虽然与我无关，我也一定会知道和参与的。"

【注释】

[退朝] 不是下朝，当是办完公事回来。冉有只是季氏家臣，没有资格入朝议事。 [晏] 晚。 [与闻] 参与闻知。与，参与。闻，使我闻，意谓通知我。

【评析】

从师生对话语气看，当有一定的背景，可能这时候冉有正在季氏家中管事，而季氏一直是鲁国权臣，孔子反复强调自身端正与季氏多次僭越行为当有关系。而孔子弟子在季氏家当总管时间最长、最受季氏重视和信任的可能就是冉有。从语气中可以体会出孔子对弟子不冷不热的态度。同时本章也提示我们一般事务和行政大事的区别。

十三·一五

定公问："一言而可以兴邦，有诸？"

孔子对曰："言不可以若是其几也。人之言曰：'为君难，为臣不易。'如知为君之难也，不几乎一言而兴邦乎？"

曰："一言而丧邦，有诸？"

孔子对曰："言不可以若是其几也。人之言曰：'予无乐乎为君，唯其言而莫予违也。'如其善而莫之违也，不亦善乎？如不善而莫之违也，不几乎一言而丧邦乎？"

【翻译】

鲁定公问："一句话就可以振兴国家，有这样的话吗？"

孔子回答道："对于语言来说，它的作用不可能像这样接近于事实。有人说：'当国君很难，当大臣也不容易。'如果知道当国君很难，不就接近一句话可以使国家振兴了吗？"

鲁定公又问："一句话就可以亡国，有这样的话吗？"

孔子回答说："对于语言来说，它的作用不可能像这样接近于事实。但有人说：'我并不愿意当国君，只是因为国君的话没有人敢违抗，所以就当了。'如果他的话是好话，是善良的话而没有人违抗，不也很好吗？如果他的话不好而没有人敢于违抗，不就近乎一句话就亡国了吗？"

【注释】

[几] 近，接近。 [莫予违] 莫违予的倒装，没有谁敢于违背我的话。

【评析】

"一言兴邦""一言丧邦"的成语都出自于这里，可见《论语》在后世影响的广泛与深入。但这里不是一句话，而是一个观念、一种认识，或者说是一个出发点。换言之，也可理解为做某种事情、担任某种职务的出发点。如果认为当国君难，那么就会认真对待，兢兢业业。但光有此点还不行，还需要主客观的一致性，历史上认真敬业而且也比较有水平但却亡国的皇帝也有，如唐昭宗和明朝崇祯皇帝都算较好的皇帝，也很忠于职守，但都亡国了。然而，历史上一言兴邦、一言丧邦的事实也不少。

十三·一六

叶公问政。子曰："近者说，远者来。"

【翻译】

叶公问孔子如何管理国家政治。孔子说："使国内的百姓幸福欢乐，国外的百姓自愿前来投奔。"

【注释】

[近者说] 国境内的百姓幸福快乐。说，最近有的版本作"悦"，非也。先秦时期没有此字。 [来] 通"徕"，招徕，使他们前来归附。

【评析】

春秋时期诸侯国林立，弱肉强食，因此所有君主都希望国土大和人口多。故当叶公询问关于政治的话题时，孔子如此回答。主张实行仁政，使百姓富裕幸福，这样远方百姓就会向这里来。政府最需要的是凝聚力和向心力。

十三·一七

子夏为莒父宰，问政。子曰："无欲速，无见小利。欲速，则不达；见小利，则大事不成。"

【翻译】

子夏担任莒父地方长官，向老师请教如何执政。孔子说："不要追求高速度，不要看眼前的小利益。追求高速度，反而不能达到目的。只看眼前的小利益，就办不成大的事业。"

【注释】

[莒（jǔ）父] 鲁国一邑镇，具体地点不详。《山东通志》认为在今高密市东南。

【评析】

为政求快不会有善政，治学求快不会有真学。现在当官首先想政绩，往往害民扰民。求学者总想迅速出名，进行炒作，结果名实不符，有的抄袭取巧，反而弄巧成拙，声名狼藉，早早出局。"欲速则不达"早已成为格言而被反复应用着。现在社会浮躁，人们都期望一夜成名，当官的更急功近利，实际任何事情都要有个过程，需要数量的积累，需要基本功，得之快者往往失之也快，而实质内容是最重要的。

十三·一八

叶公语孔子曰："吾党有直躬者，其父攘羊，而子证之。"孔子曰："吾党之直者异于是：父为子隐，子为父隐。直在其中矣。"

【翻译】

叶公告诉孔子说："我们那地方有非常正直的人，爸爸偷羊，儿子就出来检举揭发。"孔子说："我们那里正直的人与这种正直有区别，父亲替儿子隐瞒，儿子替父亲隐瞒，正直就在这里面。"

【注释】

[吾党]我们那地方。党，居民区的一个层次名称。与"里""乡"有大小之别。[直躬]本身正直。[攘（rǎng）]盗窃，偷。[证]《说文解字》："证，告也。"主动检举揭发。

【评析】

本章备受争议。这里涉及法理与亲情的一个重要原则与尺度。孔子提倡的"父为子隐，子为父隐"显然有问题，即真理正义与亲情的关系。但儒家也提倡"大义灭亲"，对于国君或上级也不主张绝对的服从。因此对于孔子的这句话，我们要具体分析，采取实事求是的态度，既不为其回护，也不将其全面否定。其实这就是个度的问题，一般来说，如果不是大是大非问题，还是尽量在家庭内部解决为好。尤其有一些事情是非难明，俗语"家丑不可外扬"，是符合情理和人心的。如果家族内部发生矛盾，发生争执，还是尽量调解为好。正确做法是将其消极影响缩小到最小限度。如儿子发现父亲偷人家的羊，可以规劝父亲送回去，也可背着父亲自己偷偷送回去，这是最正确的。如果隐瞒甚至帮助销赃，则不可原谅。一般非原则问题均应采用这种方式。亲情要顾，正义更要顾。

十三·一九

樊迟问仁。子曰:"居处恭,执事敬,与人忠。虽之夷狄,不可弃也。"

【翻译】

樊迟询问什么叫仁。孔子说:"生活起居庄重谨慎,办事严肃认真,与人交往忠诚信实。即使到少数民族地区,也不会被人厌弃。"

【注释】

[居处]日常生活中。[执事]办事,做事,一般指工作。[之夷狄]到少数民族地区去。之,去、到。

【评析】

如果为人谨慎诚信,是个仁人,无论在什么地方都会受欢迎。仁既是公德,也是做人的根本。还要注意,从孔子时代甚至更早一点讲,"中国"与"夷狄"的区分主要是文化而不是种族,这是最值得注意的一个方面,只要融入中原文化便可以看成是中国。由于中国古代文化的中心点在今黄河流域,属于中原地区,是当时周边地区最先进的文化,因此具有强大的融化功能,逐渐地将周边少数民族地区的百姓聚拢到自己的民族大家庭中来。汉唐盛世,由于强大的民族文化自信心,根本不在乎外来文化的进入,而是大胆主动地吸收外来文化,促进中国文化的不断繁荣和丰富多彩。孔子只是坚持西周文化,但在民族问题上没有偏见,有同等观点。这对于后世中国文化的发展走向有很好的影响。

十三·二〇

子贡问曰:"何如斯可谓之士矣?"子曰:"行己有耻,使于四方,不辱君命，可谓士矣。"

曰："敢问其次。"曰："宗族称孝焉，乡党称弟焉。"

曰："敢问其次。"曰："言必信，行必果。硁硁然小人哉。抑亦可以为次矣。"

曰："今之从政者何如？"子曰："噫！斗筲之人，何足算也？"

【翻译】

子贡问道："怎样的人才可以算作士呢？"孔子说："对于自己的行为保持着羞耻意识，出使到四方之国而不辜负国君的使命，这样的人就可以算作士了。"

子贡又问："请问次一等的。"孔子说："在宗族里称赞他孝敬父母，在乡邻里称赞他尊敬长者。"

子贡再问："请问再次一等的。"孔子说："说过的话一定要守信，行动起来坚决果断，固执坚定而不可动摇，这是一般见识偏执孤陋的小人。不过也可以算是次一等的士了。"

子贡又问："如今这些从政的人如何？"孔子说："嗨！这些器量狭小见识短浅的人，还值得一提吗？"

【注释】

[硁硁（kēng）然]浅陋固执貌。 [斗筲（shāo）]东北方言称水桶为"水筲"，当是此字。都是容器，每斗十升，每筲十二升，容量都极有限。

【评析】

看来孔子时代也到处充斥着虚假的学者和官员，不知羞耻的人可能也很多，因此孔子在回答弟子提问时最关键最首要便提出"行己有耻"的问题，这里的"耻"含义比现代更广。的确，有羞耻之心是一切正人君子的基本道德要求。另外，这里也可以看出"小人"一词内涵的丰富性，只是与大

君子有差别，但基本还是可以肯定的。从孔子语气看，比那些在位的"斗筲"之人还高出一个档次。同时也可以理解"言必信，行必果"并不是道德的最高境界，如果发现与真理和正义有距离，当然可以修正自己说过的话。有羞耻之心应该是道德的底线，没有羞耻之心什么卑鄙拙劣恶心的事都可以干出来。

<h2 style="text-align:center">十三·二一</h2>

子曰："不得中行而与之，必也狂狷乎！狂者进取，狷者有所不为也。"

【翻译】

孔子说："如果不能与坚持正道直行而合乎中庸的人在一起，那么就一定与狂者或者狷者在一起。狂者积极进取，狷者也不肯做那些庸俗低劣的事情。"

【注释】

[中行] 行为采取适中的做法，中庸、中行意思基本相同。[狂] 急躁轻率，有偏激的意思，但属于积极进取的态度。[狷（juàn）] 拘谨无为，引申为孤洁。指孤高自傲之人。

【评析】

本章是孔子自述其交友之道。一定要和有思想有独立人格的人在一起，当然是能够中道而行的大君子最好，如果周围没有这样的人，那么和那些思想激进而积极进取的人在一起也可以，与那些高洁自持不与世俗同流合污的孤僻之人在一起也可以。总之，讨厌那些口是心非、阳奉阴违、庸俗不堪的卑鄙小人。狂者和狷者只是处世态度上有些偏激而已，但还属于君子的品格，如竹林七贤等便属于此类人。

十三·二二

子曰："南人有言曰：'人而无恒，不可以作巫医。'善夫！"

"不恒其德，或承之羞。"子曰："不占而已矣。"

【翻译】

孔子说："南方人有句话说：'人如果没有恒心，便不可以占卜算卦和行医看病。'说得很好。"

"如果不能持之以恒，就会蒙受羞辱。"孔子说："这样的人不要再去占卜和算卦了。"

【注释】

[巫医] 古代巫术和医术有相通点，都有治疗疾病的内容。巫除祭祀交通鬼神外，还有祈祷幸福、辟邪除害之术，古人信之。医生则治疗疾病。有时巫医往往是一人而兼。[不恒其德，或承之羞] 两句是《易经·恒卦》中九三的爻辞："不恒其德，或承之羞。贞吝。象曰：不恒其德，无所容也。"

【评析】

本章是孔子激励学生要持之以恒时的教导之辞。这里的南人当指吴越或楚国之人。当时吴国、越国、楚国都有很多优秀人才，如伍子胥、范蠡、文种等人。引用此话以及《易经·恒卦》九三爻辞的中心只是说明没有恒心什么也干不成，就连巫医这样被人轻视的职业都需要持之以恒，因此要当士人、当知识分子就更需要恒心了。有人将本章解释得十分玄妙，实际就是随时针对学生学习现状的启发教导之辞。从本章可以推测孔子已经开始研究《周易》并提出一些看法。

十三·二三

子曰："君子和而不同，小人同而不和。"

【翻译】

孔子说："君子与人相处和谐但不求同一，小人随声附和好像很同一而不和谐。"

【注释】

[和而不同] 指和谐但不相同。如音乐，各种乐器相互配合才能发出和谐优美之音。如果都用同一种乐器则单调无味。其他如烹调也如此。

【评析】

这句话应用在社会政治生活中简直太神奇精彩了，"和"与"同"在春秋时代也是许多政治家所经常分析论辩的话题。《国语·郑语》记载史伯的话说："夫和实生物，同则不继。……故先王以土与金、木、水、火杂，以成百物。是以和五味以调口，刚四支以卫体，和六律以聪耳。"夫妇和谐而生子女，若同性则不可能。这是最明显的例证。当年齐桓公被奸佞梁丘据所迷惑，说只有梁丘据与他最和，晏婴批驳说："据亦同也，焉得为和。"并用烹调羹汤为例。因此"和"与"同"有本质区别，和谐则生，雷同则死。政治尤其如此，最高统治者要善于听取不同声音，采纳不同意见，这样才能避免片面。而人与人之间，民族与民族之间，国家与国家之间，如果能够坚持和谐而不必追求完全同一的原则，则全世界就会和平安定。因此君子要保持个体的独立性和特殊性，要在保持各自独立的前提下追求和谐统一。

十三·二四

子贡问曰："乡人皆好之，何如？"子曰："未可也。"

"乡人皆恶之，何如？"子曰："未可也。不如乡人之善者好之，其不善者恶之。"

【翻译】

子贡问："如果乡里的人都认为这个人好，怎么样？"孔子说："不行，还不能认为就是好人。"

子贡又问："如果乡里的人都认为他坏，怎么样？"孔子说："不行，也不能认为他如何。不如乡里的善人都认为他好，坏人都认为他坏。"

【注释】

[好之] 意动用法，认为好。"恶之"语法相同。

【评析】

本章显示孔子有很强的是非观念，坚决鄙弃那种好好先生，孔子称和稀泥、和事佬的好好先生为"乡愿"，认为是"德之贼"。确实如此，这类人可以说是社会机会主义分子，只要自己能够捞到好处便不再考虑公理、正义与是非。这类人现实生活中不少，一般都活得很滋润。但孔子的这种看法也缺乏实际操作的可能性，怎么判定是善人还是恶人？虽然可以判定，但在不同人那里评价便不同。

十三·二五

子曰："君子易事而难说也。说之不以道，不说也。及其使人也，器之。小人难事而易说也。说之虽不以道，说也。及其使人也，求备焉。"

【翻译】

孔子说："在君子手下工作很容易，但要讨取他的欢心却很难。不用正当的方式去讨好他，他不会接受欢心。等到他分配工作使用人的时候，能够根据人的特长去进行安排。在小人手下工作很难，但却很容易取悦于他。虽然用不正当的方式讨好他，他也接受而高兴。等到他用人时，就会求全责备，百般挑剔。"

【注释】

[易事]容易侍奉，意为在手下工作容易。[难说]难以使他高兴开心。说，通"悦"。[器之]像使用东西一样各尽其用。指按照每个人的具体才能安排工作。

【评析】

本章所谈乃社会经验，具有实用理性。这既是孔子自己的经验之谈，也是对学生的教育与指导，充满智慧与理性。《说苑·雅言》说："曾子曰：'夫子见人之一善而忘百非，是夫子之易事也。'"关键依然是道德问题，凡是用各种手段可以打通关节的人都不能算大君子。

十三·二六

子曰："君子泰而不骄，小人骄而不泰。"

【翻译】

孔子说："君子仪态端庄尊严而不骄傲，小人骄傲自大而没有尊严。"

【注释】

[泰]安详，平和。[骄]骄傲、自得貌。

【评析】

任何事情都要掌握度，仪态也如此。端个架子故作高人往往令人生厌。"泰"与"骄"是内心世界在外在表情上的自然流露，是伪装不出来也掩饰不了的。内心充实坦荡，外在自然安泰。

十三·二七

子曰："刚、毅、木、讷，近仁。"

【翻译】

孔子说："刚强、坚韧、朴实、寡言，接近于仁德的品格了。"

【注释】

[刚] 刚强坚定。[毅] 坚韧果断。[木] 朴实敦厚。[讷] 沉默寡言。

【评析】

孔子更重视行动而不满意夸夸其谈的人。康有为解释得好："刚者无欲，毅者果敢，木者朴行，讷者谨言。四者智能力行，与巧言令色相反者，故近仁。故圣人爱质重之人，而恶浮华佻伪如此，盖华而不实也。"确实，孔子更器重身体力行的实干家。

十三·二八

子路问曰："何如斯可谓之士矣？"子曰："切切偲偲，怡怡如也，可谓士矣！朋友切切偲偲，兄弟怡怡。"

【翻译】

子路问老师："怎么样做可以算是知识分子呢？"孔子回答说："相互之间要敦促帮助，和睦愉快相处，就可以算是知识分子了。朋友之间要相互督促，兄弟之间要相互和睦。"

【注释】

[切切偲偲（sī）]相互敬重、切磋、勉励貌。[怡怡]兄弟之间和睦。

【评析】

这是回答子路的提问，强调如何处理朋友和兄弟之间的关系问题。朋友是以共同追求道义而形成的人际关系，故孔子强调要相互切磋鼓励，敦促对方向善，实际是朋友的正面作用，也是朋友间的义务。兄弟之间一是平辈关系，二是因为日常生活在一起，关系密切，容易因为生活习惯等一些细小事情发生矛盾，三是可能涉及家族利益甚至财产继承与分割，更应当相互和睦。在兄弟之间，谦让就是美德。孔子很讲究人伦关系，因为在具体的人际关系和交往中才能表现出人的品格与道德。孔子总是在回答弟子提问的时候阐释一些道理，而且都具有直观现实性，是实际生活中需要实行的。话题多集中在"仁""士""从政"几个方面。

十三·二九

子曰："善人教民七年，亦可以即戎矣。"

【翻译】

孔子说："善人领导教育百姓七年，也就可以应付战争了。"

【注释】

[即戎] 参加打仗。即，走近，接近。戎，兵戎，军队，战争。

【评析】

孔子并不是迂腐无能的书呆子，而是有实际治国能力的人。从鲁定公十年辅佐国君在夹谷与齐景公相见一事的经过看，孔子开始便提出"有文事者必有武备，有武事者必有文备"的策略，而且在会见过程中表现出大智大勇。孔子几次提到军队与备战，可见其注重国家安全，这是执政者第一要务。本章实际强调平时就要注意训练军队。

十三·三〇

子曰："以不教民战，是谓弃之。"

【翻译】

孔子说："用未经过训练的人民去打仗，就叫作抛弃他们。"

【注释】

[不教民] 没有经过教育的百姓，这里指没有经过训练。

【评析】

本章表现对于人民高度负责的精神，依然体现仁政思想。可能当时有这种情况，孔子是有针对性的。

· 宪问第十四 ·

【原疏】正义曰：此篇论三王二霸之迹，诸侯大夫之行，为仁知耻，修己安民，皆政之大节也。故以类相聚，次于问政也。

【魁按】本篇主旨是讲述如何进退出处的原则，讲述知耻乃修身之前提以及如何修身之问题。

十四·一

宪问耻。子曰："邦有道，谷；邦无道，谷，耻也。"

"克、伐、怨、欲不行焉，可以为仁矣？"子曰："可以为难矣，仁则吾不知也。"

【翻译】

原宪问什么样的德行算是耻辱。孔子说："国家政治清明，就当官拿俸禄；如果政治不清明，再当官拿俸禄，就是耻辱。"

原宪又问："好胜、自夸、怨恨、贪心这四种毛病都没有的话，可以算是仁德了吗？"孔子说："可以说能够做到这样已经很难得了，但是否算是仁德，我可不知道了。"

【注释】

[宪]孔子弟子原宪。 [谷]古代官员发放实物工资，给粮谷。因此秦汉官制品级都论石。这里代指俸禄。 [克]好胜，忌刻。 [伐]自夸，自矜。

【评析】

原宪是孔子很有个性的弟子之一，可能是看不惯当时一些人不择手段当官的行径，便问老师耻辱的问题。孔子回答很明确，政治黑暗浑浊时，还能当官就是耻辱。这是很深刻的见解，因为政治黑暗的重要特征是奸佞贪婪之辈当权，权力阶层形成特殊利益集团。如果再深刻点说，腐败的政府有黑社会的性质。如果有正义感，在这样的政权中便无法容身，如果能够进入其中，则同流合污无疑，故耻辱。其实，这样的政权运转时，进入其中不同流合污则被排挤出来。小的社会环境也是如此，一个很黑暗的地方容不得君子和亮光。后面是关于仁与其他具体美德和善行的区别。孔子对于仁的要求是非常高的。原宪问的四个方面，可能是他本人所具有的优点，体会原宪为人处世，确实有那四种美德。

十四·二

子曰："士而怀居，不足以为士矣！"

【翻译】

孔子说："如果知识分子留恋安逸的生活，那就不配做知识分子了。"

【注释】

[怀居]留恋安居生活。

【评析】

追求安逸是人的本性，但留恋与贪图安逸则会失去进取心。儒家以担负天下道义为己任，因此便要勤勉追求，永不止息地学习与奋斗。儒家历来将社会利益放在自我利益之上。这种精神本身就值得提倡。

十四·三

子曰："邦有道，危言危行；邦无道，危行言孙。"

【翻译】

孔子说："政治清明，说话要正直，行为也要正直；政治黑暗，行为仍然要正直，说话则要谨慎小心。"

【注释】

[危]正直、端正。 [孙]通"逊"。

【评析】

这是教育学生要有人生经验。尤其是在政治黑暗的时候，说话要特别注意，"祸从口出"，因说话而得罪没有价值。但无论何时都要"危行"，即正道直行，不能走歪门邪道。孔子多次提出在乱世要注意明哲保身，这和道家思想一致，实际是对生命的珍惜，不做无谓的牺牲。

十四·四

子曰："有德者必有言，有言者不必有德。仁者必有勇，勇者不必有仁。"

【翻译】

孔子说："有道德的人，必定有好的语言，有好语言的人不一定有高尚的道德。有仁爱之心的人一定勇敢，勇敢的人不一定有仁爱之心。"

【注释】

[言] 语言，指名言或格言。

【评析】

德和仁是内在的品质，内在品质美好，必然会在外部形式上表现出来。自我修养是决定一切的基础。韩愈说："足乎己而无待于外之谓德。"强调的也是道德是由内心修养与学识决定的这一点。

十四·五

南宫适问于孔子曰："羿善射，奡荡舟，俱不得其死然。禹、稷躬稼而有天下。"夫子不答。

南宫适出。子曰："君子哉若人！尚德哉若人！"

【翻译】

南宫适问孔子说："后羿擅长射箭，奡力大无比可以摇荡船只，但二人都死于非命。夏禹、后稷就是亲身耕种庄稼却得到天下。"孔子没有回答。

南宫适出去了。孔子说："真是个君子啊，这个人！崇尚道德啊，这个人！"

【注释】

[南宫适]孔子弟子南容。[羿（yì）]古代传说中的神箭射手。传说中有三个羿，都是射箭高手。一为帝喾的射师，见《说文》；二是唐尧时人，即射落九个太阳者；三是夏代有穷国君主，见《左传·襄公四年》。这里的羿和《孟子·离娄》中的羿都是最后者。[奡（ào）]人名。夏寒浞之子，多力，相传能陆地行舟。孔安国曰："羿，有穷国之君，篡夏后相之位。其臣寒浞杀之，因其室而生奡。奡多力，能陆地行舟，为夏后少康所杀。"[躬稼]亲身种地。躬，亲身，亲自干。稼，稼穑之略语，指农业生产。

【评析】

本章涉及古今中外一个大问题，就是道德和勇猛力量到底哪一方面更有持久性。后羿和奡都是古代传说中的勇士，或神射，或力大无穷，都是不可一世的大英雄，如果比试武功的话，可能天下没有敌手，但这两个人却都不得善终。而夏禹和后稷没有大本事，就是勤劳有道德，却得到天下。孔子并没有直接回答，但理解他问话的意思。因此南宫适出去后，孔子赞美其是位崇尚道德的君子。从历史看，凭借暴力和霸道是不会长久的。只有施行仁政，建立和谐的社会才能够久远。道德比霸道有更持久的力量。这是儒家思想的核心内容之一，也被古今中外历史所证明。

十四·六

子曰："君子而不仁者有矣夫，未有小人而仁者也。"

【翻译】

孔子说："君子而没有达到仁德的情况是有的，但小人是绝对不会有仁德之心的。"

【评析】

仁是很高的一种道德本体，属于全德，即在道德所有方面都没有缺欠，并不是具体的某一种或几种好的品格，可以说只有圣人才能够真正符合仁者的要求。因此君子在道德上也不是尽善尽美，也有缺点。缺点实际也可以说是不仁的地方。但小人则绝不会有仁心。这里的小人便是从道德方面来衡量的。需要注意的是孔子所说的"君子"与"小人"在不同的语言环境中含义也不同，要仔细体会分析。

十四·七

子曰："爱之，能勿劳乎？忠焉，能勿诲乎？"

【翻译】

孔子说："如果爱他，能不让他受到劳苦的磨炼吗？如果真心对他好，能不对他进行教育吗？"

【注释】

[劳]使之劳动、劳苦。或注"勉"，或注"忧"，均不符合原意。

【评析】

这可以做政治培养和家庭教育两方面的格言。人的成长需要不断地磨炼，需要实际经验的历练，也需要不断地教育和引导。不但国家政治，各个阶层的领导人都需要如此培养，即使是普通百姓家的孩子也需要在这两个方面，即实际能力的锻炼和文化知识的提高方面下功夫，实际能力依靠劳动与工作，文化知识依靠学习与指导。少年时期的艰苦生活往往是人一生最宝贵的财富，道理就在这里。

十四·八

子曰："为命，裨谌草创之，世叔讨论之，行人子羽修饰之，东里子产润色之。"

【翻译】

孔子说："起草诏命时，裨谌起草草稿，世叔进行研讨议论，专职官员子羽修改增删，东里子产进行最后的润色定稿。"

【注释】

[为命]拟定诏命，即国君的旨意，就是最高级文件。为，动词，起草到定稿的过程。[裨谌（bì chén）]郑国大夫。[世叔]《左传》中郑国的子太叔，国君的叔父。[行人]官名。掌管朝觐聘问的官。《周礼·秋官》有行人。春秋、战国时各国都有设置。汉代大鸿胪属官有行人，后改称大行令。[东里子产]历史上有名的郑国贤人子产，其住处在东里。

【评析】

这是孔子针对当年郑国政治情况提出的具有一定民主色彩的政治主张，提倡国家大事要经过几位主管大夫层层参与讨论，综合各种意见才能最后决定，制订出文件。因"行人"可以理解为出国大使，因此杨伯峻先生便将这里的"命"理解为"外交辞令"，有些狭窄。因"行人"是春秋时的官职，实际职责是掌管传达诏命、册封、抚谕等事务，这样，诏命的内容便极其广泛了，可以涉及内政外交所有领域。这样理解更准确。

十四·九

或问子产。子曰："惠人也。"

问子西。曰："彼哉！彼哉！"

问管仲。曰："人也。夺伯氏骈邑三百，饭疏食，没齿无怨言。"

【翻译】

有人问孔子子产如何。孔子说："是位宽厚有恩惠于百姓的人。"

又问子西。孔子说："他这个人啊！他这个人啊！"

又问管仲。孔子说："那是个人物。他剥夺伯氏骈邑三百户的采邑，使伯氏只能吃粗粮淡饭，但一直到死都没有怨言。"

【注释】

[子产] 春秋时期郑国著名政治家，名公孙侨。[子西] 春秋时有三个子西，但从政治作用及与孔子关系看，当指曾任楚令尹（即首相）的子西。该人曾阻止楚昭王想要给孔子及弟子划出七百里地自治的意见。见《史记·孔子世家》。 [伯氏] 齐国大夫。[骈（pián）邑] 齐国地名，在今山东临朐县附近。 [没齿] 指死。

【评析】

这是孔子在回答他人提问时对三个人的评价。对于子产孔子历来很钦佩，认为是位贤人。而对于子西，孔子的口气很明显有贬斥的意味，但只是那样一说而已，没有更严厉批评。其实子西阻挠了孔子在楚国获取发展的机会，而且子西在历史记载中品格也大有问题，但孔子没有说什么，只是不谈论而已，这正是厚道处。对于管仲，孔子基本是肯定的，主要是肯定他的历史功绩。孔子很重视事功，对于有实际功劳的历史人物都给予很高的评价。至于管仲剥夺伯氏采邑三百户而伯氏至死不怨恨，则肯定是做法合理，说明管仲执政能力之强。

十四·一〇

子曰："贫而无怨难，富而无骄易。"

【翻译】

孔子说："贫穷而没有怨恨很难做到，富裕而不骄傲容易做到。"

【评析】

真正的"安贫乐道"很难，所以贫穷有怨恨情绪是普遍的。而这种怨恨情绪往往是社会不公平造成的。现在的暴发户以及腐败官员不骄奢淫逸的也不多。

十四·一一

子曰："孟公绰为赵、魏老则优，不可以为滕、薛大夫。"

【翻译】

孔子说："孟公绰去当晋国诸卿赵氏、魏氏的家臣，那是绰绰有余，但却不可以当滕国、薛国这样小诸侯国的大夫。"

【注释】

[孟公绰]鲁国大夫，《左传·襄公二十五年》记载有他的事迹。孔子对他很尊敬。 [老]古代大夫的家臣称老，也称家老。 [优]优裕。 [滕薛]都是小诸侯国名。

【评析】

这段话有些费解，孟公绰跟孔子同时代，又都是鲁国人，孔子对孟当然很了解。从各种注解和诠释看，孟公绰道德很好，清心寡欲，但处理具体琐事能力可能不够强。当时赵、魏都是晋国的大卿，势力很大，比小的诸侯国大多了。家臣实际是这样家族中的主管，相当于小国的宰相。而滕和薛都是很小的诸侯国，比赵、魏差远了。虽然有国之名，但实际很小，因此其大夫就必须处理民事诉讼以及负责税收等具体琐事，而这些可能不是孟公绰的长项，故孔子如此说。可以看出孔子对于人才的重视和准确判断，所以孔子反复强调"知人"难。

十四·一二

子路问成人。子曰："若臧武仲之知，公绰之不欲，卞庄子之勇，冉求之艺，文之以礼乐，亦可以为成人矣。"曰："今之成人者何必然？见利思义，见危授命，久要不忘平生之言，亦可以为成人矣。"

【翻译】

子路问怎样才算完人。孔子说："像臧武仲那样明智，像孟公绰那样清心寡欲，像卞庄子那样勇敢，像冉求那样有才能技艺，再用礼乐文采来提升文化，差不多就可以成为完美的人了。"又说："如今的完人又何必一定要做到这样？看见利益能够首先思考是否合理，看见危险敢于献出生命，长久处在困难境地而不忘记平生的志向与诺言，就算是完美的人了。"

【注释】

[成人]指全面完美的人。 [臧武仲]鲁国大夫臧孙纥，后出奔到齐国。预见齐庄公不得善终，设法辞去庄公赐给他的田，免于受牵连，很明智。[卞庄子]春秋鲁大夫，著名勇士，食邑于卞，谥庄。《荀子·大略》："齐人

欲伐鲁，忌卞庄子，不敢过卞。"《汉书·淮阳宪王刘钦传》："子高素有颜冉之资……卞庄子之勇。"《史记·张仪列传》说卞庄子曾制服二虎。[要]通"约"，穷苦困窘。

【评析】

本章可以看出孔子对于高标准的全德之人的看法，即要明智、勇敢、清心寡欲、有才能有文化，而这一切都在仁的统率下，这样的人才是完美的。但这样的人要求太高，难以做到，退而求其次，也必须正直，能够正确处理利益和道义的关系；勇敢无畏，遇到大事敢于站出来坚持正义；诚信守道，安贫乐道，这些都是切实可行，每个人都可以做到的，但真正做到也需要很高的修养。儒家重视人格培养，而且都从人生实际出发，不是高不可攀的境界，也不神秘玄妙。

十四·一三

子问公叔文子于公明贾曰："信乎，夫子不言，不笑，不取乎？"

公明贾对曰："以告者过也。夫子时然后言，人不厌其言；乐然后笑，人不厌其笑；义然后取，人不厌其取。"

子曰："其然？岂其然乎？"

【翻译】

孔子向公明贾打听公叔文子的情况，说："真是这样吗？人们说公叔文子老先生不讲话，不笑，不取？"

公明贾回答说："这是告诉您的人讲错了。他老人家是到他应该说话的时候才说话，因此人们都喜欢他的话；是真开心高兴后才笑，因此人们不厌烦他的笑；是认为合理应该得到后才获取，因此人们都不讨厌他获得。"

孔子道："噢，是这样啊？难道真的是这样吗？"

【注释】

[公叔文子]卫国大夫,《礼记·檀弓》中有关于他事迹的记载。[公明贾]卫人,复姓公明。 [信]果真,真的。 [以]因为。 [告者]指告诉孔子这些话的人。 [厌]本义是讨厌、厌烦。

【评析】

这是孔子在卫国时进行社会调查的情况,可见他对于卫国的政治很关心,对那里有地位的人也很关心。因此便向卫人询问一位在卫国很有名的大夫的情况。从语气来看,孔子对于公明贾的回答多少有点怀疑,但没有否定。这也是孔子厚道谨慎处。

十四·一四

子曰:"臧武仲以防求为后于鲁,虽曰不要君,吾不信也。"

【翻译】

孔子说:"臧武仲用他的采邑防城请求立他的子弟为鲁国的卿大夫,纵然说不是要挟国君,我不相信。"

【注释】

[防]臧武仲封地,在今山东费县东北六十里之华城,离齐边境很近。[求为后于鲁]请求让自己的后代在鲁国做卿大夫,即朝廷官员。 [要]要挟。

【评析】

孔子一直坚持君臣大义,反对臣子对国君有所胁迫,至于这一历史事实究竟如何,需要详细考证才可做出判断。孔子是当时人,对臧武仲曾有好的评价,但在这件事情上是持有批评意见的。也可以体现孔子就事论事,具体事具体分析的方法。

十四·一五

子曰："晋文公谲而不正，齐桓公正而不谲。"

【翻译】

孔子说："晋文公诡诈而不正派，齐桓公正派而不诡诈。"

【注释】

[谲]诡诈，过分用心机。

【评析】

这是孔子对于历史人物的评价，两个人距离孔子生活时代都不远，同样都是五霸之一，也同样叱咤风云过，但孔子对齐桓公评价很高，对晋文公很少赞美，最主要原因就是晋文公经常使用权术，耍心眼，而齐桓公则比较忠诚守信。孔子不喜欢奸狡而心机重的人，反对使用权术。

十四·一六

子路曰："桓公杀公子纠，召忽死之，管仲不死。"曰："未仁乎？"子曰："桓公九合诸侯，不以兵车，管仲之力也。如其仁！如其仁！"

【翻译】

子路说："齐桓公杀死公子纠的时候，召忽自杀来殉公子纠，同样是师傅，管仲却没有自杀。"见孔子不回答，子路又说："这样做算不仁吧？"孔子说："齐桓公多次主持诸侯的会盟，不用战争的手段，这样的丰功伟业，都是管仲的功劳啊！能够这样，就是仁！能够这样，就是仁！"

【注释】

[公子纠]齐国贵公子之一，是齐桓公哥哥。二人都是齐襄公弟弟，齐襄公荒淫无道，二人预见必发生国难，逃奔外国。公子纠由召忽和管仲辅佐逃奔到外祖父之国鲁国。齐襄公死，在回国争夺君位上公子纠晚了一步。齐桓公胁迫鲁国杀了公子纠。 [召忽死之]公子纠被逼自杀，召忽作为臣子也自杀殉主。 [管仲不死]管仲不肯自杀。 [九合诸侯]多次会盟诸侯，共同订立盟约。据考证，齐桓公共联合诸侯会盟十一次，这里的"九"是虚数。[兵车]战车，指战争。

【评析】

孔子对于管仲的评价非常重要，因为按照迂腐的观点，管仲不能为自己侍奉的主人尤其是公子纠尽忠算是不忠，很多人有这样的疑问。就连孔子的高足子路和子贡都难免有这样的看法。但孔子给予管仲很高的评价。孔子是从管仲的实际贡献和历史功绩出发来评价的。一是管仲对于齐国乃至于那段历史相对稳定有功绩，会盟诸侯而尊崇王室，这是孔子最提倡的；二是使齐国富强，使老百姓得到利益。因此孔子的观点很高远，并没有很迂腐地用私德来责备管仲。

十四·一七

子贡曰："管仲非仁者与？桓公杀公子纠，不能死，又相之。"子曰："管仲相桓公，霸诸侯，一匡天下，民到于今受其赐。微管仲，吾其被发左衽矣。岂若匹夫匹妇之为谅也，自经于沟渎而莫之知也？"

【翻译】

子贡说：“管仲是没有仁德的人吧？桓公杀公子纠，他不能以身殉难，还去给公子纠的仇人当宰相。”孔子说：“管仲辅佐桓公，称霸诸侯，一再匡正天下，老百姓直到今天还在享受着他的恩惠。如果没有管仲，我们这些人都会披散头发，衣服也要向左边开大襟了。他怎么能像普通小民那样守着小节小信在沟里自己上吊自杀而没有人知道呢？”

【注释】

[匡] 匡扶，匡正。 [微] 没有。 [被发] 披散头发，指不束发。被，同“披”。[左衽] 向左边开大襟。衽，衣襟，指上衣前交领部分。[匹夫匹妇] 普通百姓。有轻贱意。 [经] 自缢而死。 [谅] 诚实，这里有固执意。[沟渎] 泛指一般水沟。

【评析】

本章和前章都涉及如何评价管仲的大问题，如果按照忠君要求，管仲应当为公子纠殉节。公子纠虽然还不是国君，但作为公子，管仲与其关系有君臣的性质。因此管仲品德遭到很多人的质疑，这就存在小节与大节的问题。孔子前面提到过，“言必信，行必果”是小人之仁德。从对管仲的评价上就可以看出其思想的本质。孔子不想空谈理论，更重视社会实践和建立功业，汲汲奔走各国，绝不是单纯为宣传其思想，更主要的目的是寻找机会实现自己的政治主张，想干一番王道事业。因此他非常重视建立事功、造福天下百姓的人物。如果管仲也像召忽那样死去，后来的一切历史功绩便都不会创造。这便是孔子高度评价管仲的原因。从这点来看，孔子更重视实际的历史作用，将公德放在私德以上来评价和论证历史人物。而管仲在保存中原文化方面，不“被发左衽”，这更是大的历史功绩。因为文化是高于其他方面的。文化在，民族精神就在。孔子一生追求的就是保持周的礼乐制度，实际也就是保持文化的固有品格。

十四·一八

公叔文子之臣大夫僎，与文子同升诸公。子闻之，曰："可以为'文'矣！"

【翻译】

公叔文子的家臣大夫僎，和文子晋升到同级别的官职。孔子听说这件事，说："这便可以谥为'文'了。"

【注释】

[臣大夫]家臣，大夫。 [僎（zūn）]人名。 [晋升]晋级升迁。

【评析】

能够推荐下级与自己晋升到相同的职位，这本身就是很高尚的美德，丝毫没有嫉贤妒能之意，因此孔子极力赞美他。这种品格永远值得赞佩。

十四·一九

子言卫灵公之无道也，康子曰："夫如是，奚而不丧？"孔子曰："仲叔圉治宾客，祝鮀治宗庙，王孙贾治军旅。夫如是，奚其丧？"

【翻译】

孔子说卫灵公很昏庸无道，季康子说："如果像这样，为什么还没有亡国？"孔子说："有仲叔圉管理宾客的事务，祝鮀管理宗庙祭祀的事务，王孙贾管理军队的事务。像这样的话，怎么能够亡国呢？"

327

【注释】

[康子]均无注,当是季康子。[仲叔圉]就是孔文子。[祝鮀]卫国大夫,善于言辞,孔子曾说他"佞"。[王孙贾]卫国大夫。[丧]丧失政权,指亡国。

【评析】

孔子对于国君或大臣都有客观的评价,对于卫灵公的昏庸无道有清醒的认识。孔子周游列国时,在卫国逗留时间比较长,对卫国的政治情况以及君臣的人品都很了解,因此《论语》中评价的人物除鲁国的外,卫国的最多。孔子对于祝鮀等三人均有批评意见,但在工作能力上基本肯定。关于卫灵公无道之举,孔子指的到底是什么,不太清楚,但溺爱南子,宠信弥子瑕和雍渠,逼走太子,动摇国本,造成后来的内乱,这些可能都是孔子批评的内容。

十四·二〇

子曰:"其言之不怍,则为之也难。"

【翻译】

孔子说:"说话大言不惭的人,真正做起事来就很难了。"

【注释】

[怍]惭愧。

【评析】

这是教育学生,也是告诫学生怎样看人看事。凡是说话很大的人,真正办起事来则很困难。因此不要轻易许诺,没有把握的事情不要轻易答应,这样才能不失信。

十四·二一

陈成子弑简公。孔子沐浴而朝，告于哀公曰："陈恒弑其君，请讨之。"公曰："告夫三子。"

孔子曰："以吾从大夫之后，不敢不告也。君曰'告夫三子'者。"

之三子告。不可。孔子曰："以吾从大夫之后，不敢不告也。"

【翻译】

齐国的大臣陈恒叛逆杀害国君齐简公，孔子沐浴后去朝廷报告哀公，说："陈恒叛逆杀害他的国君，请求发兵讨伐他。"哀公说："去告诉三位大臣。"

孔子说："因为我曾经当过大夫之职，所以不敢不报告这样的大事和不敢不发表自己的意见。可君主您却说'去告诉那三位大臣'。"

孔子去报告那三位大臣，三大臣不同意出兵讨伐。孔子说："因为我曾经当过大夫之职，所以不敢不报告这样的大事和不敢不发表自己的意见。"

【注释】

[陈成子]即陈恒，齐国权臣田常，因其专权，齐简公想除掉他，结果被他杀害。[简公]名壬。[沐浴]礼制要求，大夫进朝前要沐浴穿朝服。[从大夫]等于说从事过大夫之职。

【评析】

这是孔子的政治态度，孔子明知道不可为也要去报告并明确请求出兵讨伐，是表明自己的政治立场。而两次重复那句话，便有立此存照给后人看的意思。齐国与鲁国是近邻，并有悠久的历史渊源，因此两国之间的政治事件相互影响。孔子明确请求出兵，因为春秋时期，只要是弑君大逆，人人可以诛之。孔子的要求大义凛然，但哀公已经不掌实权，因此让孔子去报告三大夫。孔子的感叹很深沉，也明白哀公的苦衷，又无可奈何。去报告三大夫，也有留此存照的意思，意思是我孔丘应该做的都做了，我尽力了。三大夫与陈恒都是大夫之职，他们对于这种事情一般不会有积极性。

鲁国三大家族和公室一直存在尖锐矛盾，当年昭公受不了季氏的专横，发兵讨伐季氏，结果季氏联合孟孙氏和叔孙氏将昭公打败，昭公流亡，最后死在外国。因此让三大夫去讨伐叛逆，很明显是不可能的。

十四·二二

子路问事君。子曰："勿欺也，而犯之。"

【翻译】

子路问如何侍奉国君。孔子说："不要欺骗他，却可以冒犯他。"

【注释】

[犯] 冒犯，不顺着说。

【评析】

本章极其简明，但思想极其深刻，值得深入挖掘。孔子认为事君之道在于忠诚，实事求是，不能欺骗，更不能报喜不报忧，整天大唱赞歌，阿谀奉承，如果国君在某些问题上执迷不悟的话，可以坚持正义坚持真理而对其提出否定意见，甚至可以冒犯。这种观点可以作为一切领导者的座右铭。臣子或下级应该如此，更关键的是国君更应该明白这个道理。

十四·二三

子曰："君子上达，小人下达。"

【翻译】

孔子说："君子在向提高仁义道德方面努力，小人在向谋取名利地位方面钻营。"

【注释】

[上达]向高级方面努力。达，动词，追求。[下达]向低级方面使劲。

【评析】

关于"上""下"各家注解不同，朱熹的注解有些玄乎神秘，实际理解为真理正义与功名利禄的对应为好。"上"是正义真理的意思，"下"是利益的意思，本句意义与"君子喻于义，小人喻于利"近似。

十四·二四

子曰："古之学者为己，今之学者为人。"

【翻译】

孔子说："古人学习是为了提高自己的修养和学识，今人学习是为了教训别人，向别人炫耀。"

【评析】

这句话解释的歧义较多，但主要还是谈学习态度的。"为己"是指提升自己的修养，增加自己的学识，加强自己对于是非的判断力。真正的学人确实如此，也只有如此，才有快乐感和自我满足感。一切应付考试或为获取功名利禄的学习都很累，道理在此。当今一些人更是装模作样，有点学问便到处吹牛炫耀，有骆驼不说牛，显得很浅薄。

十四·二五

蘧伯玉使人于孔子，孔子与之坐而问焉，曰："夫子何为？"对曰："夫子欲寡其过而未能也。"

使者出。子曰："使乎！使乎！"

【翻译】

蘧伯玉派人来看望孔子，孔子请他落座而与他谈话，问道："您家蘧老先生忙什么呢？"来人回答说："老先生总在想减少自己的过错，还不能办到啊！"

蘧伯玉派的人出去了。孔子赞叹道："好一个使者！好一个使者！"

【注释】

[蘧伯玉] 卫国大夫，名瑗。很显达，跟孔子关系密切，孔子曾经在他家住过。是善于自省之人。《淮南子·原道训》："蘧伯玉年五十而知四十九年非。"因此，五十岁又称"知非之年"。 [寡其过] 减少他的过错。

【评析】

蘧伯玉是卫国著名贤人，孔子对他很赞赏，最主要的就是谦退的精神，从不自矜自夸，他的下人都能够如此，主人之精神境界更可想而知。不自以为是，不故作高深，温良恭俭让是孔子精神世界的特征。

十四·二六

子曰："不在其位，不谋其政。"

曾子曰："君子思不出其位。"

【翻译】

孔子说："不在位置上，就不要谋划过问那个职权范围之内的事情。"

曾子说："君子思考问题不超出自己工作职责的范围。"

【评析】

这已经浓缩为成语和格言，是人生经验，也是做人的准则，尤其是担任一定职务之人应当注意的处事原则。社会是有分工的，尤其是管理层，各级官吏职务分工明确，不是自己该管的事就不要过问，否则费力不讨好，还有侵夺他人权力之嫌疑。曾子的话是对孔子的话的解释和补充，意思基本一样。

十四·二七

子曰："君子耻其言而过其行。"

【翻译】

孔子说："君子耻于说的话超过了他的能力和行动。"

【评析】

孔子历来反对说大话，主张少说多做，这是做人成功的主要素质之一。人们应当时刻警惕自己的重要修养，就是做在前面，不要说难以实现的话，更不能不着边际，大吹大擂只能令人厌烦。

十四·二八

子曰："君子之道三，我无能焉：仁者不忧，知者不惑，勇者不惧。"

子贡曰："夫子自道也。"

【翻译】

孔子说："君子的道德体现在三个方面，我一样也做不到：有仁德的人不忧愁，有智慧的人不疑惑，有勇气的人不恐惧。"子贡说："这正是老师讲自己啊！"

【注释】

[自道]表白自己的理想。

【评析】

这是孔子所追求的人生境界，子贡说是孔子自我表白，作为弟子这样评价当然可以，子贡对孔子是非常崇拜的。但可以理解孔子说的是实话，孔子一直到临终还有许多遗憾，并没有真正到达不忧不惑的境界。

十四·二九

子贡方人。子曰："赐也贤乎哉？夫我则不暇。"

【翻译】

子贡总爱对他人评头品足。孔子说："子贡你就够贤德吗？我可没有这闲工夫。"

【注释】

[方人]孔安国说："比方人也。"即比较品评人。 [暇]闲暇。

【评析】

孔子对于说话很谨慎，而且也反复教导弟子们要"慎于言而敏于行"，他很少批评别人，对于他认为不好的人也很少直接批评。子贡聪明机敏，可能好品鉴人物，《史记·仲尼弟子列传》中说子贡："喜扬人之美，不能匿人之过。"因此孔子提醒他不要如此。这也是做人应该注意的一点。尽量少谈论他人之是非，俗语说："宁可说玄话，也不说闲话。"道理如此。这是人生经验之谈，也是道德修养的一种表现。另外，我感觉"赐也贤"的"贤"很可能是"闲"的通假字，这样和后边的话才有逻辑联系，孔子意思是说："子贡你是闲的啊，我可没有这闲工夫。"这样更合理顺畅。存此备参考。

十四·三〇

子曰："不患人之不己知，患其不能也。"

【翻译】

孔子说："不要忧虑别人不了解你，只忧虑自己没有真本事。"

【评析】

这是孔子反复强调的一个观点，即要加强内功，只要有真本事、真学问，一定会被接受的。韩愈《五箴·名箴》说："内不足者，急于人知。霈焉有余，厥闻四驰。"确实很精彩，水平低下或很一般的人才急于出名，而如果真正有道德学问的话，其名声自然就会被广泛知晓，即使当代被埋没，后世也将被发现。另外，还有一层意思，即要努力学习提升自己，一旦出现机会就能够把握住。

十四·三一

子曰："不逆诈，不亿不信，抑亦先觉者，是贤乎！"

【翻译】

孔子说："不要预先觉得别人欺诈，不要预先觉得别人不信任自己。但如果真的出现这种情况则首先要察觉并防范，这不也是贤德之人吗？"

【注释】

[逆]迎接，这里指未至而先揣测准备。[亿]臆测，猜测。 [觉]觉察到。

【评析】

要相信别人，要以诚待人，这是儒家在品德方面所要求的基本点，但当对方不讲诚信时，要及时察觉并采取措施，这样才是贤德之人。如果被欺骗还不知道则是愚蠢的傻瓜笨蛋。这是经验之谈。

<h2 style="text-align:center">十四·三二</h2>

微生亩谓孔子曰："丘何为是栖栖者与？无乃为佞乎？"孔子曰："非敢为佞也，疾固也。"

【翻译】

微生亩对孔子说："孔丘，你为什么总这样忙忙碌碌到处奔波啊？恐怕是要炫耀你的理论和口才吧？"孔子回答道："不敢到处炫耀口才和理论，只是恨那些顽固不化的人。"

【注释】

[微生亩]人名，具体不详，当跟孔子很熟悉。 [是]这样，如此。 [栖栖]忙忙碌碌。 [佞]善辩，口才好。 [疾]怨恨。 [固]固执，顽固。

【评析】

微生亩是何人不清楚，可能与孔子很熟悉，关系也不错，但对于孔子如此辛苦到处奔波不理解，因此才如此发问，而孔子坚持自己的观点，表达了自己的志向。

十四·三三

子曰："骥不称其力，称其德焉。"

【翻译】

孔子说："对于千里马，并不是称赞它的速度和力量，而是称赞它的品德。"

【注释】

[骥] 宝马，一般称千里马。

【评析】

好马通人性，能够理解主人的意图并对主人非常忠心，确实有这样的宝马良驹。但孔子这句话的重点还是以马比人，强调道德高于力量的观点，这是儒家思想的主要观点之一。

十四·三四

或曰："以德报怨，何如？"子曰："何以报德？以直报怨，以德报德。"

【翻译】

有人问孔子："用恩德来报答仇怨，怎么样？"孔子回答说："报答仇怨为什么要用恩德？应当用公正去报答仇怨，而用恩德报答恩德。"

【注释】

[怨] 这里是仇怨。

【评析】

本章内容非常重要，可以看出在处理怨仇问题上孔子的观点，也是人与人之间、家族与家族之间、民族与民族之间、国家与国家之间经常遇到的最实际的问题。孔子否定了"以德报怨"的做法。关于如何对待怨仇，确实是非常具体和经常遇到的问题。如何对待，确实会产生不同效果，无非是三种方式，即"以德报怨""以怨报怨"和孔子提倡的"以直报怨"。以怨报怨，冤冤相报，永远没有终结，不可取，而且对于双方都是永远的伤害；以德报怨，会使坏人更加嚣张和肆无忌惮，而且对于被损害一方太不公平，也显得太怯懦窝囊，一般人也无法接受，也不可取；以直报怨，最合情合理，厚道而不窝囊，最近人情，也容易被接受。对于害过自己的小人，可以不理睬，但也不必给予什么恩德，当他们遭难或受审查时，既不落井下石，也不为之隐瞒什么，永远实事求是，正直对待，该是怎么回事就怎么回事，这便是正确的态度。但对待恩德则一定要报。中国历来有"滴水之恩，当涌泉相报"的格言，虽然不必涌泉，起码要用一瓢水吧！总之要知恩报恩，最主要的是感情，只要有心即可。

十四·三五

子曰："莫我知也夫！"子贡曰："何为其莫知子也？"子曰："不怨天，不尤人，下学而上达。知我者其天乎？"

【翻译】

孔子说："没有人真正理解我啊！"子贡说："为什么会没有人理解您老人家呢？"孔子说："不埋怨天命，不怪罪他人，向下方学习人事而向上追求真理，能够真正理解我的，只有上天了。"

【注释】

[下学]向形而下的方面学习，即向具体的社会实践学习。[上达]向形而上的抽象而无形的道理探索。

【评析】

这句话前后矛盾，其实孔子在此处就是在发牢骚，孔子也经常抒发怀才不遇的愤慨，只不过是不说过头的话罢了。说"不怨天，不尤人"，但其中满腹牢骚的语气不是很清楚吗？子贡实际在安慰老师，意思是我们这些弟子理解您老人家啊！但听老师继续发牢骚，当然不敢再接着说，因为他明白，自己以及同窗师兄弟们无法真正理解老师的精神世界，这在后面的章节中有更明确的表述。

十四·三六

公伯寮愬子路于季孙。子服景伯以告，曰："夫子固有惑志于公伯寮，吾力犹能肆诸市朝。"

子曰："道之将行也与，命也；道之将废也与，命也。公伯寮其如命何！"

【翻译】

公伯寮向季孙氏毁谤子路。子服景伯来告诉孔子，并且说："季孙氏已经被公伯寮所迷惑了，可我还有能力把这个坏蛋的脑袋挂在大街上示众。"

孔子说："正道如果将要推行，是天命；正道如果将要废止不行，也是天命，公伯寮他能够把天命怎么样！"

【注释】

[公伯寮] 孔子弟子，《史记·仲尼弟子列传》作"公伯缭"，字子周。但因为他在季孙面前谗毁子路，便有学者认为司马迁可能误会了，公伯寮是鲁国的坏人，不是孔子学生，但根据不足。 [季孙] 此季孙当是季桓子。[子服景伯] 鲁国大夫。[肆诸市朝] 古代将重罪犯人杀戮后将尸体或首级陈放在朝廷门口或市集人多处展示，以增加震慑力。郑玄注："吾势犹能辨子路之无罪于季孙，使人诛僚而肆之也。有罪既刑，陈其尸曰肆。"

【评析】

本章比较有争议，关键是几个人物的关系。首先是公伯寮，司马迁《史记》以及马融注都说是孔子弟子，但后世谯周等学者认为是谗毁子路之人，不是孔子弟子。逻辑上不严密，即谗毁子路的人同样可能是孔子弟子，同门相谗毁者也不足为怪。可能正因为是孔子弟子而谗毁同窗更可恨，所以子服景伯才来报告孔子，并表示如果孔子同意，他有能力将此事辨别清楚，并可以除掉公伯寮。如果是一般人谗毁子路属于正常，但作为孔子弟子谗毁同门实际也等于诋毁老师，当然可恨至极，子服景伯有替孔子清理门户的意思。但孔子并没有同意，反对用这种暴力的手段去处理问题和解决问题，而是采用顺应自然的方式，任凭命运安排。应当指出，这里的命运是指文化大的走势，因为一两个人的谗毁不会影响大的文化发展趋势。孔子看问题宏观而远大，尤其反对采用暴力手段，主张仁政，主张道德感化，这是值得注意的。如果公伯寮是孔子弟子，孔子这种态度更能感觉出其仁慈宽厚。

十四·三七

子曰："贤者辟世，其次辟地，其次辟色，其次辟言。"

子曰："作者七人矣。"

【翻译】

孔子说："有道德的人避开浑浊的社会，其次是避开混乱的地方，其次是避开不好的脸色，再其次是避开难听的语言。"

子曰："这样做的人已经有七位了。"

【注释】

[辟] 通"避"，避开。 [色] 脸色，表情。

【评析】

当时礼崩乐坏，社会混乱至极，故孔子发此感慨。此处的"避开"当指不参与其中，不参加到政权当中去，因为有些是无法避开的。世道再混乱也得吃人间饭。至于孔子说的避世的七人，人们有很多猜测，都难以确定，有人说是《论语》中出现的和孔子同时代的人，如楚狂接舆等，恐怕不是。也有人说是伯夷、叔齐等，但伯夷、叔齐不是乱世避难者，与孔子说的意思不吻合。

十四·三八

子路宿于石门。晨门曰："奚自？"子路曰："自孔氏。"曰："是知其不可而为之者与？"

【翻译】

子路在石门住宿，早晨负责看守大门的人问道："你是从哪里来的？"子路答道："是从孔子那里来的。"守门人说："就是那位明明知道不可能做到还要坚持去做的人吗？"

【注释】

[石门] 郑玄注："鲁城外门也。" [晨门] 早晨负责开门的人。[奚自] 自奚的倒装，从哪里来。

【评析】

这个精彩的对话很说明问题，那位守门人对于孔子"知其不可而为之"的评价成为流传千古的名言，颇具悲壮的色彩。为创建和谐的社会，为万世开太平，孔子汲汲奔走，不辞辛劳，就是要推行自己的政治主张，从塑造每个人个体人格开始，然后扩展开来，实现社会的和谐统一。在礼崩乐坏的乱糟糟的社会环境下，明明知道自己的理想难以实现还是苦苦追求，永不放弃。这种精神本身就具有极大的感人力量。

十四·三九

子击磬于卫，有荷蒉而过孔氏之门者，曰："有心哉，击磬乎！"既而曰："鄙哉，硁硁乎！莫己知也，斯己而已矣。深则厉，浅则揭。"

子曰："果哉！末之难矣。"

【翻译】

孔子在卫国敲击石磬，有一个挑着草筐的人经过孔子门前，说："敲击石磬的人心事重重啊！"一会又说："见识真是浅陋啊！音调何必那么凄怆！没有人能够理解自己，自己理解就行了。水深就蹚水过河，水浅就提起衣襟过河。"

孔子说："这是个看透天下的人，避世态度非常坚决，我没有话来反驳他了。"

【注释】

[蒉（kuì）] 草筐。 [硁硁] 象声词，走路时玉佩相互撞击之声。这里形容孔子敲击石磬的声音。[斯己] 斯，指这种情况下。己，自己。[深则厉，浅则揭]《诗经·邶风·匏有苦叶》中的诗句，原意是水深就穿衣服蹚过去，水浅就提起衣襟过去。即根据不同情况采取不同策略。

【评析】

一个挑草筐的普通人能够听出孔子击磬音乐的情感表现，很神奇，对于孔子的为人和心事也很懂，而且能够熟练运用《诗经》的诗句来恰当表达对于孔子的看法，其中也有规劝的成分，可见是个有相当文化程度的人。仔细体会，并没有丝毫讽刺和贬低，倒充满温情脉脉的关怀。孔子也明白此人对于社会的认识相当深刻，而其所采用的态度也有其道理，所以才感叹无法反驳。孔子的言论中，也有隐居的思想，但总放不下拯救天下的责任感，于是坚持着做最后的努力，而这恰恰是孔子最可尊敬之处。

十四·四〇

子张曰："《书》云：'高宗谅阴，三年不言。'何谓也？"子曰："何必高宗，古之人皆然。君薨，百官总己以听于冢宰三年。"

【翻译】

子张问："《尚书》上说：'殷高宗守孝，住在守丧的房子里，三年不说话。'是什么意思啊？"孔子说："何必一定是高宗，古人都是这样。老的国君死了，继位的国君三年不问政事，百官都听从宰相的命令。"

【注释】

[高宗] 殷中兴之明君武丁。 [谅阴] 居丧时所住的房子。借指居丧。

多用于皇帝。 [薨（hōng）]古代国君死称薨。 [冢宰]国君死，具体负责
丧葬事务的官员称冢宰，例由首席执政大臣担任，同时在新君守丧期间主
持军国大政。

【评析】

本章涉及古代守丧制度，守丧三年是三代以来的一种制度，三年间，
不能饮酒吃肉，不能娱乐。但作为国君，三年不处理政事则难以想象。因此，
这里的"不言"是不轻易言的意思。即新君在三年中对于原来的政策不能
有大的变更，也符合"父死，子三年不改父之道"的要求。

十四·四一

子曰："上好礼，则民易使也。"

【翻译】

孔子说："在上位的人喜欢按照礼制办事，老百姓就容易领导。"

【注释】

[好礼]爱好礼制，指严格遵守礼制。

【评析】

古代的礼带有法的性质，如果统治者真正能够按照礼制来办事的话，
那么下层领导工作便好开展。当时礼崩乐坏，而破坏礼制最甚的则是上层
统治者，因此孔子要求实行礼制要从上层做起。

十四·四二

子路问君子。子曰："修己以敬。"

曰："如斯而已乎？"曰："修己以安人。"

曰："如斯而已乎？"曰："修己以安百姓。修己以安百姓，尧舜其犹病诸。"

【翻译】

子路问如何做才算君子。孔子说："修养自己，严肃认真对待该做的事。"

子路又问："这样就可以了吗？"孔子说："修养自己使他人快乐。"

子路又问："这样就可以了吗？"孔子说："修养自己而使百姓安乐。修养自己而使百姓安乐，尧舜恐怕都犯愁难以做到啊！"

【注释】

[修己以安人]这里的"人"是指自己附近有接触的人，与后面的"百姓"是近与远的关系，范围有大小。

【评析】

子路是孔子心爱的学生，一直想做有圣德的君子，于是孔子便层层深入诱导之。首先是忠于职守，要有敬业精神，再进一步就是能够使与你交往的人都感觉安全快乐，再进一步则是使天下百姓安全快乐。但这最后一步其实需要位置，如果不是国君也要当宰相，否则怎么可以做到呢？尧舜有天下还难以做到如此境界，因此这是君子的最高境界。

十四·四三

原壤夷俟。子曰："幼而不孙弟，长而无述焉，老而不死，是为贼。"

以杖叩其胫。

【翻译】

原壤随意伸开两腿坐在席子上等待孔子。孔子见状，说："你小时候不懂孝悌礼节，长大了也没有什么值得称颂的，岁数大了还不死，这就是贼。"说完，用手杖敲他的小腿。

【注释】

[原壤]孔子的老朋友，二人是童年之友，而且原壤也是位很有见识之人。[夷俟]伸两足箕踞而坐等待客人。古人视作倨傲无礼之态。[孙弟]通"逊悌"，谦虚而有礼貌。[无述]指没有贡献，也没有值得称述的地方。[叩]轻轻敲击。

【评析】

这是孔子生活很有性情的一个精彩镜头。据《礼记·檀弓》记载，原壤的母亲死时孔子前去帮助他治丧，而原壤却唱起歌来，孔子只能装作听不见。可见原壤是对于当时礼制颇不在意的人。其思想与行为特点很像后来的庄子、阮籍等人。可见当时人们对于礼乐制度普遍不太遵守，礼崩乐坏已经到相当的程度。所以很多人都已经认识到恢复礼乐制度没有可能，而孔子也不是认识不到，明知不可为而坚持着，而他也看不到更好的社会制度和社会文化，因此苦苦追求着。原壤的潇洒，孔子的诙谐幽默，二人的亲密关系历历在目，很亲切而生动。

十四·四四

阙党童子将命。或问之曰："益者与？"子曰："吾见其居于位也，见其与先生并行也。非求益者也，欲速成者也。"

【翻译】

孔子乡里的一个童子来向孔子传达使命。有人问孔子说:"这小孩是来求上进的吗?"孔子说:"我看他占据大人的席位,看见他和长辈并肩而行。这不是来求上进的,是急于求成的人。"

【注释】

[阙党] 党是古代一级居民区的名称,阙是地名。顾炎武《日知录》说:"《史记·鲁世家》:'炀公筑茅阙门。'盖阙门之下,其里即名阙里,夫子之宅在焉。亦谓之阙党。" [居于位] 坐在成人位置上。古代童子无事则要站立在大人之侧,不能与成年人平起平坐。[与先生并行]《礼记·曲礼》上篇说:"五年以长,则肩随之。"肩随是并肩而稍后。先生,是年龄大之意,不是老师,童子则不能与成年人并行。

【评析】

尊敬师长是中国最古老最优秀的传统之一,但这个童子却不懂规矩,因此遭到孔子的批评。进来就与成年人并肩同行,而又占据成年人位置,但孔子只是指出这是个急于求成的人,并没有很严厉批评,也是其宽厚仁慈处。

·卫灵公第十五·

【原疏】正义曰：此篇记孔子先礼后兵，去乱就治，并明忠信仁知，劝学，为邦，无所毁誉，必察好恶，志士君子之道，事君相师之仪，皆有耻且格之事，故次前篇也。

【魁按】以"卫灵公"为篇首，批评对象主要是国君不修仁政。记载孔子关于如何提升自己道德和如何执政的观点，批评了对于推行仁道缺乏信心和眼光短浅的观点，表现了坚持仁道的执着精神。

十五·一

卫灵公问陈于孔子。孔子对曰："俎豆之事，则尝闻之矣；军旅之事，未之学也。"明日遂行。

【翻译】

卫灵公向孔子询问关于军队阵营队列之事。孔子回答说："礼仪祭祀的事情，我曾经听到过一些；军队作战的事，我没有学习过。"第二天就离开卫国。

【注释】

[陈]通"阵"，军队战争。 [俎豆]都是古代盛肉食的器皿，祭祀礼仪陈列的礼器。

【评析】

孔子反对采用战争手段解决问题，但并不轻视战争，也不反对一切战争。譬如当齐国发生大臣叛逆弑君之政变时，孔子态度鲜明请求鲁国出兵干预。卫灵公询问孔子战争之事的具体背景不清楚，故不好分析孔子立即离开之原因，但对卫灵公将注意力用在军事方面不满意则是肯定的。

十五·二

在陈绝粮，从者病，莫能兴。子路愠，见曰："君子亦有穷乎？"子曰："君子固穷，小人穷斯滥矣！"

【翻译】

孔子周游列国时在陈地绝粮挨饿，跟随的弟子饿坏了，都要站立不起来了。子路很懊恼，来见老师说："君子也有穷困潦倒没有办法的时候啊？"孔子回答说："君子在穷困潦倒没有办法时，依然坚持着，如果小人穷困潦倒就该胡来了。"

【注释】

[病] 一般指病情严重，这里偏重形容词，是饥饿严重的意思。 [兴] 指站立。 [愠] 有怨气，有情绪。 [穷] 困苦，没有办法。 [固穷] 固守穷困的现状也不采用不正当手段。 [滥] 本义是水泛滥，胡乱流淌。引申为没有操守，胡作非为。

【评析】

关于陈地绝粮的背景，孔安国说："孔子去卫如曹，曹不容。又之宋，遭匡人之难。又之陈，会吴伐陈，故乏食。"说得太笼统，根据《史记·孔子世家》载，吴国讨伐陈国而楚国出兵救援，两国交兵，孔子和弟子被困在陈蔡之间。楚国准备迎接孔子师生，陈蔡两国的大夫听说后很恐慌，害怕孔子到楚国后讨伐陈蔡而对他们不利。于是派兵包围了孔子师生，才出现严重的断粮现象。一些学生饿得都起不来了，可见情况之严重。在这种情况下，孔子依旧坚持着，不允许弟子们有任何违背礼制的行为，而且还要坚持推行仁道，该是何等胸怀！该是何等气魄！

十五·三

子曰："赐也，女以予为多学而识之者与？"对曰："然，非与？"曰："非也，予一以贯之。"

【翻译】

孔子说："端木赐，你以为我是勤奋学习而记住很多知识吗？"子贡回答说："对啊！难道不是这样吗？"孔子说："不是这样，我是用一个基本思想观念来贯穿它。"

【注释】

[识] 这里是记住、记忆的意思。 [一以贯之] 用一种思想贯穿自己的全部学问或行动。

【评析】

关于"一以贯之"解释甚多，后世民间"一贯道"的取名可能也源于此语。如果仅从字面讲，"一贯道"基本符合孔子原意，用来贯穿始终的是"道"，而儒家的"道"到底指什么，则需要进一步探讨。《里仁篇》第十五章中孔子对曾子说"吾道一以贯之"，曾子的解释可以基本回答这个问题，即作为一种态度贯穿学问与做人之始终，就是"忠恕"，忠是真诚不虚伪，属于个人私德，即做人的基本准则；恕是"己所不欲，勿施于人"，是与人相处的原则，属于社会性公德。其根基则是仁。即抱定仁的准则，坚持忠恕的精神，用此来贯穿一生的学问和行为。

十五·四

子曰："由！知德者鲜矣。"

【翻译】

孔子说："仲由！懂得德行的人很少了。"

【注释】

[鲜] 少。

【评析】

这可能是孔子与子路很随意的对话，是感叹社会道德沦丧，懂得道德的人很少了。什么是"德"？这是抽象的概念，从"德"的原始文字为"直""心"二字上下结构而成来看，最本源的意义是正直纯朴之心，即没有虚伪矫饰的本初之心。

<h2 style="text-align:center">十五·五</h2>

子曰："无为而治者，其舜也与？夫何为哉？恭己正南面而已矣。"

【翻译】

孔子说："自己从容安定而使天下太平的人，恐怕只有虞舜吧！他干什么了呢？只是端正恭敬地坐北朝南坐在自己的位置上罢了。"

【注释】

[无为而治]指最高统治者不必事必躬亲，而要任用得人。《大戴礼·主言》："昔者舜左禹而右皋陶，不下席而天下治。"[南面]古代尊者座位面朝南。

【评析】

其实，中国古代思想家们的思想相互交叉，确实有互补作用。孔子思想中既有隐居的因素，也有无为而治的观念，本章便很明确。但是这种无为而治又是无不治，与道家的"无为而无不为"同出一辙。因此我们不必多做解释，实际其与道家思想相通，即主张顺应自然，在基本礼制以及社会的秩序确立之后，统治者端正自己的道德，以身作则，便可以天下太平了。虽然具有理想色彩，但基本符合规律。

十五·六

子张问行。子曰："言忠信，行笃敬，虽蛮貊之邦，行矣。言不忠信，行不笃敬，虽州里，行乎哉？立则见其参于前也，在舆则见其倚于衡也，夫然后行。"子张书诸绅。

【翻译】

子张问如何才能使自己行得通。孔子说："说话忠诚可信，办事忠厚谨慎，即使到了野蛮落后的地方，也一样行得通。说话不忠诚可信，办事不忠厚谨慎，即使是在本乡本土，能行得通吗？站立的时候就要感觉这种规范站立在你的前面，坐车的时候就要感觉这种规范就依靠在车前手扶的横木上，这样以后就可以到处行得通了。"子张将这些话写在下垂的腰带上。

【注释】

[蛮貊] 古代称南方和北方落后部族。亦泛指四方落后部族。 [参] 参照物之意。 [衡] 古代车前横木。[绅] 古代穿长袍，腰系大带，带子在前边垂下一段叫"绅"。

【评析】

子张是有理想要干事业的人，是孔子优秀弟子之一。他在向老师请教后，急忙将老师的话记录在自己前边的大带子上，形象生动逼真。孔子要求的两点非常实在，具有很强的可操作性，只要想做都可以做到，也是人性最美好的两个方面，即说话与行动都要真诚，与人和善，以仁义之心去对待他人。孔子相信文化的感化力量，实际是人性最基本的要求。

十五·七

子曰："直哉史鱼！邦有道，如矢；邦无道，如矢。君子哉，蘧伯玉，邦有道，则仕；邦无道，则可卷而怀之。"

【翻译】

孔子说："真正直啊，史鱼！国家政治清明，像箭一样直；政治黑暗，也像箭一样直。真是君子啊，蘧伯玉！政治清明就出来做官，政治黑暗就把自己的才能掩藏起来。"

【注释】

[史鱼] 卫国大夫史鳅，字子鱼，临死时嘱咐儿子不要治丧正室，以此劝告卫灵公进用蘧伯玉，斥退弥子瑕，古人称为"尸谏"，可见其耿直。事见《韩诗外传》卷七。[蘧伯玉] 卫国著名贤大夫，孔子很赞赏他。

【评析】

孔子对于卫国的政治情况和人物都比较熟悉，对于这两个人的行为给予高度评价。史鱼是位忠臣，正道直行，至死不渝；而蘧伯玉则是智臣，达则兼善天下，穷则独守其身，二者属于两种类型。据史载，史鱼死后的做法取得一定效果，也说明卫灵公还不是昏庸透顶的人。对于史鱼与蘧伯玉都赞美，表现孔子对于两个类型的人都认可，蘧伯玉的处世态度中道家思想的因素更多，可见孔子思想具有很大的灵活性。

十五·八

子曰："可与言而不与之言，失人；不可与言而与之言，失言。知者不失人，亦不失言。"

【翻译】

孔子说：“可以与他谈话而不谈，就会错过交朋友的机会；不可以与他谈话却谈了，就浪费了语言。聪明的人既不错过人才，也不浪费语言。”

【注释】

[失人]指失去交友的机会，失去进言的人。

【评析】

这属于生活智慧，但确实需要慧眼方可，不容易把握好尺度。韩愈《言箴》从此引发，可谓经典：“不知言之人，乌可与言？知言之人，默焉而其意已传。幕中之辩，人反以汝为叛；台中之评，人反以汝为倾。汝不惩邪？而呶呶以害其生邪？”

十五·九

子曰：“志士仁人，无求生以害仁，有杀身以成仁。”

【翻译】

孔子说：“志士仁人，不会苟全性命来损害仁，宁可牺牲生命也要保全仁。”

【评析】

这是流传最广的格言，可见儒家为坚持正义真理而献身的精神。但尺度也不好把握，何为“仁”，很难说清。管仲不死公子纠，成就齐桓公霸业，孔子不但没有批评，反而赞美；司马迁不死于宫刑，留下《太史公书》，后世没有诟病之言。屈原投江，端午节成；范滂投案，青史留名；张巡视死如归，文天祥大义凛然，均属于舍身成仁者也，因为是在大义与生命之间取舍。

十五·一〇

子贡问为仁。子曰："工欲善其事，必先利其器。居是邦也，事其大夫之贤者，友其士之仁者。"

【翻译】

子贡问怎样实行仁。孔子回答说："工匠要干好他的活计，就一定要先把他的工具磨得锋利。居住在一个地方，就要侍奉当地那些贤德的长官，结交那些仁义贤明的知识分子。"

【注释】

[善其事] 使他的活干得好。　[利其器] 使他的工具好、先进。

【评析】

一切事情都要从头做起。即使要学习如何推行仁政，也要通过社会实践来逐步实现。孔子所说的前两句虽是比喻，却已成名言，但在实际生活中却有很大的现实问题，即如果所居邦没有贤大夫，也没有仁义之士当如何做？或者贤大夫都被边缘化了，而那些小人得势，这种情况相当多，那可能便只可"卷而怀之"了。

十五·一一

颜渊问为邦。子曰："行夏之时，乘殷之辂，服周之冕，乐则韶舞。放郑声，远佞人。郑声淫，佞人殆。"

【翻译】

颜渊问如何治理国家，建立国家制度。孔子说："施行夏朝通用的历法，乘坐商朝形制的车子，穿戴周朝的礼服礼帽，采用虞舜时的韶乐和歌舞。舍弃郑国的音乐，远离那些花言巧语的人。郑国的音乐太过分，花言巧语的人很危险。"

【注释】

[为]动词，意义不确定，这里有治理和建设二意，后者为重。 [行夏之时]推行夏朝的历法。夏朝建寅之月，即以寅月为正月，商朝以丑月为正月，周朝以子月为正月，但从有利于指导农业生产和与四季相吻合看，还是夏历为好，我们现在的农历便属于夏历。 [辂]商代的车名，实用而质朴。[韶舞]韶乐和舞蹈。韶是舜禅让给禹仪式上演奏的音乐，由夔指挥，并伴有大型的化装舞蹈。 [淫]过分的意思，非淫荡之意。

【评析】

颜渊是孔子弟子中最内向的人之一，但他问的却是如何治理国家和创建国家制度的大问题，很值得深思，可见孔子弟子多有大志。孔子的回答是如何建立国家制度的大政方针，表现出用开放兼容的态度，吸收前代一切优秀的文化遗产。远至虞舜时代的音乐、夏代的历法、商朝的车，都统统继承下来，而为新的时代服务。仅从夏历来说，可见孔子一切从实际出发，因为夏历最符合季节的实际情况，而又有利于农业生产，因此便采用之。并不是全盘采用周文化。音乐采用虞舜的韶乐，是出于谦让的美德，而反对使用暴力来夺取政权。春秋时期诸侯纷争，战争频繁，而且很难说那些战争正义与否。"春秋无义战"，因此孔子基本反对战争，但不是反对所有战争。这里表现出孔子继承一切优秀成果、兼收并蓄的精神，为后世儒学的开放兼容特性开创了思想源头和方法论的先河。儒家能够在中国历史上长期占据统治地位，与这种精神有直接的关系。

十五·一二

子曰："人无远虑，必有近忧。"

【翻译】

孔子说："人如果没有长远的考虑，一定会有眼前的忧患。"

【评析】

这是治国者必须掌握并运用的格言，对于日常生活也是经验之谈。有放之四海而皆准的真理性，我国几乎妇孺皆知。其实是强调防微杜渐，要看出事物发展的方向，要有战略的眼光。欧阳修"祸患常积于忽微，而智勇多困于所溺"的观点便是这一观点的发挥。

十五·一三

子曰："已矣乎！吾未见好德如好色者也。"

【翻译】

孔子说："完喽！完喽！我没看见喜欢高尚道德能像喜欢美貌女子那样的人啊！"

【注释】

[已矣乎] 强烈的感叹。已，结束，完了。

【评析】

这是有具体背景的感叹。据《史记·孔子世家》载：孔子"居卫月余，灵公与夫人同车，宦者雍渠参乘，出，使孔子为次乘，招摇市过之"。孔子才发如此感叹。卫灵公与南子同乘一车，而让宦官为陪乘，也坐在同一车上，却让孔子的车跟在后面，而且是"招摇过市"。大庭广众之下，孔子才如此感叹，然后便离开卫国了。现在流行"重色轻友"的说法，而德早已经不能与色相比较了，大概只有钱、权能够与色相抗衡。钱、权、色交易者不少见。后文"子曰：唯女子与小人为难养也"一章也是这一背景。

十五·一四

子曰："臧文仲其窃位者与！知柳下惠之贤而不与立也。"

【翻译】

孔子说："臧文仲恐怕是个尸位素餐的人吧！他明明知道柳下惠是位贤士却不给他官位与俸禄。"

【注释】

[臧文仲]鲁国大夫，历仕庄、闵、僖、文四朝。[柳下惠]春秋鲁大夫展获，字季，又字禽，曾为士师官，食邑柳下，谥惠，故称其为展禽、柳下季、柳士师、柳下惠等。以柳下惠之名最为著称。相传他与一女子共坐一夜，不曾淫乱。后用以借指有操行的男子。

【评析】

臧文仲是早于孔子半个多世纪的鲁国大夫，孔子批评他不能任用贤能，实际是感叹自己不被当世执政者所重用。而当政者的重要职责之一便是举贤进能，这也是一个政权能否兴盛的关键。百里奚在虞愚而到秦则智，便是显著例证。《国语·鲁语上》有《展获论祀爰居》篇，记载鲁国东城墙来了两只叫爰居的大海鸟，百姓不知为何，臧文仲让有关部门祭祀之，展获指出其错误，最后得到验证。臧文仲明确说展获是"贤者"，并让手下人"书之三策"。孔子一定看到过这段文字，才说这样的话。

十五·一五

子曰："躬自厚而薄责于人，则远怨矣！"

【翻译】

孔子说："严格要求自己，多责备自己而少责备他人，就会远离怨恨了。"

【注释】

[躬自厚] 躬，自身。本词后面省略"责"字，属于蒙后省。

【评析】

本章要求严以律己，宽以待人，是儒家思想中处世准则的一个方面，具有实用理性的特点，不是理论而是现实行为的指导。

十五·一六

子曰："不曰'如之何，如之何'者，吾末如之何也已矣。"

【翻译】

孔子说："不说'该怎么办，该怎么办'的人，我也不知道该怎么办了。"

【注释】

[如之何] 遇到问题时发出的疑问。

【评析】

这可能是孔子讲课时的语言，或者和几个弟子谈话时发的感叹。我们可以想象孔子说话时摊开两手那无奈的表情，充满幽默感。总不思考便发现不了问题，发现不了问题便没有疑问，没有疑问便不会积极探索思考，也就不会进步。学问是需要不断地学和问来不断提高的。

十五·一七

子曰："群居终日，言不及义，好行小慧，难矣哉！"

【翻译】

孔子说："一帮人整天聚在一起，不谈论正经事情，经常好耍点小聪明，这可就难办了。"

【注释】

[群居]多人聚在一起。 [小慧]小聪明。

【评析】

闲人好扎堆，在一起侃大山，这是现代经常出现的现象。看来孔子时代便已经如此了，可能是孔子看到这种现象才发出的感叹。

十五·一八

子曰："君子义以为质，礼以行之，孙以出之，信以成之。君子哉！"

【翻译】

孔子说："君子用正义为本质，通过礼制来实行正义，通过谦虚的语言来表达正义，通过诚信的行动来完成正义。这样才是君子啊！"

【注释】

[孙]通"逊"。

【评析】

本章强调实行义的过程，但实行者必须有一定的地位，这是前提。通过个人修养而实现道义，只能在具体事务上表现出来。但如果推行大的正义，扩大正义的范围，则需要相应的社会地位。

十五·一九

子曰："君子病无能焉，不病人之不己知也。"

【翻译】

孔子说："君子只忧虑自己没有水平，而不忧虑别人不知道自己。"

【注释】

[病]忧虑，担心。

【评析】

这是孔子反复强调的一个观点，可能这种现象当时就比较普遍，故孔子反复要求弟子们要沉住气，要安心学习，提升自己的修养和水平，加强内力是关键。如果从长远看，这是正确的。

十五·二〇

子曰：“君子疾没世而名不称焉。”

【翻译】

孔子说：“君子痛恨这个没落黑暗的时代，名称与实际不相符合。”

【注释】

[疾] 痛恨，怨恨。 [没世] 一般指死。这里当指没落的社会、世道。 [不称] 不相称，即名实不符。

【评析】

本章表面看很容易，但却很难解释。一般都解释为“君子痛恨一直到死也没有出名”。如果从表面看，这样理解很顺畅，但和孔子提倡的“不患人不己知”“人不知而不愠”“君子病无能焉，不患人之不己之也”等一贯思想与言论不符。孔子一生追求的目标便是“克己复礼”，是“正名”，而“正名”则是纠正当时社会普遍的思想混乱所造成的名实不符，君不君，臣不臣，谁有权力谁就有话语权，谁就可以获得很好的名声等，就像庄子所批判的“窃钩者诛，窃国者为诸侯。诸侯之门，而仁义存焉”。《群经评议》说：“此章言谥法也。细行而受大名，名不称焉。”虽然稍嫌狭隘拘谨，但应当包含这个因素在内。孔子痛恨当时社会秩序混乱，名实不符，许多在高位者却是猥琐小人，许多有德君子却处境卑贱。道德才能与社会地位严重失衡，实际是最大的名不副实，孔子要“正名”就是解决这一问题。本章另一难点就是关于“没世”之解释，如果解释为“没落的世道”，则按照笔者之解释便没有任何障碍，按照“死亡”解释也可通，即君子痛恨一直到死社会都名不副实，又无力拯救这样混乱的社会。或云将“没世”解释为“没落的世道”前无此例，若此，就从本书始。

十五·二一

子曰："君子求诸己，小人求诸人。"

【翻译】

孔子说："君子要求自己，小人要求别人。"

【评析】

这是道德修养方面的生活格言，即"严以律己，宽以待人"的不同说法。

十五·二二

子曰："君子矜而不争，群而不党。"

【翻译】

孔子说："君子谨慎庄重而不争名夺利，与人团结而不搞小团伙。"

【注释】

[矜]谨守，慎重。 [群]合群，指能够团结人。

【评析】

"党"在古代原义是中等规模的居民区，后来也作为拉帮结伙形成小团体的名称，故在这个意义上是贬义词。时刻严谨恭敬，忠于职守，具有敬业精神而不去斤斤计较，不争名夺利，永远坚持正义而不拉帮结伙，这才是大君子。

十五·二三

子曰："君子不以言举人，不以人废言。"

【翻译】

孔子说："君子不因为会说话就举荐人，也不因为人的地位和品行就不听取他的意见。"

【注释】

[废言] 废弃语言。指不采纳。

【评析】

这是如何对待他人意见的正确态度。不能因为能说会道就提拔举荐，也不能因为地位低或人不好就完全忽视其意见。"不以人废言"一般都认为是指人品不好之人，其实也包括地位低贱之人，即君子应当体认真理，只要符合真理，符合正义，无论谁的话都应该采纳，表现出虚怀若谷的气度和服从真理的博大胸怀。

十五·二四

子贡问曰："有一言而可以终身行之者乎？"子曰："其恕乎！己所不欲，勿施于人。"

【翻译】

子贡问道："有一句话可以终身奉行的吗？"孔子说："恐怕那就是'恕'吧！自己所不愿意要的，自己所不愿意做的，也不要强加于别人。"

【注释】

[恕]《说文解字》："恕，仁也。从心，如声。"认为是形声字，笔者认为当是会意字，恕，就是"如心"，如自己之心，用自己之心情去揣摩体会他人之心情就是"恕"。这可能才是"恕"字之本义。此问题很大，另撰专文阐释。

【评析】

本章也是行为规范之准则，属于孔子一以贯之的思想观念。关键是一个"恕"字，如果将此字解释透彻，对于孔子思想的理解将上一个层次。曾子在解释老师"一以贯之"的思想时曾经说过"忠恕而已"的话，是很准确深刻的。"忠"，《说文解字》说："忠，敬也。从心中声。"认为是形声字。我认为，此字也应该是会意字。"忠"是对于自己的要求，把心放在正中间，对于一切事情、对于一切人都要如此。而"恕"字则是用自己的心去体会他人的心。"忠"指自己处事之准则，"恕"则指对人之态度，这便构成人生在做人做事以及处理社会人际关系方面的准则。因此，永远坚持把握"忠恕"便是仁义的关键。而"己所不欲，勿施于人"恰恰是用自己之心去体会他人之心，也就是"如自己心"的意思。

十五·二五

子曰："吾之于人也，谁毁谁誉？如有所誉者，其有所试矣。斯民也，三代之所以直道而行也。"

【翻译】

孔子说："我对于他人，批评了谁？赞美了谁？如果是我曾赞美过的人，都是经过历史验证过的。正是由于这些人的功德，才使三代时期人们可以正道直行。"

【注释】

[毁]诋毁，毁谤。这里与"誉"相对，是批评之义。 [誉]称誉，赞美。[试]尝试，这里是经过验证的意思。 [斯民]这些人，指孔子赞美过的人物。[三代]指夏、商、周三个朝代。

【评析】

本章当是有具体背景的感叹，是孔子关于对其他人物如何评价的看法。或许是针对某弟子好品评人物的委婉批评。其中包括两层意思；一是我不随便批评赞美谁，尤其是不批评人。而对于赞美的人，一定是经过历史验证过，对于历史有贡献的人，自己曾经赞美过的这些人物都是三代中的圣贤，他们使三代的人可以正道直行。二是说三代的人可以正道直行，现在则不可以，因此一定要慎于言而敏于行。这是对于弟子的教诲和警告，也是人生经验。

<h2 style="text-align:center">十五·二六</h2>

子曰："吾犹及史之阙文也。有马者，借人乘之，今亡矣夫！"

【翻译】

孔子说："我还来得及看到一些有阙文的历史文献。有马的人，借给他人去骑，如今已经没有了。"

【注释】

[及]赶得上。[阙文]有短缺文字的历史文献。[借]假借、借助的意思。[亡]通"无"。

【评析】

本章比较艰深，有人认为前后两句话没有联系，认为是两章。但从版本上看，这种说法缺乏依据。包咸的说法有道理，今录下并稍作诠释："古之良史，于书字有疑则阙之，以待知者。有马不能调良，则借人乘习之。孔子自谓及见其人如此，至今无有矣。言此者，以俗多穿凿。"通过包咸的话我们可以基本理解孔子前后话的意思。大意是说，我还能够看到古代史官记录的带有阙文的文献资料，即古代史官如果有搞不准的情况就宁可阙文也不穿凿附会。这就好像有马匹自己不能驯服则不勉强驾驭，而是借助别人的力量来把马匹驯服。就好像古代史官，自己搞不懂，宁可阙如，等待他人或来者将其搞清楚一样。如今具有这样严谨态度的史官以及这样严谨治学态度的人已经没有了。

十五·二七

子曰："巧言乱德。小不忍，则乱大谋。"

【翻译】

孔子说："花言巧语便会败乱道德。如果在小的事情上不能忍耐，就会败坏大的事情。"

【注释】

[巧言] 巧妙的言辞。即花言巧语。

【评析】

"小不忍则乱大谋"已经成为经典的格言，是人生处事的策略，也是生活的经验与哲理，属于实用理性，适当的忍耐实在是生活中必备的品格，否则可能会寸步难行。而且适当的宽容与忍耐也是自由与民主的基础，关键是如何掌握这种度。如果不是大的原则问题，一般都可以忍耐而不去计较。

十五·二八

子曰："众恶之，必察焉；众好之，必察焉。"

【翻译】

孔子说："大家都厌恶一个人，一定要进行考察；大家都赞成一个人，也一定要进行考察。"

【注释】

[察] 考察，观察。

【评析】

对于他人的认识一定要通过自己的亲自考察，这里的"众"是一定范围的人群，因为可能会有朋比为奸、结党营私的情况出现，因此一定要通过具体的考察方可真正了解人的善恶。

十五·二九

子曰："人能弘道，非道弘人。"

【翻译】

孔子说："人能够发扬光大真理，不是真理发扬光大人。"

【注释】

[弘] 弘扬、发扬光大。

【评析】

本章只是强调真理需要人来弘扬，而真理本身是客观的，并不能对人施加任何影响。正因为如此，孔子才终生汲汲奔波，周游列国推行自己的政治主张。但后来很多道学家将其讲得非常玄妙，则非孔子本意矣。

十五·三〇

子曰："过而不改，是谓过矣。"

【翻译】

孔子说："有了错误而不知道改正，这就真正是错误了。"

【评析】

《韩诗外传》卷三引孔子的话说："过而改之，是不过也。"可以与本章相互注解，错误如果改正，就不算错误，如果坚持不改，则是大错。给人以改正错误的机会，并且既往不咎是儒家思想中很精彩的部分，充满人性感。

十五·三一

子曰："吾尝终日不食，终夜不寝，以思，无益，不如学也。"

【翻译】

孔子说："我曾经整天不吃饭、整夜不睡觉来苦苦思索，但没有什么益处，还不如读书学习。"

【评析】

这是经验之谈。没有很深的知识积累，只凝神苦思不会有收获与心得。因此读书学习，增加知识是进一步提高思维能力的关键。与"思而不学则殆"同义。荀子"吾尝终日而思之，不如须臾之所学也"是对本章的发挥。

十五·三二

子曰："君子谋道不谋食。耕也，馁在其中矣；学也，禄在其中矣。君子忧道不忧贫。"

【翻译】

孔子说："君子用心于学术事业而不用心于吃饭问题。种地，饥饿就在其中；学习知识，俸禄就在其中。君子忧虑事业不成功，不忧虑生活贫穷。"

【注释】

[馁]饥饿。

【评析】

可能当时学习的士人不少，也有找不到工作的，尤其那种混乱的时代，出身是关键，因此孔子弟子中可能也有一些想要学习农业技术以及其他生产技能的人，如樊迟就曾经要学习农业包括蔬菜林果技术。孔子讲这些话有一定针对性，另外从当时出现的一些隐居者的生活状况看，多数是农夫。而孔子的教育目标是培养推行仁政的人才，因此他才如此强调。从客观角度讲，孔子这种说法是鼓励学生安心学习诗、书、礼、乐、射、御等课程，无可厚非。但孔子确实有轻视体力劳动、轻视农民的倾向，也应当正确看待，这是其缺点。

十五·三三

子曰："知及之，仁不能守之，虽得之，必失之。知及之，仁能守之。不庄以莅之，则民不敬。知及之，仁能守之，庄以莅之，动之不以礼，未善也。"

【翻译】

孔子说："用聪明才智能够获得它，但不能用仁德来保守它，虽然得到，也一定会失去它。用聪明才智能够获得它，也能用仁德保守它，但不能够用严肃庄重的态度来对待它，那么百姓也不会敬重。用聪明才智能够获得它，也能用仁德保守它，也能够用严肃庄重的态度来对待它，但在具体行动中不用礼制来约束指导，也不算是最好的状态。"

【注释】

[知及之]"之"字指代什么，孔子并未明确，但从最后两句可以推测，或是国君或是大夫，一定是可以统治管理百姓之职务。 [莅]临视，治理。

【评析】

本章讲述获得官爵后如何做到尽善尽美的问题。"仁"是可以守住官爵的关键，如果缺乏仁德之心，那么即使获得官爵早晚也会丢失。但要取得成功，还要有严谨恭敬的态度和按照礼制办事的章法，才可以取得最佳效果。本章之关键依然是"仁"字的含义。"仁"包含的内容比较宽泛，总的来说还是一种感情，是对于他人关怀、热爱、负责的情感。

十五·三四

子曰："君子不可小知而可大受也，小人不可大受而可小知也。"

【翻译】

孔子说："君子没有一些小聪明却可以承担大事，小人不能够承担大事却可以耍小聪明。"

【注释】

[小知] 小智慧，小聪明。 [大受] 承受、胜任大的事情。

【评析】

尺有所短，寸有所长，人各有所长，不可求全责备。总在细微小事上花费脑筋的人往往难以成就大的事业。

十五·三五

子曰："民之于仁也，甚于水火。水火，吾见蹈而死者矣，未见蹈仁而死者也。"

【翻译】

孔子说："老百姓需要仁德，比需要水和火更紧迫。水和火，我看见进入其中而死的人，而没有看见过实行仁德而死的人。"

【注释】

[水火] 这里指生活必需品，不能离开。

【评析】

本章是用比喻说明推行仁政对于百姓的重要，并用日常生活离不开的水和火作比喻，说明仁德的重要。从常识看，好像有点将仁德强调得太过分了，实际有道理。因为人类生活质量并不完全由物质生活决定，精神生活是幸福度的关键，而仁政下的政治是人获得幸福感的重要社会环境。心理的轻松与愉悦是真正的幸福。水火虽然不可或缺，但有数量的限定，超过就是灾难。发水着火都是灾难，但仁德却没有数量的限定，越多越好，赴水火可死，而行仁义则绝对没有危险。因此孔子希望弟子们尽力去推行仁义之政治。

十五·三六

子曰："当仁，不让于师。"

【翻译】

孔子说："面对真理时，即使是老师也不能让步。"

【注释】

[当] 面对。

【评析】

这是实事求是的精神，是对于弟子的鼓励，同时也是老师的胸怀，这才体现出孔子的伟大。西方思想家亚里士多德说："吾爱吾师，吾更爱真理。"与孔子的话异曲同工。要坚持真理，坚持正义，如果老师不容，则不配做老师。韩愈说"师不必贤于弟子，弟子不必不如师"，其意思也由此生发出来。

十五·三七

子曰："君子贞而不谅。"

【翻译】

孔子说："君子坚持真理而不固守小的信义。"

【注释】

[贞] 操守坚定不移，忠贞不贰。[谅] 本义是诚实，这里指固执。

【评析】

孟子说："大人者，言不必信，行不必果，惟义所在。"与本章意义相同。朱熹说："贞，正而固也。谅，则不择是非而必于信。"非常准确，即要保持原则的坚定性与策略的灵活性。

<h2 style="text-align:center">十五·三八</h2>

子曰："事君，敬其事而后其食。"

【翻译】

孔子说："侍奉国君，先谨慎做好工作，然后再拿俸禄。"

【注释】

[食] 指俸禄。

【评析】

这是要求先劳动后得报酬，不仅侍奉国君应当如此，凡是劳动关系均应如此，人际关系也应如此。

十五·三九

子曰："有教无类。"

【翻译】

孔子说："教育学生要一视同仁，不能有什么类别之分。"

【注释】

[类]类别，包括地域、贫富、贤愚、贵贱等。

【评析】

这是孔子教育思想的一个重要方面，可以说是中国教育史乃至于世界教育史上的伟大宣言，具有划时代的意义。孔子之前，学在官府，教育是官僚培养机构，而受教育的一定是贵族子弟。学校分天子和诸侯两个级别。天子的学校叫"辟雍"，诸侯的学校叫"泮宫"，都是卿大夫子弟才可以入学，而百姓子弟无论如何优秀也没有受教育的资格。因此孔子创办私人教育，广泛招收各个阶层的子弟入学，并明确提出如此口号，非常伟大。按照《尚书·尧典》孔颖达注，"类"是"族"的意思，那么孔子的思想就更了不起了。我们可以看到孔子弟子有不同国籍者，至于是否有少数民族则不可知，但如果有少数民族子弟求学者，孔子也一定收留。

十五·四〇

子曰："道不同，不相为谋。"

【翻译】

孔子说："所走的道路不同，就不必相互商量谋划。"

【评析】

这是生活的原理，也是政治上的原理。在生活中，去不同地方、不同方向的人当然不必商量。而在政治追求方面也是如此，坚持不同政治主张的人也不可能相互商量谋划。

十五·四一

子曰："辞达而已矣。"

【翻译】

孔子说："语言足以表达意思就可以了。"

【注释】

[辞]语言，文辞。

【评析】

孔子要求语言足以表达思想，能够说明白就可以，反对华丽的辞藻。其实，只要我们注意考察的话，最精彩的文章语言都很简明扼要，这是好的文风。

十五·四二

师冕见，及阶，子曰："阶也。"及席，子曰："席也。"皆坐，子告之曰："某在斯，某在斯。"

师冕出。子张问曰："与师言之道与？"子曰："然。固相师之道也。"

【翻译】

鲁国音乐大师冕来见孔子，孔子接待他。走到台阶边的时候，孔子说："这是台阶。"走到坐席旁边时，孔子提示说："这是坐席。"等到都坐好了，孔子告诉师冕说："某人坐在这，某人坐在这。"

等到师冕出去，子张问："老师，这是接待盲人以及与他谈话的规矩吗？"孔子说："是这样。这当然是帮助辅佐盲人的方式了。"

【注释】

[师冕] 师，乐师。冕，人名。古代乐师一般都是盲人。 [相] 会意字，以木为目，用木棍或木棒作为眼睛，给盲人领路者都用一木棍为工具。古代本义是辅佐盲人为之领路的人。

【评析】

本章很生动地表现了孔子对待师冕的亲切关怀和照顾。这里的"道"可以理解为方式与规矩。孔子对待弱势人群表现出非常细致的关怀与体贴，是高度的人道主义精神的表现，是仁的具体表现。

·季氏第十六·

【原疏】正义曰：此篇论天下无道，政在大夫，故孔子陈其正道，扬其衰失。称损益以教人，举诗礼以训子。明君子之行，正夫人之名，以前篇首章记卫君灵公失礼，此篇首章言鲁臣季氏专恣，故以次之也。

【魁按】前篇是批评国君不能遵守礼乐，不能实行王道政治的错误倾向。本篇则是批评大夫僭越的错误倾向。重点阐释礼乐征伐自天子出，强调天下一统的观点。还提出一些在现实生活中如何立身安命，如何处理各种复杂的人际关系的原则。

十六·一

季氏将伐颛臾。冉有、季路见于孔子曰："季氏将有事于颛臾。"

孔子曰："求！无乃尔是过与？夫颛臾，昔者先王以为东蒙主，且在邦域之中矣。是社稷之臣也，何以伐为？"

冉有曰："夫子欲之，吾二臣者皆不欲也。"

孔子曰："求！周任有言曰：'陈力就列，不能者止。'危而不持，颠而不扶，则将焉用彼相矣？且尔言过矣，虎兕出于柙，龟玉毁于椟中，是谁之过与？"

冉有曰："今夫颛臾，固而近于费，今不取，后世必为子孙忧。"

孔子曰："求！君子疾夫舍曰'欲之'而必为之辞。丘也闻有国有家者，不患寡而患不均，不患贫而患不安。盖均无贫，和无寡，安无倾。夫如是，故远人不服，则修文德以来之；既来之，则安之。今由与求也，相夫子，远人不服而不能来也，邦分崩离析而不能守也，而谋动干戈于邦内。吾恐季孙之忧不在颛臾，而在萧墙之内也。"

【翻译】

季氏即将要讨伐颛臾。冉有、子路前去拜见孔子说："季氏将要对颛臾有军事行动。"

孔子说："冉求，这恐怕应该责备你吧？那个颛臾国，从前鲁国先王把它封为东蒙山祭祀的主人，而且在国家领土之内，是国家大臣，为什么要讨伐呢？"

冉有说："季氏要这样做，我们两个人都不想这样做。"

孔子说："冉求！周任曾经说过这样的话：'能够施展才能就接受职务，不能施展才能就辞职。'倾斜了不扶持，跌倒了不扶起来，那么哪里还需要那个给盲人领路和帮助的人呢？何况你的话错了，老虎和犀牛从笼子里跑出来，龟甲和玉器在小匣里就被毁坏了，这是谁的过错啊？"

冉有说："颛臾那地方城池坚固，而且离费邑很近，如果现在不把它占领下来，将来就会成为子孙的忧患。"

孔子说："冉求！君子痛恨那种不说'我想要干什么'而一定要寻找借口的做法。我听说，拥有国或拥有家的人，不忧患贫穷而忧患不平均，不忧患人少而忧患不安定。因为平均了就不会有贫穷，和睦团结就无所谓人口少，政治安定就没有倾覆的危险。如果这样，那么远方的人不归附，就加强文教德化而使他们来。既然使他们来了，就要使他们安居乐业。如今子路和冉求，辅佐季氏，远方之人不归附而不能使他们前来，国家四分五裂而不能保守，却图谋在国家内部发动战争。我担心季氏的忧患不在颛臾，而在鲁国朝廷内部。"

【注释】

[颛臾] 春秋小国名，鲁国附属国。故城在今山东费县西北。今费县西北八十里有颛臾村，当是颛臾故址。 [有事于颛臾] 对颛臾有军事行动。事，这里指军事。 [东蒙] 指蒙山。因其在鲁国国都曲阜东面，故称东蒙。 [社稷] 社指土神，稷指谷神。后代指国家。 [周任] 孔子以前之古代史官。 [陈力] 施展才能与力量。[相] 本义是给盲人领路之人，这里指辅佐他人的人。后世丞相、宰相之义由此引申。 [椟] 木制匣子。 [舍曰] 不说。 [安无倾] 国家安定就不至于被颠覆。 [来之] 使他们来。来，通"徕"，招徕，归附。[分崩离析] 四分五裂。 [萧墙之内] 指朝廷或家庭内部。萧墙，国君宫门之内的小墙，又称"照壁"。萧，同"肃"。古代大臣朝见国君，至照壁而肃然起敬，故称萧墙。

【评析】

本章体现孔子以德治国的仁政思想，以及合理控制财富分配的观点。层次清楚，脉络分明，情景生动。第一段写冉有和子路去报告季氏将要攻打颛臾来试探老师态度。见孔子态度鲜明而坚决，冉有便推卸责任，又遭到孔子反驳，最后提出攻打颛臾的理由是"颛臾固而近于费，今不取，后世必为子孙忧"，实际是强词夺理，也是先发制人。孔子再度驳斥冉有的观点，并正面提出自己的治国治家主张，"不患寡而患不均，不患贫而患不安"已经成为政治格言，对后世产生极其强大而深远的影响。此处的"均"不是绝对平均的意思，而是指按照等级地位和劳动成果给以相应的报酬。"开柙出虎""季孙之忧""祸起萧墙"等成语也出自这里。

十六·二

孔子曰："天下有道，则礼乐征伐自天子出；天下无道，则礼乐征伐自诸侯出。自诸侯出，盖十世希不失矣；自大夫出，五世希不失矣；陪臣执国命，三世希不失矣。天下有道，则政不在大夫。天下有道，则庶人不议。"

【翻译】

孔子说："天下太平，制定礼乐制度，决定是否战争，由天子做主；天下不太平，制定礼乐制度，决定是否战争，则由诸侯决定。礼乐战争如果由诸侯决定，大约传到十代便会失去政权；礼乐战争如果由大夫决定，传到五代便很少有不失去政权的；如果是大夫的家臣执掌权力，那么就不会超过三代。天下政治清明，政权不在大夫手里而在国君手里。天下政治清明，那么普通百姓就不会议论和批评国家政治。"

【注释】

[有道] 指政治状态正常。[希] 同"稀"，稀少，很少。

【评析】

这是孔子政治理想的主要内容，实际是承认当时全天下是统一的政权，而诸侯国只是天子统治下的地方政权。观念上的大一统思想非常明显，实际也是文化大一统，这对于中国历史的进程有深层次的潜移默化的影响。杨伯峻先生之注解引证史实分析孔子之说法，很有价值，录下："孔子这一段话可能是从考察历史尤其是当日时事所得出的结论。'自天子出'，孔子认为尧、舜、禹、汤、西周都是如此的；'天下无道'则自齐桓公以后，周天子已无发号施令的力量了。齐至桓公称霸，历孝公、昭公、懿公、惠公、顷公、灵公、庄公、景公、悼公、简公十公。至简公而为陈恒所杀，孔子亲身见之。晋自文公称霸，历襄公、灵公、成公、景公、厉公、悼公、平公、昭公、顷公九公，六卿专权，也是孔子所亲见的。所以说'十世希不失'。鲁自季友专政，历文子、武子、平子、桓子而为阳虎所执，更是孔子所亲见的，所以说'五世希不失'。至于鲁季氏家臣南蒯、公山弗扰、阳虎之流都当身而败，不曾到过三世。当时各国家臣有专政的，孔子言'三世希不失'，盖宽言之。"这段话引证孔子亲身所见，说明孔子所言有充分的历史根据。

十六·三

孔子曰："禄之去公室五世矣，政逮于大夫四世矣，故夫三桓之子孙微矣。"

【翻译】

孔子说："国家俸禄不由国君做主已经五代了，政权落到大夫手中已经四代了，因此鲁国国君的子孙就要开始衰微了。"

【注释】

[禄] 这里指任命官职的权力。 [政逮于大夫] 政令出自于大夫。 [三桓] 鲁国三大贵族孟孙氏、叔孙氏、季孙氏都出自桓公。桓公死，太子庄公立。庄公有三个弟弟，即庆父、叔牙、季友。庄公死后，政权动荡，庆父兴风作浪，季友除掉庆父而拥立庄公之后，庆父之后为孟孙氏，叔牙之后为叔孙氏，

季友之后为季孙氏。从此大权落在季友手中。但三大贵族都是桓公后代，故称三桓。

【评析】

本章是孔子感叹本国的政治情况。孔子对于鲁国的历史发展太熟悉了。孔子生活在礼崩乐坏的春秋后期，而这一时期鲁国的政治状况也很糟糕，国君基本是傀儡，权力掌握在季氏手中。孔子年轻时是季平子，中年后便是季桓子，晚年则是季康子。孔子开始积极求仕，准备在政治上有所作为时，季桓子当政，季桓子嫉妒孔子的才能和威望，接受齐国送来的女乐，并和国君荒淫游乐，孔子见政事不可为，才离开鲁国去卫国的。

十六·四

孔子曰："益者三友，损者三友。友直、友谅、友多闻，益矣。友便辟，友善柔，友便佞，损矣。"

【翻译】

孔子说："有益的朋友有三种，有害的朋友有三种。以直率坦诚的人为朋友，以忠诚讲信用的人为朋友，以知识渊博的人为朋友，这样就大有益处。以虚伪浮夸的人为朋友，以圆滑谄媚的人为朋友，以夸夸其谈言不由衷的人为朋友，可就有损害了。"

【注释】

[谅]诚信，理解。 [便辟]亦作"便僻"，谄媚逢迎。 [善柔]圆滑而好献媚。 [便佞]巧言善辩，阿谀逢迎。

【评析】

这是交友之道的经验之谈。确实，交朋友不像兄弟，有自由选择权，是人伦中重要的一伦，因此一定要慎重再慎重。看你的朋友就基本可以知道你的品位。还应该指出，交友之道实际是人以群分，物以类聚，因为某种利益而结交的所谓朋友算不上真正意义的朋友，只能算蝇营狗苟，因为这样的所谓朋友一旦没有共同利益便结束友情。因为道义相同，为共同追求真理或某种事业而交往的才能算朋友。

十六·五

孔子曰："益者三乐，损者三乐。乐节礼乐，乐道人之善，乐多贤友，益矣。乐骄乐，乐佚游，乐宴乐，损矣！"

【翻译】

孔子说："有益处的快乐和爱好有三种，有损害的快乐和爱好也有三种。喜欢用礼乐来节制约束自己，喜欢宣扬别人的优点和善事，喜欢多结交贤良的朋友，这大有益处。喜欢骄纵放肆，喜欢闲逸游荡，喜欢宴饮消遣，这就有损害了。"

【注释】

[乐道人之善] 愿意称道他人的优点与好处。 [佚游] 放荡游玩。

【评析】

这是对于实际生活态度的要求，值得借鉴。一切道德都在具体行为中表现出来，现在宴请游玩是时尚，骄奢淫逸是本事，更需要有冷静的态度。时代变化，生活水平不断提高，适度的宴饮、旅游是可以的，而不以这些为追求为乐趣罢了。

十六·六

孔子曰："侍于君子有三愆：言未及之而言谓之躁，言及之而不言谓之隐，未见颜色而言谓之瞽。"

【翻译】

孔子说："侍奉上级容易犯三种过错：还没有问你时就说话叫作急躁，问到你时该说话不说话叫作隐瞒，如果不看上级的表情和脸色就说话那叫作盲目。"

【注释】

[愆] 过失，罪过。这里是指过错、错误。 [瞽] 盲人。

【评析】

孔子教育学生都是在一定的语言环境之中进行具体指导。此是处世哲学的经验之谈，谓谈话要选择时机选择好对象，要注意对方的表情，在对方生气的时候最好不要提出什么意见。人是活的，有很大的机动性，因此选择时机便很重要。这既是人生经验，也同样是在官场中应该注意的问题。

十六·七

孔子曰："君子有三戒：少之时，血气未定，戒之在色；及其壮也，血气方刚，戒之在斗；及其老也，血气既衰，戒之在得。"

【翻译】

孔子说："君子时刻要有三种戒备：年轻的时候，血脉和气血未长成，要戒备性生活过分放纵；等到壮年的时候，血脉和气血都最旺盛，要戒备争强好斗；等到了老年，血脉和气血都已经衰弱，要戒备贪图名利。"

【注释】

[戒]戒备，警惕。　[得]这里指贪图已经获得的名誉地位。

【评析】

朱熹说："范氏曰：圣人同于人者血气也，异于人者志气也。血气有时而衰，志气则无时而衰也。少未定，壮而刚，老而衰者，血气也。戒于色、戒于斗、戒于得者，志气也。君子养其志气，故不为血气所动。"这段分析很深刻。人生要经过各个阶段，无论何人在生理上的血气都要经历"未定""壮""衰"这三个阶段，但君子用心理来避免各个时期容易出现的错误倾向，坚持自己的人生理想，守住志气，就可以保证人生健康度过，不犯人为的错误。老年戒之在"得"，是指应当放下一切功名利禄，有人晚节不保就在于放不下，为保住已得到的名誉地位而屈从于势力或过于贪恋禄位而不能主动退出官场，从而大大降低了自己的人生价值和品位。

十六·八

孔子曰："君子有三畏：畏天命，畏大人，畏圣人之言。小人不知天命而不畏也，狎大人，侮圣人之言。"

【翻译】

孔子说："君子有三种敬畏：敬畏天命，敬畏王公大臣，敬畏圣人的话。小人不知道天命所以不敬畏，轻视嘲笑王公大臣，轻视嘲笑圣人的话。"

【注释】

[大人]这里指占据高位有实权的人。　[狎]轻慢，戏谑；狎玩。　[侮]

侮辱，诋毁。

【评析】

孔子对于天命没有做过正面的回答，处在疑似之间。"三畏"是生活经验之谈，天命不可知，人无法逃脱天命，故不必怀疑，当然要敬畏。王公大臣掌握生杀大权，当然得罪不得，只能敬畏，最起码是不得罪。而圣人的话具有社会评价的意义，当然也值得敬畏，一旦遭到圣人的批评，恐怕难以免除恶名，甚至会在历史上留下不好的名声。当然圣人轻易也不会批评他人。

十六·九

孔子曰："生而知之者，上也；学而知之者，次也；困而学之，又其次也；困而不学，民斯为下矣。"

【翻译】

孔子说："天生就知道学习的，是上等人；经过引导教育后才知道学习的，是第二等人；遇到困难才去学习的，是第三等人；即使遇到困难也不学习的，人如果是这种状态就是最次等的了。"

【注释】

[民斯] 人如果这样。

【评析】

此处还是强调学习的重要。孔子从来不承认自己是"生而知之者"，当然也不会承认有这种天生就有知识的人。故"知之"的"之"理解为学习的自觉性当更符合孔子的本意。孔子还说过"知之者不如好之者，好之者不如乐之者"，"之"都是学习的自觉性，与"生而知之"的"之"意义相同。

十六·一〇

孔子曰："君子有九思：视思明，听思聪，色思温，貌思恭，言思忠，事思敬，疑思问，忿思难，见得思义。"

【翻译】

孔子说："君子在九个方面要有思考：看的时候，要考虑看清楚没有；听的时候，要考虑听明白没有；自己的面部表情，要考虑是否温和端庄；容貌态度，要考虑是否恭敬；说话，要考虑是否忠诚；办事，要考虑是否谨慎认真；有疑问，要考虑向内行请教；生气愤怒，要考虑是否会引起棘手难办的后果；看到利益，要考虑自己获取是否合理。"

【注释】

[忿思难] 愤怒时思考后果之难办，即考虑后患。

【评析】

这是非常具体的生活规范，包括举止行为的各个方面，都是在日常生活中经常遇到的情况，故有很强的现实针对性和可操作性，表现儒家积极、谨慎、谦虚、严谨的生活态度。"见得思义"是现在最应该提倡的行为规范，不应该得的名利坚决不要，而现在骗取名利者多矣，故保持操守、坚守道德才更可贵。

十六·一一

孔子曰："见善如不及，见不善如探汤，吾见其人矣，吾闻其语矣。隐居以求其志，行义以达其道，吾闻其语矣，未见其人也。"

【翻译】

孔子说："看见善良之人与德行，便努力追赶，很怕做不到；看见丑恶的行为便立即躲开，好像手被开水烫了一样。我看见过这样的人，也听说过这样的话。隐居避世以保全他的志节，按照道义行事来贯彻他的主张，我听过这样的话，但没有见过这样的人。"

【注释】

[探汤]手伸到热水中。汤，古代指开水，也指热水。[行义]实行仁义之道。

【评析】

本章感叹保持自我品格德行还可以做到，但隐居避世而坚决推行仁义之道是难以做到的。因为隐居没有地位，还要履行仁义坚持推行自己的政治主张则很难办到。这可能是孔子周游列国到处碰壁后的人生感叹。

十六·一二

齐景公有马千驷，死之日，民无德而称焉。伯夷、叔齐饿于首阳之下，民到于今称之。其斯之谓与？

【翻译】

齐景公有四千匹好马，但是他死的时候，老百姓却不觉得他有什么德行可以称赞记忆。伯夷、叔齐在首阳山下饿死，老百姓直到如今还在称颂他们。说的大概就是这个吧？

【注释】

[驷] 古代一辆车套四匹马，故一驷、一乘都是四匹马。 [首阳] 山名，马融注："首阳山在河东蒲坂县，华山之北，河曲之中。"但后世有不同说法。

【评析】

从本章内容和语气看，应当是孔子说的，但却没有"子曰"二字，不知何故。最后一句话和前文缺乏逻辑上的联系，故中间当有缺文。总之，本章说名以"德"传而不以财富和高位，齐景公所拥有之宝马，超过古代帝王，但他死后并没有人颂扬他，怀念他。而饿死的伯夷和叔齐却被千古传颂着。道德评判高于其他，因此有钱缺德之人如不被诅咒已经是幸运了。在历史事实的对比中阐明自己的观点，很有说服力。

十六·一三

陈亢问于伯鱼曰："子亦有异闻乎？"

对曰："未也。尝独立，鲤趋而过庭。曰：'学诗乎？'对曰：'未也。''不学诗，无以言。'鲤退而学诗。他日，又独立，鲤趋而过庭。曰：'学礼乎？'对曰：'未也。''不学礼，无以立。'鲤退而学礼。闻斯二者。"

陈亢退而喜曰："问一得三。闻诗，闻礼，又闻君子之远其子也。"

【翻译】

陈亢问孔鲤说："您听到什么特别的知识传授了吗？"

孔鲤回答道："没有听到过。有一次，父亲独自一个人站立在庭院中，我小步快走经过老人家身边。父亲问我：'学习诗了吗？'我回答说：'没有学习诗。'他说：'不学习诗便不会说话。'我回去之后便学习诗歌。

有一天，他又独自站立在庭院中，我再次经过那里。他问我：'学习礼没有？'我回答说：'没有学习礼。'他说：'不学习礼，就没有办法在社会立足。'于是我回去学礼。我所听到的就这两件事。"

陈亢回来后，非常高兴，说："我问一件事，却知道了三件事。一是知道学习诗的意义，二是知道学习礼的意义，三是知道君子对待儿子应该保持一定距离。"

【注释】

[陈亢] 孔子弟子，字子禽。 [趋] 在长辈或上级面前小步快走以表示恭敬。[君子远其子] 君子不亲自教育自己的儿子，要保持一定距离。

【评析】

本章很有生活情趣，三个人物形象历历在目。陈亢肯定比孔子儿子孔鲤年长，否则孔鲤的话不能用"对曰"。可以想象，孔子的弟子趁着没有人的机会询问小师弟，试探老师是否教给自己儿子什么秘诀妙方了，结果小师弟的回答对他大有启发。而孔鲤的话也可以使读者想象出少年的忠厚老实，多少有点天真，而孔子独立庭院深思的情形似乎也可以想见。另外，孔子对于儿子不溺爱不偏私的情形也可以想象出来。父子间亲近敬爱，父亲关心其学业，点到为止，并不严厉，也不批评。这对于当今儿女教育也有很大的启发性。这样，师生关系、父子关系都很恰当，充分体现孔子严肃慈祥的父亲形象与师长形象。

十六·一四

邦君之妻，君称之曰夫人，夫人自称曰小童；邦人称之曰君夫人，称诸异邦曰寡小君；异邦人称之亦曰君夫人。

【翻译】

国君的妻子，国君称她为夫人，她自称自为小童；国内的人称她为君夫人，但在外国人面前则称她为寡小君；外国人也称她为君夫人。

【注释】

[邦君]本国国君。 [称诸异邦]在外国称呼国君妻子时。诸，之于的合音。

【评析】

本章只是记载对于国君正妻的称谓，身份不同的人在不同场合都应当如何称呼，似乎没有表现什么思想。有人怀疑是在《论语》书中有空白简，后人记载当时礼制称呼时随笔写的。但这样讲似乎也不通，因为古代书简空白处难有这么大，且古本《论语》都有本章。虽然没有"子曰"二字，但也有可能是孔子讲课内容，学生所记，也是"正名"的具体表现。或许当时称谓有些混乱，孔子对学生才特意强调一下这一称呼问题。又，鲁昭公夫人死时，孔子参加葬礼，三大夫本应该都出席葬礼并有一定的礼仪，但三人都没有去。故这章可能与这件事有关。因为涉及三大家族，故没有明说。

·阳货第十七·

【原疏】正义曰：此篇论陪臣专恣。因明性习知愚，礼乐本末。六蔽之恶，二南之美，君子小人为行各异，今之与古，其疾不同。以前篇首章言大夫之恶，此篇首章记家臣之乱。尊卑之差，故以相次也。

【魁按】本篇主旨是批评家臣之不守礼乐，并揭示这种错误产生之原因。前篇《卫灵公》批评国君违礼，《季氏》批评大夫违礼，本篇批评家臣违礼，公山弗扰之叛、佛肸之叛，均属于家臣之乱，按照级别依次而降。而叛乱之家臣，其主人即大夫亦是违礼者，那种环境易产生违礼之人，故环境对于人影响之巨大不可忽视，"性相近，习相远"是本篇之第二主旨。

十七·一

阳货欲见孔子，孔子不见。归孔子豚。

孔子时其亡也，而往拜之。

遇诸涂。

谓孔子曰："来！予与尔言。"曰："怀其宝而迷其邦，可谓仁乎？"曰："不可。""好从事而亟失时，可谓知乎？"曰："不可。""日月逝矣，岁不我与。"

孔子曰："诺！吾将仕矣。"

【翻译】

阳货想要见孔子，可是孔子不见他。他给孔子送去一只烤乳猪。

孔子探听到他不在家的时候去回访他。

结果在路上碰到了阳货。

阳货对孔子说："你前来，我跟你说几句话。"问孔子道："本身有雄才大略却让自己的国家混乱而迷失方向，这样的人可以称作仁者吗？"孔子说："不可以。""想要干番事业却屡次失去机会，这样的人可以称作智者吗？"孔子说："不可以。"阳货又说："日子一天天过去，年龄不饶人啊！"

孔子说："好吧，我就要出来做官了。"

【注释】

[阳货] 又名阳虎，季氏家臣，执掌季氏大权并干涉国政。[归] 通"馈"，送给。 [豚] 乳猪，这里指烤熟的乳猪。[涂] 同"途"。[宝] 这里指本领。[亟] 屡次。

【评析】

本章记录了孔子一次尴尬的遭遇。孔子和阳货的关系以及对阳货的态度很值得琢磨。阳货是季氏家臣而专横霸道，甚至可以干涉国家政事。对于这种严重违反礼制的行为和人品，孔子当然不满意。从这件事情看，阳货是想拉孔子当官，用来为自己增加政治资本。阳货在季平子时已开始专季氏家政。从鲁定公元年一直到九年阳货失败流亡，阳货专权长达九年时间。阳货刚刚专权时，急切盼望孔子能够参加到自己的集团中来，以提高其社会威望。这样阳货便提出要见孔子，孔子没有答应。而按照当时的礼节，如果"大夫有赐于士，不得受于其家，则往拜其门"（《孟子·滕文公下》）。阳货是趁孔子不在家时代表季氏送给孔子烤乳猪的，这样，按照礼节孔子就必须亲自到季氏府去回拜。孔子是最遵守礼制的，所以阳货给孔子出了道难题，而孔子一定要解这道题。于是孔子采取以其人之道还治其人之身的策略，趁阳货不在时去回拜，既不失礼又不见阳货。但在路上遇到阳货，没有办法避开。阳货主动喊的孔子，然后才有三段对话。有人认为前面的话全是阳货的，只有最后那句答应出仕的话是孔子说的。这样解释不合情理，因为如果那样，后面不该出现三个"曰"字和两个"不可"，太不符合语言逻辑。阳货说的在理，孔子回答也没有问题。但孔子不能把最关键的问题揭出来，即"陪臣执国政"是违背礼制的。孔子也要保护自己，所以最后表态将要出仕。但阳货在鲁国时，孔子始终也没有出仕，这可能就是孔子反复强调君子"言不必信"的事例。孔子认为只要不是真实意愿，是在被胁迫情况下说的话都可以不算数，反映出灵活的策略性。孔子很讲经与权，经是原则，权是在不违背原则前提下策略的灵活性。通过此事，可以看到活灵活现的孔子形象，没有丝毫神圣的光环。本来想躲过阳货却偏偏碰上，这就是真实的人。有人说孔子故意安排的，则太想当然了。

十七·二

子曰："性相近也，习相远也。"

【翻译】

孔子说："人的本性本来是相近似的，是生活环境、教育环境以及生活习俗使人与人的性情距离拉远了。"

【评析】

这是非常重要的一句话。《论语》中孔子只有两次谈到"性"，但没有对"性"进行解释和下定义，即没有对人性到底是什么、到底是善还是恶等问题发表意见。这句话只是强调生活环境、教育环境和习俗对于人性成长的关键性，非常精彩准确。"习"字的意义与"学而时习之"的"习"字相近，但不完全相同。

十七·三

子曰："唯上知与下愚不移。"

【翻译】
孔子说："只有最聪明的智者和最愚蠢的白痴，才无法改变。"

【注释】
[上知]即上智，上等智慧的人。解释不同，有的用道德为标准，有的用智力作标准。仔细分析，当以后者为是。

【评析】

关于"上知"与"下愚"的含义理解分歧较大，如《汉书·古今人表》说："可与为善，不可与为恶，是谓上智。可与为恶，不可与为善，是谓下愚。"可以肯定，这种解释与孔子的原意不符，因为"下愚"指愚昧而不是奸恶。而这句话在编排上紧承前句"性相近也，习相远也"，两者之间确实有联系。因此可以认为本句的重点是绝大多数人都可以通过教育来进行改变。"上知"指天生就知道勤奋的人，或者是所谓的"生而知之者"，但孔子自己都不承认是这样的人，因此只能是当时人们的一种认识而已。"下愚"当指极其愚蠢的白痴。"上知"和"下愚"都是极其少数的人。孙星衍认为是"困而不学"的人，也有道理，但恐怕未必是孔子本意，因为这样的人一旦有觉悟的时候依然可以改变。

十七·四

子之武城，闻弦歌之声。夫子莞尔而笑，曰："割鸡焉用牛刀？"

子游对曰："昔者偃也闻诸夫子曰：'君子学道则爱人，小人学道则易使也。'"

子曰："二三子，偃之言是也。前言戏之耳。"

【翻译】

孔子到武城，听到弦歌之声，孔子不禁一笑道："杀鸡何必用杀牛的刀？"

子游马上提出疑问道："以前听老师讲课说'当官的学习仁德就会仁爱他人，老百姓学习仁德就好领导、听使唤。'"

孔子说："学生们，子游的话是正确的，我刚才不过是开个玩笑罢了。"

【注释】

[武城]地名，当在今山东境内。[莞尔]很自然地微笑。[二三子]你们。

【评析】

孔子很重视学生的实际工作能力。子游出任武城县令时，孔子带领几个学生前去观览，刚进武城县境，便听到琴瑟等音乐之声，一派祥和景象，于是便顺口赞叹，并随意说了那句话。意思是子游治理一个小小的县城居然使用礼乐这样大的政治手段。子游一反驳，孔子马上就赞成学生说得好，改口说自己是开玩笑。可以看出孔子灵活敏捷的思维。实际是孔子说走了嘴，当子游一问，便说开玩笑来幽默一下。因为子游提倡礼乐，教民礼乐，因此有弦歌之声。

十七·五

公山弗扰以费畔，召，子欲往。

子路不说，曰："末之也已，何必公山氏之之也？"

子曰："夫召我者，而岂徒哉？如有用我者，吾其为东周乎？"

【翻译】

公山弗扰依靠费这个地方发动叛乱，来召孔子前去。孔子想要去。

子路非常不高兴，说："没有地方去就算了，何必去公山氏那里呢？"

孔子说："那个聘请我的人，难道是白白让我去吗？如果有重用我的人，难道我就不能在东方复兴周王朝么？"

【注释】

[公山弗扰]人名，与阳货同为季氏家臣。孔安国注："弗扰为季氏宰，与阳货共执季桓子，而召孔子。"[畔]同"叛"，叛逆。[东周]有两种理解，一说指恢复东周初年的政治状况，恢复周朝的一统天下。一说在东方复兴周朝的事业。后说为优。

【评析】

孔子说这句话的背景很值得关注，当时一名叫公山弗扰的人占领季氏的领地造反，聘请孔子前去。孔子有点动心。子路坚决反对，孔子才这样回答子路。此问题很复杂，也很有意思。按照孔子的思想和观点，对于反叛者应该深恶痛绝，但在这件事上却产生想要前去的念头，肯定有具体的复杂的背景。

十七·六

子张问仁于孔子。孔子曰："能行五者于天下为仁矣。"

"请问之。"曰："恭、宽、信、敏、惠。恭则不侮，宽则得众，信则人任焉，敏则有功，惠则足以使人。"

【翻译】

子张问孔子如何是仁。孔子说："如果能够在天下推行五种品德就是仁了。"

子张说："请问您说的是哪五种德行啊？"孔子说："庄重、宽厚、诚信、敏捷、恩惠。庄重就不会被人轻慢，宽厚就容易得到群众的拥护，诚信就会得到百姓的信任，敏捷就能取得成就，恩惠就足以使唤百姓。"

【注释】

[行]实行，推行。

【评析】

子张是孔子最热衷政治的弟子之一，因此孔子在回答他关于"仁"的问题时与回答颜回、曾参的内容不一致。这里实际是推行仁政的结果，是将仁心外化为具体的社会实践。孔子总是针对不同学生的思想、志向来回答其问题，因此同样的问题会用不同的观点来回答。一定要注意这一点才能把握住孔子的思想脉络。

十七·七

佛肸召，子欲往。

子路曰："昔者由也闻诸夫子曰：'亲于其身为不善者，君子不入也。'佛肸以中牟畔，子之往也，如之何？"

子曰："然，有是言也。不曰坚乎，磨而不磷；不曰白乎，涅而不缁。吾岂匏瓜也哉？焉能系而不食？"

【翻译】

佛肸召孔子，孔子打算前去。

子路说："从前我听老师说：'亲身做过不善之事的人，君子不能到他那里去。'佛肸凭借中牟叛逆，老师却要前去，这是为什么？"

孔子说："是这样，是有这样的话。但最坚硬的东西，即使磨也磨不薄；真正白的东西，染也染不黑。我难道是匏瓜吗？怎么能只是悬挂着而不吃？"

【注释】

[佛肸]晋大夫赵简子的邑宰，即主管采邑的官员。赵简子采邑在中牟。佛肸叛变，赵简子带兵去攻打。 [中牟]春秋时晋国邑县，故址在今河北保定与邢台之间。 [畔]通"叛"。 [磷]薄。[匏瓜]一年生草本植物，果实比葫芦大，老熟后可剖制成器具。亦指这种植物的果实。

【评析】

从本章以及前边"公山弗扰召"一章可以看出孔子汲汲用世的迫切心情，他太需要有自己的社会实践基地了。因为无论要干成什么事情，都一定要有基础。商汤建立殷商王朝，文王建立周朝，都有一定的地盘，因此孔子两次动心要到两个叛逆的家臣下面去做事。两次都遭到子路的反对，孔子去意未决，故子路一提出反对他便采纳了。前一次明确表示要利用费在东部建立周王朝的礼制，而这次则表明自己不会与叛臣同流合污，清者自清。仔细思来，孔子一直想真正实践其政治主张，并不想停留在理论的层面。

十七·八

子曰："由也！女闻六言六蔽矣乎？"对曰："未也。"

"居！吾语女。好仁不好学，其蔽也愚；好知不好学，其蔽也荡；好信不好学，其蔽也贼；好直不好学，其蔽也绞；好勇不好学，其蔽也乱；好刚不好学，其蔽也狂。"

【翻译】

孔子问子路："子路啊！你听说过有六种美德和六种弊端的说法吗？"子路回答说："没有听说过。"

孔子说："你坐下，我告诉你。追求仁爱而不爱好学习，弊端就是愚蠢而容易被人愚弄；追求聪明而不爱好学习，弊端就是放荡而没有根基；追求诚信而不爱好学习，弊端就是狭隘固执；追求正直而不爱好学习，弊端就是急躁；追求勇敢而不爱好学习，弊端就是闯祸；追求刚强而不爱好学习，弊端就是狂妄。"

【注释】

[居]坐下。 [愚]仁而没有学识容易迂腐。故此愚指容易被蒙蔽。[荡]指行为放荡，办事缺乏根基。 [贼]固执不开化。不辨别正义与否只知讲信用，就容易被恶人利用。 [绞]急切。

【评析】

这是如何处理现实问题和与人如何相处的实用教导。孔子特别强调学习对于人美好品德形成的重要作用，只有学习才可以使美好品德发扬光大，否则就会出现偏差。六种都是美德，但不学习且正确运用，则会出现毛病，如果只知道仁爱而缺乏对于社会人生的认识，确实会很愚蠢，光干傻事，反而被人愚弄轻视。如果只知道讲信用而不学习增加辨别是非的能力，就会被坏人利用甚至成为黑社会成员。其他几种美德也是如此，因此有见识有知识有辨别是非的能力是做人成功的前提。子路比较率性，因此孔子对他专门讲述这六个方面，给他敲警钟。

十七·九

子曰："小子何莫学夫诗？诗，可以兴，可以观，可以群，可以怨。迩之事父，远之事君。多识于鸟兽草木之名。"

【翻译】

孔子说："年轻人为什么不学习《诗经》？《诗经》，可以启发想象使人精神振奋，可以观察社会观察事物，可以团结使人合群，可以使人抒发哀怨。近处可以在家用来侍奉父亲，远处可以到朝廷侍奉国君。还可以认识和记忆很多动物和植物的名称。"

【注释】

[兴]振奋精神，引发感情。[观]观察社会、民生以及人心。[群]团结人，凝聚人心。[怨]抒发哀怨，抒发牢骚。[迩]近处，指身边、家里。

【评析】

这段话非常著名，是关于学习《诗经》意义的解说，"兴、观、群、怨"

是中国传统文艺批评的重要原则。中国诗歌"温柔敦厚"传统的形成与孔子的这段话有很大关系。孔子用《诗经》教育学生，师生问答中多次引用其诗句，并对其进行比兴意义的解说，这对于《诗经》的流传以及后世的阐释都有重要影响。

十七·一〇

子谓伯鱼曰："女为《周南》《召南》矣乎？人而不为《周南》《召南》，其犹正墙面而立也与？"

【翻译】

孔子对儿子伯鱼说："你学习研讨《诗经》中的《周南》和《召南》了吗？人如果不学习研讨《周南》和《召南》，就好像正面对着墙壁站着一样啊！"

【注释】

[女]通"汝"。[周南]《诗经·国风》中有"二南"。后人认为《周南》所收大抵为今陕西、河南、湖北之交的民歌，颂扬周德化及南方。[召南]召，古邑名。周初召公奭的采邑，在今陕西岐山县西南。周东迁后，别受采邑，在今山西垣曲县东。《诗·召南·甘棠序》："甘棠，美召伯也。"汉郑玄笺："召伯，姬姓，名奭，食采于召。"

【评析】

《诗经》乃当时经典，学习礼制、与人交往以及外交都必须应用并作为依据，因此不学《诗经》就寸步难行。而且《周南》和《召南》是春秋后期一些诸侯国地方乡校里学习的内容，相当于今天的普及教育，因此非常重要。在那个时代就如此注意文化知识的学习和运用，值得我们深思。

十七·一一

子曰："礼云礼云，玉帛云乎哉？乐云乐云，钟鼓云乎哉？"

【翻译】

孔子说："总说礼啊礼啊，难道就是说上供美玉锦帛吗？总说乐啊乐啊，难道就是说钟鼓琴瑟吗？"

【注释】

[玉帛] 圭璋束帛，祭祀用的礼品。

【评析】

孔子反复强调内容与形式的统一性，没有内容的形式是没有什么意义的。因此礼乐活动的中心是内在感情的真诚而不是外在形式的华美。

十七·一二

子曰："色厉而内荏，譬诸小人，其犹穿窬之盗也与？"

【翻译】

孔子说："表面装模作样很严厉，内心里很怯懦，用小人来比喻，就好像是穿墙盗洞的小偷吧？"

【注释】

[荏] 柔弱，怯懦。 [穿窬] 挖墙洞和爬墙头。指偷窃行为。穿，指穿穴，挖洞。窬，通"逾"，跳，爬。

【评析】

很精彩的比喻，揭示那些道貌岸然的伪君子和一些有贪污腐败行为官员的丑恶嘴脸，其实也指那些在政治上苟且偷生、昧良心者心虚的神态。许多道德有亏缺者恐怕都如此，表面趾高气扬，一听警车响就冒虚汗。如果这样尚有点良心，有人坏事干尽却心安理得，更是道德沦丧矣。

十七·一三

子曰："乡原，德之贼也。"

【翻译】

孔子说："好好先生，和稀泥无是非，是道德的祸害。"

【注释】

[乡原] 指没有是非之人。

【评析】

"乡原"也作"乡愿"，指乡间左右逢源到处讨好的人。孔子非常讲究是非，追求公平，而社会公平是最大的道德。因此，没有是非观念，不敢表达看法，唯唯诺诺就是对公平原则的祸害，也就是道德的敌人。公平是需要人们都敢于站出来讲真话，表达自己真实看法的。在这一点上看，孔子很有民主思想。

十七·一四

子曰："道听而途说，德之弃也。"

【翻译】

孔子说："走在道路上听说点道埋或什么事，在道路上就对别人讲，这是极不负责的态度，是对道德的抛弃。"

【评析】

对于道理要真正弄明白，对于事情要落实才能对别人讲，这是诚信原则。这类人不少，闻风就是雨，到处传播散布一些未经核实的消息，是很不好的习俗。可能孔子弟子中也有这种倾向者，故教育提醒学生不要如此。"道听途说"已经成为成语被广泛应用着。

十七·一五

子曰："鄙夫可与事君也与哉？其未得之也，患得之。既得之，患失之。苟患失之，无所不至矣。"

【翻译】

孔子说："对于浅薄粗鄙的人，怎么可以和他共同侍奉国君呢？当他没有得到官位的时候，很怕得到；已经得到官位的时候，又很怕失去。如果怕丢掉乌纱帽，便什么事情都可能干了。"

【注释】

[鄙夫] 见识浅陋、道德低下的人。

【评析】

如果害怕得不到官职，便会走各种门路，买官卖官现象则不可避免。而如果害怕丢掉官职，就会使用各种手段，官场中之腐败就不可避免矣！"患得患失"已成为成语，形象而准确。

今按："患得之"，我以为就是害怕得到官位。确实有这种人，不敢担负社会责任，即使是需要也不敢站出来。而一旦当官后，便不愿意离开，恋栈贪位。孔子所说可能是两类人，也可能是一类人前后不同的表现。这样，"患得患失"才准确。如果按照通常讲法或解释，成语应该是"患不得患失"。如果是一类人的表现，那么，"患得之"应该理解为"患怎样得之"，而不是"患不得之"，这样更顺畅。是否如此，将问题提出，待读者以及来人参考。已撰写专门论文阐释这一问题。

十七·一六

子曰："古者民有三疾，今也或是之亡也。古之狂也肆，今之狂也荡；古之矜也廉，今之矜也忿戾；古之愚也直，今之愚也诈而已矣。"

【翻译】

孔子说："古代的人有三种毛病，如今就连这样的毛病都变味了。古代的'狂'是率性直言，现在的'狂'是放荡无羁；古代的'矜'是清廉有棱角，现在的'矜'是盛气凌人而乖戾；古代的'愚'是直爽真率，现在的'愚'是伪装欺骗来获取名声罢了。"

【注释】

[疾]本义是轻微的伤病，这里是小毛病。[亡]没有。这里是说连这样的小毛病也发生变异，即变味了。[肆]包咸注："极意敢言。" [荡]孔安国注："荡，无所据。" [廉]本义是器物之棱角，这里比喻行为方正。[忿戾]愤怒乖僻而好争。

【评析】

孔子感叹人心的每况愈下，这里所说的古代先民的"疾"是指没有接受礼乐教化的百姓，虽然在人际交往中有稍微过度的地方，但都是真率坦诚的，是内心真实感情的抒发。而现实中人们在一切行为中都加进了虚伪和矫饰，人性每况愈下，与老子的某些观点相近。

十七·一七

子曰："巧言令色，鲜矣仁。"

【翻译】

孔子说："花言巧语，一副笑脸讨好人，这样而具有仁德的人太少了。"

【评析】

重出，《学而篇》有此章，但编排位置不同，意义上便各有侧重。这里紧接前章意思，强调花言巧语对于仁德的损害。在《学而篇》的意思侧重在"学而时习之"的目的是学习仁义道德，不是学习花言巧语，不是学习语言技巧。

十七·一八

子曰："恶紫之夺朱也，恶郑声之乱雅乐也，恶利口之覆邦家者。"

【翻译】

孔子说："我很憎恶紫色占据夺取红色的地位，憎恶郑国的淫靡曲调破坏了正统的高雅音乐，憎恶那些尖嘴利舌能说会道的谄佞之徒颠覆了国家。"

【注释】

[紫]古代有五行学说，与之相应有许多"五"的观念，其中五色中

有红色，而红色以朱红为正色，紫色比朱红色重，故非正色。　[朱]《说文解字》："朱，赤心木，松柏属，从木，一在其中。"故朱为"赤"，"赤"是五色之一，为正色。　[郑声]郑国的音乐，音节细碎淫靡，孔子认为"郑声淫"。　[利口]伶牙俐齿，能说会道。

【评析】

五行中以红色为正色，而紫色接近红色但不正，因此孔子有这种感慨。从《左传》看，鲁桓公和齐桓公都喜欢穿紫色衣服，可能这时候紫色已经成为诸侯服色的正色。本章可以看出孔子坚持古代文化的观点，服色、音乐都是很重要的文化现象，可以看出文化的倾向。如果换一个角度看，可以看出当时郑声一定非常流行，大受欢迎，对于雅乐有很大冲击。

十七·一九

子曰："予欲无言。"子贡曰："子如不言，则小子何述焉？"子曰："天何言哉，四时行焉，百物生焉。天何言哉！"

【翻译】

孔子说："我不想讲话了。"子贡说："您如果不讲话，我们可怎么传达讲述啊？"孔子说："天说什么话了，可是四季运行，万物自然生长。天说什么话了！"

【注释】

[述]传述学术思想与知识，与"作"相对，"作"是创新，是创作。　[四时]四季。时，季节。

【评析】

孔子强调天地自然运转，并无意志，万物也是自然生长，是无神论，与道家顺应自然有相通之处。但本章之深意应当从对话的场景来体会。孔子提示子贡，一切学问都在自然当中，这自然当然包括天地万物与人类社会生活，只要善于体察天地万物之道理与人生之道理，便可以悟出道来。做学问要善于观察领悟。

十七·二〇

孺悲欲见孔子，孔子辞以疾。将命者出户，取瑟而歌，使之闻之。

【翻译】

孺悲想要拜见孔子，孔子用有病来推辞不见。等来传命的人刚出门，孔子便取瑟弹奏歌唱起来，故意让孺悲听到。

【注释】

[孺悲]鲁国人，也是孔子弟子。《礼记·杂记》载："恤由之丧，哀公使孺悲之孔子学士丧礼，《士丧礼》于是乎书。"若此，《士丧礼》则是因为子路死，孺悲去请教孔子记录而成，则孺悲也是孔子弟子了。

【评析】

如果孤立看这件事，孔子好像不仁慈，人家诚惶诚恐来求见，怎么可以如此用有病来推辞？怎么可以在人家还没有离开时故意弹瑟唱歌让人家听到，从而知道自己没病？这样可能太伤人的自尊了。但从《礼记·杂记》记载来看，孔子后来不但见孺悲，而且收入门内为弟子，那么可以推知，这是孺悲初次来求见孔子。而按照当时礼节，陌生人要求见士人，一定要有人介绍才可，不可以直接去家门求见。据《太平御览》卷四百二引《韩诗外传》云："子路曰：闻之于夫子，士不中间而见者，女无媒而嫁者，非君子之行也。"就是求见士人时要有人在中间介绍，好像女子出嫁一定要有媒人一样。或者是孔子提醒孺悲应当按照通常礼节来见；或许是提醒孺悲还没有见他的资格，应该提高自己。具体背景不清楚，但孔子肯定有理由则无疑。

十七·二一

宰我问："三年之丧，期已久矣。君子三年不为礼，礼必坏；三年不为乐，乐必崩。旧谷既没，新谷既升，钻燧改火，期可已矣。"

子曰："食夫稻，衣夫锦，于女安乎？"

曰："安。"

"女安，则为之！夫君子之居丧，食旨不甘，闻乐不乐，居处不安，故不为也。今女安，则为之！"

宰我出。子曰："予之不仁也！子生三年，然后免于父母之怀。夫三年之丧，天下之通丧也。予也有三年之爱于其父母乎？"

【翻译】

宰我问："三年的丧期，时间也太长了。君子如果三年不演习参加礼仪活动，礼仪制度就会被破坏；三年不演习音乐，音乐就会失传。旧的粮食已经吃完，新的粮食已经收入粮仓，打火用的火石和钻木换成新的材料，重新准备下一年的用度，一周年就可以了。"

孔子说："守丧一年后就吃粳米饭，穿锦绣衣服，对于你来说，能安心吗？"

宰我回答："能安心。"

孔子说："你安心，就那样做。君子在守丧期间，吃好的不香甜，听音乐也不开心，居处坐立不安，所以不那样做。如果你安心，就可以那样做。"

宰我出去了。孔子说："宰予不仁德啊！孩子出生三年，然后才能够离开父母的怀抱。三年的守丧期，是天下通行的制度规则。宰我难道就没有受到父母三年的爱护抚养吗？"

【注释】

[三年之丧]古代为父母守丧之期为三年时间。[升]指将粮食收入仓廪。[钻燧]古代使用钻燧取火，季节不同所使用的木头也不同。春季用榆柳，孟夏仲夏用枣杏，季夏用桑柘，秋季用柞楸，冬季用槐檀之木。参见《周书·月令》。 [期]一周年。 [居处]指守丧期间孝子的生活不能安逸，要住临时搭建的茅庐，睡草垫，枕土块。

【评析】

这是很重要的一章，说明孔子将古代遗留的文化礼制以及历史传说都理性化，并将其情感化。三年之丧究竟起源于何时不好确定，但从孔子"天下通丧"的解释来看，不但地域广，时间也很久远。孔子没有从理论上进行解释，而是用三年不离父母之怀，因而报答父母养育之恩便需要守三年之丧来解释，是从人性感情角度来解释三年之丧的合理性。将外在的礼制规范解释为内在情感的要求，并使其合情合理，令人信服。这样就把礼制与情感要求紧密结合在一起，便于保存和流传，并逐渐积淀为心理结构。

十七·二二

子曰："饱食终日，无所用心，难矣哉！不有博弈者乎，为之，犹贤乎已。"

【翻译】

孔子说："整天吃饱饭，什么事情也没有，什么心事也没有，那就太难受了。不是有下棋掷骰子这样的游戏吗？玩一玩，还能好一些吧。"

【注释】

[博弈] 博弈是古代的智力游戏，具体玩法难以实考。一般认为，博是掷骰子之类，弈是围棋之类。或如民间之"下五道"等，都由来已久。

【评析】

人最怕赋闲，孔子也不能免，玩玩游戏，也能动脑筋，开发智力。但不能过度，偶尔为之，作为生活的小插曲则可。现在很多人整天"搓麻"，则属于玩物丧志了。

十七·二三

子路曰："君子尚勇乎？"子曰："君子义以为上。君子有勇而无义为乱，小人有勇而无义为盗。"

【翻译】

子路问："君子崇尚勇敢吗？"孔子回答说："君子最重视礼义。君子只有勇敢而没有礼义约束就会造反作乱，小人只有勇敢而没有礼义约束就会沦为强盗。"

【注释】

[尚] 崇尚，提倡。

【评析】

子路非常勇敢，重视武力，因此孔子总是提醒告诫他。就品性而言，仁义是高于一切的，是统帅与灵魂。离开了仁义，其他品性都无法确定其性质。如果道德低劣，智力越高为害越烈，勇力越猛祸害越大，故仁义为根本，道德是根基。

十七·二四

子贡曰："君子亦有恶乎？"子曰："有恶：恶称人之恶者，恶居下流而讪上者，恶勇而无礼者，恶果敢而窒者。"

曰："赐也亦有恶乎？""恶徼以为知者，恶不孙以为勇者，恶讦以为直者。"

【翻译】

子贡问："君子也有厌恶的事情吗？"孔子说："有厌恶的事情啊：厌恶讲别人坏话的人，厌恶自己不进取而讽刺诽谤别人进取的人，厌恶鲁莽勇敢而不知礼制的人，厌恶果断而专横固执的人。"

孔子接着问："端木赐，你也有厌恶的事情吗？"子贡回答："厌恶抄袭别人东西却以为自己聪明的人，厌恶毫不谦虚却自以为是的人，厌恶揭发别人隐私却以为自己很直率的人。"

【注释】

[讪]诽谤。[窒]封闭，不听别人意见。[徼]窥视，偷看。孔安国注："徼，抄也，抄人之意以为己有。"即今日之抄袭。[讦]包咸注："谓攻发人之阴私。"

【评析】

本章可以看出孔子与弟子平等讨论、相互交流、教学相长的情形。子贡是孔子弟子中水平高、头脑灵活、实际能力高、综合能力最强的一个。孔子厌恶的四种人基本属于掌握一定权力的统治者，而子贡厌恶的三种人基本属于知识分子中道德修养比较差的人，看来那个时代已经有抄袭之恶劣风气，古今人性没有根本差别，这也是今天我们能够读懂古书能够理解古人的关键。人们讨厌的对象与本人地位阶层有直接关系。

十七·二五

子曰："唯女子与小人为难养也，近之则不孙，远之则怨。"

【翻译】

孔子说："只有女子和小人难以相处，亲近了就会无礼缠磨你，疏远了就会怨恨你。"

【注释】

[养]指相处。 [不孙]不逊，不按照礼制行事。

【评析】

本章颇为后世诟病，被作为孔子歧视女性的重要而直接的证据。但如果仔细分析和体会，是没有读懂的缘故。孔子这句话，与"吾未见好德如好色者也"的感叹可能是前后说的，是一个背景。孔子在卫国时，一次，卫灵公坐在车上，左边是美人南子，右边是宦官雍渠，孔子之车在后面，招摇过市，孔子才说这句话。南子和雍渠同车坐在卫灵公的两边，便是孔子将"女子与小人"联系在一起的契机。这里的女子当时指南子，小人指雍渠，而实际女子概括指国君身边的夫人、姬妾等，小人指国君身边的弄臣，包括男宠和宦官一类，与其他女子和男人没有任何关系。

十七・二六

子曰："年四十而见恶焉，其终也已。"

【翻译】

孔子说："人如果到四十岁了还被人厌恶，那这辈子就算完了。"

【注释】

[见恶] 被人厌恶。

【评析】

四十岁是人生定型阶段，如果依然被人厌恶，当然没有希望了。这句话可能针对具体的人而言，但有普遍意义。因此人生应发奋，不要浑浑噩噩，少壮不努力，老大徒伤悲。

· 微子第十八 ·

【原疏】正义曰：此篇论天下无道，礼坏乐崩，君子仁人或去或死，否则隐沦岩野，周流四方，因记周公戒鲁公之语，四乳生八士之名。以前篇言群小在位，则必致仁人失所。故以此篇次之。

【魁按】前三篇依次是《卫灵公》，批评国君违礼；《季氏》，批评大夫违礼；《阳货》，批评家臣违礼，均属于小人在位，不行礼乐，因而贤人被排斥。本篇则通过赞美古代先贤被废弃委婉批评当时的政治，抒发自己怀才不遇的郁闷，间接提出自己的处世哲学，"无可无不可"的理论非常有价值。

十八·一

微子去之，箕子为之奴，比干谏而死。孔子曰："殷有三仁焉。"

【翻译】

微子离开朝廷，箕子被当成奴隶，比干因为谏诤而死。孔子说："殷商王朝末年有三大仁人。"

【注释】

[微子] 名启，是纣王同母兄。他出生时，母亲尚为帝乙妾。他出生后生母被立为正妻，其后生纣王受，故帝乙死后，纣王得立。事见《吕氏春秋》。古籍中唯《孟子·告子》认为微子是纣的叔父。 [箕子] 纣王的叔父，一说是庶兄。见纣王无道，进谏不听，佯狂而被降为奴隶。后武王灭商，请他出仕，他坚决不肯；求教治国方略，他上《洪范》。其后带领家族"适朝鲜"，是一重要历史人物。 [比干] 纣王叔父，苦心进谏，被纣王剜心而死。

【评析】

这是孔子对于历史的评价，纣王有三位仁人而不能用，且加以迫害，因此灭亡。可能是针对当时天下各国诸侯不能任用贤人的慨叹，也是对自己命运的慨叹，鲁国国君以及权臣不能用他，致使鲁国日益衰落。季桓子死时曾经认识到这一点，嘱咐其嗣子季康子一定要迎回孔子并加以重用。但孔子一直到死也未得重用。另外，还有一层意义，即好人不一定得好报。

十八·二

柳下惠为士师，三黜。人曰："子未可以去乎？"曰："直道而事人，焉往而不三黜？枉道而事人，何必去父母之邦？"

【翻译】

柳下惠当法官，多次被罢免。有人问："你难道还不考虑离开鲁国吗？"柳下惠回答道："如果坚持用正直忠诚的态度去办理事件去侍奉人，到哪里去能不遭到多次罢免？如果采取不正当的途径去办理事情侍奉上级，那么又何必离开生养自己的父母之国呢？"

【注释】

[黜] 罢黜。

【评析】

本章意义很深刻，也是孔子遭遇的间接写照，说明那个时代均如此，"天下乌鸦一般黑""滔滔者天下皆是也"。在那个时代，如果坚持正道直行便一定走不通，到哪里都一样。而如果曲意事人、违背良心则缺德，因此宁可选择在自己的家乡坚持着操守，干干净净生活着。柳下惠的美名比任何显赫的官职不都更有价值吗？

十八·三

齐景公待孔子，曰："若季氏，则吾不能；以季、孟之间待之。"曰："吾老矣，不能用也。"孔子行。

【翻译】

齐景公在谈到关于如何对待孔子的时候说："像鲁国季氏那样的地位，那我办不到；只能用季氏、孟氏之间的地位来对待他。"又说："我老了，不能重用他了。"孔子听到后就离开齐国。

【注释】

[若季氏] 意谓如同季氏在鲁国的地位和待遇。季氏是鲁国上卿，连续几代人执掌实权。 [季、孟之间] 季氏在鲁国是上卿，孟氏是下卿。但孟氏属于第二有权势者。

【评析】

孔子一生，多次失去从政机会。这次是由于鲁国内乱，昭公逃难到齐国，孔子才到齐国的，主要目的是想劝说齐国出面帮助昭公回国，齐国没有出力。而齐景公早就很重视孔子，因此想封给他尼蹊之田让他治理，受到晏婴的阻拦而未果。但景公还是想留下孔子，于是才那样说。但齐国其他卿大夫多不愿意留下孔子，孔子了解这些情况后便立即离开齐国了。晏婴非谗佞之人，是站在齐国立场来看待这件事，其他卿大夫不愿意孔子留在齐国是嫉妒他的威望和知名度。

十八·四

齐人归女乐，季桓子受之，三日不朝，孔子行。

【翻译】

齐国送来美丽的歌舞女伎，季桓子接受了，三天没有举行早朝，孔子便离开鲁国。

【注释】

[归] 通"馈"，赠送。[女乐] 女性歌舞伎。[不朝] 一般解释为不问政事，或不上朝办事。我的理解是停止早朝。当时政归季氏，季氏决定是否举行朝廷会议。

【评析】

这件事之始末见于《史记·孔子世家》。鲁定公十三年到十四年曾经重用孔子，先是齐鲁两国在夹谷举行高级峰会，孔子辅佐定公前去，大义凛然使齐国君臣敬服，并归还汶阳之地。鲁国政治大好，"与闻国政三月，粥羔豚者弗饰贾；男女行者别于涂；涂不拾遗；四方之客至乎邑者不求有司"。其后摄相，堕三都而堕成二都，很有政绩。于是齐国感到恐慌，认为如果孔子继续执政，鲁国一定强大，强大则首先威胁齐国。于是便采取离间之策，精心挑选美丽的歌舞伎女八十人、彩车三十辆、装饰的良马一百二十匹，送给鲁国，使鲁国君臣迷恋享乐，这样孔子必定反对。果然，季桓子欣然接受，并且和定公将这些车马和女乐沿着大街游行炫耀，三天没有办公。子路对孔子说："老师，我们可以走了。"孔子说："明天是鲁国进行郊祀的日子，郊祀就一定赐给大夫祭肉。如果明天送来祭肉，还可以留下观察。"结果没有祭肉来，孔子才带领弟子离开鲁国。说明孔子对于自己的国家还是非常留恋的，但见祭肉不到，说明执政君臣沉溺于女色音乐的享受之中。鲁国的政治完全没有希望了。

十八·五

楚狂接舆歌而过孔子曰："凤兮！凤兮！何德之衰？往者不可谏，来者犹可追。已而，已而！今之从政者，殆而！"

孔子下，欲与之言。趋而辟之，不得与之言。

【翻译】

楚国的狂人接舆唱着歌走过孔子的车前，道："凤凰啊！凤凰啊！德行为什么这么衰微？过去的日子不能挽回，未来的日子还可以来得及。罢了，罢了！如今从事政治的人啊，非常艰难险危！"

孔子急忙下车，要跟他谈谈。可是接舆已经紧走几步躲避开了，孔子没能够与他说话。

【注释】

[接舆] 春秋楚隐士，佯狂不仕。亦以代指隐士。邢昺疏："接舆，楚人，姓陆名通，字接舆也。昭王时，政令无常，乃被发佯狂不仕，时人谓之'楚狂'也。" [凤] 凤凰，比喻孔子。 [谏] 匡正，挽回。 [殆] 危险。

【评析】

关于接舆之名，邢昺疏说其姓名叫陆通，后世多遵从之，恐怕不是无稽之谈。看来孔子当时已经是名满天下的人，否则远在南方的楚国怎么也有人知道他而且认识他的车？接舆确实很有文化也很有政治见解，因此他唱的歌词很深刻，也很有文学韵味。当时楚国的政治更糟糕，确实如接舆说的那样，搞政治很危险，弄不好就灭门。但孔子从事的不是政治运动，而是宣传政治主张。孔子没有介入任何实际的政治斗争中，只是在寻找实现自己政治主张的途径。

十八·六

长沮、桀溺耦而耕，孔子过之，使子路问津焉。

长沮曰："夫执舆者为谁？"

子路曰："为孔丘。"

曰："是鲁孔丘与？"

曰："是也。"

曰："是知津矣。"

问于桀溺。

桀溺曰："子为谁？"

曰："为仲由。"

曰："是鲁孔丘之徒与？"

对曰："然。"

曰："滔滔者天下皆是也，而谁以易之？且而与其从辟人之士也，岂若从辟世之士哉？"耰而不辍。

子路行以告。

夫子怃然，曰："鸟兽不可与同群，吾非斯人之徒与，而谁与？天下有道，丘不与易也。"

【翻译】

长沮、桀溺两个人正在耕地，孔子的车经过那里，派子路前去打听渡口。

长沮问子路："那位驾车的人是谁？"

子路回答："是孔丘。"

长沮又问："是鲁国的孔丘吗？"

子路回答："是。"

长沮道："那他就知道渡口了。"

子路又去问桀溺。

桀溺问："你是谁啊？"

子路道："我是仲由。"

桀溺问："是鲁国孔丘的门徒吗？"

子路回答："是这样。"

桀溺道："浊流滚滚，天下到处如此黑暗。谁又能改变这种情况呢？你与其跟随躲避坏人的人，怎能比得上跟随躲避乱世的人呢？"继续劳动而不停止。

子路回来报告给老师。

孔子很感伤，说："我们总不能和飞禽走兽一起生活吧？我不跟这些人在一起跟谁在一起呢？如果天下太平，我孔丘也不会带领你们到处奔波而主张改变了。"

【注释】

[长沮、桀溺] 两名农夫。据曹之升《四书摭余说》说："《论语》所记隐士皆以其事名之。门者谓之'晨门'，杖者谓之'丈人'，津者谓之'沮''溺'，接孔子之舆者谓之'接舆'，非名亦非字也。"很有道理。 [耦而耕] 耦耕是古代一种耕地方式，但具体形式难以考证。春秋时普遍采用牛耕，不再用人力耕田了。 [问津] 打听渡口。津，渡口。 [执舆] 拉着马缰绳。本来是子路驾车，子路去问津，孔子临时驾着。 [耰] 种地下种后用土覆盖种子的程序。 [滔滔] 水流广大貌。 [怃然] 惆怅失意貌。

【评析】

长沮和桀溺是两名对现实认识很深刻的人，对于孔子师生有些冷嘲热讽。他们居然也知道孔子的名字，但连问路都不明确告诉，则显得有些刻薄。他们避世的行为总是被划归道家隐居一流，而又劝导子路也像他们一样采取避世的生活态度。桀溺的话很值得深思玩味，即他提出避人与避世两种隐居方式，可以看作儒家与道家隐居思想的区别，同样隐居，儒家是"处江湖之远不忘其君"，道家则完全忘却世事，不过问政治。儒家总是自觉担负起拯救社会的责任，有极其深沉的忧国忧民情怀。因此，儒家思想有宗教之性质就在这里。孔子明知天下不可为而为之，正是其可贵之处。

十八·七

子路从而后，遇丈人，以杖荷蓧。

子路问曰："子见夫子乎？"

丈人曰："四体不勤，五谷不分，孰为夫子？"植其杖而芸。

子路拱而立。

止子路宿，杀鸡为黍而食之。见其二子焉。

明日，子路行以告。

子曰："隐者也。"使子路反见之。至，则行矣。

子路曰："不仕无义。长幼之节，不可废也。君臣之义，如之何其废之？欲洁其身，而乱大伦。君子之仕也，行其义也。道之不行，已知之矣。"

【翻译】

子路跟随孔子周游，落在后面，遇见一位老人，用手杖挑着一个锄草工具。

子路问："您看见老夫子了吗？"

老人说："四肢也不勤劳，连五谷都分不清楚，怎能算是老师？"放下手杖用蓧去锄草。

子路拱手站在那里。

老人留子路住宿，杀鸡做黄米饭招待他，并让两个儿子出来见子路。

第二天，子路继续赶路，把自己的遭遇告诉孔子。

孔子说："这是个隐士。"让子路返回去求见他。等子路到那里，老人已经走了。

子路说："不出仕当官没有道理。长幼的秩序不能废弃，君臣之间的道义又怎么可以废弃呢？要保持自己一身的清洁，而破坏极其重要的社会关系。君子出仕当官，是履行知识分子的道义。至于道义行不通，我们早就知道了。"

【注释】

[从而后] 指跟随孔子出游列国而落在后面，掉队了。 [丈人] 对年老男性的尊称。[荷蓧（diào）] 扛着。蓧，今作"莜"，锄草工具。[芸] 同"耘"，指锄草。 [黍] 就是现在的黍，黄米。杀鸡炊黍在当时是高等级饭菜。 [见] 通"现"，让其儿子拜见子路。

【评析】

中国历来有"五伦"之伦理观念，根深蒂固。父子有亲，君臣有义，夫妇有别，长幼有序，朋友有信，这确实是非常重要的社会人际关系。孔子汲汲奔波，是要尽社会责任。这五伦观念的建立实际完成于汉代，但根源于孔子思想。本章连同前面两章是孔子对于隐居者的劝告以及冷嘲热讽的回应，表现其"明知不可为而为之"的积极进取精神和崇高的社会责任感。这五伦有其合理性，故深深植根于中华民族传统的心理结构中。这是处理人际关系不可或缺的关系，应当吸取其合理因素，正确理解，是构建新型人际关系的重要思想资源。

十八·八

逸民：伯夷、叔齐、虞仲、夷逸、朱张、柳下惠、少连。子曰："不降其志，不辱其身，伯夷、叔齐与！"谓："柳下惠、少连，降志辱身矣，言中伦，行中虑，其斯而已矣。"谓："虞仲、夷逸，隐居放言，身中清，废中权。我则异于是，无可无不可。"

【翻译】

德行高拔超逸的隐逸之士有：伯夷、叔齐、虞仲、夷逸、朱张、柳下惠、少连。孔子说："不放弃降低自己的志向，不侮辱自己的身心，就是伯夷和叔齐吧。"又说："柳下惠、少连则放弃降低了自己的志向，而且也使自己的身心受到侮辱了。但说话合乎伦理，行为经过考虑，不过如此而已。"又评价说："虞仲、夷逸隐居避世，不再谈论世事，一身清廉干净，被废弃是他们的权谋。我和他们这些人都不同，没有什么可以，也没有什么不可以。"

427

【注释】

[逸民]隐居而没有发挥应有才能的人。 [虞仲]有两种说法，一说是吴太伯之弟仲雍，一说是仲雍曾孙。吴太伯与二弟仲雍为实现父亲心愿让三弟季历继承爵位，出奔到荆蛮地区，创建吴国。太伯死仲雍即位。武王建立周朝，访求太伯后人，找到仲雍曾孙周章，其已经是吴国国君。因而加封，又封周章之弟虞仲到周之北，故夏墟，此为虞国。当以后说为是。 [夷逸]《尸子》载，夷逸是夷诡诸的后裔，夷逸说，比如我是牛，宁可服轭耕于野，也不愿意披上锦绣进入庙堂为祭祀用的牛。 [朱张]有人说就是仲弓，肯定不对。孔子对七位逸民另外六位都有评论，只未提朱张，可能是朱张事迹在孔子时代已经失传，但其名字尚存，故孔子未加评论，采取"阙如"之谨慎态度。 [少连]《礼记·杂记》中载，孔子说少连、大连善居丧，三日不怠，三月不懈，一年悲哀，三年忧伤。是东夷之人。 [废中权]废弃符合权变的思想与策略。马融说："遭世乱，自废弃，以免患，合于权也。"

【评析】

本章是研究孔子处世哲学和策略的最重要的文献资料。孔子先对古代七位逸民贤士中的六位给予评价，对于伯夷、叔齐的评价最高，对于另外四人评价也不低，最后表示自己的观点以及处世态度与他们都不同，即"无可无不可"，是非常灵活而又坚定执着的人生哲学与生存智慧，是"经"与"权"的灵活妙用。联系孔子终生行事的情形与其发表的观点，可以理解其"无可无不可"的内涵，即针对不同情况采取不同对策，没有固定不变的生活方式，体现出个体的主动性与灵活性。对于伯夷、叔齐，孔子赞美归赞美，但他自己如果处在那种情况下不会那么做。从对柳下惠的态度，可以体会出孔子的人生道路选择。柳下惠是道德高尚的榜样，其言论也很高明，但他不肯离开鲁国，这当然也是一种人生选择。而孔子则不那么死板，见鲁国无法施展才能，立即离开，周游列国，甚至曾经产生去落后荒蛮地区谋求发展的念头。孔子的原则是坚持推行仁政，坚持克己复礼，只要有机会和可能便绝不放过。公山弗扰、晋国赵氏的佛肸以家臣身份搞叛乱请他前去，他都曾经动过心，可见其实现自己政治主张的迫切心情。而对于季氏、阳虎这些专权者，他也不与之做针锋相对的坚决的斗争，因为那样可能是无谓的牺牲。因此，仔细体会本章孔子的话，尤其是"无可无不可"的真实思想，非常重要。

十八·九

大师挚适齐，亚饭干适楚，三饭缭适蔡，四饭缺适秦，鼓方叔入于河，播鼗武入于汉，少师阳、击磬襄入于海。

【翻译】

太师挚到了齐国，第二乐师干到了楚国，第三乐师缭到了蔡国，第四乐师缺到了秦国，打鼓的方叔到了黄河之滨，摇小鼓的武进入汉水流域，少师阳和击磬的襄都到海边去了。

【注释】

[大师]即太师。古代朝廷主管音乐的官员。挚，人名。[亚饭]上古天子每天四顿饭。亚，次，第二。这里应该是第二乐师之意。干，人名。[三饭]第三乐师之意。缭，人名。[四饭]第四乐师。缺，人名。[鼓方叔]鼓手。方叔，人名。[播鼗武]孔安国说："播：摇也。武，名也。"[少师]当是辅佐太师的副手。

【评析】

本章不是孔子与弟子的话。孔安国说："鲁哀公时，礼坏乐崩，乐人皆去。阳、襄皆名。"鲁哀公时鲁国音乐人才流失严重是可能的。本章记录礼崩乐坏的严重情况。因为这不仅仅是音乐问题，而是礼制以及文化制度的破坏，是传统的中断。

十八·一〇

周公谓鲁公曰："君子不施其亲，不使大臣怨乎不以。故旧无大故，则不弃也。无求备于一人。"

【翻译】

周公对他儿子鲁公伯禽说："君子不能怠慢亲族，不使大臣抱怨不被信任。故旧老臣如果没有严重错误，就不要抛弃。不要对任何一人求全责备。"

【注释】

[周公]即姬旦，周开国功臣，制订礼乐典章制度者。 [鲁公]周公儿子伯禽。[施]通"弛"，松弛、疏远的意思。[大故]大的缘故，指严重的罪行。

【评析】

这是周公教育自己儿子在执政中应当如何处理好与家族亲属以及功臣关系的话，清楚体现氏族体制下重视血缘关系的观点，同时也表现重视故旧关系的特点，这两点对于中国历史政治关系产生极其深远而广泛的影响。"一人当官，鸡犬升天"的现象与此有关，注重"老关系"也与此有关。当然，这种观点并不全是消极的，关键是要把握好尺度。

十八·一一

周有八士：伯达、伯适、仲突、仲忽、叔夜、叔夏、季随、季骈。

【翻译】

周朝有八名贤士：伯达、伯适、仲突、仲忽、叔夜、叔夏、季随、季骢。

【注释】

[伯达] 这八个人具体事迹均不可考，故阙如。

【评析】

本章八人均不可考，既不是孔子说的，也没有任何评价。有人看到八个人按照伯仲叔季排列，便认为是四对双胞胎。只是推测而已。

· 子张第十九 ·

【原疏】正义曰：此篇记士行交情，仁人勉学，或接闻夫子之语，或辩扬盛师之德，以其皆弟子之言，故差次诸篇之后。

【魁按】本篇主旨是记载孔子死后弟子继承他学术，维护他威信，推崇他道德的情况，也记载了一些弟子对于其思想与学说的理解和传播的情况。

十九·一

子张曰："士见危致命，见得思义，祭思敬，丧思哀，其可已矣。"

【翻译】

子张说："知识分子见到危难不怕牺牲生命，见到利益便想到是否应该获取，祭祀时严肃恭敬，参加丧礼时想到悲哀，这样就可以了。"

【注释】

[致命]不惜献出生命。 [义]宜也，应当。

【评析】

子张是孔子著名弟子之一，他关注政治问题，关注如何实现理想，推行政治主张，解决实际的社会问题，此处是对士人在各种场合应当采取什么态度提出的要求。

十九·二

子张曰："执德不弘，信道不笃，焉能为有？焉能为亡？"

【翻译】

子张说："履行道德却不宽广，相信道义却不坚持，怎么能算有？又怎么能算没有？"

【注释】

[弘]弘大，宽广。

【评析】

孔子弟子中，子张比较注重从政，询问政事较多，当然要求道德的弘广远大。这里的"弘"，杨伯峻先生同意章太炎先生的观点，认为是"强"字，是坚强的意思。但为政则必须兼顾天下，道德要弘大广博。最后两句意谓如果执德不弘、信道不笃的话，有没有这个人都无所谓。

十九·三

子夏之门人问交于子张。子张曰："子夏云何？"

对曰："子夏曰：'可者与之，其不可者拒之。'"

子张曰："异乎吾所闻。君子尊贤而容众，嘉善而矜不能。我之大贤与，于人何所不容？我之不贤与，人将拒我，如之何其拒人也？"

【翻译】

子夏的学生问子张如何交朋友。子张问："子夏怎么说的？"

回答说："子夏说：'可以交的就交，不可以交的就拒绝交。'"

子张回答说："这和我所听到的不一样。君子尊重贤德的人而能够包容普通群众，赞美好人而不轻视慢待不行的人。我是大贤人吗？那么对于别人还有什么不能宽容的？如果我不是贤人，别人将要拒绝我，我还怎么能拒绝别人呢？"

【注释】

[问交] 询问交朋友之道。

【评析】

子夏和子张都是孔子弟子，但在交友方面二人观点略有不同，而且从孔子那里听到的教诲就不同。据蔡邕说，子夏交往太宽泛，故孔子教育他要慎重选择，而子张交游面太狭窄，因此孔子教育他要宽容。看来子张和子夏都没有完全领会老师的意思，对于他们的弟子也应该因材施教。不过从总的原则来看，子张的话更有实用性，"尊贤容众"应该是在人群中处理人际关系的重要原则。

十九·四

子夏曰："虽小道，必有可观者焉。致远恐泥，是以君子不为也。"

【翻译】

子夏说："虽然是小的技艺，也一定有很可观的地方。但如果有远大目标，就不能沉溺于其中，所以君子不致力于小的技艺。"

【注释】

[小道] 朱熹注"如农圃医卜之属"，基本正确，与"大道"相对而言。大道指仁义礼智信，指人的道德属性，小道指具体的生产技术以及技艺等。[泥] 阻滞，滞留。

【评析】

孔子的教育目标是培养推行仁义、治理国家之人才，故以提高人之道德修养为旨归，以拯救天下灵魂为目标，以使天下走上和谐之途径为最高理想，因此以政治、哲学、伦理、思想教育为主要内容，对于具体技艺并不重视。此处的"小道"按照朱熹的说法是指农圃医卜之类，恐怕不会那么狭窄，可能还包括其他一些具体技艺，如唱歌、弹琴、下棋、各种手艺等。这是"君子不器"的具体阐释。

十九·五

子夏曰："日知其所亡，月无忘其所能，可谓好学也已矣。"

【翻译】

子夏说："每天能够知道一些新知识，每个月不忘记所学过并掌握的旧知识，就可以算是好学了。"

【注释】

[亡] 通"无"。 [无忘] 不要忘记。无，通"毋"。

【评析】

学问要靠日积月累，不是一朝一夕所能成就的，是终身事业。"活到老，学到老"，不是空话。每天都能够了解新的知识，就需要每天都读书学习，因此，读书是增长知识的基础。而每天新增加的知识也需要不断巩固，需要进行阶段性的温习回顾，使之消化理解。每个月都要温习回顾一下所学习的知识，看是否已经忘记了。这样不断地增加新知识与不断地进行阶段性温习巩固，学问则在不断增长。当然，进行阶段性归纳回顾的时间周期不一定是一个月，每个人应该根据自己所学知识的实际情况做安排。顾炎武《日知录》名字出于此。

十九·六

子夏曰："博学而笃志，切问而近思，仁在其中矣。"

【翻译】

子夏说："广泛学习，坚定志向，诚恳提问，认真思考当前的问题，'仁'

就在其中了。"

【注释】

[切问]态度恳切提出问题。 [近思]思考切近的问题。

【评析】

这是端正求学态度的四个方面。如果不广泛学习便无法获取渊博的知识,如果志向不坚定就会半途而废,如果志向不明确就会空泛没有实学,因此"笃志"包括坚定志向与坚定学习大方向两个方面,否则容易出现"样样通,样样松"的情况,当然也就不会有成就。如果提出问题、研究问题没有针对性,没有现实价值,则学习缺乏动力,也会劳而无功。

十九·七

子夏曰:"百工居肆以成其事,君子学以致其道。"

【翻译】

子夏说:"各种工匠在他们的作坊里完成他们的制作,君子应该努力学习而实现他们的理想,完成他们的事业。"

【注释】

[肆]作坊,店铺,市集。这里侧重作坊。

【评析】

这是用工匠完成制作具体器物比喻知识分子也应当有自己实际的贡献,有自己的思想和学说。如果什么也完不成,还不如工匠对社会有贡献。

十九·八

子夏曰："小人之过也必文。"

【翻译】

子夏说："小人犯了过错，总是要进行掩饰。"

【注释】

[文] 用美丽的语言掩饰。

【评析】

有过错不能算是小人，有过错还要强词夺理，故意掩饰自己的错误，这就可以定为小人了。"文过饰非"成语起源于此。

十九·九

子夏曰："君子有三变：望之俨然，即之也温，听其言也厉。"

【翻译】

子夏说："君子给人的印象有三种变化：初看时很严肃，接近后却感觉很温和平易，听他讲话却准确犀利而深刻。"

【注释】

[俨然] 端庄严肃貌。 [温] 态度温和亲切。 [厉] 严厉深刻。

【评析】

这是子夏描述对老师的印象，就整部《论语》而言，孔子给人的印象确实如此，这也是一切道德高尚之大学者的共同性格特征，这样的态度既好接近又不可以轻慢狎昵。

<h2 style="text-align:center">十九·一〇</h2>

子夏曰："君子信而后劳其民；未信，则以为厉己也。信而后谏；未信，则以为谤己也。"

【翻译】

子夏说："君子在得到老百姓信任后，才可以使唤他们，使他们干活；如果没有取得信任就使唤百姓，百姓就会认为你是压迫奴役他们。得到国君或上级信任后才进行劝告；如果没有得到信任，就会认为你是诽谤他。"

【注释】

[厉] 严厉，残酷。

【评析】

这确实是很重要的处世策略，取得信任是一切人际交往的前提。这是站在不同立场上的思考。前面是统治者对老百姓，后面是下级对待上级，但首先都要取得信任，然后才可以开展其他工作。其实，人与人之间很重要的一点就是相互信任，这样交往才会更轻松愉快。

<h2 style="text-align:center">十九·一一</h2>

子夏曰："大德不逾闲，小德出入可也。"

【翻译】

子夏说："大节方面不能超越界限，小节方面有点出入是可以的。"

【注释】

[闲]用于遮拦阻隔的栅栏，引申为界限。 [大德]道德大的方面，指涉及原则与操守的大节。 [小德]指不涉及原则与操守的一般生活末节。

【评析】

应当注意，这是对别人的要求，不要求全责备，而对于自己则不能不拘小节。但也要体会，这也适合于一般处事掌握的尺度。对于一般非原则性的问题，不必过于认真，如果事无巨细都叨叨不休，便容易引起反感，包括与人交往甚至教育孩子都存在一个尺度问题。

十九·一二

子游曰："子夏之门人小子，当洒扫应对进退，则可矣，抑末也。本之则无，如之何？"

子夏闻之，曰："噫！言游过矣！君子之道，孰先传焉？孰后倦焉？譬诸草木，区以别矣。君子之道，焉可诬也？有始有卒者，其惟圣人乎？"

【翻译】

子游说："子夏的学生弟子们，做一些打扫卫生、接待客人、应付进退的事情，都可以胜任了，但这些都是细微小事，根本的东西却没有，这样怎么可以啊？"

子夏听说后，说道："唉！子游说错了！君子的学术和道德，哪一项应当先传授？哪一项应当后传授？学术道德的培育好像花草，各自有其类型和品种，在培养时要加以区别。君子的学术思想，怎么可以如此歪曲呢？

能够有始有终全面进行教育的，恐怕只有圣人吧？"

【注释】

[洒扫]指洒水扫地，打扫卫生。 [应对]指接待客人的礼节。 [进退]指觐见尊长时进去与退出时的礼节。 [抑]表示转折，不过。 [末]本义是树木的末梢，这里比喻学问与道德的末节，即细微不值得重视的。

【评析】

本章比较难理解的是最后一句话，何谓"有始有卒"？"始""卒"与前面出现的"本""末"又是什么关系？其实，子游和子夏可能在教学程序、课程安排顺序上出现一些意见分歧。子夏是从基础入手，从如何做人的日常生活小事做起，而子游则认为应该教授仁义礼乐的大道。从子夏的回答来看，子夏认为"本""末"没有原则性的区别和明确的界限划分，一切生活事务中都蕴含着"道"，"道"体现在一言一行一举一动中，因此"洒扫应对进退"也是"道"的实现，也是"本"。而且要针对学生的具体情况进行具体的教育，好像培植花草树木，要区分各种类型采取不同的培养方式。这一点，与孔子的"因材施教"接近。而最后一句的意思是无论什么类型的学生都能够对其进行全面教育的人，可能只有圣人才行。

十九·一三

子夏曰："仕而优则学，学而优则仕。"

【翻译】

子夏说："官做好了，有剩余时间就去学习，学习好了，有充分的剩余时间就去做官。"

【注释】

[优]宽绰，有余力。优的本义是多、饶，引申为时间与精力多而有余力。

【评析】

这是名言，一般都认为是孔子的话，其实是子夏说的。当时士人主要生活内容就是学习和当官。学习一段时间，感觉很宽松，有充分的时间就去当官，当官有空闲时间的时候就进行学习。现在侧重在后者，好像学习的目的就是当官。这是误解。而且一旦当官就不再学习了，这更是误解。

十九·一四

子游曰："丧致乎哀而止。"

【翻译】

子游说："办理丧事足以表达悲哀的心情就行了。"

【注释】

[丧]指丧礼。 [止]停止。

【评析】

本章有两层意思，一是从内心情感说，父母死亡只要内心真正悲哀就够了，不必过于悲伤，有害身体；一是从外在形式说，只要足以表达悲伤就行，不必大肆铺张，搞得规模很大，造成浪费。孔子的儿子死了，同样有棺无椁，不能说孔子不慈。可能是当时有些贵族丧事办得过分，故子游有此说法。

十九・一五

子游说："吾友张也为难能也，然而未仁。"

【翻译】

子游说："我的好朋友子张是个难得的人才，然而还没有达到仁的程度。"

【注释】

[难能] 难以得到，"难能可贵"的略语。

【评析】

这是子游对于同学好友的由衷赞叹，有人说是批评。"仁"的境界非一般人可以达到，孔子都没有认可哪个具体的人达到"仁"的境界了，因此不能看作是批评，而是很高的赞美。

十九・一六

曾子曰："堂堂乎张也，难与并为仁矣。"

【翻译】

曾子说："子张总是仪表堂堂，实在难以与他共同进入仁德的境界啊！"

【注释】

[堂堂] 形容容貌盛大伟岸。

【评析】

本章解释分歧很大，而且分为赞美与批评两说。或云赞美子张堂皇正大，高不可攀，或云批评子张外表容貌很盛，内在修养不足，故无法达到仁德之境界。仔细分析体会，曾子的语气在赞美中多少有点羡慕和调侃的意味。孔子著名弟子中，子夏、子游、曾参、子张都属于小龄组，四人接触多，交情深，因此他们在一起谈论问题时多。四人中，子夏最大，子游比子夏小一岁，曾子比子夏小两岁，子张比子夏小四岁。如果注意到这种情况，就可以体会出前后几章记载的是这几个人在孔子死后相互交流探讨问题的情形了。看来子张容貌伟岸，可能也好打扮，故总是仪表堂堂。而子张又是孔门弟子中追求事功的人，与孔子大龄弟子中的子路、子贡性格相近，孔子很喜欢他，对子张评价很高。这样，我们便可以体会出曾子这句话的含义，子张相貌好，又年轻，且有雄心大志，因此曾子才如此赞叹。

十九·一七

曾子曰："吾闻诸夫子：人未有自致者也，必也亲丧乎？"

【翻译】

曾子说："我听老师说过：人没有能自然产生强烈感情的，一定要在亲自感受父母亲死亡的时候才能够真正发自内心地悲哀。"

【注释】

[自致] 自然达到某种感情的深度。 [必] 必须，一定。

【评析】

本章有具体背景情境，但现在无法考证。可能是弟子们讨论参加吊唁或葬礼时的感受，曾子说的这句话，意思是必须有亲身感受才可以体会他人的同类情感。这涉及心理学和哲学的一个重要问题，也是我们研究他人作品或文献资料时必须注意的问题，就是要用自己的心去体会当事人的心。孔子幼年丧父，肯定不记事，不懂悲哀，十七岁丧母，一定非常悲哀，故孔子每次参加葬礼时都很悲哀，当天便吃不饱饭，是用自己当时的悲哀心情体会办丧事子女的心情，这便是圣人的情怀。

十九·一八

曾子曰："吾闻诸夫子：孟庄子之孝也，其他可能也；其不改父之臣与父之政，是难能也。"

【翻译】

曾子说："我听老师说过：孟庄子的孝顺，其他方面都可以做到；但他不改变父亲所任用的人和父亲所制订的政策，这是很难做到的。"

【注释】

[孟庄子] 鲁国大夫孟献子仲孙蔑之子，名速。

【评析】

一般情况是"一朝天子一朝臣"，古代国和家只是大小的区别，在管理上有相似之处。因此在新旧主人交替时往往会进行大的人事调整，而孟庄子没有这样做，表现其对于父亲的敬重，而这也是孝道的最具体的表现。当然，孔子的话可能有现实针对性，故对这种做法要冷静对待。一切以义为标准，如果父亲用的人正确，政策好，当然不用变；如果问题严重，则变化为孝。唐德宗死，顺宗即位，罢免宫市和五坊小儿等弊政，召回被德宗贬谪的名臣陆贽，朝野欢庆；清乾隆死，嘉庆数日内便处置和珅，人人称赞。故一切都要具体问题具体分析。

十九·一九

孟氏使阳肤为士师。问于曾子。曾子曰："上失其道,民散久矣。如得其情,则哀矜而勿喜。"

【翻译】

孟氏任命阳肤为法官,阳肤去请教曾子。曾子告诫他道:"在上位的人不按照法规办事,老百姓离心离德,人心涣散已经很久了。你办理案件时如果审出真情,就要同情可怜当事人而不要高兴得意。"

【注释】

[阳肤]包咸曰:"阳肤,曾子弟子。" [士师]法官。 [道]指统治之道,正常的法律与秩序。 [散]涣散。

【评析】

曾子的学生阳肤被当政的孟氏任命为法官审理案件,在上任前去向老师请教应该掌握怎样的原则,曾子告诉他应该尽职尽责,同时也要同情那些犯人。这可以看出两个问题:一是鲁国当时政治状况之糟糕,法律松弛,或者说干脆没有法;二是曾子确实领会了孔子思想的精神实质,认为不教而杀、不教而审判都是不仁道的,因此即使案件审理清楚,也要对当事人表示同情和哀悯,充分体现了仁爱的精神。

十九·二○

子贡曰:"纣之不善,不如是之甚也。是以君子恶居下流,天下之恶皆归焉。"

【翻译】

子贡说："纣王的罪恶，并不像说的这样过分。所以君子厌恶处在不利的位置上，所有的罪恶都会被推到身上来。"

【注释】

[纣]商纣王，商朝最后一个君主，与夏桀并称，为著名昏君。[下流]本来是水的下游，这里比喻不利的位置。

【评析】

"胜者王侯败者贼""胜者为王，败者为寇"，这便是历史。总说"历史哲学"，我看这样的记载和历史观只能算是历史实用主义，没有什么哲学而言。因此我们翻阅正史，一定要带着这样的眼光去看，辩证地看。这是很深刻的见解，确实像子贡说的那样。其实，纣王、隋炀帝都是很有才华的人，也不是一无是处，只因为失败便众恶所归，并不客观。子贡聪明而有胆识，于此可见一斑。

十九·二一

子贡曰："君子之过也，如日月之食焉。过也，人皆见之；更也，人皆仰之。"

【翻译】

子贡说："君子如果犯错误，就好像日食和月食一样。犯错误，人们都能够看见；改正了，人们都非常敬仰。"

【注释】

[日月之食]日食和月食。

【评析】

多么精彩生动的比喻，可见子贡的聪明与文采。人犯错误不可怕，可怕的是文过饰非，遮遮掩掩。

十九·二二

卫公孙朝问于子贡曰："仲尼焉学？"子贡曰："文武之道，未坠于地，在人。贤者识其大者，不贤者识其小者。莫不有文武之道焉。夫子焉不学？而亦何常师之有？"

【翻译】

卫公孙朝问子贡说："孔子是从哪里学来的那么多知识呢？"子贡说："周文王、周武王的道德礼制并没有完全丧失掉，流传在人间。贤德的人知道大的方面，不贤德的人知道一些小的方面，普天下到处都存在着周文王、周武王的道德礼制的遗范。我们老师什么不学？又哪里有一定的老师？"

【注释】

[卫公孙朝]卫国的大夫公孙朝。当时鲁国、楚国、郑国都有叫"公孙朝"的大夫，因此这里加国名以区别。 [文武之道]指周文王和武王的政治道德规范。

【评析】

本章很值得注意，即孔子思想与知识的来源。孔子开始广招生徒，但他本人并没有师承，也没有学历，于是才有这样的问题。子贡的回答客观准确，说明孔子的学问是从历史文献中学来，是从社会现实中学来，不以一人为师，历史与现实生活是最好的老师。这与孔子自己说的"述而不作"相一致。韩愈曾说"圣人无常师"，海纳百川，方能成其深广，孔子学识是广泛学习得来的。

十九·二三

叔孙武叔语大夫于朝曰："子贡贤于仲尼。"

子服景伯以告子贡。

子贡曰："譬之宫墙，赐之墙也及肩，窥见室家之好。夫子之墙数仞，不得其门而入，不见宗庙之美，百官之富。得其门者或寡矣。夫子之云，不亦宜乎！"

【翻译】

叔孙武叔在朝廷中对大夫们说："子贡比孔子要高明贤良。"

子服景伯把叔孙武叔的话告诉了子贡。

子贡说："用院墙来比喻，我的墙和人的肩头一边高，（站在墙外）就可以看见里面的房屋有多么好。老师的墙几丈高，如果找不到门走进去，就看不见里面庙堂的富丽堂皇，百官豪宅的丰富多彩。但能够找到门进去的人很少啊！叔孙武叔这样说，不也应当吗！"

【注释】

[叔孙武叔]鲁国大夫，名州仇。[子服景伯]人名。[宫墙]宫本义是二层房屋。宫墙就是院墙，不是皇宫之墙。[仞]七尺为仞，也有说八尺的，不同时代便不同。

【评析】

孔子弟子中，子贡聪明好学，实际能力最强。孔子死后，子贡先后在鲁国和卫国做官，威望很高。有人认为他比孔子强，子贡才如此说。我在《中国历代士人生活掠影》中曾说，孔子死后，其地位的提高与子贡关系最大。

本章的比喻也极其精彩形象。要了解古代大夫庭院住宅的建筑格局方可真正理解本章内容。古代大夫庭院中有堂，堂高于地面几尺，根据官爵的大小高出的尺寸不同。堂前立有四根大柱，称"楹"，"楹联"之名起源于此。堂上前边作为接待客人之用。内室建在堂后。因此入门、升堂、入室便成为后世做学问的三个阶段。子贡的意思是说叔孙武叔尚未入门，因此不了解孔子学问胸怀的博大精深。

十九·二四

叔孙武叔毁仲尼。子贡曰："无以为也。仲尼不可毁也。他人之贤者，丘陵也，犹可逾也；仲尼，日月也，无得而逾焉。人虽欲自绝，其何伤于日月乎？多见其不知量也。"

【翻译】

鲁国大夫叔孙武叔诋毁孔子。子贡说："不要这样说，也不要这样做。孔子是不可以毁谤的。其他贤人，好像是丘陵，还是可以超越的；孔子，是天空中的太阳和月亮，是根本没有办法超越的。有人虽然想要自找绝路，对于太阳和月亮又什么伤害呢？只不过是表现他太不自量力罢了。"

【注释】

[无以为]不要这样做。[逾]逾越，超过。[自绝]自取断绝，自找死路。意谓诽谤孔子只能自己损害自己。

【评析】

叔孙武叔可能是受到过孔子的批评，或者出于嫉妒，已经不止一次毁谤孔子了。子贡的批驳深刻、犀利而有文采，简直就是优美的小品，对于叔孙武叔给予严厉的批评。"自绝"一词很严厉。子贡的话语中透着灵气，

"日月"与"丘陵"的比喻精美绝伦，更表现出对于老师的热爱、尊崇与忠诚。贤哉子贡！

十九·二五

陈子禽谓子贡曰："子为恭也，仲尼岂贤于子乎？"

子贡曰："君子一言以为知，一言以为不知，言不可不慎也。夫子之不可及也，犹天之不可阶而升也。夫子之得邦家者，所谓立之斯立，道之斯行，绥之斯来，动之斯和。其生也荣，其死也哀，如之何其可及也？"

【翻译】

陈子禽对子贡说："你是太谦虚了，对老师太恭敬了，孔子哪里会比你强呢？"

子贡回答说："君子一句话就可以知道有知识，一句话就可以知道没知识，说话不可以不加小心啊！孔老夫子是不可以企及的，好像天空一样，不可以登着梯子上去。我的老师如果能够执掌一个国家的政权，就会使这个国家站立起来，引导它走上仁义的道路，通过安抚感化，使百姓都来归附，通过行政活动，使社会安定和谐。他活着被百姓尊敬，他去世百姓也都非常悲哀，这样伟大的人物，我们怎么能够赶得上呢？"

【注释】

[陈子禽] 即陈亢，见《学而》。 [绥] 安抚，这里指用道德感化的力量使人前来。有招徕的意思。

【评析】

孔子死时，颜回和子路已经死了。子夏、子游、曾子、子张等都很年轻，尚未成熟，故子贡在当时官位最高，影响最大。因此有一些人便认为子贡

的能力和学识超过孔子，看来并不是个别人这样认为。这样，子贡的态度对于孔子的地位和威望便有很大的作用。子贡是真心敬仰老师，他极力推崇老师，是发自内心的做法，故很有感染力。有这样的弟子真好。

· 尧曰第二十 ·

【原疏】正义曰：此篇记二帝三王及孔子之语。兼明天命政化之美，皆是圣人之道，可以垂训将来。故以殿诸篇，非所次也。

【魁按】本篇主旨讲述如何执政以及执政者应当注意的主要问题，最后是人通过学习与实践应该掌握的知识和本领，是对于全部学习内容与目的的高度概括，是通过学习所达到的最高境界与终极目标，收束全书。

二十·一

尧曰:"咨!尔舜!天之历数在尔躬,允执其中。四海困穷,天禄永终。"舜亦以命禹。

曰:"予小子履敢用玄牡,敢昭告于皇皇后帝:有罪不敢赦。帝臣不蔽,简在帝心。朕躬有罪,无以万方;万方有罪,罪在朕躬。"

周有大赉,善人是富。"虽有周亲,不如仁人。百姓有过,在予一人。"

谨权量,审法度,修废官,四方之政行焉。兴灭国,继绝世,举逸民,天下之民归心焉。

所重:民、食、丧、祭。

宽则得众,信则民任焉,敏则有功,公则说。

【翻译】

尧说:"啧啧,你这位舜啊!上天的使命已经落到你的身上了,你要稳妥地把握好中正的尺度。如果天下的百姓困难穷苦,那么你的地位也就永远终结了。"

舜也用这样的话来把权力交给禹。

汤即位时说:"小子履我谨用黑色公牛,公开禀告光明正大的伟大的天帝:如果有罪过,我不敢赦免。您的臣仆我不敢对您隐瞒蒙蔽,您的心里非常清楚明白。我如果有罪过,则不要牵连各方百姓;各方百姓如果有罪过,责任都在我的身上。"

周朝初年大封诸侯,使善人都富贵起来。"虽然有许多亲戚,不如有仁德的人,百姓如果有罪过,罪都在我一个人身上。"

谨慎检查度量衡器具,明确审核法令制度,修复已经废弃的官职制度和官府衙门,天下的行政管理就会推行开来。复兴已经灭亡的国家,继续已经断绝世袭的卿大夫之家,举荐起用那些被遗落的人才,天下百姓的心就会归向于国家了。

最要重视关心的是：百姓、粮食、丧礼、祭祀。

政治宽松厚道就会得到民众的拥护，讲求信用人民就会听从领导而做事，勤快敏捷就会取得功业，公平公正百姓就会欢欣鼓舞。

【注释】

[咨]象声词。[历数]历，指历法。数，指天数。古谓帝王代天理民的顺序。[尔躬]你身上。 [允执其中]允，公允适度。执，执掌。其，指天下。中，中庸，适度，不偏不倚。 [天禄]指天命。 [曰]这段文字是商汤在祭天时说的话，故翻译补充"汤"字。[履]《史记·殷本纪》载，汤称"天乙"，名履。 [皇皇]光明正大。 [有罪]当指汤自己。这样，与后文意义方不矛盾。 [简]检查核实。这里有简明清楚的意思。 [无以万方]不要连累各方百姓。 [赉]赏赐，赐予。大赉，指周初遍封诸侯。[善人是富]唯富善人，唯使善人富有，指得到封地。[周亲]或云周代亲属，不确，指众多亲属。以上这些话应当是周武王所说。[谨权量]谨，认真谨慎。权，本义是秤砣，这里指称量重量的单位。量，这里指容器和长度单位。[法度]法令制度。[修废官]应包括修复原有的官职制度和官府衙门两个方面。[兴灭国]复兴灭亡的诸侯国，指大的部落氏族。[继绝世]延续已经断绝的卿大夫之家。[逸民]指被忽略遗落的人才。

【评析】

本章内容比较庞杂，但有主旨，即管理天下当以民为本，应当使普天下的百姓不困穷，否则就会"天禄永终"。汤的誓言进一步明确了自己的执政纲领，勇敢承担一切重担，如果天下出现问题，责任在自己。接着当是周武王即位誓言，内容大致相同。从尧舜开始，到夏商周三代，都有一个中心的执政理念，即一定要关注民生，使百姓过上好日子，即拥有天下者要以民为本，要为民做主，这便是最原始的"民主"思想，即为民做主，与现代"民主"思想意义完全不同。现代是人民自己当家作主。当然，这在那么遥远的古代社会已经很进步了。这是孔子仁政思想"为政以德"观念的历史渊源。

以上是执政原则与大纲，"谨权量"以下则是在执掌天下后应该立即开始进行的具体工作，先推行政令，然后收拢人心，使社会秩序建立起来，走上健康发展的轨道。然后是执政要特别注意的四个方面。最后是执政时要注意的策略。这样，纲目具备，如果真正掌握天下或一个国家就有所遵循了。如果连贯起来分析，或许是孔子当时讲课时的内容之一。强调获取天下政权要通过禅让，不要通过武力或暴力，得到天下后要以民为本，应当有步骤地进行建设。因为没有文献资料，只能做这样的推测而已。总之本章体现了孔子仁政思想的主要来源和具体的施政纲领。

二十·二

子张问于孔子曰："何如斯可以从政矣？"

子曰："尊五美，屏四恶，斯可以从政矣。"

子张曰："何谓五美？"

子曰："君子惠而不费，劳而不怨，欲而不贪，泰而不骄，威而不猛。"

子张曰："何谓惠而不费？"

子曰："因民之所利而利之，斯不亦惠而不费乎？择可劳而劳之，又谁怨？欲仁而得仁，又焉贪？君子无众寡，无小大，无敢慢，斯不亦泰而不骄乎？君子正其衣冠，尊其瞻视，俨然人望而畏之，斯不亦威而不猛乎？"

子张曰："何谓四恶？"

子曰："不教而杀谓之虐，不戒视成谓之暴，慢令致期谓之贼，犹之与人也，出纳之吝，谓之有司。"

【翻译】

子张问孔子说："到什么程度就可以从事政治了呢？"

孔子说："尊敬崇尚五种美德，铲除四种恶行，这样就可以从事政治了。"

子张问："什么叫五美？"

孔子回答道："君子施恩惠给百姓但不破费，役使百姓劳动但百姓没有怨言，虽然也有欲望但不贪婪，庄重泰然但不傲慢，很有威严但不凶猛。"

子张问："怎么能够施恩惠给百姓但不破费？"

孔子回答："根据百姓所需要的利益而使他们自己去努力获取利益，这样不就是对于百姓有恩惠但还不破费吗？选择百姓应当承担的劳动而使他们劳动，他们又能怨恨谁呢？君子追求仁德而得到仁德，又怎么会贪婪？君子无论人多少，无论事情大小，都不敢怠慢马虎，这样不就是庄重而不骄傲吗？君子时刻使自己的衣冠整齐洁净，目不斜视，严肃端庄的神情让人望而生畏，这不就是威严而不凶猛吗？"

子张又问："什么叫四恶？"

孔子说："不进行警告教育就判死刑就叫作残暴，不事先告诫就突击检查成果就叫作粗暴，开始慢腾腾而突然限定期限就叫作存心不良，答应给人家，可出手时又非常吝啬，就叫作小心眼。"

【注释】

[何如斯] 做到什么程度。何如，怎样。斯，这样。[屏（bǐng）]，摒弃、除掉的意思。[惠而不费] 对人民有恩惠而不费财物。[欲而不贪] 指君子追求仁德，因此不会贪图物质财富。皇侃义疏："欲仁义者为廉，欲财物者为贪。"这是非常透彻的解释。[泰] 安详端庄。[尊其瞻视] 重视自己的眼神与神态。[不戒视成] 不提前告诫就去视察成效。[慢令致期] 下达的命令时间很宽松，而突然又有紧急期限。[犹之与人] 同样需要给人。犹，同样。[出纳] 侧重在"出"。[有司] 古代具体管事者之称。这里是吝啬、小气之意。

【评析】

子张向老师请教如何执政的问题，孔子对其进行了比较具体详细的讲解。"五美四恶"是执政者应当时刻注意的问题，即使到现代也同样有借鉴意义。

孔子向学生讲述了当官应具备的五种美德，依然强调自我修养。子张向孔子请教怎样当官，孔子回答有"五美""四恶"。四恶的内容，即当官的要注意这四个方面的错误做法，说浅显一点儿就是不要整人，不要要权术，而要以德服人。应当注意的是，孔子弟子中子张最重视实际的政治问题，与颜回、曾参更注重仁德修养问题侧重点不同。孔子学说是由内向外，由自己向家庭、向社会扩散型的道德感化，即"内圣外王"。只有"内圣"而没有"外王"不是孔子思想的全部，甚至不是精髓。孔子一生追求的是由"内圣"开启"外王"的途径，而且对于"外王"，即将自己的政治主张转化为社会实践，造福于天下百姓的欲望十分强烈。子张是孔子弟子中年龄较小的，孔子对他进行如此细心教导，大有深意，从中可以体会其对子张将来的政治前途抱有很大希望。子游、曾子对子张的羡慕之情可能与此有关。

二十·三

孔子曰："不知命，无以为君子也；不知礼，无以立也；不知言，无以知人也。"

【翻译】

孔子说："不懂得命运，就没有办法当君子；不知道礼制，就没有办法在社会立足；不能洞察语言，就没有办法判断人。"

【评析】

命运问题始终是困扰人生的大问题。命运处在可知与不可知之间，即命运肯定存在，因为人之生活、前途确实存在外在的非人力可控制的偶然性因素，如何注意、懂得、认识、重视偶然性，要利用或抗衡这种偶然性，或不为其左右而在偶然性中建立起属于自己的必然性，这就是安身立命。这样就不会做非分之想，就是君子之所为了。"知礼"是知道礼制的内容与形式方可以在社会立足，而能够认识人、识别人才是处理人际关系的起点与掌握尺度的关键。这三个方面是人能否立足、能否成功的前提与关键。《论语》全书以此终篇，与第一章相呼应，从自觉努力学习开始，到获取知命、知礼、知言的能力，是人生的全部内容，是生命的真正意义与价值。可见《论语》的章节结构设计是经过深思熟虑的。